Karl Heinz Richard Fürst von Sayn-Wittgenstein
Der Millionenhammer

Karl Heinz Richard Fürst von Sayn-Wittgenstein

# Der Millionenhammer

1. Auflage, Mai 1995

© 1995 Beust Verlag GmbH, München

Alle Rechte vorbehalten. Reproduktionen, Speicherung in Datenverarbeitungsanlagen, Wiedergabe auf elektronischen, fotomechanischen oder ähnlichen Wegen, Funk und Vortrag – auch auszugsweise – nur mit Genehmigung des Copyrightinhabers.

Satz und Produktion: GAIA Text, München
Lektorat: Verlagsbüro Simon & Magiera, München
Umschlagdesign: Reinert & Partner, München
Umschlagfotos: Mike Gallus, München
Druck: Leipziger Großbuchbinderei GmbH, Leipzig

ISBN 3-89530-200-7

Printed in Germany

für Andrea

## Danksagung

Jedes Buch ist wie eine Geburt, und natürlich gibt es auch Geburtshelfer. Ganz besonders möchte ich danken:

dem unerschrockenen Verleger Joachim Beust;

dem kreativen Team des Beust Verlags, München;

den Filmemachern Jochen Ludwig und Winfried Demuß, München, die bei der Verfilmung des Stoffes den Hammer schwingen;

dem Strafverteidiger Walter Lechner, München;

dem Wirtschaftsanwalt Rudolf Säbel, München;

dem Strafverteidiger Peter Krauß, München;

dem Kunstteam der Münchner Kripo, Herrn Holmes und Herrn Watson (Namen geändert), für harte, aber objektive Ermittlungen;

der Bibi, die mit flinken Fingern meine Gedanken in den Laptop tippte;

allen Auktionskunden, die mir den Schlüssel für die Erlebnisse gegeben haben;

der Presse für ihre zwischenzeitlich faire Berichterstattung;

den Buchhändlerinnen und Buchhändlern, die der Auktionator meiner Gedanken zu ihren Kunden sind;

und nicht zuletzt

allen Leserinnen und Lesern, denen ich spannende Stunden bei der Lektüre wünsche und denen ich versprechen kann: Dieses Buch ist mitreißender und preiswerter als jeder Auktionsbesuch!

**Warnung an die Leser dieses Buches**

Nein, die Seiten dieses Buches sind nicht vergiftet.

Aber: Glauben Sie dem Autor kein Wort. Er schwindelt wie gedruckt.

Ein Schwindler ist, wer Unwahres als wahr ausgibt. Und der beste Schwindler ist wohl der, dem man auch dann noch glaubt, wenn er sich zur Unwahrheit bekannt hat.

In diesem Sinne ist dieser Autor ehrlich: Denn er gesteht bereits freimütig zu schwindeln, ehe er zu schwindeln beginnt.

Die Crux ist: Jemandem, der sich so ehrlich gibt, glaubt man die haarsträubendsten Geschichten.

Und dieser unverfrorene Autor tischt Ihnen eine Geschichte auf, die eines Münchhausen würdig ist: Sämtliche Personen, die in diesem Buch herumspuken, sind einzig und allein seiner schwindelerregenden Phantasie entsprungen. Die Geschichte ist so hanebüchen, daß sich der Autor gar nicht zu seiner Schwindelei bekennen müßte: Sein Märchen könnte ebensogut mit dem Satz »... und wenn sie nicht gestorben sind, dann leben sie noch heute« enden.

Glauben Sie also dem Autor kein Wort und lassen Sie allein Ihre Phantasie Richter des Gelesenen sein. Ein Trost bleibt Ihnen: Auch das frei Erfundene ist Teil der Wirklichkeit.

# Statt eines Vorworts

Ich bin froh, daß ich es hinter mir habe.

Nun sitze ich hier über dem Starnberger See, sehe den weißen Segelschiffen bei ihrem Spiel im Wind zu und lese ein letztes Mal die Seiten dieses Buches durch, um hie und da noch kleine Veränderungen vorzunehmen. Dabei spüre ich, wie sehr die vergangenen Jahre mich geistig und körperlich erschöpft haben. Für mich waren sie die Hölle.

Jetzt, da sie hinter mir liegt, denke ich fröstelnd zurück an die Ereignisse und Machenschaften, die mich als erfolgreichen Auktionator zum Spielball dubioser Mächte werden und am Ende in die Fänge der Justiz geraten ließen. Als Betrogener wurde ich unversehens selbst zum Betrüger gestempelt.

Doch es liegt mir nicht, die Hände im Schoß zu falten und mit mir Schicksal spielen zu lassen. Und so habe ich die Kräfte, die meine Empörung freigesetzt hat, dazu genutzt, die abenteuerlichen Geschehnisse zu Papier zu bringen. Dabei mußte ich wie ein Chirurg mit dem Skalpell Schicht für Schicht meine Erinnerungen freilegen, um sie wieder zu einem authentischen Ganzen zusammenzufügen. Daß ich dabei die Form eines unterhaltsamen Romans gewählt habe, hat verschiedene Gründe: Zum einen mußte ich auf die Persönlichkeitsrechte von Hunderttausenden Zeitgenossen achten, zum anderen gab es durchaus Bestrebungen, dieses Buch und sein Erscheinen zu verhindern.

So ist ein Schlüsselroman entstanden, der Personen wie Hintergründe der Auktionsszene auf schillernd realistische Weise beleuchtet und dem Leser eine Welt vorstellt, die ihm sonst hinter Geboten, Preisen und Zuschlägen verborgen bleibt.

Karl Heinz Richard Fürst von Sayn-Wittgenstein
Starnberg, im September 1994

# Mit 150 Mark in die Zukunft

56 – 57 – 58 – 59 – der Sekundenzeiger der großen Bahnhofsuhr ließ den Minutenzeiger vorwärtsspringen: 17 Uhr 44.

Sie fragte: »Wieviel Geld haben wir noch?«

Er sagte: »So um die 150 Mark.«

Sie sah ihn an. Ihre Augen, sonst so fröhlich und zuversichtlich, waren ausdruckslos und müde. »Weit haben wir's gebracht!«

»Hm.«

»Hm?«

»Wir schaffen das schon!«

Da stand er nun, im Januar 1976, keine 22 Jahre alt, mit seiner Frau, zwei Kindern und sechs Koffern am Gleis 18 des Münchner Hauptbahnhofs: fast zwei Meter groß und fest entschlossen, mit den 150 Mark für sich und seine Familie ein neues Leben aufzubauen.

Sie fragte: »Was machen wir jetzt?«

»Kaffee trinken«, antwortete er knapp, schnappte sich einen der auf dem Bahnsteig herumstehenden Kofferkuli, brachte mit Mühe und Not das Gepäck auf dem kleinen Wagen unter und schob ihn energisch der Bahnhofshalle entgegen.

Seine Frau Annelore folgte ihm seufzend. Sie trug die kleine Alexandra auf dem Arm, die ältere Michaela trippelte neben ihr her.

»Mammi, ich muß mal.«

Dieses Problem war flugs gelöst. Für ihre anderen Nöte kannte die kleine Familie keine solch flotte Lösung. Sie wußte nur, daß sie ein neues Leben beginnen wollte, nicht aber, wo – und geschweige denn, wie.

»Okay, nun sind wir in München«, sagte Annelore, während sie an einem Kiosk in der Bahnhofshalle einen Becher Kaffee tranken. »Da wolltest du ja hin. Und was nun?«

»Was ... was nun?«

»Irgendwo müssen wir wohl unterkommen, oder?«

Er unterdrückte ein Gähnen. Karlheinz Bissinger, schon als Kind quirlig, voller Pläne und Ideen, schien es höchst unpassend, in solch einer Situation Anzeichen von Müdigkeit erkennen zu lassen. Und Annelore durfte zu Recht auf seine Initiative setzen, hatte er doch die vorangegangenen Entscheidungen gegen ihren Willen durchgesetzt – den Flug von Australien über Singapur nach Frankfurt und die Bahnreise von Frankfurt nach München.

Was nun?

»Wären wir in Frankfurt geblieben«, meinte Annelore, »wären wir noch um die 200 Mark reicher, die uns die Fahrkarten gekostet haben.«

»Was soll ich in Frankfurt? Ich bin in Bayern geboren. Hier fühle ich mich zu Hause, ich spreche bayerisch und kenne den Menschenschlag. Hier kann ich was werden, hier bauen wir uns was auf. Du wirst schon sehen.«

»Mit 150 Mark Startkapital. Du machst mir Spaß.«

»Als erstes suchen wir uns ein Hotel.«

»Hier, in München? Da können wir mit Mühe ein oder zwei Übernachtungen zahlen.«

Bissinger schüttelte den Kopf. »Anne, wir fahren aufs Land!«

Sie, verständnislos: »Wie bitte?«

»Und zwar nach Dachau!«

Bissinger war in Dachau geboren. Seine Kontakte dorthin waren längst abgerissen. Aber in einer kleinen Kreisstadt wäre das Leben billiger und, so hoffte er, böten sich ihm eher Chancen.

Er zahlte den Kaffee, stemmte sich gegen den Kofferkuli und schob das widerborstig nach links driftende Gefährt auf den Bahnhofsvorplatz.

Annelore holte tief Luft, nahm Alexandra auf den Arm, Michaela an die Hand und folgte ihm. »Wo willst du denn hin?«

»Zum Taxistand.«

»Du willst doch nicht etwa mit einer Taxe nach Dachau fahren?!«

»Ich hasse Vorortzüge!«

Der Taxichauffeur machte große Augen, als er die vierköpfige Familie mit ihren sechs Koffern sah, die sich hemmungslos anschickte, seinen Wagen zu entern. Doch als er hörte, daß es nach Dachau gehen sollte, ebneten sich seine Gesichtszüge. Er half die Koffer verstauen, und ab ging die Fahrt.

»Wohin in Dachau?« wollte er wissen.

»Ins beste Haus am Ort.«

Frau Annelore lehnte sich aufstöhnend ins Polster zurück. »Du kannst es nicht lassen!«

Er lachte: »Aber lieb hast du mich doch!«

»Na, mal sehen.«


Hotelgasthof Wagnerbräu.

»Das könnte ich empfehlen«, sagte der Taxifahrer und hielt an.

Nun, das »beste Haus am Platz« war das Wagnerbräu wohl nicht. Doch es wirkte, im Zentrum Dachaus gelegen, sehr einladend: ein altes Fachwerkgebäude, efeuumrankt, davor ein kleiner Biergarten.

»24 Mark und 60 Pfennig«, knurrte der Taxichauffeur, »plus drei Mark fürs Gepäck.« Karlheinz gab ihm 35 Mark, woraufhin der Fahrer bereitwillig half, die Koffer ins Hotel zu tragen.

Nun standen sie da, in der rustikal eingerichteten Eingangshalle, Karlheinz, Annelore, Michaela und Alexandra Bissinger, kaum imstande, sich noch länger auf den Beinen zu halten.

Bissinger gab sich weltmännisch: »Ich möchte den Geschäftsführer sprechen.«

Darauf erschien eine rundliche Frau mit einem freundlichen Gesicht voller Lachfalten, aber streng blickenden Augen.

»Mein Name ist Stein. Ich bin die Besitzerin des Hotels. Was kann ich für Sie tun?«

Bissinger verbeugte sich höflich, stellte sich vor und lächelte verbindlich. »Ich würde Sie gerne unter vier Augen sprechen, gnädige Frau.«

Das »gnädige Frau« wirkte wie ein Sesam-öffne-Dich. »Aber gern, Herr Bissinger. Kommen Sie bitte in mein Büro.«

Zum Glück störte es Frau Stein nicht, daß er sich eine Zigarette anzündete. Karlheinz war Kettenraucher, und die brennende Zigarette nahm ihm seine Unsicherheit. Er räusperte sich und gab sich innerlich einen Ruck, um dann seine bewährten Überzeugungsmethoden einzusetzen: Charme und Redegewandtheit.

»Ich befinde mich in einer vorübergehend etwas prekären Lage, gnädige Frau«, begann er. Sein selbstsicheres Lächeln mußte Frau Stein zwangsläufig den Eindruck vermitteln, daß es nicht allzu schlimm um ihn stehen konnte. »Sehen Sie, nach einem sehr enttäuschend verlaufenen Jahr in Australien habe ich mich entschlossen, mit meiner Familie in die bayerische Heimat zurückzukehren.«

»So? Sie haben in Australien gelebt?«

»Ja, mein Vater ist vor achtzehn Jahren dorthin ausgewandert. Er hat ein großes Unternehmen aufgebaut, einen Mineralienkonzern. Weil er sich in den Kopf gesetzt hat, daß ich einmal seine Firma übernehmen soll, ließ er mich vor einem Jahr nachkommen. Aber ich habe mich dort nicht einleben können.«

»Das Klima?« mutmaßte Frau Stein.

Bissinger nickte: »Ja, das Klima liegt mir nicht – allerdings nicht das meteorologische, sondern das menschliche.«

Eine erste Brücke war geschlagen. Er legte Timbre in seine Stimme und schilderte, welche Qualen sein despotischer Vater ihm bereitet hatte. Wie er nicht nur ihm, sondern vor allem seiner zarten Frau und den kleinen Kindern das Leben zur Hölle gemacht hatte. »Frau Stein, ich hätte meine Selbstachtung aufgeben müssen, um dieses Leben weiterzuführen.«

Seine Erzählung ließ nur einen Schluß zu: Ein verantwortungsbewußter Familienvater wie Karlheinz Bissinger konnte sich aus dieser Verstrickung nur lösen, indem er Hals über Kopf abreiste.

Daß ihm überdies die Arbeit im väterlichen Betrieb zu anstrengend geworden war, verschwieg er tunlichst.

Frau Stein nickte verständnisvoll. »Ja, ja, manchmal ist das Leben wahrhaft grausam.«

Bissinger spürte, daß er ihre Sympathie gewonnen hatte. Und er hoffte, auch die nächsten Schritte seiner Gratwanderung ohne Straucheln zu bewältigen.

»Mein Vater«, fuhr er mit belegter Stimme fort, »hat mich zudem finanziell so kurz gehalten, daß ich all meine Ersparnisse zusammenraffen mußte, um die Reise für mich und meine Familie zu bezahlen.«

Frau Stein nickte immer noch.

»So stehe ich nun, gnädige Frau, nahezu mittellos vor Ihnen.«

Jetzt allerdings hob sie ruckartig den Kopf und sah ihm mit prüfender Skepsis in die Augen. Bissinger erwiderte den Blick treuherzig mit einem Ausdruck, der wohl dem eines kranken Hundes nahekam. Für eine kurze Übergangszeit, erklärte er, benötigten er, seine Frau und beiden Kinder ein kleines Zimmer, gern ohne Fenster, und täglich ein bescheidenes Essen. Dann, sich selbstgewiß-zuversichtlich gebend, beschrieb er seine Talente und Energie, seinen unbezwinglichen Willen, sich eine neue Existenz aufzubauen und binnen kurzem für alle Kosten aufzukommen.

Entweder schenkte Frau Stein seinen Worten Glauben, oder sie empfand Mitleid mit den Kindern – jedenfalls nickte sie ihm nun wieder zu, sah ihn aufmunternd an und erhob sich: »Kommen Sie, Herr Bissinger, ich zeige Ihnen Ihr Zimmer.«

Na also! Na also!

Frau Stein führte ihn und seine Familie in einen nicht zu kleinen Dachgeschoßraum. Er war spärlich, aber wohnlich eingerichtet: zwei gußeiserne Betten, darüber eine gerahmte Gebirgslandschaft, zwei Holzstühle, ein kleines Sofa, eine Waschkonsole, ein grob gezimmerter Kleiderschrank, daneben ein Wandspiegel und eine Reihe von Kleiderhaken. Durch die Mansardenfenster sah man einen mächtigen Kastanienbaum.

»Heute nacht«, sagte Frau Stein, »wird die Kleine noch im Ehebett schlafen müssen. Morgen stelle ich Ihnen ein Kinderbettchen ins Zimmer.«

Annelore schossen die Tränen in die Augen, als sie Frau Stein die Hand auf die Schulter legte.

»Ich weiß nicht, wie ich Ihnen danken soll.«

Frau Stein nickte erneut. »Sie werden nach der Reise gewiß hungrig sein. Wie wär's mit einem guten bayerischen Schweinsbraten?«

»Mit Knödeln und Blaukraut?«

»Ja. Und mit Kruste.«

# Große Sprüche kosten nix

Karlheinz Bissinger verlor keine Zeit. Schon am nächsten Tag eilte er, beflügelt durch grenzenloses Selbstvertrauen sowie 100 Deutsche Mark, die ihm die gute Frau Stein geliehen hatte (daß er noch über 100 Mark in der Tasche hatte, hatte er wohlweislich verschwiegen), zu einer Anzeigenagentur und gab folgendes Inserat auf:

> **Starverkäufer aus Übersee zurück!**
> *Frei für neue Aufgaben,*
> *Jahreseinkommen ab 200 000 DM muß möglich sein.*
> *Wenn Sie Ihren Umsatz steigern wollen und einen flexiblen Spitzenverkäufer suchen, dann rufen Sie an:*
> *Hotel Wagnerbräu, Tel.: ...*

Annelore wurde schamrot, als sie den Text las. »Mein Gott, Heinz, mußt du immer solche Sprüche klopfen!? Ich sag' dir, das bringt dich noch mal um Kopf und Kragen!«

Er zuckte gelassen mit den Achseln. »Spatz, was hab' ich zu verlieren? Sprüche kosten nix. Wer andere überzeugen will, muß full power geben. Also wünsch' dir besser gleich ein goldenes Fahrrad, damit du am Ende auch einen goldenen Wagen bekommst.«

Sie lachte.

Das Treppenhaus erzitterte, als zwei Tage später die wohlbeleibte Köchin zum Dachgeschoß heraufstapfte.

»Herr Bissinger, Herr Bissinger«, rief sie, während sie den Flur entlangeilte, »Herr Bissinger!« Sie klopfte gegen die Zimmertür. »Telefon für Sie! – Ein Herr aus Karlsruhe!« erklärte sie etwas leiser, als Karlheinz öffnete.

Der Herr aus Karlsruhe hatte eine angenehme, ruhige Stimme. Er war Geschäftsführer der Firma IGHS – der Industriegesellschaft für Hochleistungssaugsysteme, wie er in bedächtigem Singsang erläuterte.

»Mein Name ist Fleischer. Ihre Anzeige liegt auf meinem Tisch, und ich würde Sie gern kennenlernen.«

»Ihr Interesse freut mich«, erwiderte Bissinger. »Welches Angebot hätten Sie mir denn zu machen?«

»Um ehrlich zu sein: Wir müssen uns von unserem Gebietsvertreter für Nordbayern und Franken trennen. Seine Umsätze stellen uns nicht zufrieden. Würden Sie sich in der Lage fühlen, seine Nachfolge anzutreten?«

Bissinger gab zu verstehen, daß er sich, wenn sein Verkaufstalent gefragt war, zu allem in der Lage fühlte – selbst wenn der Begriff Hochleistungssaugsysteme ihm noch ein Buch mit sieben Siegeln wäre.

»Es handelt sich um Sauger für Industriebetriebe. Sollten wir uns einig werden, erfahren Sie das Nötige schnell in einem einwöchigen Schulungsseminar. Das wäre kein Problem. Auf welchen Gebieten haben Sie denn bisher gearbeitet?«

Karlheinz Bissinger mobilisierte seine Fähigkeit, in bescheidenen Redewendungen von seinen unerhörten Verkaufserfolgen zu berichten.

Herr Fleischer war unverkennbar beeindruckt. »Okay, wann können Sie in Karlsruhe sein?«

Diese Frage hätte wohl jeden, der mangels Bargeld nicht einmal die Fahrkarte lösen konnte, in Verlegenheit versetzt. Nicht aber Bissinger. »Ich denke, in etwa drei Wochen«, wiegte er weltmännisch gelassen ab. »Bis dahin dürfte die ANZ Bank in Perth – noch habe ich mein Konto in Australien – die Überweisungsformalitäten abgewickelt haben.«

Herr Fleischer reagierte erwartungsgemäß. »Herr Bissinger, so lange dürfen wir nicht warten. Käme es Ihnen entgegen, wenn ich Ihnen telegrafisch 1000 Mark überwiese?«

Bissinger, nach einigen Sekunden taktischen Zögerns: »Das wäre eine Möglichkeit.«

»Dann sehe ich Sie also morgen in Karlsruhe, abgemacht?«

Na also, dachte Karlheinz Bissinger, na also!

»Abgemacht.«


Selbstverständlich hatte er, als er sich dem Saugsystememogul als sensationell erfolgreicher Verkäufer vorstellte, das Maul reichlich voll genommen – aber ein Körnchen Wahrheit steckte sehr wohl darin. Irgend jemanden für irgend etwas zu begeistern, diese Begabung hatte Bissinger schon im zarten Alter von 16 Jahren an sich entdeckt.

Damals war Heinzilein das, was seine Großmutter einen Galgenstrick nannte. Nachdem seine Eltern in die Welt hinausgezogen waren, um ihr Glück zu suchen – der Vater nach Australien, die Mutter nach Norwegen –, lebte er bei seiner strengen Oma und machte ihr ohne jede Mühe einen Haufen Sorgen. Sie sah ihn als braven Handwerker sein künftiges Leben bestreiten, doch er vereitelte mit an Trotz grenzender Eigenwilligkeit nahezu jeden Versuch, sich einer soliden Berufsausübung zuführen zu lassen. Er wechselte die Lehrstellen wie andere die Unterwäsche. Nachdem er mit 15 Jahren die Hauptschule abgeschlossen hatte, versuchte er sich in einem Jahr auf sage und schreibe 16 Stellen. Dabei »lernte« er Heizungsbauer, Maurer, Elektroinstallateur, Schreiner, Automechaniker, Klempner, Konditor, Fernsehmechaniker und manches andere, bis es ihn schließlich in ein Haushaltswarengeschäft verschlug.

Dessen Inhaber erwartete, daß sein Lehrling zunächst den Boden kehrte, Staub wischte, Papierkörbe leerte und dergleichen mehr. Doch schon am ersten Lehrtag – der Chef war gerade auf der Toilette – geriet Karlheinz eine Kundin in die Fänge. Sie wünschte einen Flaschenöffner. Ihm gelang es jedoch, sie beredt von der Güte und Eleganz eines preisreduzierten vierundzwanzigteiligen Tafelservices zu überzeugen. Sie kaufte beides, den Flaschenöffner und das Service. An jenem Tag erkannte Karlheinz Bissinger seine wahre Berufung: Verkaufen! Sein Chef übrigens auch. Er beschäftigte fortan eine Putzfrau und ließ den Lehrling die Kunden bedienen.

Karlheinz blieb ein Jahr bei ihm und bestand die abschließende Verkäuferprüfung mit Auszeichnung.

Omas Freude über den Aufstieg ihres Enkels war nicht ganz ungetrübt. Denn ihr Galgenstrick zog kurzerhand aus und in die Wohnung seiner fünf Jahre älteren Freundin Rosi. Mit Rosi teilte er alsdann Freud und Leid und vor allem das Bett. An ihrem Unterricht in der Liebeskunst beteiligte er sich mit Eifer; auch auf diesem Gebiet schloß er glänzend ab.

Wenn Oma und Rosi nun meinten, ihr Karlheinz gäbe sich mit einer soliden Beschäftigung im Haushaltswarengeschäft zufrieden, so täuschten sie sich. Kaum etwas war ihm dermaßen zuwider wie der sogenannte geregelte Tagesablauf. Es galt, Neues auszuprobieren und zu erleben. Abwechslung braucht der Mensch, so lautete seine Devise. Durch einen Diskjockey-Wettbewerb tauchte Karlheinz, 16 Jahre jung, in die ganz und gar nicht alltagsgraue Welt der Diskos ein. Die atemlose, irrlichternde Atmosphäre schlug ihn in ihren Bann. Am Mischpult konnte er sich ausleben, konnte reden, wie ihm der Schnabel gewachsen war, das Publikum mit witzigen Sprüchen unterhalten und nach seiner Pfeife tanzen lassen.

In der Disko fühlte Karlheinz sich in seinem Element. Er war der glitzernde Stern, um den die Show sich drehte. Er berauschte sich an der eigenen Zungenfertigkeit, die ungeahnte Höhen erreichte. Er legte in den verschiedensten Städten des Landes Scheiben auf. Seine Gags machten die Runde. Der Umsatz stieg. Die Gäste drängten sich auf der Tanzfläche. Die jungen Männer beneideten ihn, die jungen Frauen himmelten ihn an.

Eine von ihnen hieß Annelore. Sie war jung, schlank, hatte engelblondes Haar und große, dunkle Augen. Von Beruf war sie Krankenschwester, aber vor allem war sie hübsch – sehr hübsch. Schon Bissingers erster Vorstoß, ihr seine von Rosi erlernten Kunstfertigkeiten zu demonstrieren, zeitigte nach der von der Natur gesetzten Neunmonatsfrist einen unübersehund unüberhörbaren, dreieinhalb Kilo schweren Erfolg: Seine erste Tochter, Michaela, betrat die Bühne der Welt.

Karlheinz Bissinger schritt daraufhin unbeirrt zum Traualtar und wurde mit 18 Jahren Familienvater.

Nun war's aus mit dem Disko-Glamour. Familienväter gehören an den heimischen Tisch. Der stand in einer Dreizimmerwohnung im lauschigen Wenzenbach bei Regensburg. Bissinger suchte sich eine Arbeit als Versicherungsvertreter. Kontaktfreudigkeit und Eloquenz bescherten ihm alsbald jene Erfolge, die ihn ermuntert hatten, sich als »Starverkäufer« anzupreisen.

Ein zweites Mal polterte die mollige Köchin die Stiege herauf. »Herr Bissinger! Herr Bissinger! Kommen Sie schnell! Der Geldbriefträger!«

Bissinger gab sich cool, als ihm der Postbote 1000 Mark in die Hand zählte.

Drei Mark Trinkgeld hielt er für angemessen – ganz gegen seine großzügige Gepflogenheit. Es lag ihm nicht, Ausgaben akkurat zu berechnen. Er pflegte Geld, das ihm in die Hände geriet, auszugeben und auf neues zu hoffen. Heute machte er eine Ausnahme: Er mußte die Fahrkarte nach Karlsruhe bezahlen und dort, falls alles nach Wunsch verlief, eine Woche zubringen. Dafür kalkulierte er 300 Mark ein. Auch für die gute Frau Stein, die selbstverständlich von der Finanzspritze erfahren hatte, mußte etwas abfallen. Er überlegte kurz und entschied, daß 250 Mark genügen würden. Sodann kaufte er einen Blumenstrauß und überreichte ihn, zusammen mit den restlichen 415 Mark, seiner Frau.

»Was soll ich denn mit so viel Geld?« fragte Annelore freudig erstaunt.

»Kauf dir was Hübsches, Liebstes! Und wenn ich zurückkomme, gibt's einen traumhaften Pelzmantel. Kanadischer Silberfuchs oder Nerz, ganz wie du willst.«

Direktor Hahnekamp zündete sich gemächlich eine Zigarre an. »1000 Mark?« fragte er. »1000 Mark haben Sie ihm angewiesen?«

Theo Fleischer, untersetzt, klein, wieselig, deutete, im Sessel versinkend, eine kurze Verbeugung an. »Ja, tausend.«

»Einfach so?«

Noch eine hastige Verbeugung. »Ach, Herr Hahnekamp«, erwiderte er samtweich, »nur so bringen wir diesen Hasen zum Laufen. Mir war von Anfang an klar, daß dieser Herr Bissinger nichts als ein unbedeutender Aufschneider ist. Habe auch bei seiner angeblichen Bank in Australien nachgefragt. Er hat dort nie ein Konto unterhalten.«

Hahnekamp beförderte durch die gewölbten Lippen einen Rauchring in die Luft und sah ihm träumerisch nach, wie er der Deckentäfelung entgegenschwebte. »Und Sie halten meine Firma für ein Wohltätigkeitsinstitut, das mittellosen Prahlhänsen auf die Sprünge hilft, hm?« Es klang eher amüsiert denn vorwurfsvoll.

Fleischer rieb sich vergnügt das Kinn. »Vergessen Sie nicht, der Mann steht jetzt bei uns mit 1000 Mark in der Kreide. Zurückzahlen kann er nicht, also muß er unser Angebot annehmen.«

»Was hätte ihn andernfalls abhalten können?«

»Sein gesunder Menschenverstand.«

»Herr Fleischer! Wie soll ich das verstehen?«

»Nun ja, wenn er helle ist, wird er erkennen, daß unsere Geräte dem Druck der Konkurrenz nicht gewachsen sind. Wir müssen das neue Modell auf den Markt bringen! Unsere alten Saugsysteme sind kaum mehr abzusetzen. Genau deswegen hat Denger aufgesteckt.«

»Weiß ich, weiß ich.« Direktor Hahnekamp rückte nachdenklich die Brille zurecht. »Was, denken Sie, befähigt denn diesen Herrn aus Dachau, Dengers Nachfolge anzutreten?«

»Er ist schwatzhaft und geltungssüchtig.«

Hahnekamp ließ die Zigarre sinken und sah seinen Geschäftsführer mit aufgerissenen Augen an.

Fleischer lachte. »Er redet wie ein Wasserfall, Herr Direktor, redet Ihnen ein, links sei rechts, blau sei gelb, und zwar mit solcher Überzeugungskraft, daß jeder psychologisch nicht versierte Mensch ihm all dies bedenkenlos abnimmt. Und genau so jemanden brauchen wir. Oder wollen Sie, daß wir unsere Geräte zum Schrottpreis abstoßen?«

Hahnekamp schüttelte den Kopf und schob seinem Geschäftsführer, ohne ihn anzusehen, die Zigarrenkiste hinüber: »Bedienen Sie sich!« Er füllte zwei Gläser mit altem Cognac, schwenkte sein Glas, betrachtete gedankenverloren den goldglänzenden Inhalt und sagte, wiederum ohne Fleischer anzublicken: »Doch wehe, Sie deuten ihm auch nur vage an, daß unsere Saugsysteme hoffnungslos veraltet sind!«

»Er versteht null von der Materie«, lachte Fleischer und prostete seinem Chef zu. »Er wird vorbehaltlos glauben, was ich ihm auftische.«

# Nicht kleckern, sondern klotzen

Annelore staunte nicht schlecht, als Karlheinz eine Woche später im Auto beim Wagnerbräu vorfuhr. Mit wippender Lässigkeit entstieg er dem VW-Kombi, nahm in der Pose eines Formel-1-Piloten davor Aufstellung und ließ sich bewundern. Er trug einen funkelnagelneuen, modischen Anzug.

»Na, wie seh' ich aus?«
»Wo hast du den Anzug her?«
»Ich hab' mir einen Vorschuß zahlen lassen.«
»Und das Auto?«
»Ist ein Firmenwagen.«
»Heißt das etwa …?«
»Ja. Ich habe den Posten. Alleinvertretung der IGHS-Saugsysteme für Nordbayern und Franken.«
»Aber Karli, verstehst du denn überhaupt was von diesen Saugsystemen?«
»Jede Menge! Denk dir, der Geschäftsführer der IGHS, ein gewisser Herr Fleischer, sympathisch, hat mich persönlich eingewiesen. Persönlich!«
»Toll!«
Er strich ihr eine Locke aus der Stirn. »Du, ich vertrete ein absolutes Spitzenprodukt!«
»Mensch, Karli!«
»Hast du dir schon einen Pelzmantel ausgesucht?« fragte er.
Annelore blickte mit einem Mal angestrengt erwägend.

»Liebling, ich glaube nicht, daß dein Vorschuß für einen Pelz meiner Wahl reicht. Laß uns auf den ersten Abschluß warten!«

Statt eines Pelzmantels für Annelore gab es also eine Vorauszahlung bei Frau Stein. Sie wirkte eindeutig beeindruckt, und die Bissingers konnten gewiß sein, daß Unterkunft und Verpflegung für die nächsten Wochen gesichert waren.

Karlheinz Bissinger ging seinem Tatendrang weiter nach, indem er zunächst das Branchenbuch studierte. »Weißt du«, sagte er zu Annelore, »ich will nicht mit Kleinkram meine Zeit vertun. Ich will nicht kleckern, ich will klotzen.«

Er machte ein Unternehmen in Nürnberg ausfindig, das weltweiten Ruf genoß, die Brosch AG, Fabrikation elektrischer Geräte aller Art, Hunderte von Angestellten. Dort müßte was zu holen sein!

Er rief bei der Firma an, ließ sich mit der Geschäftsleitung verbinden, verkündete, daß er betriebswirtschaftlich äußerst wichtige Innovationsvorschläge zu unterbreiten habe, und wann denn, bitte, sein Besuch angenehm sei.

»Einen Augenblick«, hieß es zurückhaltend, »da verbinde ich Sie mit unserem Herrn Bolling.«

Bolling verwies ihn wenig später weiter an Fräulein Weber.

Über Fräulein Weber geriet er an Herrn Doktor Allweis, der für den folgenden Freitag, 16 Uhr, einen Termin vereinbarte.

Bissinger war bereits um 14 Uhr zur Stelle, um sich in den Fabrikationshallen umzusehen. Daraufhin konnte er Herrn Doktor Allweis ohne Mühe erläutern, daß das IGHS-Hochleistungssauggerät geradezu perfekt zur Reinigung der Drehbänke geeignet war. »Und bedenken Sie, Herr Doktor, wieviel kostbare Zeit Ihre Lehrlinge bisher mit solch niederer Arbeit vergeuden!«

Herr Doktor Allweis verständigte Fräulein Weber, diese Herrn Bolling, der wiederum die Geschäftsleitung.

Ihnen allen erklärte Bissinger in wohlgewählten Worten, daß der IGHS-Hochleistungssauger unbedingt die Zufriedenheit der Lehrlinge steigere. Selbst seine Ausführungen, dadurch das Auftragsvolumen der Firma zu sichern, erschienen unwiderstehlich logisch.

Am Ende konnte er tatsächlich einen Auftrag von über 50 Saugsystemen zum Einzelpreis von 3500 Mark verbuchen.

»Überzeugungsarbeit.« Theo Fleischer zuckte anerkennend die Augenbrauen. »Wir sollten dem Mann eine Sonderprämie zahlen.«

Direktor Hahnekamp zog an seiner Zigarre. »Man motiviert einen Meutehund nicht, indem man ihm reichlich zu fressen gibt. Erschweren Sie die Auszahlung der Provision, das wird ihn anspornen.«

Danebengetroffen! Es spornte Karlheinz Bissinger vielmehr an, sich nach einer Nebenbeschäftigung umzusehen. Er studierte den Wirtschaftsteil der Tageszeitungen, schloß Kontakt mit einer Münchner Investmentfirma und vermittelte abends, nachdem er Kunden für die IGHS besucht hatte, telefonisch Aktien und Fondseinlagen.

Aber das sollte nicht alles sein.

Augsburg, Lessingstraße. Ein heißer Sommernachmittag. Bissinger hatte reibungslos drei Industriesauger an eine Reinigungsfirma verkauft. Eine Viertelstunde, und der Handel war perfekt.

Er saß unschlüssig am Steuer seines Kombis, zündete sich eine Zigarette am Stummel der vorigen an. Ein angebrochener Nachmittag; zu früh, schon nach Hause zu fahren.

Es war schönstes Biergartenwetter. Aber wo gab's in Augsburg einen Biergarten? Bissinger verwarf den Gedanken im Nu; es war ihm zuwider, ohne Begleitung Bier zu trinken.

Zufällig fiel sein Blick auf das Firmenschild einer Versicherungsagentur, die im selben Haus saß, das er soeben verlassen hatte.

Wer weiß, schoß es ihm durch den Kopf, vielleicht werde ich dort noch einen Sauger los. Fragen kostet nichts.

Die Dame hinter dem Schreibtisch war knackig, knapp über 30 und hämmerte mit merkwürdig eckigen Bewegungen auf ihre Schreibmaschine ein. Mit einer ebenfalls eckigen Geste warf sie den Kopf zurück und blickte zu Bissinger auf.

»Grüß Gott!« sagte er gutgelaunt. »Mein Name ist Bissinger. Ich würde gern Ihren Chef sprechen.«

»Ich bin der Chef«, klärte ihn die Dame auf, »meine Sekretärin ist krank.«

»Ach so. Ja, dann ...«

Aber aus dem »Na also« wurde zunächst nichts.

Die Agentur, es war die Augsburger Niederlassung eines Braunschweiger Versicherungskonzerns, beschränkte sich auf zwei Räume. Bedarf an Hochleistungssaugern bestand nicht.

Dafür wußte die Chefin, wo man im Freien unter schattenspendenden Kastanien Bier trinken konnte. Und da es heiß, auch ihre Kehle ausgedörrt und der Besucher ihr sympathisch war, begleitete sie Bissinger.

Das Lokal war lauschig und wohltuend kühl, das Bier gut gezapft, ihr Augenpaar hübsch anzusehen. Sie selbst eine ausgezeichnete Gesprächspartnerin – und vor allem auch Zuhörerin. Sie konnte Bissingers Redefluß über viele Minuten lauschen, ohne ihn mit einem Wörtchen zu unterbrechen. Das war Balsam auf seine Seele: Er genoß es, ungehemmt erzählen zu dürfen. Von sich, von seinem Vater in Australien, seiner Mutter in Norwegen, vor allem aber und immer wieder: von sich.

Das Angenehme mit dem Nützlichen verbindend, handelte er nebenbei einen Vertretervertrag mit ihrer Versicherungsagentur aus. Die Provision war ordentlich. Na also!

Er saß noch lange mit Lydia Sommer – so hieß die Dame – beisammen. Die Biere waren süffig, die Brathendl knusprig, die Schnäpschen zahlreich. Es war spät in der Nacht, als sie sich verabschiedeten. »Passiert« war nichts – und dennoch verspürte er den Hauch eines schlechten Gewissens.


»Wo warst du so lange?« forschte Annelore, als Karlheinz mit leicht unsicheren Schritten ins Hotelzimmer stolperte.

»Eine geschäftliche Besprechung.«

»So spät noch?«

»Hat sich so ergeben.«

»Mit wem denn?«

»Mit dem Agenturchef eines Versicherungskonzerns.«

»Du stinkst nach Bier und Schnaps!«

»Und Sekt!« fügte er hinzu, um sein Image bemüht.

»Du solltest betrunken nicht Auto fahren!«

»Hat sie auch gesagt.«

»Wer ist ›sie‹?«

Er streifte Jacke und Hemd ab, warf beides über eine Stuhllehne, ließ die Hosen sinken und häufte sie darüber.

»Wer ist ›sie‹?!«

»Na ja, die Chefin der Agentur.«

»Ist sie jung?«

An sich war Karlheinz Bissinger ein wahrheitsliebender Mensch. Aber gewisse Situationen stellen besondere Anforderungen. »An die sechzig«, schwindelte er, »verheiratet und Großmutter.«

Annelore tat vertrauensselig. »Du solltest dich duschen, du riechst.«

Er tapste über den Flur ins Bad und versuchte, mit dem Waschlappen sein Gesicht zu treffen. Am Bett zurück, stellte er erleichtert fest, daß Annelore eingeschlafen war.

Seit jenem Tag verhökerte Bissinger nicht nur Hochleistungssaugsysteme, Aktien und Fondseinlagen, sondern auch Lebens-, Rechtsschutz-, Kranken-, Haftpflicht- und Hausratversicherungen.

Und es lief. Es lief gut. Es lief wie geschmiert. Hin und wieder bemäkelten zwar einige Kunden, daß die Großsauger, die Bissinger ihnen aufgeschwatzt hatte, nicht ihren Vorstellungen entsprachen. Aber das bekümmerte ihn nicht. Das war Sache der Zentrale in Karlsruhe.

Sein Dreifachjob machte ihm Spaß. Auch wenn er oft den ganzen Tag unterwegs war und am Abend noch stundenlang telefonieren mußte.

Aber er erledigte die viele Arbeit gern. Das Geld selbst spielte dabei eine untergeordnete Rolle. Er war kein Dagobert Duck: Er sehnte sich nach Luxus. Und Luxus setzt nun einmal Geld voraus. Also hieß es schuften.

Sein Monatseinkommen belief sich bald auf annähernd 30 000 Mark. Nach vier Wochen wechselte die Familie in ein geräumiges Zimmer im ersten Stock des Wagnerbräu, nach einem Vierteljahr in eine Vierzimmerwohnung mit Garten nahe Dachau, und nach Jahresfrist besaß Bissinger genügend Eigenkapital, um ein Reihenhaus in München-Pasing zu erwerben.

Na also! Na also!

# Ein gelungener Deal

Es war ein nichtiger Blechschaden. Doch er traf Karlheinz Bissinger wie ein Stich ins Herz. Sein BMW war so gut wie nagelneu. Er hatte ihn erst vor zwei Wochen erstanden.

Er hatte ihn kurz in der Münchner Maximilianstraße geparkt, um die Auslage des Modeschöpfers Elsammer zu mustern. Die kleinen, goldgerahmten Preisschildchen machten ihn schwindeln. 4800 DM für einen Blazer, 1600 DM für ein leichtes Seidenhemd. Interessiert studierte er die Preise der Mäntel und Anzüge. Elsammers Modelle entsprachen haargenau seinem Geschmack, seiner Sehnsucht nach Eleganz und Luxus.

Nahezu zeitgleich kamen ihm die Hypotheken, die Raten für das neue Auto in den Sinn – verdammt, noch konnte er seinen Gelüsten nicht nachgeben. Aber eines Tages … eines nicht zu fernen Tages, schwor er sich, würde er hier einkaufen. Und zwar nicht zu knapp. Solches Outfit war »style« (er dachte es tatsächlich englisch), es verschaffte dem Träger Ansehen. Wer bei Elsammer Kunde war, galt etwas in jenen Münchner Kreisen, zu den er zählen wollte und würde.

Der Geschäftsführer, elegant, maßvoll gekleidet wie eine seiner Schaufensterpuppen, blickte gelangweilt durch das Fenster. Er schien Bissinger gar nicht wahrzunehmen. Na warte, überlegte dieser, eines Tages … eines nicht zu fernen Tages wirst du mich bedienen!

Als er sich umwandte, sah er, wie ein rückwärts einparkender Mercedes das Heck seines BMW streifte.

Einen Moment erstarrte er wie vom Blitz getroffen. Das durfte nicht wahr sein! Der schöne BMW, eben noch fabrikneu, jetzt ein verkratzter, zerbeulter Gebrauchtwagen!

Der Fahrer des Mercedes, schmal, glattgekämmtes Haar, Trenchcoat mit hochgeschlagenem Kragen, stieg aus, betrachtete den beschädigten Kotflügel und begab sich seelenruhig zu seinem Auto zurück.

So eine ausgekochte Unverschämtheit, dachte Bissinger. Dem werd' ich die Meinung sagen! »He, Sie Raudi!« rief er aufgebracht und eilte dem Übeltäter nach.

So lernte er Günter Nüßlein kennen, aus Berlin, Anfang 30, gutaussehend, wohlsituiert, mit geschliffenen Manieren und vielerlei Plänen. Er sollte in Bissingers Leben eine bedeutende Rolle spielen.

Der smarte Herr entnahm soeben seiner Tasche auf dem Beifahrersitz eine Visitenkarte, als er hinter sich Bissingers aufgebrachte Stimme hörte.

Er wandte sich um. »Sprechen Sie mit mir?«

Bissinger übergoß ihn, der Fahrerflucht beschuldigend, mit einem Wortschwall. Als die Miene seines Opfers eisern freundlich blieb, holte er Luft und schloß sachlich ab: »Ich erwarte, daß Sie für den Schaden aufkommen!«

»Das habe ich ohnehin vor«, lächelte sein Gegenüber verbindlich. »Darf ich Ihnen meine Visitenkarte geben? Ich wollte sie hinter den Scheibenwischer Ihres Wagens stecken.«

Sodann führte Nüßlein ihn in eine kleine, exklusive Weinstube in der Theatinerstraße. Dort verrauchte Bissingers Zorn bei Austern, einer Flasche Chablis und Nüßleins Erklärung, daß seine Versicherung selbstverständlich für den Schaden – einen kleinen Kratzer am Kotflügel – aufkommen werde.

Hier hakte Bissinger augenblicklich ein. Ein Geschäft witternd, unterbreitete er Nüßlein, ihm zu günstigeren Konditionen eine weit bessere Versicherung vermitteln zu können.

Nüßlein grinste. »Klasse, jemanden wie Sie könnte ich gebrauchen.«

»Wie bitte?«

»Einen Mann mit ungebremstem Verkaufssinn. Imponiert mir.«

Bissinger erfuhr, daß Nüßlein in Berlin ein Restaurant besessen hatte und jüngst nach München gezogen war. Nun wollte er eine neue Firma aufbauen, und zwar keine Klitsche, sondern ein »großes Ding«. Ob Immobilien-, Versicherungswesen oder irgendeine andere Branche, Hauptsache, das Geschäft warf dicke Gewinne ab.

Nun geriet auch Bissinger in Fahrt. Er spulte seinen Lebenslauf ab. Wortreich schmückte er seine Erlebnisse in Australien aus, seine fetzigen DJ-Auftritte, die Rekorderfolge, die er schon als Achtzehnjähriger als Versicherungsvertreter und Zeitschriftenwerber erzielt hatte … Sein Bericht, wie er mit 150 Mark im Portemonnaie gleich einem Phönix aus der Asche aufgestiegen war, mußte jeden Zuhörer überzeugen, daß Bissingers märchenhafte Karriere Wirklichkeit war – zu verdanken nicht dem bloßen Glück, sondern der Tatkraft des Helden. Bissinger kannte keine Grenzen, wenn es galt, seine Fähigkeiten ins rechte Licht zu rücken.

Nüßlein bestellte eine Flasche Chablis nach, bald wollte man wieder zusammentreffen.

Damit begann ein neuer Abschnitt in Bissingers Leben. Das Jahr 1976 neigte sich dem Ende zu.

»Was willst du?« Annelore wurde laut. »Aussteigen? Du hast wohl vollkommen den Boden unter den Füßen verloren!«

Karlheinz setzte sich im Bett auf. »Anneli, ich werde mein Leben neu ordnen. Ich werde den Leuten zeigen, wer ich bin!« Er schlug mit der flachen Hand auf die Bettdecke. »Verdammt, ich kann was, ich bin wer, mir macht keiner was vor!«

»Und deswegen willst du uns ruinieren?«

»Ruinieren? Bist du verrückt?«

»Du bist verrückt, Karl, du!«

»Quatsch, ich weiß genau, was ich tue!«

»Du bist größenwahnsinnig!« Annelore stieg aus dem Bett. Aufgeregt lief sie mit kleinen, staksigen Schritten im Schlafzimmer auf und ab. »Total größenwahnsinnig!«

Sie griff nach den Briefen, die Karlheinz ihr abends, ehe sie zu Bett gingen, lässig-beiläufig gezeigt hatte. Es waren fast gleichlautende Schreiben an die IGHS, die Investmentfirma in München und den Braunschweiger Versicherungskonzern. Darin kündigte er seine Mitarbeit ohne nähere Angabe von Gründen auf. »Wenn du die Briefe abschickst, sind wir geschiedene Leute!«

Er atmete tief durch, griff nach der Zigarettenschachtel.

»Du sollst im Bett nicht rauchen!«

»Ich rauche im Bett!«

Sie entriß ihm das Feuerzeug.

Er angelte sich die Streichholzschachtel. »Anne«, sagte er, »du weißt genau, was ich nicht ertragen kann: bevormundet zu werden. Weder von dir noch von sonst jemandem.« Er zündete sich die Zigarette an. »Und du weißt auch, weshalb ich damals immer wieder die Lehrstelle gewechselt habe. Weil ich nicht nach anderer Leute Pfeife tanzen wollte.«

»Mach dir nichts vor! Du warst schlicht zu träge. Gib's endlich mal zu!«

»Träge, ich hab' nach einer Arbeit gesucht, die zu mir paßt.« Annelores Stimme kippte über. »Und kaum hast du sie gefunden, wirfst du sie hin! Du bist ein feiger Schaumschläger!« Karlheinz fühlte sich unverstanden. Und er war verletzt. In ihrer Verzagtheit stempelte sie ihn zum Sündenbock. Sie war der Egoist, nicht er. Der Zorn hatte ihre ebenmäßigen Gesichtszüge aufgelöst. Plötzlich schien sie ihm fremd. Und erstmals abstoßend.

Er wandte den Blick von ihr ab und versuchte, cool zu bleiben. »Okay, die Arbeit gefällt mir. Aber es geht mir auf den Geist, für andere die Kastanien aus dem Feuer zu holen, verstehst du?«

»So läuft das nun mal!«

»Ich schufte, und die anderen sacken die Kohle ein! Nee, mein Schatz, nicht mit mir! Daß die Dinge so laufen, das weiß ich nun. Aber das reicht mir nicht. Jetzt ziehe ich meinen eigenen Laden auf!«

Ihr Lachen war verächtlich. »Mit diesem Nüßlein?«

»Ja. Mit Günter Nüßlein. Basta!«

Annelore hatte Nüßlein inzwischen kennengelernt. Sie hielt ihn für einen aufgeblasenen Möchtegern-Fuzzi und haltlosen Spinner in weltmännisch eingefärbter Wolle. Gift für ihren Karlheinz, der selbst genügend Flausen im Hirn hatte. Es konnte nie und nimmer gutgehen, wenn dieses Gespann sich zusammentat.

Es nützte nichts, daß sie an sein Verantwortungsgefühl appellierte: »Denk an deine Familie!« Es nützte nichts, daß sie ihm gut zuredete: »Bleib auf dem Boden, Karli!« Es nützte nichts, ihm zu drohen: »Entweder Nüßlein oder ich!« Karlheinz Bissinger blieb bei seinem Vorhaben.

Schon zwei Wochen, nachdem Bissinger Nüßlein begegnet war, hoben sie die Firma Nüßlein & Bissinger aus der Taufe.

Zunächst wollten sie sich als Versicherungsagentur betätigen. Bissinger brachte die nötige Erfahrung, Nüßlein das erforderliche Kapital ein. Sie mieteten ein nobles Ladenbüro in der Nymphenstraße, statteten es schnieke aus, engagierten eine Sekretärin und stellten sich dem Abenteuer des selbständigen Unternehmertums.

Anfangsschwierigkeiten blieben nicht aus. Sie mußten die erste Sekretärin entlassen. Annelore verzichtete mehr als einmal auf üppige Mahlzeiten, denn Geld war knapp.

Allmählich aber faßten die jungen Geschäftsleute Fuß, die neue Sekretärin hatte alle Hände voll zu tun, Nüßlein kümmerte sich um Buchhaltung und Verwaltung, Bissinger sorgte für die Umsätze.

Und das konnte er. Seine Aufgaben hatten sich nicht wesentlich verändert. Doch jetzt wirtschaftete er in die eigene Tasche. Und in die von Günter Nüßlein. Die Umsätze stiegen. Allerdings verstanden beide, eingenommenes Geld für die Freuden des Daseins auszugeben. Und so war im Hause Bissinger immer mal wieder Grießbrei angesagt.

Ein halbes, dreiviertel Jahr ging auf diese Weise recht und schlecht dahin, manchmal mehr recht, manchmal mehr schlecht. Da tat sich für die Firma Nüßlein & Bissinger ein neuer Geschäftsbereich auf.

Ein purer Zufall brachte die Sache ins Rollen – aber Zufälle gaben Bissingers Leben oft eine entscheidende Wendung.

Freitags pflegte er auf dem Heimweg ein kleines Tabakgeschäft mit Lotto-Toto-Annahme aufzusuchen, um sich mit zwei Stangen Zigaretten einzudecken und seinen Lottoschein abzugeben. Der Laden lag in der Nähe seines Münchner Reihenhauses. Bissinger hielt mit dem Inhaber stets ein Schwätzchen. Herr Karstens war hoch in den Sechzigern, kurzsichtig, schweratmig und allzeit zuvorkommend.

Eines Tages sprach er Bissinger mit seiner leicht brüchigen Stimme an: »Dürfte ich Sie mal etwas fragen?«

»Aber gern.«

»Ich habe vor, mich zur Ruhe zu setzen.«

»Wie schön für Sie!«

»Wie man's nimmt. Sie wissen ja, viel kann man mit so einem kleinen Laden nicht ansparen.«

»Tja ...«

»Und da dachte ich nun ...«

»Hm?«

»Ach, Herr Bissinger, Sie haben doch in Ihrer Versicherungsagentur einen ganz anderen Kundenstamm als ich, und da dachte ich mir ...«

Bissinger hatte keinen blassen Schimmer, worauf der alte Herr hinauswollte. Aber seinen umständlichen Worten nach schien es von Bedeutung zu sein.

»Heraus damit. Was dachten Sie?«

»Äh, es könnte doch sein, daß Sie jemanden kennen, der an meinem Geschäft interessiert wäre ...«

»Aha. Hm, hm.«

»... und dafür ein paar tausend Mark hinblättern würde.«

Nun funkte es in Bissingers Gehirn. »Ach so«, nickte er gönnerhaft, »Sie denken an eine Ablösung?«

»Ja. Eine Ablösung, so nennt man das wohl.« Karstens blinzelte ihn durch dicke Brillengläser an. »So was ist doch nicht unüblich, oder?«

»Nein, durchaus nicht. Welche Summe haben Sie sich denn vorgestellt?« fragte er beiläufig nach.

»Na ja ...« Karstens wiegte unschlüssig den Kopf. »Meinen Sie, 10 000 Mark wären zuviel verlangt?«

Bissinger erklärte, dies auf Anhieb nicht beurteilen zu können. Aber er versprach, sich umzuhören. »Vor allem aber«,

schloß er ab, »benötige ich etwas Schriftliches, damit alles seine Ordnung hat.«
»Aber ja, Herr Bissinger, selbstverständlich.«


Samstag vormittag, 10.30 Uhr. Sektfrühstück im Sheraton. Nüßlein und Bissinger ließen es sich schmecken.
Bissinger, kauend: »Ach übrigens, kennst du jemanden, der einen kleinen Tabakladen übernehmen würde?«
Nüßlein, meckernd: »Nee. Warum?«
Bissinger: »Ich habe einen an der Hand.«
Nüßlein, knurrend: »Na und?«
Bissinger: »Könnte schließlich sein, daß jemand dafür was springen läßt.«
Nüßlein, spitz: »Sag bloß! Und wer?«
Bissinger: »Wir sollten mal unsere Kundenkartei durchforsten.«
Nüßlein, brummend: »Nicht nötig. Die hab' ich im Kopf. Von denen interessiert sich niemand für 'ne kleine Tabakklitsche.«
»Meinst du?«
»Ich meine nicht, ich weiß. Wieviel will denn der Tabakfritze haben?«
»Zehntausend Mäuse.«
Pause. Dann Nüßlein, auffahrend: »Ich weiß! Wir investieren.«
»Hä?«
»Für ein Inserat, du Greenhorn.«
Aus ihrer Sektlaune heraus formulierten sie auf der Rückseite der Speisekarte den Annoncentext: Gutgehendes Tabakgeschäft in stark frequentierter Geschäftslage für 90 000 DM ...

Kaum zu glauben: Schon einen Tag nach Erscheinen des Inserats war bei Nüßlein & Bissinger der Teufel los. Nicht weniger als siebzig Interessenten meldeten sich. Nach einem weiteren Tag war das Geschäft zum geforderten Preis verkauft – und unsere Helden hatten mit links 80 000 DM verdient, abzüglich der Inseratskosten von 83 Mark plus Mehrwertsteuer.

Herr Karstens war glücklich über die erhaltenen 10 000 DM. Es versteht sich von selbst, daß die neue Eigentümerin des kleinen Ladens sämtliche Versicherungen bei der Firma Nüßlein & Bissinger abschloß.

Eine neue Geschäftsidee war geboren.

# Zwanzigmal Australien hin und zurück

So gut Karlheinz Bissinger gelernt hatte, Mißlichkeiten des Lebens zu bewältigen, so mimosenhaft reagierte er, wenn jemand seine Unfehlbarkeit in Frage stellte. Und Annelore gefiel es offenbar immer mehr, ihn an dieser Achillesferse zu verletzen. Karlheinz rächte sich schließlich. Er ging Zigaretten kaufen und ließ sich einige Tage daheim nicht blicken.

Statt dessen entwickelte er mit Nüßlein die Strategie für den Aufbau der neuen Firmentätigkeit: Vermittlung von etablierten Geschäften aller Art. Das Unterfangen schien aussichtsreich: Es gab gewiß etliche Kleinunternehmer, Ärzte, Rechtsanwälte, Steuerberater (nein, die besser nicht – die waren selbst Schlitzohren) und Kaufleute, die ihre Läden, Kanzleien oder Praxen vor dem Ruhestand gewinnbringend übergeben wollten.

Bissinger hatte Frau und Kinder eine knappe Woche verlassen, da schrillte auf seinem Schreibtisch das Telefon. Annelore war am Apparat. »Dein Vater hat angerufen«, sagte sie ohne Vorrede, »aus Australien. Er möchte dich sprechen. Es scheint dringend zu sein. Er ruft heute abend noch mal an.«

Und das war auch schon alles.

Bissinger fühlte sich wie unter Wasser getaucht. Seit er dem australischen »Luxus« entflohen war, hatte sein Vater sich nicht gemeldet. Warum wollte er ihn aus heiterem Himmel unbedingt sprechen? Er schwankte zwischen Versöhnlichkeit und Ärger. Sollte er das Gespräch mit seinem Vater suchen oder besser meiden? Doch neugierig war er allemal.

Nüßlein meinte: »Wenn dein Vater auf dich zukommt, solltest du nicht von vornherein abwehren. Nenn es konventionell, aber ich finde, das gehört sich so. Danach kannst du dich immer noch zurückziehen.«

Also fuhr er schon vor Büroschluß gegen halb fünf nach Hause.

Annelore hatte Tee gekocht. Sie stellte sogar selbstgebackene Plätzchen auf den Tisch.

Er nahm Platz. Sie setzte sich dazu. Sie sprachen über den Anruf, das Wetter und das Fernsehprogramm.

Gegen Abend rief sein Vater an. Die Botschaft lautete: »Willst du mich noch einmal lebend sehen, dann komm so rasch wie möglich her.«

Wenige Tage später flatterte den Bissingers die Mitteilung eines Reisebüros ins Haus. Für den nächsten Samstag waren für sie zwei Flugtickets nach Perth in Westaustralien gebucht: Man möge sich schnellstens um ein Visum bemühen.

»Kommt nicht in Frage!« fuhr Annelore auf. »Mich bringst du nicht noch einmal dahin!«

Herrje, genau so hatte es auch damals angefangen, als er, jung verheiratet, mit Annelore und seinen zwei Töchtern im hübschen Wenzenbach lebte und als Handelsvertreter gut verdiente.

Damals, Ende 1974, war es ein Brief, der in das Leben der kleinen Familie einschlug wie ein Blitz. Ein Brief seines Vaters aus Australien. Karlheinz, 20 Jahre alt, konnte sich nur sehr verschwommen an seinen Vater erinnern. Er war ein Bub von drei Jahren, als der Vater, die Familie zurücklassend, nach Australien auswanderte. Seither hatte er nichts von ihm gehört.

Der Brief seines Vaters war ausführlich. Aus dem Nichts hatte er in der Nähe von Perth einen großen Mineralienkonzern aufgebaut und sich ein zweites Mal, mit einer Deutschen, verheiratet. Der Zusatz, daß er an dieser Ehe nicht aus Liebe, sondern aus geschäftlichen Gründen festhielt, hätte Karlheinz nachdenklich stimmen sollen. Diese Ehe war kinderlos und Karlheinz damit sein einziger Nachfolger.

Er hatte, so fuhr der Vater fort, das Unternehmen nicht aufgebaut, um es fremden Händen zu übereignen. Und so hatte er in letzter Zeit Karlheinz beobachten lassen und erfahren, daß sein Sprößling sich in Anzug und Krawatte mit hohlen Sprüchen sein Brot verdiente. Welch ein würdeloser Job für einen Mann! Der letzte und wichtigste Punkt, die Übernahme des väterlichen Betriebs, war nicht als Angebot, sondern als Befehl formuliert: Die Flugtickets für Karlheinz und seine Familie hatte er bereits bestellt. Widerspruch schien sein Vater nicht zu kennen.

Und doch war Karlheinz wie geblendet: Australien, Abenteuer, die Leitung eines Konzerns ... aber auch Neugier auf den Vater, all dies ließ ihn die Zelte abbrechen.

Der Haushalt in Wenzenbach wurde aufgelöst, die Familie machte sich auf die weite Reise. Im Februar 1975 trafen sie auf dem Roten Kontinent ein, voller Hoffnungen auf ein rosarotes Leben.

Doch schon auf dem Flughafen von Perth verblaßte der Glanz. So hochgesteckt ihre Erwartung war, so kurz fiel die Begrüßung aus.

Sein Vater, einen Kopf kleiner als Karlheinz, aber von kräftiger Statur, mit markantem, vom Leben gezeichnetem Gesicht, erwartete die Reisenden gemeinsam mit seiner Frau. Christine – etwa gleiche Größe wie der Vater, schlank, dennoch derb, mit bitterem Gesichtsausdruck und argwöhnischem Blick – war den Ankömmlingen spontan unsympathisch. Sein Vater wirkte wie die Verkörperung des hemdsärmeligen, kumpelhaften australischen »hey man«. Aber sobald er sprach, kamen eine Gerissenheit, Energie und Härte zum Vorschein, die Karlheinz frösteln machten.

Auch der Empfang im väterlichen Haus war alles andere als euphorisch – kein Willkommensstrauß, keine Umarmung, kein Festschmaus. Bei Kartoffelsalat mit Hähnchenschenkeln teilte der Vater knapp mit, daß morgen der Betrieb ruhen und er Karlheinz herumführen werde. »Übermorgen ist der Ausnahmezustand beendet«, erklärte er stolz. »Bei mir gibt es noch die Sieben-Tage-Woche, und zwar ohne Krankheitsausfälle. Dann geht es wieder an die Arbeit, auch für dich.«

Karlheinz fiel der Unterkiefer herunter, Annelore ein Stein aufs Herz. Am liebsten wäre sie anderntags zurückgeflogen.

Als erstes ließ Vater Henry seinen Sohn im Park einen etwa sechs mal vier Meter großen Hühnerstall im Park errichten. Mit wuchtigen Pflöcken, Maschendraht, einer Holztür und allerhand anderen Utensilien begab sich Karlheinz ans Werk. Bei 30 Grad im Schatten schuftete er wie noch nie zuvor in seinem Leben. Nach zwei Wochen ungewohnter körperlicher Arbeit war Karlheinz fix und fertig – ebenso der Stall: Dieser war schief, aber er stand. Stolz auf sein erstes eigenes Bauwerk, rief er den Vater herbei.

Der kam, warf einen Blick auf den Bau, winkte zwei Arbeiter zu sich und ließ den Hühnerstall abreißen.

»Ich wollte drei Dinge testen. Erstens: wie schnell, zweitens:

wie gut du arbeitest, drittens: deine Intelligenz. Du bist in allen drei Punkten durchgefallen.«

»Wieso?«

»Der Stall ist krumm und schief, also arbeitest du schlampig. Du brauchst 14 Tage für eine Arbeit, die in zwei, höchstens drei Tagen zu schaffen ist. Und wärst du klug, hätte dich stutzig gemacht, daß ich gar keine Hühner halte. Wozu dann ein Stall?«

Nach diesem »Einstieg« ins väterliche Unternehmen arbeitete Karlheinz in der Mineralienschleiferei und der angeschlossenen Tankstelle. Zufrieden stellte er seinen Vater nie. Die Stiefmutter spendete keinen Trost, im Gegenteil. Christine, die Einfluß und Erbe bedroht sah, intrigierte unermüdlich gegen Karlheinz und Annelore, die im Haushalt zuzupacken hatte.

Karlheinz erkannte binnen kurzem, daß sein Vater ein ebensolcher Dr. Jekyll wie Mr. Hyde war. Der Kern war weich und verletzlich, die Schale stahlhart gepanzert. Karlheinz bemerkte, daß Vater Henry einen ausgeprägten Familiensinn besaß. Doch dieser äußerte sich in geradezu archaischer Despotie, die Widerworte nicht duldete. Und Karlheinz, harmoniebedürftig und konfliktscheu, wagte nie, seinem Vater die Stirn zu bieten. Dies nagte an seinem und Annelores Selbstbewußtsein. Monate verstrichen, bis sie beschlossen, den Gordischen Knoten zu durchschlagen und sofort nach Deutschland zurückzukehren.

Aber wie? Das Geld für die Überfahrt fehlte; Vater Henry hatte sie mehr als knapp gehalten. In Briefen baten sie Annelores Eltern und Karlheinz' Großmutter um Hilfe. Antworten erhielten sie erst nach mehreren Wochen – abschlägig. Auch seinem besten Freund hatte Karlheinz geschrieben – er blieb stumm. Bissinger verstand die Welt nicht mehr.

Die einfache Erklärung erfuhren die beiden erst später: Sein Vater, der auch Besitzer der örtlichen privaten Poststelle war, fing ihre Briefe ab und intervenierte. Die Rettung kam von unvermuteter Seite, von Stiefmutter Christine. Selbstverständlich handelte sie nicht uneigennützig, hoffte sie doch, sich so ihre Widersacher vom Hals zu schaffen. Doch Vater Henry, so ihre Bedingung, durfte nichts davon erfahren. Christine zahlte die Flugtickets nach Frankfurt, legte einige hundert Mark Bargeld dazu und brachte die junge Familie zum Flughafen.

Vater Henry begleitete sie nicht zum Flughafen. Er blieb, verhärtet, aber auch empfindlich getroffen, zu Hause. Niederlagen konnte er nur schwer verwinden. Auf die Briefe, die Karlheinz ihm danach schrieb, reagierte er mit Schweigen.

Um so mehr überraschte sein unvermittelter Anruf. »Wenn du mich noch einmal lebend sehen willst ...« – diese Aussage bewegte Karlheinz trotz allem, was geschehen war, zur zweiten »sentimental journey« nach Australien.


»Nur über meine Leiche, mich bringst du kein zweites Mal nach Australien!« Annelores Tonfall ließ keinen Zweifel daran, daß dies ihr letztes Wort war.

Also flog Karlheinz allein.

Während des Fluges tanzten seine Gedanken. War sein Vater todkrank? Wieso wollte er ihn sehen? Worüber wollte er sprechen? Über Erbangelegenheiten? Nochmals über die Firmenübernahme? Es mußte ernst um diesen Dickschädel stehen, wenn er seinen »undankbaren« Sohn trotz aller Geschehnisse zu sich rief ...

Flughafen Perth. Man schrieb das Jahr 1978.

Schon bei der Landung, als die Maschine zum Flughafengebäude rollte, erkannte Bissinger durchs Kabinenfenster: Sein alter Herr war alles andere als siech. Breitbeinig, Hände in den Hosentaschen, Pfeife paffend, den Hut schräg auf dem Kopf, so stand er am Flugfeldrand. Neben ihm Christine, hager und spitz wie eh und je.

Sie begrüßten den »verlorenen Sohn« mit ungekannter Liebenswürdigkeit. Beide, besonders Vater Henry, amüsierte es ungemein, daß Karlheinz ihrem »Trick« auf den Leim gegangen war.

»Wärst du gekommen, wenn ich gesagt hätte, wir haben was zu besprechen?« Ein derber Schlag auf die Schulter.

Karlheinz blieb die Spucke weg. »Das kann doch nicht wahr sein ...«

»Der Flug hat dich nichts gekostet«, Christine zwickte ihn kichernd. »Den hat Henry bezahlt.«

Die Gründe seines Handelns verschleierte Vater Henry zunächst belustigt. »Alles zu seiner Zeit. Ich habe gelernt, daß sich heikle Themen am besten nach einer guten Mahlzeit besprechen lassen.«

»Hammelkeule«, ergänzte Christine. »Hammelkeule ißt du doch besonders gern.«

Dazu gab's das australische Bier Golden Swan, dem Karlheinz nie etwas abgewinnen konnte. Er war höflich genug, seinen Widerwillen zu verbergen. Der Whisky danach versöhnte ihn ein wenig.

»Ich habe dich in letzter Zeit ein wenig observieren lassen«, begann Henry, während er sich eine Pfeife anzündete.

»Schon wieder?« Karlheinz fand dies gar nicht lustig. »Wie hast du das denn diesmal angestellt?«

»Über Detektivbüros. Ich wette, du hast nichts gemerkt!«

»Doch, hab' ich«, log Karlheinz. »Mir entgeht nichts. Aber ich hab' nicht geahnt, daß du der Auftraggeber bist.«

»Tatsächlich?«

»Warum, Vater?«

»Warum was?«

»Warum setzt du Detektive auf mich an?«

»Du bist mein Sohn.«

»Das weiß ich selbst.«

»Hab' keine anderen Kinder, leider …«

»Das bedeutet doch noch lange nicht, daß du …«

Vater Henry legte die Hand auf Karlheinz' Knie, eine ungewohnt sanfte Geste. »Will wissen, was du treibst, Junge. Das interessiert wohl jeden Vater.« Er schob sein leeres Glas Christine hinüber. »Du bist unaufmerksam, Chris!« bemängelte er und wandte sich wieder Karlheinz zu: »Mag sein, daß ich dich damals etwas zu rauh angefaßt habe …«

»Tut's dir jetzt leid?«

»Nein. Warum? War gut so. Hat dich gehärtet.«

»Darauf scheiß' ich!«

»Meinetwegen! Trotzdem: Das war gut für dich. Hat dir genützt, einen Mann aus dir gemacht.«

Karlheinz, sarkastisch: »Für einen Vater zweier Kinder eine Neugeburt.«

»Hab' gehört, du betreibst inzwischen mit einem gewissen Günter Nüßlein so 'ne Art Firma.«

»Stimmt.«

»Paß auf! Hinter Nüßlein ist die Steuerfahndung her.«

»Woher willst du das wissen?«

»Unwichtig. Außerdem hat er Alkoholprobleme.«

»Unwichtig!«

»Aber euer Laden läuft, hab' ich gehört. Läuft gut. Gefällt mir. Ihr haut mächtig auf den Putz.«

»Warum interessiert dich das?«

Wie die Sonne nach einem Gewitter grinste Vater Henry über das ganze Gesicht. »Wir könnten ins Geschäft kommen.«

Das saß! Karlheinz verschluckte sich an seinem Whisky.

Henry besaß nicht nur Minen und eine Reihe Edelsteinverarbeitungsbetriebe, sondern war inzwischen, so erfuhr er, auch zum Landrat von Midland and Gosbery Hills in Westaustralien gewählt worden. Dieses Gebiet, erklärte Henry, war größer als Bayern.

»Und damit, mein Sohn, habe ich nicht nur als wohlhabender Minenbesitzer und Fabrikant Einfluß. Jetzt kann ich auch über politische Kanäle manches in Bewegung setzen.«

»Zum Beispiel?«

»Ich kann Bauland vermitteln, Junge, oder Pachtland, für auswärtige Investoren und Einreisewillige.«

»Und?«

»Und das zu Preisen, die für europäische Verhältnisse lächerlich sind.«

»Immobilienhandel also?«

»Ja. International. Groß angelegt. Vom nackten Grundstücksverkauf als Geldanlage bis zum bezugsfertigen Chalet. Na?«

Noch war der Groschen nicht gefallen. »Beeindruckend.«

»Solche Geschäfte verlangen Geschick. Deswegen habe ich dich kommen lassen. Auf dem Schriftweg läßt sich das nicht erledigen.«

Jetzt blitzten Karlheinz' Augen interessiert auf.

Darauf lief es also hinaus: Nüßlein & Bissinger sollten in Deutschland anlagewillige Investoren aufspüren, denen Vater Henry in Australien Grundstücke vermitteln wollte.

Karlheinz fackelte nicht lange. Damit konnten Nüßlein und er Kohle einfahren.

Nüßlein war Feuer und Flamme. Sofort wurden notwendige Vorbereitungen getroffen, Prospekte gedruckt, Inserate aufgegeben.

In der Folgezeit flogen Bissinger und Nüßlein an der Spitze einer investitionswilligen Gruppe einundzwanzigmal nach Australien. Dort nahm Vater Henry die Kunden unter seine Fittiche. Und diese erlagen, Nüßlein und Bissinger vergessend, Henrys Ausstrahlungskraft. In Henry, dem erfolgreichen Pionier, verkörperten sich ihre unterdrückten Wünsche. Henry verstand, seine Faszination zu nutzen. Nüßlein und Bissinger brachten über hundert Immobilieninteressenten über den Ozean. Nahezu ausnahmslos verfielen sie Henrys Charme.

Unglaublich, aber wahr: Papa verdiente super, Karlheinz und Nüßlein zahlten drauf. Henry sahnte ab, Nüßlein & Bissinger blieben ihre Werbe- und Reisekosten sowie die Provision eines einzigen Kunden. Die Moral von der Geschicht'? Wer ein Goldfeld wittert, denkt nicht ans Kleingeld. Dieser Kitzel – und der Kontakt zu den verrücktesten Typen – bereitete Bissinger einen diebischen Spaß, obwohl er unter dem Strich leer ausging.

# Ein trübes Zwischenspiel

Nachdem die Firma Nüßlein & Bissinger bei den Anlageflügen viel Geld verloren hatte, blieb den beiden nichts anderes übrig, als einen finanzkräftigen Partner auszukundschaften. Der war bald gefunden, und man erweiterte den Geschäftsbereich auf Immobilienvermittlung im Inland. Als sich die Finanzdecke wiederum als zu dünn erwies, traten ein zweiter und dritter Partner hinzu. Schließlich drängten sich fünf Teilhaber wie Heringe in einem Büro – das Chaos war perfekt.

Alsbald wurden die ersten Klagen laut. Einige Kunden, denen sie Firmen vermittelt hatten, fühlten sich übers Ohr gehauen. Sie hatten geglaubt, wer eine halbe Million investiert und eine Firma übernimmt, müsse bloß das Fenster öffnen und das gebündelte Bare hereinlassen.

Als manche dieser Hoffnungen wie Seifenblasen zerplatzten, suchten die Betroffenen den Fehler nicht bei sich. Vielmehr schoben sie die Schuld Nüßlein & Bissinger zu, die als Makler ihre Aufsichtspflicht vernachlässigt hätten.

Da Nüßlein zunehmend in Alkohol abtauchte und Bissinger die Geschäfte vermittelt hatte, richtete sich der geballte Zorn gegen Karlheinz. Einige Kunden schlossen sich zu einem Geschädigtenverein zusammen, machten Bissinger das Leben schwer und ihn um 14 Kilo leichter. Dessen »Freund und Partner Nüßlein« steckte derweil, so er mal nüchtern war, mit den anderen drei Partnern die Köpfe zusammen. Außer einigen teilnahmsvollen Wünschen hatte er nicht mal den simpelsten fachlichen Rat bereit. »Ja, das ist böse, aber da mußt du durch«, mehr fiel ihm nicht ein.

Schließlich erstatteten die »Geschädigten« Strafanzeige wegen Betrugs in zwölf Fällen. Karlheinz Bissinger, dessen Lebenskurve trotz mancher Abstürze bergauf gezeigt hatte, fand sich in den Fängen des Staatsanwalts wieder.

Und Justitia nahm die Sache ernst: Voruntersuchung, Verhöre bei der Kripo, beim Staatsanwalt, schier ohne Ende, fast zwei Jahre wurde ermittelt.

Bissingers Ehe geriet immer heftiger ins Schleudern. Annelore kehrte heraus, ihn beizeiten gewarnt zu haben. Die dicke Suppe, so ihr Tenor, hatte er sich selbst eingebrockt. »Du sollst niemals ›siehste‹ sagen«, diese altbewährte Weisheit schob sie beiseite. Sein Leben war nicht mehr, was es gewesen war. Die Ermittlungen zehrten an den Nerven des Ehepaares, das sich zunehmend voneinander entfremdete. Bereits zur Zeit der vielen Australienflüge hatte sich Annelore vernachlässigt gefühlt. Und nun galt es, erneut bedrohliche Klippen zu umschiffen – mit einem waghalsigen Steuermann wie Karlheinz. Dies setzte Vertrauen, Motivation und Kraft voraus, die offenbar in den Grundfesten erschüttert waren.

»Ich kann nicht mehr, Karli! Ich kann nicht mehr!« sagte sie in jenen Tagen mehr als einmal.

Und er fand keinen anderen Trost als: »Das schaffen wir locker.«

Dabei wußte er weder ein noch aus.

Zur Verhandlung kam es Jahre später, als die Firma Nüßlein & Bissinger längst verkauft war. Die Anklageschrift wurde verlesen. Die Mitglieder des Geschädigtenvereins konnten kaum erwarten, endlich gegen ihn auszusagen.

Karlheinz fühlte sich von aller Welt im Stich gelassen. Und was noch ärger war: auch von seiner rhetorischen Begabung. Sie verpuffte angesichts der Richter im respekteinflößenden Talar. Nur stockend konnte er seine Antworten formulieren. Er sah alle Felle davonschwimmen.

»Geschädigte« wurden als Zeugen aufgerufen. Doch als sie sich in zahllose Widersprüche verwickelten, lief der Strafverteidiger zu Hochform auf. Er zerlegte die Aussagen. Er wies nach, daß ihre Unfähigkeit, einen Betrieb zu führen, den Schaden verursacht hatte, für den sie Bissinger verantwortlich machen wollten. Die Richter konnten sich diesen Argumenten nicht verschließen und sprachen den Angeklagten frei.

Karlheinz Bissinger kam spät, aber immerhin, mit einem blauen Auge davon.

Daß diese Geschichte ein glückliches Ende finden würde, ahnte Bissinger im Frühsommer 1982 nicht. Damals war er ein Nervenbündel und nahe daran, seine Partnerschaft mit Nüßlein aufzukündigen. Es bedurfte nur noch eines geringen Anstoßes.

# Fifty-fifty

Die Atmosphäre zu Hause trübe, die Zusammenarbeit mit Nüßlein qualvoll, die Kasse leer ... aber Trübsal blasen half nicht weiter. Irgendwie mußte es vorangehen.

Bissinger beschloß, sich auf das Gebiet zu beschränken, das er beherrschte: das Verkaufen von Versicherungen.

Eine reine Routine-Angelegenheit, der Abschluß einer Kfz-Versicherung, machte den Anfang. Mit einem feinen Unterschied: Es handelte sich um ein silberfarbenes altes Jaguar-E-Coupé.

Der frischgebackene Besitzer freute sich lässig-fröhlich über den Superschlitten. Der junge Mann erinnerte Bissinger an einen berühmten Fernsehstar.

»Wissen Sie, wem Sie verdammt ähnlich sehen? Dem Pit Clausen. Fast wie aus dem Gesicht geschnitten.«

»Ja, ja«, nickte sein Gegenüber, »das hat man mir schon öfters gesagt.« Ein gut einstudiertes, jungenhaftes Lächeln überzog sein Gesicht. »Ist auch kein Wunder. Ich bin's nämlich.«

Bissinger verschlug es ausnahmsweise die Sprache. Pit Clausen war sein Kunde! Den Sänger, Entertainer, Schauspieler, wohl jeder kannte ihn vom Fernsehen und aus den Klatschspalten, mancher von der Bühne. Clausen hatte seine eigene Fernsehshow, sein eigenes Produktionsbüro, unzählige Fanclubs im ganzen Land. Und wer ihn persönlich kennengelernt hatte, war angetan: »Wie natürlich er ist! Du glaubst es nicht!«

Clausen besaß tatsächlich eine Natürlichkeit, die Bissinger im Nu sympathisch war. Und da auch er auf Menschen zuzugehen verstand, hockten sie bald vergnügt plaudernd in der Luxuskarosse.

»Wie wär's mit einer kleinen Spritztour aufs Land?« fragte Pit Clausen. »Ich wollte mir ohnehin mal Grundstücke am Tegernsee ansehen. Vielleicht wär das 'ne Anlagemöglichkeit.«

Karlheinz, in derlei Fragen nur zu gern behilflich, spitzte die Ohren. Doch leider: Pit gefiel der Tegernsee. »Aber das mit den Immobilien muß ich mir noch mal überlegen ...«

Pit Clausen war ein vorsichtig kalkulierender Mensch. Und diese Kundenkategorie war Karlheinz – wie vom Gericht bestätigt – bei Nüßlein & Bissinger selten begegnet.

Doch Bissinger wäre nicht Bissinger gewesen, hätte er seiner neuen Bekanntschaft seine Talente und Erfolge verschwiegen.

Vor der Rückfahrt rasteten sie im Gutsgasthof Kühlbronn mit herrlichem Blick auf den See und lauwarmem Leberkäs' mit Kartoffelsalat. Pit Clausen blickte nachdenklich über das glitzernde Wasser auf die majestätische Bergkulisse.

»Es ist schön, daß Sie in Ihrer Branche ein Spitzenmann sind«, sinnierte er. »Aber auch schade.«

»Warum das?«

»Naja, ich könnte mir vorstellen ...« Er ließ den Satz in der Luft hängen, nahm einen Schluck Bier. »Ach, lassen wir das!«

Bissingers Spürnase zuckte. »Was könnten Sie sich vorstellen?«

»Eine Schnapsidee. Vergessen Sie's! Prost!«

Bissinger spann den Faden mit konzentrierter Denkermiene weiter. »Die verschiedenen Tätigkeiten, denen ich nachgegangen bin, haben mich eines gelehrt: daß Schnapsideen oft nicht nur Hirngespinste sind. Ohne Schnapsideen gäb's keine Autos, keinen Kölner Dom, keine Erdbeeren mit grünem Pfef-

etliches mehr. Nur wer die Gedanken schießen läßt, kann Ideen entwickeln und dann: verwirklichen.«

Pit Clausen nickte bedächtig. »So philosophisch war mir vorhin gar nicht zumute. Okay, ich rück's heraus: Mir schwebt seit langem ein Projekt vor, und ich dachte, Sie wären der Mann dafür. Doch Sie sind ja voll ausgelastet. Schade!« Er winkte dem Ober, um zu zahlen.

Bissinger bestellte schnell zwei Obstler. »Weihen Sie mich trotzdem kurz ein?«

»Wenn Sie mit mir auf die Schnapsidee anstoßen. Denn dabei bleibt's, solange ich keinen Partner finde. Jemanden, der Phantasie besitzt, Organisationstalent, Unternehmungsgeist, Besonnenheit, Überzeugungsgabe und Einfühlungsvermögen. Solche Leute sind selten.«

Bissinger wollte dem nicht widersprechen. Er war sich seines Seltenheitswerts durchaus bewußt. »Interessant, aber zu vage«, erwiderte er, um sachlichen Ton bemüht. »Erzählen Sie mir dennoch, um welches Projekt es sich handelt?«

Und Pit Clausen erzählte. Von Jugend an hatte er auf der Bühne gestanden. Erfolg hin, Erfolg her – stets hatten andere hinter der Bühne und über ihm gestanden, Regisseur, Produzent, Intendant. Und, einmal nur, wollte er mehr sein als Schauspieler. Wollte selbst die Fäden ziehen, wollte selbst in die Rolle des Produzenten wechseln. Und die Möglichkeit bestand: Er könnte für ein interessantes Schauspiel die deutschen Aufführungsrechte erwerben, dafür die Truppe zusammenstellen und Gastspiele in allen Großstädten organisieren.

»Aber, und das ist der Haken, Herr Bissinger. Ich brauche jemanden für die Vorbereitungen. Einen Mann mit Organisationstalent, Besonnenheit, Phantasie, Überzeugungsgabe usw.«

Bissinger entflammte im Nu. Daß ausgerechnet ihm ein solcher Antrag gemacht wurde, ließ sein Selbstbewußtsein in schwindelnde Höhen steigen. Mit einem Star zusammenarbeiten! Das würde ihn in jene Kreise katapultieren, von denen er träumte: die internationale Prominenz.

Seine Phantasien hatten Lichtjahre übersprungen, als er sich zügelte und eine jener notwendigen Tugenden bemühte, über die er am wenigsten verfügte: die Besonnenheit. »Denken Sie an einen Angestellten?« fragte er unüberhörbar reserviert.

»Nein, einen Partner«, erwiderte Clausen, »einen gleichberechtigten Partner.«

Na also! dachte Karlheinz Bissinger, na also!


1983 schloß Bissinger seinen Vertrag mit Clausen. Die Tätigkeit war interessant, sehr interessant, aber auch anstrengend, sehr anstrengend. Ein italienischer Autor hatte das Theaterstück verfaßt, dessen Rechte Clausen erwerben wollte. Unter dem Titel *Der Prozeß Jesu* warf es die Frage auf, ob Jesus Christus auch unter heutigen Umständen vor Gericht gestellt und verurteilt würde. Es mußte ins Deutsche übersetzt, umgearbeitet und inszeniert werden.

Und das kostete selbstredend Geld. Die »gleichberechtigte Partnerschaft«, in die Bissinger freudig eingewilligt hatte, bedeutete fifty-fifty. 50 Prozent der erhofften Einnahmen – aber auch 50 Prozent der Ausgaben. Klar.

Allem voran galt es, die deutschsprachigen Rechte zu erwerben. Nur: Gegen Bissinger war eine Kirchenmaus ein Krösus.

Obwohl Nüßlein & Bissinger inzwischen verkauft war, hatte Bissinger die Taschen voller Löcher. Die Bank würde sie ihm nicht stopfen. Und sein Vater wäre an einer Teilhaberschaft höchstens dann interessiert, wenn er den Sohn übers Ohr hauen konnte.

Falls nicht unverzüglich ein Wunder geschah, blieb Bissinger keine andere Wahl, als die soeben eingegangene Partnerschaft aufzukündigen.

Das Wunder geschah.
Abends, gegen halb neun, klingelte es an seiner Haustür. Bissinger öffnete. Ein Mann in khakifarbenem Jeansanzug strahlte ihn an. »Grüß dich, Heinzilein!«
Heinzilein, diese Anrede war ihm fremd geworden. Seine Oma hatte ihn so genannt. Wer noch? Es dauerte Sekunden, bis Karlheinz den Besucher erkannte: Es war Dieter Haveler, sein alter Schulfreund. Ihre letzte Begegnung mußte fast zehn Jahre zurückliegen.
»Sprichst du noch mit mir?«
»Komm rein!«
Dieter Haveler war es gewesen, dem Karlheinz vor sechs Jahren aus Australien geschrieben und den er dabei um Hilfe gebeten hatte. Dieter hatte eine Antwort nicht für nötig befunden.
»Kennst du meine Frau?«
»Nein.«
»Annelore, das ist Dieter Haveler. Dieter, das ist meine Frau Annelore.«
»Sehr angenehm.«
Bissinger war stocksauer auf seinen »Freund«. Entsprechend frostig begann das Gespräch.
»Setz dich doch!«
»Danke.«
»Wie geht's so?«
»Danke. Und dir?«
»Naja.«

»Gut siehst du aus.«

»Naja, älter.«

Annelore setzte Tee auf, Dieter bewunderte das Reihenhaus, Karlheinz erkundigte sich nach Dieters Gesundheit, Dieter nach Karlheinz' Befinden, Annelore brachte den Tee, und endlich rückte Dieter mit der Sprache heraus.

»Du mußt mich für ein Schwein gehalten haben, damals, nach deinem Hilferuf aus Australien.«

»Da ist was dran. Du hast nie geantwortet.«

»Ich habe nicht vergessen, was du wolltest. Möglichst schnell zurück nach Deutschland. Und du hast gefragt, ob ihr in den ersten Monaten bei mir unterkommen könnt.«

»Haargenau. Aber du hattest wohl keinen Platz?«

»Den hätt' ich gehabt. Aber einen Tag später bekam ich einen Brief von deinem Vater. Er schlug einen Deal vor: 50 000 Märker, wenn ich dich sitzenlasse.«

Bissinger verkniff sich einen Fluch. »Spätestens da wußtest du, weshalb ich von meinem Vater wegwollte.« Er jonglierte mit den Zuckerstücken. »Und? Hat er gezahlt?«

»Ja. Ich hab' angenommen.«

»Sauber!«

»Glaub' mir, Heinzilein, ich kam mir vor wie ein Hund. Aber mir ging's damals elend. Ich brauchte Geld.«

»War schließlich kein Pappenstiel.« Karlheinz grinste bitter. »Das einzig Tröstliche ist, daß mein Vater fuffzich Mille zum Fenster 'rausgeworfen hat.«

»Und ich hab' ein sauschlechtes Gewissen gehabt! Bis heute! Mit dem Geld habe ich meinen ersten eigenen Laden aufgebaut. Ein Geschäft für Modeschmuck.«

Heinzileins »Gratuliere!« klang wie ein Gruß aus der Gruft.

»Jetzt hab' ich drei Verkaufsstände in der Regensburger Fußgängerzone. Sie laufen super. Mir geht's gut – bis auf das schlechte Gewissen dir gegenüber. Und das will ich endlich loswerden, Heinzilein!«

Karlheinz, der diese Anrede immer schon haßte, reagierte sauer. »Damit mußt du wohl leben, Ditti. Priester wollt' ich nie werden.«

Dieter Haveler rutschte im Sessel hin und her. »Ich weiß, geschehen ist geschehen. Wiedergutmachen kann ich's nicht. Aber zumindest jetzt will ich fair sein. Eigentlich gehört das Geld dir. Ich hab's genau ausgerechnet: Bei einem Zinssatz von zwölfeinhalb Prozent erhöht sich die Summe um 51 364 Mark. Ich schulde dir also 101 364 Mark. Und darüber möchte ich dir einen Scheck geben.«

An himmlische Wunder glaubte Bissinger auch daraufhin nicht. Um so mehr aber an jene der menschlichen Psyche.

Sein ausgeprägter Stolz verbot es ihm jedoch, die gesamte Summe anzunehmen. Zunächst lehnte er rundweg ab, ließ sich aber bei fifty-fifty erweichen und akzeptierte mit verhohlenem Wohlwollen einen Scheck über 50 682 DM.

# Zu neuen Ufern

Bissinger bezog sein Büro in Pit Clausens Produktionsfirma. Noch schrieb man das Jahr 1983.

Das Büro lag in einer edlen Jugendstilvilla in der besten Gegend Schwabings. Ein Ambiente, in dem sich der nach Höherem strebende Karlheinz sogleich heimisch fühlte.

Es gab viel zu tun, und Bissinger tat es gern.

Pit Clausen stellte ihm eine Sekretärin zur Verfügung. Sie hieß Hildegard Schröder, war fast zwei Köpfe kleiner als er, gut fünf Jahre älter, Mitte dreißig und ein Temperamentbündel. Karlheinz schlug auf der Stelle Funken.

Es knisterte, wenn sie dicht neben ihm stand. Jede zufällige Berührung elektrisierte ihn. Ihr Duft nahm ihm den Atem. Die Zusammenarbeit mit ihr war angenehm. Eisern widerstand er jeder Versuchung, doch es fiel ihm immer schwerer, sich zurückzuhalten.

Und schließlich kam, was kommen mußte.

Ein schwüler Sommerabend.

Bissinger und Hildegard Schröder hatten bis neun Uhr abends gearbeitet.

»Eigentlich haben wir uns ein gutes Abendessen verdient.« Er lehnte sich zurück. »Was meinen Sie?«

Sie war gleicher Meinung. Und schlug ein Restaurant in der Nähe vor. Es war innen klein, besaß aber einen großzügigen Garten.

Dort hockten sie gemütlich beisammen, aßen Wildgeschnetzeltes mit Sahnespätzle, tranken Prosecco. Sie unterhielten sich angeregt, leise, fast flüsternd. Sie rückten immer näher aufeinander zu, steckten die Köpfe zusammen, begannen mit den Händen, dann den Füßen und Schenkeln zu spielen. Sein Knie schob sich wie selbsttätig zwischen ihre Beine. Sie beachteten nicht das Wetterleuchten, bemerkten nicht, daß die ersten Gäste ins Lokal flüchteten. Plötzlich war der Platzregen da.

Innen war's brechend voll.

»Ich wohne ums Eck«, sagte sie. »Vielleicht kommen wir einigermaßen trocken hin.«

Sie wurden patschnaß. Aber das störte ihn nicht.

Er nahm auf einer altmodischen Chaiselongue Platz.

Sie zündete Kerzen an, stellte Knabbergebäck und eine Flasche Sekt auf den Tisch und setzte sich neben ihn.

Dann nahm sie ihr Glas und die Initiative in die Hand: »Ich finde, wir sollten zum Du übergehen. Prost, Karlheinz!«

»Prost Hildegard!« Er war dankbar, daß sie das Eis gebrochen hatte, stellte sein Glas ab und schmeckte ihre weichen, fülligen Lippen.

Die nasse Kleidung an ihren Leibern schien zu dampfen. Hildegard löste sich entschlossen aus der Umarmung.

»So holen wir uns eine Erkältung«, lachte sie und ging zum Bad. »Hier hängt noch ein Bademantel von meinem Bruder.« Sie warf ihm den Bademantel und eine Kußhand zu. Dann verschwand sie im Badezimmer.

Ihr Bruder oder wer auch immer mußte ein Riese sein, denn der Mantel war selbst Karlheinz fast zu groß. Er legte seine Kleider ordentlich auf einen Stuhl und wartete. Hildegard kam nicht. Er zündete sich eine Zigarette an. Er leerte sein Glas, rauchte eine zweite Zigarette, griff erneut zur Flasche. Sie ließ ihn zappeln.

Bei ihrem Auftritt verschluckte er sich. Sie hatte geduscht, ihr Haar locker gebürstet und ein Nichts von einem Negligé übergeworfen. Darunter trug sie, wie er erregt feststellte, nur ihr Parfum.

Es war vier Uhr morgens, als er heimfuhr. Er parkte seinen Wagen einige 100 Meter vom Haus entfernt und ging das letzte Stück zu Fuß. Eine kräftige Brise hatte den Regen abgelöst. Karlheinz ballte die Hände in den Hosentaschen, stemmte sich gegen den Wind und versuchte, seine Gedanken zu ordnen.

Nun war es also doch geschehen ... Er, der im Beruf das Abenteuer suchte, war im Privatleben beständig. Das war eines seiner Prinzipien.

Die Begegnung mit Hildegard hatte ihn ungeahnt heftig berührt. Einen solchen Rausch von Gefühlen und Lust hatte er noch nie erlebt. Es war wie ein Urknall.

Karlheinz fühlte sich, als wäre er in eine neue Haut geschlüpft, die ihm nicht paßte. Und je näher er seinem Haus kam, desto mehr spannte sie ihn.

Er war nicht wie manche andere, hier die Ehefrau, dort eine Geliebte. Er konnte nicht unbekümmert auf zwei Bällen tanzen. Für ihn gab es keine »Seitensprünge«, und falls doch, so stellten sie die Weichen neu.

Er konnte sich nicht verstellen. Außerdem kannte ihn Annelore viel zu gut. Sie würde sich nicht täuschen lassen. Doch wie sollte er »es« ihr beibringen?

Er schloß leise die Haustür auf. Er hoffte, daß Annelore schlief. Er wollte noch ein klein wenig Bedenkzeit und morgens in Ruhe mit ihr sprechen.

Aber sie saß im Wohnzimmer, hoch aufgerichtet, nervös. Es brannte nur die kleine Stehlampe, der Aschenbecher quoll von Kippen über. Im Raum stand der erkaltete Rauch. Mit ihren großen Augen, die ihn stets aufs neue anzogen, blickte sie ihn fragend an.

Das Reden fiel ihm schwer. Denn Karlheinz scheute Konflikte. Aber er gab sich einen Ruck. Stockend, doch deutlich erklärte er, daß er sich verliebt hatte und von Annelore trennen werde. Er schlug vor, ihr das Haus in Pasing zu überlassen. »Ich versichere dir, daß ich gut für dich und die Kinder sorgen werde.«

Annelore reagierte gefaßt. »Du schläfst heut' nacht am besten hier auf der Couch.« Mehr sagte sie nicht.

Schon am nächsten Tag packte Karlheinz das Nötigste in einen Koffer und tauschte das freundliche Reihenhaus mit der dunklen Schwabinger Wohnung, in der Hildegard ihn erwartete.

Er lebte nun getrennt von Frau und Kindern. Eine schwere Zeit – nicht nur Annelore, auch er litt. Annelore war mit ihm durch dick und dünn gegangen. Vielleicht liebte er sie nicht mehr, aber er schätzte sie. Und er liebte seine Töchter, auch wenn er stets wenig Zeit mit ihnen hatte verbringen können. Jetzt sah er sie gar nicht mehr. Er konnte verstehen, daß Annelore sie von ihm fernhielt, doch es schmerzte ihn.

So sehr er das schmucke kleine Haus in Pasing mochte, so wenig gefiel ihm die Wohnung in Schwabing. Er empfand sie als dunkel, modrig und eng. Aber: Dort wohnte Hildegard. Und wenn er abends mit ihr heimkehrte, öffnete sich ihm das Tor zu einer sinnlichen Welt, die ihn Vergangenes vergessen ließ.

# Neue Karten, neues Spiel

Bissinger war überrascht, als ihm der Regisseur des Stücks, das er mit Pit Clausen vorbereitete, vorschlug, die Rolle des Petrus zu übernehmen. Doch es paßte zu seiner neuen Lebenssituation. Bissinger fackelte nicht lange. Diese Herausforderung versprach ein weiteres Abenteuer. Und so reiste er von 1984 bis 1985 mit der Gastspieltruppe durch Bayern, trat über hundertmal vor ausverkauften Häusern auf und überlegte schließlich, ob er die Schauspielerei nicht zu seinem Beruf machen sollte.

Aber er lernte Alfons Waldheger kennen, einen fröhlichen Mann in seinem Alter, klein, rundlich, Lockenkopf, intelligent und den angenehmen Seiten des Lebens genauso zugetan wie er selbst.

Waldheger hatte Bissinger als Petrus gesehen – und er fand ihn in dieser Rolle nicht nur gut, sondern auch lustig.

»Lustig ...?«

»Ja, amüsant, locker. Ich glaube, Sie wären was fürs Boulevardtheater.«

Die launig hingeworfene Bemerkung gab Karlheinz zu denken. Die Tournee hatte ihm eine Menge Spaß gemacht. Er genoß den lässigen Umgang mit den Kollegen, die Augenblicke, wenn es still wurde im Zuschauerraum und alle Augen sich auf ihn, Karlheinz Bissinger, richteten. Aber er hatte auch erfahren, daß das Leben eines Berufsschauspielers anstrengend und entbehrungsreich sein konnte. Wäre er nicht mit fünfzig Prozent beteiligt gewesen – mit der Gage allein hätte er bei seinen Ansprüchen den Brotkorb höher hängen müssen.

»Ach, wissen Sie, Herr Waldheger, die Schauspielerei bleibt für mich wohl ein Abstecher in eine fremde, faszinierende Welt. Neues lockt mich immer. Aber wer als Schauspieler die Kasse klingeln lassen will, muß ein Star sein.«

Dazu aber, gestand er sich in ungewohnt bescheidener Selbsteinschätzung ein, fehlte ihm das Rüstzeug. Okay, er könnte Schauspielunterricht nehmen. Aber was dann? Sein Durchhaltevermögen, das wußte er glasklar, hatte Grenzen.

»Sie haben also vor, die Kasse klingeln zu lassen?« fragte Waldheger amüsiert.

Bissinger schüttelte den Kopf. »Vorhaben? Nein. Ich bin gewohnt, reichlich zu verdienen.«

»Hui ...«

»Verstehen Sie mich nicht falsch! Geld an sich bedeutet mir wenig. Aber: Ich muß genug davon haben. Ich zähle nicht zu denen, die sich verbissen abrackern, um sich am Monatsende an ihrem Kontostand zu berauschen. Ich will nicht der Sklave, sondern der Herr des Mammons sein. Geld brauche ich wie einen Diener, der einem das Leben komfortabel macht. Ich will nicht mehr, aber auch nicht weniger.«

Alfons Waldheger war beeindruckt. Nicht weil ihm diese Anschauungen neu waren, sondern weil er sie teilte.

Bissinger schilderte in gewohnt imponierender Manie seine turbulente Macherkarriere, nichtsahnend Waldhegers Feuer schürend. »Was halten Sie von einer Partnerschaft?« Als Waldheger diesen Funken versprühte, stand Bissinger bereits lichterloh in Flammen.

Sie gründeten anno 1986 die Firma Bissinger & Waldheger – diesmal legte Karlheinz Wert darauf, daß sein Name an erster Stelle stand. Tätigkeitsbereich: Versicherungen, Autozulassung, Geschäftsvermittlung, Immobilien.

Die Geschäfte liefen wie geschmiert. Waldheger erledigte Buchhaltung und Verwaltung, Bissinger holte wie gehabt die Umsätze herein.

Diese erhöhte er durch allerlei Geschäfte, die ihre junge Firma »nebenbei« betrieb. So riefen die beiden einen Reiseclub ins Leben, spezialisiert auf Australienreisen, exklusiv für Betuchte zum Pauschalpreis von je 21 000 DM. Und Hildegard beteiligte sich am Modegeschäft einer Bekannten in Münchens Fußgängerzone.

Bald schon klingelte die Kasse, ersehnter Auftakt zum süßen Leben.

Als erstes mietete Bissinger in München-Obermenzing eine weitläufige Dachterrassenwohnung. Die 250 Quadratmeter richtete er mit englischen Stilmöbeln ein, froh, den Plunder von Hildegards Großeltern verschenken zu dürfen.

Sodann nahm er die Scheidung in Angriff. Das Verfahren zog sich in die Länge. Die Anwälte schickten Schriftsätze hin und her. Mit immer neuen Argumenten schacherten sie um Pfennigvorteile für ihre Mandanten (und wohl dickere Honorare auf die eigene Rechnung). Als Bissinger schwante, daß die Rabulistik sich gut und gern bis ins nächste Jahrtausend fortsetzen ließe, faßte er sich ein Herz. Er fuhr nach Pasing und sprach mit Annelore.

»Ich möchte nicht, daß Anwälte unsere Zukunft bestimmen. Ich denke, wir können selbst eine Lösung finden.«

Sie einigten sich schnell. Er ging widerspruchslos auf alle Wünsche Annelores ein. Einzig schwer fiel ihm, daß er auch fortan auf den Kontakt zu seinen Kindern verzichten sollte.

Unter diesen Vorzeichen verlief die Scheidung zu guter Letzt problemlos. Das war 1986.

1987 schritt er mit Hildegard zum Standesamt. Ein Schatten trübte die Hochzeit: Hildegards Partnerin in Sachen Mode hatte sie um satte 500 000 DM übers Ohr gehauen. Aber was machte das schon? Karlheinz hatte privat wieder einen Fuß gefaßt. Und das machte den anderen um so beschwingter.

Erst recht, da die Geschäfte von Bissinger & Waldheger ausgezeichnet liefen. Einziger Pferdefuß: Beide bevorzugten einen exklusiven Lebensstil. Und das war die schlichte Erklärung dafür, weshalb sie mal Kaviar löffelten, dann das Geld für Briefmarken abzählten. Heute 100 000 Mark Guthaben, morgen Diskussionen um die nächste Mietzahlung.

Nichtsdestotrotz ging es irgendwie weiter. Das Auf und Ab beflügelte Bissinger wie Champagner. Nur wer die Täler kennt, genießt den Ausblick vom Gipfel. Das war's.

Niederungen des Alltags, Probleme mit dem Finanzamt oder anderen Behörden, überließ Bissinger guten Gewissens seinem Partner. Schließlich war er dafür da, Gewinne zu erzielen, nicht dafür, diese gegen den Amtsschimmel zu verteidigen.

Eines Tages führte Bissinger einen Kunden zum Abendessen ins Gourmetrestaurant des Münchner Hofs. Essen und Gespräch waren gut verlaufen, sein Gast hatte angebissen. Sie wollten das Hotel verlassen. Doch in der Lounge machte eine Stimme sie stutzig. Sie wiederholte sich wie eine tibetanische Gebetsmühle in seltsam melodischer Gleichförmigkeit. Neugierig geworden, wanderten sie den Tönen nach und gelangten zu einem weiten Saal. Er war gut fünf Meter hoch. Glitzernde Lüster, Holzvertäfelungen und kunstvoller Stuck verliehen dem Raum Noblesse. Am Ende des Saals saß hinter einem Aufbau der Dirigent, ernst, würdig, in dunklem Anzug, einen Holzhammer in der Hand und mit Argusaugen sein Publikum musternd.

»3200 Mark für diese herrliche Bronzearbeit! – 3300 – 400 – 3500. Höre ich mehr? 3500 ... Kein Angebot aus dem Saal? – 3600.« Und immer weiter flogen die Hände hoch, entrückt, als gehörten sie Geigern, die einem Crescendo entgegenstrichen. Sie sanken, als das Bronzepferd für 5500 einen neuen Besitzer fand.

Bissinger hatte schon viel gesehen, aber noch nie eine Auktion. Er und sein Kunde blieben eine Weile an der offenen Tür stehen und beobachteten das Treiben im Saal.

Bissinger war wie verzaubert, von der sonoren Stimme des Auktionators, dem Raunen im Publikum, den anfänglich zaghaften, dann lebhaft und schließlich hektisch geäußerten Geboten.

Wie von einem unsichtbaren Faden gezogen, betrat er langsam den Saal. Er erkämpfte sich einen Platz, kaum bemerkend, daß sein Begleiter ihm folgte. Der Auktionator rief, um sich einen schweigenden Chor ernst blickender Mitarbeiter in schwarzen Hosen und weißen Hemden mit schwarzen Fliegen, die Auktionsobjekte aus: Vasen, Skulpturen, Teppiche, Schmuck, Gemälde ... Hände antworteten ihm ekstatisch. Ein Stück nach dem anderen wechselte den Besitzer.

Nachdem er kaum 30 Minuten dem Treiben staunend zugesehen hatte, machte auch Bissingers Hand sich selbständig. Und kämpfte rauschhaft um Besitz, den andere haben wollten.

Nicht ohne zu zahlen.

Gegen zwei Uhr morgens verließ er den Auktionssaal, ausgelaugt und high. Er hatte acht Teppiche ersteigert, zwei wuchtige Vasen und ein japanisches Samuraischwert. Für insgesamt 25 000 DM zuzüglich – was er nicht gewußt hatte – 18 Prozent Auktionsaufschlag.

Zu Hause fand er sich in der Ausnüchterungszelle wieder. Hildegard, die seit der Hochzeit zu den Negligés auch gern ihre Sanftmut auf den Bügel hängte, gab ihm bitteres Aspirin zu schlucken.

Karlheinz zog sich die Decke über die Ohren. Doch er hörte was von Japsen und Samurai, Bayern, Zirbelstuben und Hirschhorngeweihen, chinesischen Bodenvasen und Fabrikschund. Und Teppichen, die nicht paßten: der eine zu klein, der andere zu groß, von den Farben ganz zu schweigen.

Ja, ja, ja, ja … Ein Rest von Vernunft sagte ihm, daß er Mist gebaut hatte. Aber: Das Bieten hatte Spaß gemacht.

Er rollte sich zusammen und beschloß, eine Weile darüber nachzudenken.

# Eulenspiegel hat's gewußt

Bissinger war wie von einem Virus befallen. Die Erinnerung an die Auktion im Hotel Münchner Hof ließ ihn nicht mehr los. Noch im Traum verfolgte sie ihn: Schwarzweiß gekleidete Meßdiener, die ostasiatisches Kunsthandwerk und glitzerndes Geschmeide feierlich zur Schau stellten, bärenstarke Kerle, die ein ums andere Mal mit unerschütterlicher Gelassenheit schwere Teppiche hoben – Zeremonien vor begierigen Gäubigen, die wie in Trance die Hände schwenkten. Hinter dem Altar schwang der Sektenpriester den Auktionshammer. Ihm zur Rechten führte, miniberockt, eine Maria Magdalena Protokoll.

»Zuschlag«, so meldete sich regelmäßig Bissingers Wecker.

Und er dachte sich auch diesmal: Träume sind mehr als Schäume. Er überredete Waldheger, ihn zu den Auktionen zu begleiten. Dieser reagierte nüchtern.

»Gelungene Show. Trotzdem: Warum ersteigern, was in Fachgeschäften oft günstiger ist?«

»Alfons, das ist der springende Punkt! Genau das ist der Reiz! Mich haut das um! Fachgeschäfte, daß ich nicht lache! Hast du dort jemals einen Kunden so zittern sehen?«

»Ne. Und die hier tun mir leid!«

»Und ich dachte, du hättest was für Spieler übrig. Der eine geht ins Kasino, der andere zu Parteiversammlungen, der eine angelt, der andere läßt Drachen steigen oder Brieftauben fliegen.«

Bissinger stieß Waldheger den Ellbogen in die Leber. »Der ehrliche Spieler ahnt, daß er sein Geld verliert. Die wenigsten besuchen Parteiveranstaltungen, um klüger zu werden. Und jeder Angler weiß, daß er seine Fische im Geschäft billiger beziehen kann.« Er knuffte nochmals nach. »Tu nicht so fein. Du weißt, der Mensch ist schwach.«

Waldheger verzog das Gesicht. »Ich hoffe, du kennst Eulenspiegel....«

Bissinger machte runde Augen.

»... und weißt, daß er entgegen landläufiger Meinung kein Tor war! Er hat die Schwächen der Leute erkannt und seinen Nutzen daraus gezogen.«

»Gehen wir jetzt in die Märchenstunde?«

»Ich dachte, du wärst längst in Tausendundeiner Nacht.«

»Nein, noch bei Eulenspiegel: Im Auktionsgewerbe steckt Geld, viel Geld. Vor allem, wenn ich der Till bin.«

»Ich geb's ja zu: Wär' ich 'ne Frau, würd' ich sagen: Till, ich liebe dich!«

»Echt?«

»Ehrenwort. Nimmst du meinen Antrag an?«

»Klar, wenn du mir einen Erdbeer-Milk-Shake spendierst.«


Hildegard hatten Bissingers Ersteigerungen ganz und gar nicht gefallen. Das war Karlheinz sehr wohl in Erinnerung. Aber es beirrte ihn nicht. Fast täglich ging er zu den Versteigerungen. Er wollte sich kundig machen. Die Auktionen fesselten ihn, so sehr, daß seine rechte Hand immer wieder impulsiv zuckte. Manchmal hielt sein geduldiger Begleiter Waldheger sie im rechten Augenblick fest, manchmal siegte Bissingers mühselig aufgebaute Vernunft. In all den spannungsgeladenen Tagen ersteigerte er nur einmal etwas – zu sündhaftem Preis: eine hauchzarte Kristallschale. Stolz präsentierte er sie Hildegard, die tags zuvor ihre heißgeliebte Steingutschüssel zerbrochen hatte.

Sie nahm das Prunkstück wortlos und ohne Widerspruch entgegen.

Bissingers konziliante Art machte es ihm leicht, die anwesenden Fachleute ins Gespräch zu ziehen. Auch den »Dirigenten« hinter dem Pult. Er lernte in Hans Jürgen Treng – Mitte 40, stets auffällig-elegant gekleidet, fast so groß wie Bissinger – einen liebenswerten, honorigen Menschen kennen. Sie plauderten nicht nur während der kurzen Versteigerungspausen, sondern bisweilen auch danach in der Hotelbar. Dort stellten sie ihre gemeinsame Vorliebe für alkoholfreie Getränke fest. Auf diesem Wege erhielt Karlheinz Bissinger exzellenten Elementarunterricht im Fach »Lizitation«. (Ein imponierend ungebräuchliches Fremdwort, so lernte er, das nichts anderes bedeutet als »Versteigerung«.)

Sein Entschluß stand nunmehr felsenfest.

Es war an einem Mittwochnachmittag, als er zu seinem Partner im Brustton der Überzeugung sagte: »Wir gründen ein Auktionshaus!«

»Auf deinen Phantastereien?« schnappte Waldheger zu. Doch als er Bissingers entschlossenen Blick sah, besänftigte er: »Naja, wollen mal sehen.«

Na also! dachte Karlheinz Bissinger, na also!


Damit begab Karlheinz Bissinger sich auf seinen Leidensweg. Blauäugig, ohne zu ahnen, welche Haie sich in dem Teich tummelten, in den er seine Zehenspitzen getaucht hatte. Mit

130 Kilo Gutgläubigkeit machte er den Kopfsprung ins vermeintliche Paradies.

Fortan ging's um Kopf und Kragen. Bloß gut, daß Bissinger das nicht wußte.

# Ein Greenhorn im Wunderland

Bissinger machte sich auf den Weg durch die Ämter. Er wollte erfahren, was zu tun war, wenn man eine Versteigerung durchführen wollte. Er vernahm, daß in München das Kreisverwaltungsreferat für Auktionen zuständig sei und dort wiederum das Ordnungsamt. Er wanderte von einer Dienststelle zur anderen. Die kompetenten Damen und Herren befanden sich im wohlverdienten Jahres- oder Mutterschaftsurlaub oder waren krank. Immerhin verwies man ihn an die Industrie- und Handelskammer. Diese berate in Auktionsangelegenheiten das Ordnungsamt. Und sie würde ihm – höchstwahrscheinlich – weiterhelfen können.

Was er dort erfuhr, übertraf all seine Hoffnungen. Jeder Unbescholtene, also wer weder vorbestraft noch im Schuldnerregister eingetragen war, konnte gegen eine Gebühr von lächerlichen 800 Mark die Versteigerungserlaubnis erwerben. Das Genehmigungsverfahren nahm gewöhnlich acht Wochen in Anspruch.

Na also! Das war's!

Das war's, wenngleich nicht alles. Bissinger erfuhr von einer Verordnung für gewerbsmäßige Versteigerungen. Er studierte sie sorgfältig, denn er hielt sie für die Bibel des Auktionsgeschäfts. Erst viel später sollte er erkennen, daß nicht jeder in der Branche bibelfest war und mit bravouröser Unbekümmertheit gegen die Gebote verstoßen wurde.

Gebot Nr. 1: Die Versteigerung ist von einem zugelassenen Auktionator durchzuführen. Für den Erwerb der Versteigererlizenz ist keine Prüfung erforderlich, nur eine kurze Anhörung vor der Industrie- und Handelskammer. Dabei wird lediglich geprüft, ob der Antragsteller die Versteigerungsverordnung gelesen hat. Besondere Fachkenntnisse sind nicht vonnöten.

Bissinger war verblüfft. Auktionen waren doch kein Schlußverkauf, bei dem Ramsch abgestoßen wurde. Bei Auktionen ging's um Kunstgegenstände, Teppiche, Schmuck, Antiquitäten. Und dafür brauchte man keine Fachkenntnisse?

Zum zweiten: Die Versteigerung muß öffentlich erfolgen, jedermann muß Zutritt haben. Spätestens einen Tag zuvor muß im ortsüblichen Anzeigenblatt ein Inserat erscheinen.

Zum dritten: Es darf nur Ware, die sich im Besitz eines Endverbrauchers befunden hatte und von diesem eingeliefert wurde, versteigert werden. Gewerbliche Kunsthändler dürfen außerdem Kunstgegenstände aller Art zur Versteigerung geben. Diese Bestimmung soll das Einliefern fabrikneuer Handelsware verhindern.

Zum vierten: Das Auktionshaus ist berechtigt, auch Eigenware zu versteigern, sofern es diese vom Endverbraucher erworben hat und im Auktionskatalog deutlich als Eigenware ausweist.

Zum fünften: Für Versteigerungen gelten nicht die üblichen Ladenschlußzeiten. Auktionen dürfen von Montag bis Samstag ohne zeitliche Beschränkung stattfinden. An Sonn- und Feiertagen sind sie nur in Ausnahmefällen erlaubt, etwa wenn verderbliche Ware oder zugunsten gemeinnütziger oder wohltätiger Zwecke versteigert werden soll.

Außer diesen fünf Geboten galt es, eine Reihe von Formvorschriften zu beherzigen. So etwa waren im Versteigerungssaal deutlich sichtbar per Aushang bekanntzugeben: Name und volle Wohnadresse des Auktionators, Versteigerungsbedingungen und -verordnung sowie das vom Auktionshaus erhobene Aufgeld.

Nach seinem Bibelstudium sah Bissinger keine grundlegenden Schwierigkeiten. Die Verordnung schien ihm eindeutig, und wenn man sie einhielt, konnte eigentlich nichts schieflaufen. Davon war Karlheinz Bissinger fest überzeugt.

Vor allem freute ihn der leichte Einstieg in das Gewerbe: Fachkenntnisse unnötig, 800 Mark investieren, acht Wochen warten, und schon stand das Tor zur Auktionswelt offen!

Inzwischen hatte auch Waldheger angebissen. Sein Taschenrechner hatte ihm bestätigt, daß man mit Auktionen eine Menge Kies einfahren konnte – und wenn's ums Geld ging, hatte Waldheger stets zwei offene Ohren.

»Also gut, Karlheinz: Packen wir's an! Glaubst du, daß du es kannst?«

»Was?«

»Naja, reden wie am Schnürchen und dabei den Hammer schwingen.«

Waldhegers Frage war nur mehr rhetorisch. Er wußte, daß Bissinger, wenn er sich etwas in den Kopf gesetzt hatte, mit diesem ungespitzt durch die Wand zu rennen bereit war. Deshalb wunderte ihn, daß Bissinger diesmal die Stirn kräuselte und abwehrte: »Ich glaube, das lassen wir erst mal.«

»Ach nee? Du traust dich nicht, was?«

»Natürlich trau' ich mich! Und daß ich's kann, weißt du genau. Ich werd' noch mal der beste Auktionator nördlich des 30. Breitengrades.«

»Aber?«

Bissinger zog die Augenbrauen hoch, blinzelte, als blicke er gegen die Sonne. »Diese Art von Show muß auch ich erst lernen. Ich bin dafür, daß wir vorerst einen versierten Versteigerer engagieren. Wir zwei sollten uns jetzt auf das Management konzentrieren.«

»Okay. Womit fangen wir an?«

Zunächst überlegten sie, wo ihre erste Versteigerung stattfinden könnte. Ein Saal in einem bekannten Hotel, das erschien ihnen vielversprechend.

»Du weißt, die Versteigerungen unterliegen nicht der Ladenschlußzeit. Man darf rund um die Uhr den Hammer schwingen. Deswegen schlagen die im Münchner Hof bis in die frühen Morgenstunden zu.«

Waldheger nickte. »Und die Kunden sind an Ort und Stelle – Geschäftsreisende, die sich abends langweilen und in den Restaurants herumhängen.«

»Genau so, mein Freund. Fragt sich nur, welches Hotel geeignet ist.«

Waldheger zückte den Kugelschreiber, machte eine Notiz. »In Ordnung, darum kümmere ich mich.«

Das zweite Problem war die Beschaffung der Ware. Bei den Versteigerungen im Münchner Hof schien sie unbegrenzt. Aber woher kam sie? Wer hatte sie eingeliefert? Wie knüpfte man die einschlägigen Kontakte? Wie ein »Undercover Agent« hatte Bissinger bei seinen Auktionsbesuchen versucht, unauffällig möglichst viele Informationen zu sammeln. Aber sobald es um die Herkunft der Ware ging, stieß er, auch bei Hans Jürgen Treng, auf verdächtiges Schweigen.

»Warum, zum Teufel, rückt niemand damit heraus?« fragte Waldheger, während er Erdnüsse aus der Tüte in die hohle Hand kippte.
»Das wüßt' ich auch gerne.«
»Die wittern vermutlich Konkurrenz.«
»Ausgeschlossen!« Bissinger schüttelte heftig den Kopf. »Ich hab' mich nie als Konkurrent zu erkennen gegeben.«
»Denkste!« kaute Waldheger. »Die haben den Braten gerochen.« Er schob Bissinger die Erdnußtüte zu. »Auch ein paar?«
»Nein, danke.« Bissinger grübelte. »Dahinter muß was anderes stecken. Die sehen mich als Kunden. Garantiert! Wenn ich gefragt habe, woher die Ware stammt, hieß es immer: Das steht im Versteigerungskatalog.«
»Fazit?«
»Da läuft was krumm! So ein Katalog hat nie ausgelegen. Jedenfalls hab' ich keinen gesehen.«
»Und dein Herr Treng?«
»Hat geschmunzelt und gemeint, die Auktionshäuser hätten da ihre Quellen.«
Aber wo, zum Henker, sprudelten diese Quellen?
An einem Samstag sprang Bissinger aus der Wochenendausgabe einer großen Tageszeitung ein zigarettenschachtelgroßes Inserat entgegen: »400 000 Artikel aus Asien billigst zu verkaufen.« Die Liste nannte Palastvasen, Buddhas, Cloisonnéarbeiten, Holzschnitzereien, Samuraischwerter, Bronzeskulpturen, Porzellan und ähnliches mehr.

Am folgenden Montag fuhr Bissinger zur angegebenen Adresse in Feldmoching. Und traute kaum seinen Augen.

Er sah ein weitläufiges Areal, das sich an den Bahngleisen hinzog. Riesige, kasernenartige Lagerhallen. Ein schäbiger, drei Meter hoher Maschendrahtzaun lief um das Gelände. An der Toreinfahrt rostete ein Firmenschild vor sich hin: »T. C. Ellerkant KG«.

Bissinger stieg aus dem Auto und musterte das Anwesen. Die Gebäude waren ungepflegt, der Putz bröckelte wie Brösel von einem steinalten Streuselkuchen, die Fenster starrten vor Schmutz. Auf dem kümmerlichen Rasenrest ringsum hatte im Kampf ums beste Sonnenplätzchen längst das Unkraut gesiegt. Ein Bild, das wie die Kulisse eines verschrammten sozialkritischen Hollywoodfilms aus den fünfziger Jahren wirkte. Jedenfalls nicht sehr vertrauenerweckend.

Bissinger schnippte seine Kippe fort und betrat eine der Lagerhallen. Erneut rieb er sich die Augen. Auf schätzungsweise 6000 Quadratmetern Fläche lagerte Ware. Hunderttausende von Gegenständen aller Art stapelten sich scheinbar wahllos neben- und übereinander, häuften sich wie für die Sperrmüllabfuhr an den Wänden. Dazwischen werkelten langhaarige Typen in schmutzigen T-Shirts, mit Ringen an den Ohren, Tätowierungen an den Armen, und schafften mechanisch Stücke von hier nach dort.

»Kann ich was für Sie tun?«

Bissinger wandte sich um. Vor ihm stand ein Mann, der auf den ersten Blick einer Illustration des Alten Testaments entsprungen schien: das Haar schulterlang, der Bart bis zur Brust, das Hemd weit und offen, an den nackten Füßen Jesuslatschen. Der zweite Blick verriet, daß das Hemd aus feinster Naturseide, die Sandalen aus edlem Juchten und die Jeans maßgeschneidert waren.

»Mein Name ist Ellerkant. Falls diese Millionenschätze Sie interessieren«, eine lässige Gebärde umfing die Lagerbestände, »sie gehören mir.« Sein Blick war freundlich forschend, doch ein gefährlicher Schimmer lag darin.

Bissinger faßte sich und stellte sich vor. Er erklärte, daß er mit seinem Partner ein Auktionshaus etablieren wollte.

»Tatsächlich?« Sein Gegenüber tat cool. Aber es blitzte in den Augen.

»Ja, mein Partner kümmert sich bereits um die Räumlichkeiten. Und ich suche nach geeigneten Auktionsobjekten. Dabei bin ich auf Ihre Anzeige gestoßen.«

Nun strahlte Ellerkant ihn breit an. »Gut so. Bei mir sind Sie an der richtigen Adresse.«

Jetzt legte Bissinger Skepsis an den Tag: »Tatsächlich?«

»Mein Lieber, von mir beziehen die meisten deutschen Auktionshäuser einen großen Teil ihrer Waren.« Dies kam Ellerkant so selbstverständlich über die Lippen, daß es der Wahrheit entsprechen mußte.

Bissinger schluckte. Er dachte an die Verordnungen, die er so sorgfältig studiert hatte. Wie konnten Auktionshäuser hier einkaufen, ohne gegen die Vorschriften zu verstoßen?

Ein kräftiger Schlag auf die Schulter riß Bissinger aus seinen turbulenten Gedanken. »Kommen Sie, wir besprechen das in Ruhe.«

Ellerkant leitete ihn durch ein Labyrinth dunkler Gänge. Bissinger folgte ihm, immer wieder stolpernd über asiatische Kunstgegenstände, die den Weg versperrten. Sie gelangten zu einer Abstellkammer, die Ellerkant als sein Büro bezeichnete.

Dort erlitt Bissinger erneut einen Schock.

Im Büroverschlag saß, an einer dicken Zigarre nuckelnd: Hans Jürgen Treng, der Auktionator aus dem Münchner Hof. Treng lachte über das ganze Gesicht, als er Bissinger begrüßte.

»Einer meiner Stammkunden«, sagte er zu Ellerkant gewandt. »Wie geht's, Herr Bissinger?«

»Er möchte ein Auktionshaus eröffnen«, antwortete Ellerkant an Bissingers Stelle.

»Das ist 'ne Überraschung!«

Ellerkant räumte ein paar Elfenbeinfiguren von einem Stuhl in der Ecke und rückte ihn für Bissinger zurecht. »Nehmen Sie doch bitte einen Augenblick Platz. Ich hab' noch eine Kleinigkeit mit Herrn Treng zu besprechen. Dauert nicht lange. Möchten Sie etwas trinken?«

»Haben Sie einen Milk-Shake?« fiel Treng ein.

»Ich habe alles«, schnarrte Ellerkant, öffnete die Kühlschranktür, stutzte dann. »Milk-Shake?«

»Ja, der Herr bevorzugt Milk-Shakes.«

»Okay, beim nächsten Mal kann ich damit dienen. Wie wär's heute mit einem Whisky?«

Ein vierundzwanzigjähriger Malt, Karlheinz gab sich damit zufrieden.

Auf dem Eckstuhl sitzend, am Whisky nippend und zigarettenrauchend hörte er mit ungläubigem Staunen zu. Treng hatte soeben Ware für sein Düsseldorfer Auktionshaus geordert. Containerweise, für insgesamt anderthalb Millionen Mark. Bissinger wurde blaß. Allmählich ahnte er die Ausmaße der Auktionsgeschäfte.

»Die Anzahlung hab' ich wie abgemacht dabei«, sagte Treng. »500 000, erinnere ich mich recht?«

»Ganz wie es Ihnen ausgeht, Herr Treng. Andernfalls können wir gern …«

»Danke, das ist nicht nötig.«

Bissinger fühlte sich in einen Mafia-Thriller versetzt, als Treng seine Zigarre ablegte, einen Handkoffer öffnete, vollgestopft mit Banknoten, und Ellerkant lächelnd aufforderte:

»Bitte, bedienen Sie sich! Der Rest folgt dann in vier Wochen.«

»Ganz wie es Ihnen ausgeht«, wiederholte Ellerkant und begann zu zählen.

Es wurde eine harte Geduldsprobe. Ellerkant zählte Schein für Schein. Das Ganze dauerte geschlagene 20 Minuten. So hatte Bissinger reichlich Zeit zum Nachdenken. Wie ein Straßenverkäufer Hosenträger, so schleppte sein Idol Bargeld im Koffer mit sich herum. Und zwar eine halbe Million! Bissinger zwickte sich und riß die Augen auf. Nein, er träumte nicht: Da saß Ellerkant und blätterte mit flinken Zeigefingern die Scheine durch. War das Usus im Auktionsgewerbe? Falls ja, warum?

Treng und Ellerkant tätigten ihr Geschäft mit honoriger, lockerer Selbstverständlichkeit. Bissinger schluckte. Sieh an, dachte er, wie bei der Mafia.

Aber er dachte auch, wie es wäre, wenn er eines Tages solch ein Köfferchen vor Ellerkant stellte. Und er schwor sich, damit nicht bis zum Sankt-Nimmerleins-Tag zu warten.

Nachdem der Handel abgeschlossen, die Banknoten in einer chinesischen Bodenvase verstaut und der Koffer wieder zugeklappt war, faßte Bissinger sich ein Herz. Unumwunden fragte er Treng, ob er bereit wäre, für Bissinger und Waldheger den Hammer zu schwingen.

Treng lächelte, wohlwollend und leicht spöttisch. »Mein lieber Bissinger, ich bin voll ausgelastet. Ich besitze in Düsseldorf ein großes, angesehenes Auktionshaus. Daneben organisiere ich, wie Sie wissen, die Versteigerungen im Münchner Hof. Da bleibt kaum Zeit fürs Privatleben, geschweige denn für weitere Aufgaben ... So gern ich Ihnen bei Ihren ersten Schritten auf die Füße helfen würde, mir fehlt schlichtweg die Zeit.«

»Aber«, tröstete Treng, wieder lächelnd, »ich kenne viele Auktionatoren. Lassen Sie mich überlegen, wen ich Ihnen empfehlen kann.« Er schob die Brille zurecht, blätterte in einem kleinen, ledergebundenen Notizbuch, schlug vor und zurück, bis er endlich aufblickte. »Ja, Ulmar Graf Tennwitz. Er ist zwar etwas schwierig im Umgang – ein bißchen übertrieben standesbewußt, immer gnädig von oben herab, Sie verstehen? Aber er ist der einzige, der im Augenblick verfügbar ist. Und er versteht seinen Job.«

»Vielen Dank! Ich werde mich mit ihm in Verbindung setzen.«

»Gern geschehen. Geben Sie mir Ihre Visitenkarte, dann werde ich Ulmar veranlassen, Sie anzurufen.«

Er stand auf, strich die Bügelfalten seiner Hose glatt, dankte Ellerkant für die 40-Mark-Zigarre, die ihm dieser in die Brusttasche steckte, verabschiedete sich und verließ mit federndem Gang das »Büro«.

»Und nun zu uns!« sagte Ellerkant. Seine Augen glitzerten.

Nach dem Millionenhandel kam Bissinger sich vor wie ein armer Schlucker. Waldheger hatte berechnet, daß sich ihr Budget für den Wareneinkauf auf schlappe 50 000 Mark belief.

Ellerkant störte das keineswegs. Als Bissinger von seinen vergangenen und künftigen Erfolgen zu erzählen begann, unterbrach Ellerkant ihn kurzerhand und entführte ihn ins Lager. Er nahm sich sehr viel Zeit für seinen neuen Kunden. Geduldig durchstöberte er mit Bissinger seine Schatzkammer, ließ ihn seelenruhig auswählen.

Die Preise schienen Bissinger so günstig, daß er ungläubig den Kopf schüttelte. Danach, so überschlug er Pi mal Daumen, kalkulierten Einzelhandelsgeschäfte und Warenhäuser nach der Formel »Einkaufspreis mal zehn gleich Endverkaufspreis.« Mindestens.

Bissinger dachte immer wieder an sein Limit von 50 000 Mark. Er orderte extrem vorsichtig, zögerte, verzichtete, im Kopf den Rechenschieber.

»Sie dürfen nicht kleckern!« meinte Ellerkant. »Versteigerungen haben nur Erfolg, wenn der Saal bis unter die Decke voller Ware ist.«

»Kommt schon, kommt schon! Vorläufig stecken wir noch in der Aufbauphase«, bremste Bissinger.

Darauf bot Ellerkant an, ihm zwei Lastwagen mit großen Bronzeskulpturen in Kommission zu geben. Er zeigte ihm die Arbeiten: Löwen, Pferde, Reiher, Brunnen, Engel – was das Herz begehrte.

»Und Sie brauchen unbedingt Teppiche. In allen Größen! Teppiche sind das Herzstück einer jeden Auktion. Ich geb' Ihnen die Adresse eines seriösen Großhändlers.«

Die vielen Aufrufe von Teppichen waren Bissinger bei seinen Auktionsbesuchen tatsächlich aufgefallen. Erneut staunte er: »Großhändler?«

»Wer sonst? Und merken Sie sich noch etwas: Schmuck schmückt. Nicht nur die Träger, auch den Auktionssaal. In den Vitrinen muß es funkeln, daß die Frauen Herzklopfen und ihre Ehemänner Sodbrennen bekommen! Ich kann Ihnen einen erfahrenen Schmuckeinlieferer empfehlen. Noch einen Schluck Whisky?«

Bissinger verstand genau, was Ellerkant sagte. Aber er begriff es nicht. »Schmuckeinlieferer, Teppichgroßhändler … wie läßt sich das mit den Vorschriften vereinbaren? Sie sagen klipp und klar, daß man nur gebrauchte Ware vom Endverbraucher versteigern darf!«

Ellerkant lachte schallend. »Heiliger Strohsack!« japste er, »Sie sind wirklich ein Greenhorn!« Er setzte sich auf die Schreibtischkante. »Nehmen wir mal an, Sie kaufen bei Karstadt einen Teppich. Zu Hause stellen Sie fest, daß das gute Stück doch nicht ins Zimmer paßt. Oder es gefällt Ihrer Frau nicht. Was dann? Der Teppich ist funkelnagelneu, aber Sie sind ein Endverbraucher. Also können Sie ihn zur Auktion geben, verstanden?«

»Da gibt's nicht viel zu verstehen. Aber das ist ein Einzelfall. Sie aber sprechen von Großhändlern!«

»Man muß die Einzelfälle bündeln. Und das geht so: Ein Teppichhändler hat über hundert Bekannte, mit denen er sogenannte Einlieferungsverträge abschließen kann. Aus denen geht hervor, daß die Leutchen einen, zwei oder meinetwegen zehn Teppiche erworben und danach zur Auktion gegeben haben. So einfach ist das.«

»Und Ihre Ware? Die fabrikneuen ostasiatischen Vasen und die Bronzefiguren?«

»Nicht *fabrik*neu, mein Lieber! Das ist beste, kunstvolle Handarbeit!«

»Aber immerhin neu und nicht gebraucht!«

Ellerkant seufzte. Wie konnte man nur so begriffsstutzig sein. »Auch darüber lassen sich Einliefererverträge abschließen. Findet tatsächlich mal eine Kontrolle statt, zeigt man sie vor und kann mühelos beweisen, daß die Ware gebraucht ist. Basta.«

Bissinger war immer noch schockiert. Doch er begann, zunächst widerstrebend, dann erleichtert, sich mit den Gegebenheiten anzufreunden. Das größte Problem schien gelöst.

Alfons Waldheger hatte sich inzwischen in verschiedenen Hotels umgetan, Säle begutachtet, Preise verglichen. Er liebäugelte mit dem Albarella. Das Hotel bot einen Konferenzsaal an, 280 Quadratmeter groß, mit ausreichender Bestuhlung und zwei kleineren Nebenräumen, geeignet für die Auktionskasse und das Lagern weiterer Ware.

»Klingt gut«, befand Bissinger.
»Hat aber einen Haken.«
»Der wäre?«
»Tagesmiete 3000.«
»Bist du zu retten?«
»Ohne Mehrwertsteuer.«
»Wenn wir eine Woche lang versteigern ...«
»... macht das 18 000 Deutsche Mark und dazu kommt noch die Mehrwertsteuer.«
»Du hast hoffentlich gesagt, daß wir ihr Hotel nicht kaufen, sondern bloß einen Saal mieten wollen?«
»Ich lache später. Wir versteigern nur fünf Tage. Macht 15 000, das paßt gerade noch.«
»Zuzüglich Mehrwertsteuer, ich weiß. Mich macht diese Pfennigfuchserei bald krank.«
»Damit müssen wir vorerst leben. Sonst fallen wir schon vor dem Start aus dem Rennen.«
»Okay, hast ja recht.«


Anderntags kam Graf Tennwitz, von Treng angestachelt, zur Besprechung in ihr Büro. Er war eine stattliche Erscheinung: zwei Meter lang, schlank, maßgeschneiderte Kleidung, weiße Nelke im Knopfloch, Hakennase, näselnde Stimme, geballte Arroganz. Aber zweifelsohne ein Profi. Und so jemanden brauchten sie.

Das schien auch Tennwitz zu wissen. Mit schamloser Noblesse verlangte er pro Versteigerungstag eine garantierte Provision von 5000 Mark. Als Bissinger daraufhin das Gespräch als beendet erklärte, ging er auf 4000 herunter. »Aber keinen Pfennig weniger, meine Herren!«

Mit gerümpfter Nase kam er auf die niederen Dinge zu sprechen. »Ich werde die Versteigerung vorschriftsgemäß beim Kreisverwaltungsreferat anmelden, mit Kopie an die Industrie- und Handelskammer. Dafür bitte ich um eine Liste sämtlicher Gegenstände, die Ihre Firma eingekauft oder von professionellen Auktionslieferanten übernommen hat.« Er näselte das herunter wie ein Zeremonienmeister bei Hofe die Gästeliste.

»Stört Sie das nicht?« staunte Bissinger.

»Wie meinen?«

»Nun, entgegen der Versteigerungsverordnung neue, ungebrauchte Ware unter den Hammer zu nehmen.«

Graf Tennwitz lächelte müde blasiert. »Das ist die Usance, meine Herren. Davon lebt fast die gesamte Auktionsbranche.«

Bleibt anzufügen, daß der Einblick in die Branchengepflogenheiten Waldheger weniger verstörte denn anspornte. Bissinger glaubte nach wie vor an den Sinn der Verordnung, aber auch er erkannte schnell, daß kaum ein Brancheninsider diese wirklich Ernst nahm.


Der Reiz des Abenteuers mit der Aussicht, einen Schatz zu heben, ließ keine Müdigkeit aufkommen. Dafür mitunter Schlaflosigkeit. Die Schatzsuche kostete keinen Pappenstiel. Immer wieder rechneten sie: »asiatische Kunst« 50 000 DM, Miete 15 000 DM, Provision für Graf Tennwitz 20 000 DM, außerdem Hilfspersonal, Werbung, Plakate, Aufgeldschilder, Flugblätter, Firmenpapier, Visitenkarten … Sie veranschlagten 150 000 DM – ohne zu wissen, ob diese Investition ausreichen und welchen Ausgang ihr Abenteuer nehmen würde.

Sie trafen eine Vereinbarung mit dem Teppichgroßhändler Izchak Rackhawani. Er saß offenbar auf Teppichen, die aufeinandergelegt die Spitze der Cheopspyramide überragen mußten. Sie engagierten zum Stundenlohn von 15 Mark sieben junge Helfer, darunter drei athletische Burschen, die sich als Teppichhochhalter betätigen sollten. Sie einigten sich mit dem von Ellerkant empfohlenen Schmuckeinlieferer, Freiherr von Strockow. Nicht weniger nobel erschienen ihnen die weißen, großformatigen Plakate, auf denen im Frühjahr 1987 in blauen Lettern prangte:

GROSSE ÖFFENTLICHE VERSTEIGERUNG
Über 2000 Schätze – alles muß raus!
Ort: Albarella-Hotel, München
Zeit: Dienstag bis Samstag von 14 bis ca. 21 Uhr.
Auktion – der Familienspaß!
Wir freuen uns auf Ihren Besuch!

# Es kann losgehen

Die Nacht von Montag auf Dienstag verbrachte Karlheinz Bissinger schweißgebadet. Er träumte von einem 150 000-DM-Flop. Mit autogenem Gedankenaufwand an zu erwartende Riesengewinne versuchte er den Alp zu verscheuchen.

Hildegard merkte nichts davon. Sie schlief fest wie eine satte Katze. Erst um sieben Uhr, als Bissinger im Badezimmer hantierte, wachte sie auf. Und stutzte. Karlheinz stand selten vor zehn Uhr auf.

Dieser ließ sich nicht aufhalten, griff sich seinen besten Anzug und traf um acht Uhr im Albarella ein.

»Wo soll der Kram denn hin?« stöhnte eine dunkle Männerstimme. Sie gehörte einem der Fahrer, die mit zwei Lastwagen, prall gefüllt mit Teppichen und Kunstgegenständen aller Art, vorfuhren.

Waldheger und Bissinger dirigierten das Chaos. Der in letzter Minute bestellte Elektriker wollte Mikrophonanlage, Lautsprecher und Punktstrahler aufbauen. Eine Dekofirma schickte die Glaswürfelregale, in denen die Prunkstücke thronen sollten. Die Plakate plazierten sie augenfällig – und zum Leidwesen der Hoteldirektion – auf Gestellen bei den Eingängen und Zufahrten. Herr Rackhawani wollte mit zwei persischen

Mitarbeitern »ein wenig behilflich sein«, wie er vorschob, in Wahrheit wollte er seine Teppiche bewachen. Sie wiesen die jungen Hilfskräfte ein, installierten die Kasse, ließen die Kaffeemaschine aufbauen, Tassen, Milch und Zucker bereitstellen, kümmerten sich um die Aufgeldschilder und die Garderobenablage. Das hektische, nervöse Durcheinander währte bis zum Mittag.

Alfons Waldheger organisierte so umsichtig, wie es ihm möglich war. Bissinger kippte einen Milk-Shake nach dem anderen.

Eine halbe Stunde vor Auktionsbeginn strahlte der Saal in exklusivem Glanz. Ausgestattet mit eindrucksvollen Kunstgegenständen aus aller Welt, vermittelte er den Anschein eines edlen, internationalen Auktionshauses.

Bissinger war begeistert. Die Kulisse stand.

Jetzt tauchte auch Freiherr von Strockow auf, im Gefolge zwei langbeinige Begleiterinnen. Er lächelte Bissinger aufmunternd zu und plazierte sich nebst Schmuckvitrine neben der Eingangstür. Er hoffte wohl, den Auktionsbesuchern ihr Geld abknöpfen zu können, ehe sie Gefahr liefen, sich für andere Objekte zu interessieren.

Kurz vor 14 Uhr erschien, ultrakonservativ gekleidet, der Auktionator. Mit stolz geschwellter Brust und Kennermiene schritt Ulmar Graf Tennwitz zum Stehpult – einer Faschingsbütt und Leihgabe des Hotels. Ihm zur Seite, mit der blitzblanken Koketterie eines Pin-up-Girls der fünfziger Jahre, seine Protokollführerin.

»Darf ich vorstellen, Mademoiselle Clarence.« Mademoiselle Clarence hieß in Wahrheit Klara und war die nach Höherem strebende Tochter eines Feldlassinger Bodenlegers.

Jetzt konnte es losgehen.

Aber nichts ging los.

14 Uhr 35.

Zwei, drei Leute hielten im Vorbeigehen vor der weit geöffneten Tür inne und spähten neugierig in den prächtig dekorierten Auktionssaal. Worauf Graf Tennwitz seine gut geölte Stimme erhob und die Auktion eröffnete. Die Zaungäste verschwanden.

14 Uhr 53.

Zwei junge Männer erschienen, sahen sich interessiert um, fragten nach Motorradhelmen und entfernten sich dann.

Bissinger und Waldheger wischten sich den nervösen Schweiß von der Stirn. Graf Tennwitz harrte gelassen hinter dem Stehpult aus, das seine hohe Gestalt nahezu vollkommen verbarg und lediglich das überzüchtet bleiche Gesicht mit Hakennase und tiefschwarzen Augenbrauen vorscheinen ließ.

15 Uhr 10.

Eine junge, sehr korrekt gekleidete Dame stöckelte herein, blickte sich kurz um, steuerte gereizt zum Auktionspult und fragte, wer der Verantwortliche dieser Veranstaltung sei.

Graf Tennwitz erhob sich würdevoll. »Womit kann ich Ihnen dienen?«

»Der Halter des Wagens mit dem Nummernschild M‑AX 4358 versperrt die Zufahrt zum Hotel. Sagen Sie ihm bitte, daß er sein Auto unverzüglich entfernen soll.«

Als sie erfuhr, daß keinem der im Saal Anwesenden der Wagen gehörte, hetzte sie ebenso absatzknallend aus dem Raum, wie sie ihn betreten hatte.

Kunden ließen sich nicht blicken.

Wo bleiben die Interessenten? Bissinger, schon leicht panisch, überlegte. Die Auktion ist super vorbereitet. Sie ist nicht schlechter bestückt als die Versteigerungen im Münchner Hof. Doch dort platzt der Saal aus den Nähten. Was haben wir falsch gemacht? Hat sich jemand gegen uns verschworen? So sehr Bissinger auch grübelte, er fand keine Erklärung.

Als sich bis 17 Uhr 30 insgesamt eine Handvoll Leute in den Saal verloren und binnen kurzem wieder verstreut hatte, schwante Waldheger und Bissinger Böses.

»Das ist eine Katastrophe«, ächzte Bissinger. »Ich versteh's nicht. Wir haben unser Bestes getan.«

»War wohl nicht gut genug«, frotzelte Waldheger sarkastisch.

»Na hör mal, wir haben geschuftet wie die Gäule. Und was du hier siehst, ist erste Sahne. Das soll uns erst mal einer nachmachen!«

»Besser nicht, sonst fällt er ebenso auf die Nase!«

Sie kamen einhellig zu dem Schluß: Die Sache war ein Totalflop. Tuschelnd vereinbarten sie, nach diesem Fiasko am nächsten Tag die Auktion einzustellen.

Gegen 18 Uhr 30 erschien ein munter plauderndes Ehepaar mit zwei noch muntereren Töchtern. Bissinger und Waldheger versuchten sich durch die intensive Unterhaltung mit den Töchtern von ihrem Kummer abzulenken. Anders der Teppichlieferant Rackhawani: Er nutzte die Stunde und stürzte sich mit seinen zwei Helfern auf das Ehepaar. Was die beiden Schmuckmiezen ermunterte, sich hinzuzugesellen. Woraufhin das Ehepaar einen Teppich für 30 000 und ein Collier für 12 000 Mark kaufte – wohlgemerkt, nicht ersteigerte.

Ehepaar und Töchter waren Hotelgäste, die vor dem Abendbrot hereingeschaut hatten. Ihrem Beispiel folgend, schneite nach dem Abendessen noch ein knappes Dutzend anderer Hotelgäste herein.

21 Uhr 10.

Die Türen des Auktionssaals schlossen sich. Die Einnahme belief sich, ohne daß der Auktionator ein Wort geredet hatte, auf über 50 000 Mark.

Bissinger und Waldheger strahlten, wenngleich kopfschüttelnd.

»Wir waren anscheinend total überflüssig«, Waldheger rieb sich die Stirn.

»Genau wie der Auktionator.«

»Hättest du das für möglich gehalten?«

Bissinger schüttelte den Kopf.

»Ich auch nicht.«

»Mal sehen, wie's weitergeht.«

Die folgenden Tage verliefen ähnlich. Am Freitag abend hatten Bissinger und Waldheger inklusive Aufgeld rund 250 000 Mark in der Kasse – und waren gespannt auf den Samstag.

Und der Samstag brachte eine Überraschung: Wochenendtagung im Albarella. Alle Betten waren belegt, die Gäste zu erschöpft, das Hotel zu verlassen, aber nicht müde genug, schlafen zu gehen.

Schon am Nachmittag füllte sich der Saal, die Leute strömten scharenweise herbei. Endlich kam Graf Tennwitz zu Wort. Mit näselnder Gewichtigkeit. Seine Ausführungen zu den aufgerufenen Objekten waren Bissinger und Waldheger neu. Doch sie klangen sachverständig. Das Publikum bot begeistert, der Graf schwang den Hammer, Mademoiselle Clarence notierte. So flogen die Stunden dahin, endlich genau so, wie Bissinger es sich erträumt hatte.

Als Bissinger und Waldheger kurz vor Mitternacht die Auktion mit fast dreistündiger Verspätung beendeten, verfügten sie über einen Kassenbestand von sage und schreibe einer halben Million Mark.

Na also! dachte Karlheinz Bissinger, na also!

# Mit Volldampf voraus!

Der schiere Wahnwitz! Ein Hauptgewinn im Lotto war nichts dagegen. Bissinger und Waldheger hatten in einer fünftägigen Auktion ein kleines Vermögen verdient. Und so würde es nun weitergehen!
»Komm, laß uns feiern!«
Und sie feierten bis in den Morgen hinein.

Was Hildegard weniger gefiel.
Als Karlheinz gegen sieben Uhr morgens mit einem Riesenrausch nach Hause kam, sich wie ein Einbrecher auf Zehenspitzen vortastete, um gegen sämtliche Türen, Stühle und Schrankwände zu poltern, riß es sie aus dem Bett. Sie zerrte den Fenstervorhang zur Seite, ließ die Sonne herein und begrüßte ihn mit dem auf dem Globus wohl meistzitierten Satz für Spätkömmlinge: »Weißt du, wieviel Uhr es ist?«
»Glaub' schon«, mümmelte er versponnen vor sich hin, »'s is' nie ssu spät.«
»Täusch dich nicht«, zischte sie. »Schon seit einer Woche kommst du erst weit nach Mitternacht nach Hause. Bist total kaputt. Und das nur wegen dieser albernen Auktionen?«
»Albern? Sin' nich' albern! Sin' su... su...«, Karlheinz gab seiner schweren Zunge einen letzten Befehl, »sind super!«

»Aber mir geht's nicht super! Ich hocke daheim, warte und warte, sehne mich nach dir. Und wenn du endlich kommst, was ist dann?«

»Bin ich da«. Er warf die Schuhe von sich und ließ sich aufs Bett fallen.

»Und wie! Fix und fertig! Zu nichts mehr fähig. Und nun auch noch betrunken!«

Er hatte keine Lust, länger zu streiten. Statt dessen versuchte er, ihr zu beweisen, daß er sehr wohl noch zu allem fähig war. Sein Bemühen schlug jämmerlich fehl. Doch er merkte es kaum. Schnarchend rettete er sich vor Hilde und ihrem Zorn in den Schlaf.

Mittags, beim verspäteten Frühstück, waren die Gewitterwolken halbwegs verflogen. Hilde beteuerte ihre Liebe und Reue, und Karlheinz beteuerte einmal mehr, daß er der Größte sei.

»Das war nur der Anfang, Schatz. Du wirst sehen: Bald kennt man in ganz Europa meinen Namen! Unser Auktionshaus wird ein Imperium!«

Mit verwegenem Selbstbewußtsein projizierte Bissinger seine Möglichkeiten ins Grenzenlose. Was ihm nicht ganz unbewußt war. Aber ab und an mußte er seinem tief verwurzelten Hang zur Euphorie freien Lauf lassen.


Vom Erfolg der ersten fünf Auktionstage beflügelt, beschlossen Bissinger und Waldheger, unverzüglich Nägel mit Köpfen zu machen. Sie stellten ihre anderen Geschäftsaktivitäten ein und widmeten sich ausschließlich der Organisation von Auktionen.

Sie taten dies mit allem Eifer und so viel Umsicht, wie sie aufbringen konnten. Da ihnen bei Champagner und Milk-

Shake die besten Ideen kamen, saßen sie pläneschmiedend bis weit nach Mitternacht zusammen. Was Hildegard immer weniger behagte, bis sie ihre Opferrolle leid war und ihre eigenen Wege ging.

In dieser Zeit stellte Bissinger betroffen fest, daß Waldheger sich veränderte. Bisher waren die zwei einmütig durch alle Hochs und Tiefs gesteuert, hatten fröhlich mal in hohem Bogen Tausender zum Fenster hinausgeworfen und dann wieder Pfennige zusammengekratzt. Jetzt aber, da es um den »großen Coup« ging, drifteten ihre Einstellungen auseinander. Bissinger berauschte sich am Traum vom durchschlagenden Erfolg, Waldhegers Gedanken kreisten nur mehr um das Geld.

Eine fruchtbare Symbiose, hätte man meinen können. Der eine sorgt für den Effekt, der andere für die Effektivität. Die Crux liegt im Wahren des Gleichgewichts.


Schon eine Woche nach Abschluß der ersten Versteigerung traten Waldheger und Bissinger in neue Verhandlungen ein. Da der Saal im Albarella meist ausgebucht war, wandten sie sich an die Direktion des Münchner Herton-Hotels. Dort bot man ihnen den »Japangarten« an. Dieser etwa 200 Quadratmeter große Saal erschien ihnen geradezu ideal. Palmen und Papageienbäume verliehen ihm ein vornehm exotisches Flair. Der Saal lag nicht weit von der Lobby entfernt in der Einkaufspassage des Hotels, besaß aber auch einen eigenen Zugang von der Straße her. Kunden konnten also von allen Seiten kommen.

Bissinger und Waldheger fackelten nicht lange. Sie vereinbarten 165 Auktionstage im Jahr zur Tagesmiete von 3000 Mark. Die halbe Million Jahresmiete schreckte sie nicht – diese Summe hatten sie bei der ersten Auktion in fünf Tagen eingefahren. Vor allem konnten sie nun längere Auktionsperioden planen, zwei oder drei Wochen ununterbrochen versteigern und so Inserats-, Aufbau- und Abbaukosten sparen.

Nach ihrer fünftägigen Erfahrung fühlten sie sich als Vollprofis. Und waren gewiß, die Auktionswelt aus den Angeln heben zu können.

Erstaunlich, aber wahr: Sie erlitten keinen Schiffbruch. Die Vorbereitungen verliefen nach Plan. Claus Ellerkant lieferte seine Schätze containerweise, Izchak Rackhawani Berge von Teppichen, Freiherr von Strockow Schmuck, als wären seine Tresore unerschöpflich. Sie lieferten wie selbstverständlich, stellten keine Sonderbedingungen. Ein jeder schien Vertrauen in ihr Unternehmen zu haben. Es war wie im Märchen.

Und so sollte es eine ganze Weile bleiben.


Im Dezember 1987 ging der Tanz los. Vorweihnachtszeit. 14 Tage Dauerauktion im Herton-Hotel. Es lief wie am Schnürchen. Durchschnittlich hämmerte der Graf am Tag 150 000 Mark zusammen. Teppiche machten etwa 80 Prozent, Ellerkant-Ware und Schmuck des Freiherrn von Strockow 20 Prozent aus. Privateinlieferungen lagen bei ungefähr null Prozent. Somit verstießen sie täglich gegen die behördlichen Verordnungen. Doch der Mensch ist ein Gewohnheitstier. »Das ist wie im Straßenverkehr«, meinte Waldheger, »wenn du hundertmal falsch geparkt hast, dann tust du's immer wieder. Vor allem, wenn niemand hinsieht.«

Nur Hildegard wunderte sich hin und wieder, daß alles so glatt lief. Ansonsten brachte sie dem Treiben wenig Interesse entgegen. Sie erschien zwei- oder dreimal bei den Auktionen. Dort verweilte sie im hinteren Teil des Saales, um ihn schon nach kurzer Zeit wieder zu verlassen.

Auf diese Weise versicherte sie sich, daß ihr Mann für die nächsten Stunden beschäftigt war und sie sich unbehelligt im Kreise »netter Leute« für die Vernachlässigung rächen konnte. Doch dies erfuhr Karlheinz erst, als es ihn schon nicht mehr verletzte.

# Kikeriki!

Es war an einem diesigen Samstagabend im Dezember 1987, als Karlheinz Bissingers wichtigster Lebensabschnitt eingeläutet wurde. Und zwar wieder durch einen Zufall.

Diesmal bestand der Zufall in einer überraschenden Indisposition des Auktionators Ulmar Graf Tennwitz.

Die Auktionen im Herton hatten sich trotz mancher Irritationen und laienhafter Fehler zu einem lukrativen Geschäft entwickelt. Nicht nur Bissinger und Waldheger waren höchst zufrieden, sondern auch alle anderen Beteiligten. Der große Reibach, er war beinahe Routine.

An jenem diesigen Samstagabend war der Auktionssaal brechend voll. Das buntgewürfelte Publikum quetschte sich auf dicht an dicht stehende Stühle, der Raum war leicht überhitzt, dicker Zigarettenqualm machte das Atmen schwer. Die ersten Jacketts wurden abgelegt, Taschentücher gezückt, um die Schweißperlen von der Stirn zu tupfen.

Da winkte Tennwitz mit gräflicher Dignität Bissinger zu sich ans Auktionspult.

»Herr Bissinger«, klagte er, nachdem er eine Unterbrechung angekündigt und das Mikrophon ausgeschaltet hatte, »so leid es mir tut: Ich muß die Auktion abbrechen!«

»Haben Sie den Verstand verloren?«

»Nein, aber unmenschliche Kopfschmerzen. Und die Tabletten wirken nicht mehr.«

»Nur noch drei Stunden«, sprach Bissinger ihm zu, »dann sind Sie erlöst.«

»Nein, ich versteigere keine Sekunde länger. Ich kann mich nicht mehr konzentrieren. Und das ist die Hauptvoraussetzung für einen Auktionator. Wenn wir nicht abbrechen, geschieht eine Katastrophe!«

»Graf, es sind über hundert Leute im Saal, darunter wichtige Stammkunden. Die können wir nicht vergraulen! Diese Katastrophe wäre noch größer.«

Tennwitz legte die gräfliche Stirn in gequälte Falten. »Ich gebe Ihnen ja recht, Herr Bissinger. Vielleicht gibt es einen Ausweg, wenn ...«

»Wenn?«

»... Sie es sich zutrauen.« Tennwitz wand sich.

»Genauer bitte. Die Zeit drängt.«

»Sie haben mir oft beim Versteigern zugehört.«

»Hm.«

»Sie wissen, worauf es dabei ankommt.«

»Hm.«

»Also könnten Sie es wagen, einmal selbst den Hammer zu schwingen.«

»Ich?«

»Ja, Sie.«

»Ohne Versteigererlizenz?«

Ulmar Graf Tennwitz schaltete das Mikrophon wieder ein und räusperte sich vernehmlich. Das Gemurmel im Saal ebbte ab.

»Meine Damen und Herren«, verkündete der Graf, »wir legen eine kleine Pause von etwa fünf Minuten ein.«

Er führte Bissinger zu einem kleinen Seitentisch, strich sich über den schmerzgeplagten Kopf und erläuterte schleppend eine Besonderheit der Versteigerungsverordnung. »Sieht sich der Auktionator durch Krankheit an der Leitung der Veranstaltung verhindert, Herr Bissinger, darf er einem Mitarbeiter die Durchführung der Auktion übertragen.«

Bissinger bekam feuchte Hände.

»Diese Bevollmächtigung«, führte Tennwitz fort, »hat schriftlich zu erfolgen. Auch ist die Behörde zu informieren. Außerdem muß sich der leitende Auktionator weiterhin im Saal aufhalten und als Verantwortlicher den ordnungsgemäßen Verlauf der Auktion beobachten.«

Bissinger fühlte seine Stunde gekommen. Das Rampenlicht hatte er nie gescheut. Ja, er hatte lange genug im Schatten gestanden.

»Nach meiner Meinung«, endete Tennwitz, »ist diese Verordnung deutlich: Der Chefauktionator leitet, ähnlich wie im Spielcasino der Chefcroupier, die Veranstaltung, indem er die Vorgänge, das Publikum und den von ihm beauftragten Versteigerer beobachtet.«

»Also durch seine Anwesenheit im Saal«, begriff Bissinger.

Graf Ulmar griff in seine Aktentasche. Es verblüffte Bissinger, daß die Angelegenheit in Formularform vorbereitet war. Tennwitz setzte mit flüssiger Handschrift Namen, Datum und Unterschrift ein und schob Bissinger das Blatt zur Gegenzeichnung über den Tisch.

Bissingers Hand zitterte, als er unterschrieb.

Auf seine Tagesgage von 4000 Mark verzichtete der Graf nicht. Das war es nicht, was Bissinger im Augenblick beunruhigte. Es war das Lampenfieber: Er sollte ans Pult, vor das hundertköpfige Publikum. Würde es ihm den Zuschlag geben?

»Kopf hoch!« näselte ihm Tennwitz aufmunternd-arrogant zu. »Sie haben mir oft genug zugehört und zugesehen. Machen Sie es mir einfach nach!«

Genau das widerstrebte Bissinger. Auf ihn wirkte der gräfliche Auktionator unkorrekt bei seinen Sprüchen, langweilig, wenig unterhaltsam und unerträglich hochnäsig. Dem Publikum schien das zu gefallen – ihm, Bissinger, jedoch nicht. Distinguierte Überheblichkeit war nicht seine Stärke, vielmehr Witz, Lässigkeit und herzlicher Charme. So hatte er als DJ sein Publikum amüsiert. Sollte es bei Versteigerungen soviel anders sein?

Gemessen bewegte er seine 130 Kilo auf das Auktionspult zu, äußerlich gefaßt und Selbstbewußtsein ausstrahlend, innerlich zitternd vor Aufregung und plötzlich aufkeimender Scheu. Das ist nicht dein erster Auftritt, sprach er sich selbst Mut zu, du kannst es!

Zögernd griff er zum Mikrophon, nicht ohne zuvor fachmännisch in der vor ihm liegenden Auktionsliste geblättert zu haben.

Du kannst es! klickte es unentwegt in seinem Gehirn. Sei locker, dann kann nichts schiefgehen!

Er rückte das Mikrophon zurecht, gab sich einen Ruck und blickte in die Runde. »Meine Damen und Herren! Unseren erfolgsverwöhnten Versteigerer haben angesichts Ihrer niedrigen Gebote leider solch heftige Kopfschmerzen befallen, daß er mich ersuchen mußte, den Hammer zu übernehmen. Haben Sie Verständnis dafür, daß mir, nachdem ich dies erstmals wage, vor Nervosität die Brillengläser anlaufen. Ich bitte also um besonders deutliche und vor allem hohe Gebote. Bietet jemand 5000, dann sollte jemand von ihnen, meine Damen und Herren, rasch 8000 rufen, damit ich diese Schicksalsstunde wohlbehalten überstehe.«

Das Publikum lachte, der Bann war gebrochen. Bissinger rief den ersten Gegenstand zur Versteigerung auf. Den zweiten. Den dritten. Von Minute zu Minute, mit jedem Zuschlag, den er erzielte, wurde er sicherer. Jeder Hammerschlag sagte ihm: Ich kann's!

Sein Lampenfieber war vergessen. Karlheinz redete, wie ihm der Schnabel gewachsen war. Je mehr er sich entspannte, desto origineller wurde sein Stil und desto enger der Kontakt zum Publikum. Je herzhafter es lachte, desto eifriger bot es mit.

Karlheinz badete sich in seinem Erfolg. Und mußte unvermittelt grinsen. Ein Hühnerhof, das war's. Hundert glücklich gackernde Hühner, und er war der Hahn! Kikeriki! Zum ersten, zweiten und ... dritten!

Waldheger verfolgte das Treiben mit gierigen Augen und roten Bäckchen. Ohne zu rechnen, wußte er: Bissinger machte fast den doppelten Umsatz. Teppich- und Schmucklieferant waren gleichermaßen begeistert, die coolen Girls vom Schmuckstand baff: Alle Achtung, 130 Kilo Power.

Ulmar Graf Tennwitz harrte, ohne eine Miene zu verziehen, wie ein Saalwächter in einer Ecke aus. Scheinbar ungerührt beobachtete er das Geschehen, um schließlich grußlos den Saal zu verlassen.

Kurz nach Mitternacht wollte Bissinger die Veranstaltung beenden. Aber die Gäste dachten nicht daran, den Saal zu verlassen. Sie umringten ihren Hahn und sprachen von allen Seiten auf ihn ein.

»Herr Bissinger, bitte!«

»Der Spaß hat doch eben erst begonnen!«

»Seien Sie kein Spielverderber!«

Auch Alfons Waldheger drängte: »Mach weiter! So viel Geld scheffeln wir nie wieder!«

Und Bissinger machte weiter. Redete und hämmerte ohne Unterlaß bis frühmorgens 3 Uhr 30. Waldheger schwebte im siebten Himmel, ebenso die Einlieferer. Sie nahmen Bissinger in ihre Mitte, zogen mit ihm in eine Weinstube, die um diese Zeit noch geöffnet war, setzten ihren Goldesel an einen Tisch und toasteten ihm mit Lobeshymnen zu.

Längst hatte sich die müde Wintersonne erhoben, ratterten Straßenbahnen durch München, als Bissinger, Ringe unter den Augen und ausgequetscht wie eine Zitrone, heimkehrte.

»Weißt du, wieviel Uhr es ist?«

Karlheinz seufzte. Diese Frage kannte er bis zum Überdruß. Und auch Hildegards – unbegründete – Eifersucht.

Geredet hatte er für heute genügend. Und Debattieren haßte er. Doch er schwang sich, ehe er die Augen schloß, zu dem einzigen und essentiellen Satz auf: »Hildegard, ein Star wurde geboren!«


Als er nach einigen Stunden Schlaf erwachte, fühlte er sich wie ein Luftballon, dem man die Luft ausgelassen hatte. Ein Gefühl, das ihn fortan sehr häufig befallen sollte.

»So ist das nach Hochleistungen«, kommentierte Waldheger altklug einige Stunden später. »Und auch wenn du's nicht glaubst: Dieses Gefühl macht süchtig.«

Waldheger war bereits süchtig – nach Geld. Dies war Bissinger glasklar, als er sich kurz vor Auktionsbeginn im wiederhergerichteten »Japangarten« des Herton mit seinem Partner besprach.

Wenig später stieß Tennwitz hinzu. Der Graf wirkte wie ein 0:6, 0:6 geschlagener Tennisstar.

Waldheger übernahm die undankbare Aufgabe, ihm darzulegen, daß Bissinger auch heute statt seiner versteigern sollte.

»Ich gebe zu«, geadeltes Pokerface, »Herr Bissinger hat Talent. Aber keine Lizenz!«

»Lieber Graf Tennwitz!« meldete sich Bissinger zurückhaltend zu Wort. »Sie haben mich doch gestern selbst als Stellvertreter vorgeschlagen.«

»Sehr wohl«, die Hakennase zuckte, »wegen meiner Kopfschmerzen. Aber daran leide ich nicht chronisch.«
»Aber die Regelung, nach der ein von Ihnen Beauftragter an Ihrer Stelle versteigern darf, besteht? Gehe ich recht in dieser Annahme?«
»Nicht ganz. Nur solange ich anwesend wäre.«
»Das ist mir klar«, Bissinger winkte ungeduldig ab. »Gilt diese Spielregel? Ja oder nein?«
Tennwitz wand sich. »In Ausnahmefällen.«
Waldheger griff nun auf seine Art ein. Konkret, sachlich und unmißverständlich verhandeln, das konnte er. Am Ende stimmte Tennwitz einer Reduzierung seiner Tagesgage um 1000 Mark zu. Bissinger würde fortan versteigern, er selbst stumm im Saal verweilen – und das nur bis Mitternacht. Danach waren keine Kontrollen zu befürchten.

Tennwitz war zwar empfindlich in seiner Ehre gekränkt – aber was tut der Mensch nicht alles, wenn er täglich drei Tausender verdienen kann, ohne auch nur einen Finger zu krümmen oder ein Wort zu sprechen. Ein wahrhaft gräfliches »Schweigegeld«.

Weshalb Bissinger nicht spätestens an diesem Tag eine Lizenz für sich beantragt hat? Für 800 Märker bei zwei Monaten Wartefrist? Mit Logik hatte das wenig zu tun. So war er nun mal, euphorisch nach den Sternen greifend und leichtfertig das Naheliegende übersehend.

Doch seine neue Aufgabe erledigte er mit Hingabe. Abend für Abend, Nacht für Nacht gab er hinter dem Auktionspult sein Bestes, während Tennwitz blasiert zuschaute.

Die Silvesterversteigerung war Höhepunkt eines vierzehntägigen Auktionsblocks. Als sie am Neujahrsmorgen gegen fünf Uhr endete, ließen Bissinger, Waldheger und der Anhang die Korken knallen: fast zweieinhalb Millionen Umsatz in zwei

Wochen. Prost! Trunken vom Erfolg, stießen sie lauthals auf das neue Jahr an.

Spät am 1. Januar 1988 schlug Bissinger die Augen auf. Und gleich wieder zu. Dieses Gefühl wollte er auskosten. Ihm war, als läge er auf den Wogen eines champagnergefüllten Wasserbetts. Luxus, jetzt würde er ihn sich leisten können. Bissinger schwamm im Glück.
Die knappe Woche von Neujahr bis zum Dreikönigstag verbrachte er bei seiner Mutter in Norwegen. Sie lebte dort mit ihrem zweiten Mann in einem kleinen, am Waldrand gelegenen Haus. Bäume, Wiesen und Wege tief verschneit, die Luft eisig und klar, der Sternenhimmel endlos. Außer dem Rauschen des nahen Meeres und gelegentlichem Hundegebell aus der Nachbarschaft kaum ein Geräusch. Karlheinz tauchte in diese stille, friedliche Welt ein wie ein Delphin ins Naß. Seine Mutter kümmerte sich liebevoll um ihn, hörte geduldig zu, wenn er erzählte, stellte keine überflüssigen Fragen und ließ ihn schlafen – gründlich ausschlafen.
Bissinger genoß den Kurzurlaub wie ein Verdurstender Quellwasser. Doch viel zu früh mußte er diese Idylle verlassen, um pünktlich zur nächsten Auktion in München zu sein.
Er wußte recht genau, was ihn dort erwartete. Doch er ahnte nicht, daß sich wieder einmal sein Leben von Grund auf ändern sollte.

# Das Glück klopft an die Tür

Ein Vier-Wochen-Versteigerungsblock war angesagt. Und damit Nonstop-Hektik. Bissinger betrat allabendlich mit seinem Auktionskoffer – selbstverständlich vom Feinsten – die kleine Empore, ließ sich hinter dem Pult nieder und spielte den Showmaster. Waldheger kümmerte sich um den Lagerbestand, die Warenlieferanten, das Personal, die Buchhaltung, die Steuer und mit begieriger Freude die Kasse. Er fühlte sich als »Macher«, und diese Rolle genoß er.

Ein stiller Genießer war der Aufsteiger Waldheger nicht. Er fuhr zwei Porsche und einen Mercedes SL, wechselte fast täglich seinen Maßschneider und einmal in der Woche die Freundin.

Eines Abends weckten zwei junge Damen Bissingers Aufmerksamkeit. Bissinger, dem nichts im Publikum entging, hatte sie nie zuvor gesehen. Offensichtlich besuchten die beiden erstmals eine Versteigerung. Sie saßen in der Saalmitte und nahmen mit glänzenden Augen am Geschehen teil. Die eine, blond, hübsch und blaß, ersteigerte wie besessen jede zweite Porzellanvase, die zum Aufruf kam. An ihrer Seite saß eine zarte Madonna, dunkelhaarig, mit einem schmalen, feingeschnittenen Gesicht. Sie beschränkte sich darauf, Bissinger aufmerksam zu lauschen. Sie wirkte anrührend scheu. Doch dahinter ruhte, das spürte er schon beim ersten Anblick, eine gelassene Ausstrahlungskraft, gegen deren Intensität Bissingers Charisma verblaßte. Und solche Eingeständnisse macht ein Bissinger selten.

Beinahe wäre ihm der Hammer aus der Hand gefallen. Wie in Trance führte Bissinger die Auktion fort. Immer wieder blickte er in die Mitte des Saals, nicht wegen der Vasen, die die Blonde beharrlich ersteigerte. Die dunkelhaarige Schönheit neben ihr – das war sie, jeder Hammerschlag sagte es ihm: die Frau seines Lebens!

Und: Du mußt sie kennenlernen! Du mußt!

Er legte eine kurze Pause ein, pumpte sich voll mit Selbstvertrauen und schlängelte sich – seiner Madonna nach – in den Vorraum. Dort zückten sie und ihre Begleiterin soeben die Zigarettenschachteln.

Bissinger tat elegant manierlich, doch sein Herz flimmerte, als er sein Feuerzeug aufflammen ließ. »Darf ich?«

»Merci!« strahlte die Blonde.

Bissinger überspielte seine Befangenheit mit Humor: »Lassen Sie mich raten: Sie wollen eine Vasengalerie eröffnen.«

Nein, das wollte sie nicht. Aber sie lachte. Und schon entspann sich eine Unterhaltung, die mit Vasen nichts mehr zu tun hatte. Bissinger atmete auf. Vasen interessierten ihn ohnehin nicht besonders und heute erst recht nicht. Um so mehr die Information, daß die Blonde Elli und ihre Schwester, »seine« Madonna, Andrea hieß.

»Ein schöner Name!« versicherte er und biß sich gleich darauf fast die Zunge ab. Charmant wollte er sein, nicht abgedroschen.

Heute war nicht sein Glückstag. Als Elli erzählte, daß Andrea eine kleine Modeboutique schräg gegenüber dem Auktionssaal in der Einkaufspassage des Herton-Hotels leitete, ließ ihn erneut sein Einfallsreichtum im Stich.

»Da sehen Sie, wie blind ich bin! Zigmal bin ich an Ihrem Geschäft vorbeigegangen, ohne Sie zu beachten.« Schon wieder eine Floskel. Er wußte es, ehe sie parierte.

»Es ist eine Damenboutique. Was sollte einen Mann daran interessieren?« Ihr Mona-Lisa-Lächeln war ironisch, aber sanft.

Gefährlich für ihn! »Vielleicht nicht die Boutique, auf jeden Fall aber die Dame!« Er zwang sich zu einem nonchalanten Lachen.

Innerlich geknickt wie ein Bär, der in eine altbekannte Falle getapst war, äußerlich gestrafft zur vollen Höhe von 195 Zentimetern, flüchtete er sich zurück ans Auktionspult. Show – zum ersten, Luxus – zum zweiten, Liebe – zum dritten. Bissinger schlug zu: Diese Frau wollte er wiedersehen!


Am nächsten Morgen brauchte er eine Stunde länger, um sich zu stylen. »Du riechst wie eine Parfümerie, in der sämtliche Flaschen ausgelaufen sind«, kommentierte Hildegard. Offenbar hatten die Düfte ihre Eifersucht betäubt.

Was Karlheinz Hoffnung schöpfen ließ. Er trat aufs Gaspedal. Auf in die Modeboutique. Zwanglos »Hallo!« sagen, nahm er sich vor. Nein, »Hallo, Andrea!«, das klänge locker und doch vertraut.

Und dann? »Wie wär's mit einem Milk-Shake?« Besser nicht. Vielleicht hatte sie eine Milchallergie – er jedenfalls seit gestern ein Blackout.

Vor ihm gähnte ein tiefschwarzes Loch. Schrilles Hupen, Bissinger stieg auf die Bremse. War die Ampel auf Rot?

Je näher er dem Herton kam, desto mehr sank er in sich zusammen. In der Einkaufspassage trottete er auf Andreas

Boutique zu, drehte kurz vor dem Schaufenster ab, nahm erneut Anlauf ... und stutzte. Das war's: der Blumenladen. Bissinger marschierte hinein. Er kaufte 99 Rosen, kritzelte auf ein Kärtchen »In Bewunderung Ihrer Schönheit – der Auktionator« und bat, das Bukett der Leiterin der Damenboutique zu überbingen.

Er war erleichtert. Nun mußte sie handeln. Warum immer der Mann?

Er mußte jetzt nur noch warten. Das fiel ihm schwerer denn je. Er grübelte: Waren Rosen und Karte abgeschmackt? Hätte er nicht ein Auktionsobjekt ums andere aufrufen müssen, er hätte wohl Blütenblätter von Gänseblümchen gezupft.

Doch da ging die Tür auf und mit ihr die Sonne: Andrea.

Was macht ein verliebter Auktionator in einer solchen Situation? Entweder er verstummt, oder er versucht, durch Redefluß der Angebeteten zu imponieren. Bissinger wählte die zweite Möglichkeit – und merkte bald, daß er damit falsch lag. Madonna lachte zwar, aber sie lachte wie jede andere Kundin.

Doch Bissinger hatte wieder Mut gefaßt. Er unterbrach die Auktion, begab sich schnurstracks zu Andrea, setzte sich neben sie und sagte, ehe sie die Blumen erwähnen konnte: »Ich habe ein großes Problem!«

Ihre dunklen Augen malten eine große Frage.

»Es betrifft Sie!«

Sie lächelte wissend. »Was für ein Problem?«

»Ich glaube, ich habe mich sterblich in Sie verliebt!«

Und nun lachte sie: »Es heißt ›unsterblich‹.«

Bissinger jauchzte innerlich. Die erste Hürde war genommen. »Nein. Die Redewendung geht auf die altgriechische Mythologie zurück.«

Andrea runzelte die Brauen.

»Wenn die Götter, die im Olymp ja keine irdischen Gelüste kannten, auf die Erde herabstiegen und dort in Liebe entbrannten, verloren sie ihre Unsterblichkeit. Also waren sie ›sterblich verliebt‹.«

»Und Sie sind ein Gott aus dem Olymp?«

»Nein, aber verliebt. In Sie.«

Sie wich lächelnd aus. »Und unlogisch. Denn wenn Sie nur ein Mensch sind, hätten Sie ›unsterblich verliebt‹ sagen müssen.«

Er war dafür, die Logik aus dem Spiel zu lassen. Den Verstand hatte er ohnehin verloren. Statt dessen lud er sie zum Essen ein.

Hurra, sie gab ihm keinen Korb.

»Dann werde ich gleich für morgen einen Tisch bestellen! Wie wär's mit dem Schlemmerlokal hier im Haus?«

»Morgen früh fahre ich zu meinen Eltern nach Österreich. Für 14 Tage.«

In diesem Augenblick tippte jemand Bissinger auf die Schulter. Es war Alfons Waldheger.

»Hast du 'ne Meise?« flüsterte er ihm ins Ohr. »Die Versteigerung muß weitergehen!«


Karlheinz Bissinger litt. Er litt bange 14 Tage. Sterblich. Warum sollte eine Madonna zurückkehren, nur um mit einem irdischen Auktionator zu Abend zu essen?

Das schlimmste war: Er wußte nicht, ob seine Madonna in Österreich heilig bliebe.

Er schmorte im Fegefeuer, verhaspelte sich beim Versteigern, zündete sich die Zigaretten am Filter an.

Nach 14 Tagen hatte die Ewigkeit ein Ende. Pünktlich. Andrea erschien im Schlemmerlokal, fröhlich, von der Gebirgssonne braungebrannt, ganz und gar nicht überirdisch, sondern zum Anbeißen schön.

Bissinger bestellte das teuerste Menü, dazu Champagner. Ohne einen Schluck getrunken zu haben, schäumte er über, erzählte von sich, sprudelte, als wäre er eifersüchtig auf die Perlen in ihrem Sektglas.

Sie nippte an ihrem Champagner und sagte brut: »Herr Bissinger. Ich will nichts von Ihnen ersteigern. Ich möchte mit Ihnen das Essen und den Abend genießen.« Zwinkernd hielt sie ihm ihr Glas entgegen.

Er stieß mit ihr an. Und gab sich erleichtert endlich so, wie er wirklich war. Was ihr gefiel.

So gut gefiel, daß sie nach Ladenschluß immer öfter den Auktionssaal aufsuchte. Und dort störte seine »Show« sie nicht, im Gegenteil.

Anfangs war es eine ganz normale Liebesgeschichte. Normal insofern, daß die beiden nichts mehr als normal empfanden, was sie gemeinsam erlebten. Alles wirkte intensiv, der Gang vom Hotel zum Auto, der Schoppen Wein, der kurze Händedruck, selbst die Spatzen am Straßenrand.

Die Weichen stellten sich wie selbsttätig neu. Der indigniert aus der Ecke beobachtende Graf Tennwitz stieg wieder aufs Podium, um mit hochgezogenen Augenbrauen und näselnder Stimme, Bissinger zu vertreten. Denn sobald Andrea im Saal auftauchte, vergaß dieser Mikrophon und Auktionshammer.

Und wie es dann so ist, mit der ganz normalen Liebe: Man schmiedet Pläne. Wer sich in der Vergangenheit zu heiß verbrannt hat, meist behutsam. Nicht so Karlheinz. Er wollte nur eines: Andrea, sein Leben lang.

Sie ihn auch.

So stellte er schließlich die erste Weiche selbst. Er überredete Andrea, nach Schließen der Boutique das Protokoll im Auktionssaal zu führen. Nun konnte er wenigstens Abend für Abend mit ihr verbringen. Ulmar Graf Tennwitz kehrte in seinen Schmollwinkel zurück. Alfons Waldheger, Izchak Rackhawani, Freiherr von Strockow … sie alle atmeten auf. Sobald Bissinger den Hammer schwang, schnellten die Umsätze in die Höhe.

Eines Abends polterte ein wahrer Gorilla in den Auktionssaal, breitschultrig, über zwei Meter groß, fast halb so breit, das schwarze Hemd weit geöffnet, das goldene Medaillon auf der behaarten Brust handtellergroß. Doch der weiße Anzug elegant. Mit großen, schweren Schritten stapfte er zum Auktionspult, stützte sich mit einem Ellbogen auf und starrte Bissinger ins Gesicht.

»Kann ich etwas für Sie tun?« fragte der.

»Die Bronzefiguren, die hier 'rumstehen …«

»Ja?«

»… interessieren mich.«

»Schön, sie kommen gleich zum Aufruf.«

»Gleich, gleich.« Der Gorilla winkte ab. »Ich nehme sie alle. Jetzt.«

Bissinger sah sich um. Im Saal standen etwa 50 Bronzen, die knapp 50 Zentimeter große Gans und den vier Meter hohen Löwen eingerechnet.

»Alle? Ist das Ihr Ernst?«

»Klar. Hab' ich doch gesagt. Was kosten die?«

»Was bieten Sie?«

Der Hüne zog die Schultern hoch. »Keine Ahnung. Machen Sie 'nen Vorschlag!«

Bissinger schätzte den Einkaufspreis der Skulpturen auf ungefähr 30 000 Mark. Spaßig sagte er: »Wenn Sie alle nehmen wollen, macht das 200 000. Bedenken Sie, was Sie an Futter einsparen!«

»Alles klar, das geht in Ordnung.«

Bissinger blätterte in seiner Versteigerungsliste, rückte das Mikrophon zurecht. »Meine Damen und Herren, zum Aufruf kommen die Katalognummern B 32 bis 81, das sind sämtliche im Raum befindlichen Bronzeskulpturen. Es liegt mir ein Gebot von 200 000 Mark vor. Bietet jemand mehr?«

Niemand bot mehr. Der Gorilla stellte einen Scheck über 200 000 Mark plus 18 Prozent Aufgeld aus und Waldheger drei Mitarbeiter ab, die die Figuren in einen stets bereitstehenden 7,5-Tonner aufluden und abtransportierten.

Gegen Mitternacht rief Michael, einer der drei Mitarbeiter, an. »Der Kunde will noch mehr Figuren. Soviel wie möglich.«

»???«

»Und so groß wie möglich.«

»Will der Mann einen Handel aufmachen?«

»Nein, wir stellen die Dinger in seinem Park auf.«

»Du spinnst. Gib' mir den Kunden.«

Der kam an den Apparat und bestellte dieselbe Stückzahl nach. »Aber schön groß.«

Bissinger und Waldheger ließen bei Ellerkant das Telefon schrillen, bis dieser endlich abhob. Nachtzeit? Kannte Ellerkant bei Geschäften nicht. »Schicken Sie einen Lkw – und Personal.«

Gesagt, getan.

Eine knappe Stunde später klingelte im Auktionsraum das Telefon: »Wir haben das Zeug aufgeladen.«

»Okay. Dann bringt es zum Kunden. Wir warten hier auf euch.«

Das war gegen ein Uhr.

Kurz darauf endete die Versteigerung. Bissinger, Waldheger und Andrea hockten im leergeräumten Auktionsraum und warteten.

Warteten bis zwei Uhr.

Halb drei.

Drei Uhr.

»Wo bleiben bloß unsere Leute?« wunderte sich Waldheger.

»Keine Ahnung. Sie müßten längst da sein.«

»Wir sollten beim Kunden anrufen.«

»Ich hab' seine Adresse nicht. Und die Unterschrift auf dem Scheck ist nicht zu entziffern.«

»Mensch, hoffentlich kommen unsere Jungs nicht auf dumme Gedanken!«

»Wieso sollten sie?«

»Welchen Preis hast du für die Restlieferung ausgemacht?«

»350 000. Auf das Aufgeld, hab' ich ihm gesagt, verzichten wir in dem Fall.«

»Dann überleg mal scharf, Karlheinz! Die Jungs bekommen einen Stundenlohn von 15 Mark. Jetzt haben sie einen Scheck über 350 000 in der Hand. Auf welchen Gedanken, glaubst du, könnte man da kommen?«

»Keinen guten!«

»Du sagst es!«

Zu allem Überfluß gingen Bissinger ausgerechnet jetzt die Zigaretten aus, und keiner hatte Kleingeld für den Automaten.

Sie warteten weiter, nervös, mißmutig, argwöhnisch.

Nach einer geschlagenen Stunde purzelte Michael herein, einer der Vermißten. Bester Laune, die blonden Engelslocken zerzaust, Hemd über der Hose, Krawatte im Irgendwo.

»Die andern sind nach Hause gefahren«, verkündete er mit schwerer Zunge und ließ sich auf einen Stuhl fallen. »Die sind todmüde. Kein Wunder. Schleppen Sie mal Bronzen. Und saufen dann Champagner! Das war 'ne Feier!« Michael gähnte.

»Erzähl weiter!«

»Der Mann hat uns eingeladen. Heißt Weidener. Hat 'nen Riesengarten. Den wollt' er dekorieren. Hat er auch. Mit unsern Bronzen. Hinter jedem Grashalm stehn sie jetzt, Löwen, Pferde, Reiher. Der Typ hat 'nen netten Vogel.«

»Und du hoffentlich noch 'ne Zigarette.«

»No problem, Chef.« Michael schnickte Bissinger eine zerbeulte Schachtel zu.

Waldheger hatte noch ein Problem. »Okay, ihr habt die Figuren abgeliefert«, drängte er. »Und dann?«

»Dann ging die Post ab! Weidener hat uns eingeladen. Der trinkt jeden unter den Tisch! Ach ja: Schöne Grüße von ihm!«

»Danke. Und sonst?«

Michael grinste: »Nichts.« Dann griff er in seine Hosentasche und wedelte mit einem Scheck herum. Waldheger schnappte sich ihn. Die Ziffern konnte er lesen: 350 000. Die Unterschrift nicht.

Bleibt hinzuzufügen, daß beide Schecks gedeckt waren.

Und Gorilla Weidener am Abend darauf nochmals bei der Versteigerung erschien. Leicht angegriffen, aber insgesamt aufrecht.

»Ich hoffe, Ihnen passiert das nie«, stöhnte er. »Mittags aufwachen, in den Garten schauen und vor lauter Tieren den Rasen nicht mehr sehen. Ich hab' geglaubt, ich bin im Zoo!«

»Wollen Sie den Handel rückgängig machen?« Bissinger schwante Böses.

Weidener winkte ab. »Hab' ich gesagt, daß mir die Viecher nicht gefallen? Aber ich finde, es ist erstaunlich, was ein vernünftiger Mensch anstellen kann, wenn er besoffen ist!«

Er stellte Bissinger eine Magnumflasche Champagner aufs Pult. »Sie sind gestern zu kurz gekommen.«

Weidener hatte in einer einzigen Nacht über eine halbe Million Mark in den Park geworfen. Und zwar ohne Reue. Andrea – Bissingers Madonna entstammte einer bodenständigen Osttiroler Familie – war entsetzt.

Karlheinz lachte. »Solche Leute gehen hier ein und aus.«

»Das glaube ich nicht!«

»Wart's ab.«


Sie mußte nicht lange warten.

Am nächsten Tag erschien ein sehr sympathisches Ehepaar und nahm in der ersten Reihe Platz. Er war eine sehr gepflegte, distinguierte Erscheinung, schlank, Mitte 50, sie eine aparte Brünette, die sich leise in wohlklingendem, fremdländischem Akzent mit ihrem Mann unterhielt. Die beiden waren keine halbe Stunde im Saal, da hatte er bereits für 250 000 Mark Teppiche ersteigert.

Und zwar mit Vergnügen. Er kam mehrmals wieder, ersteigerte etwas, amüsierte sich – und fragte eines Tages Bissinger launig, ob er nicht Lust habe, mit ihm ein Auktionshaus zu eröffnen. Bissinger freute sich, lachte, sagte jedoch nein. Schließlich war er bei Waldheger fest im Wort.

Aber eine Bekanntschaft war geschlossen. Man traf sich jetzt öfter, auch außerhalb des Auktionssaales. Mal zu einem Theaterbesuch, mal zum Essen, mal auf einen kurzen Drink. Andrea und Karlheinz verstanden sich gut mit dem Ehepaar Kohlmann. Er war ein wohlhabender Bauunternehmer, sie eine gebürtige Perserin aus bestem Hause. Bei einem ihrer Treffs vereinbarten sie, nach Abschluß des nächsten Auktionsblocks gemeinsam nach Australien zu fliegen. Kohlmann würde dabei Geschäftliches erledigen, Bissinger wieder einmal seinen Vater besuchen.

Während die Auktionen auf Hochtouren weiterliefen, mit Bissinger am Pult und Waldheger über der Kasse, fieberte Bissinger diesem Urlaub entgegen. Erstmals würde er für eine längere Zeit mit Andrea zusammensein!

Hildegard erklärte er, mit seinem Vater Geschäftliches besprechen zu wollen. Sie war ganz und gar dagegen: Vater Henry hatte Karlheinz oft genug über den Tisch gezogen. Karlheinz stimmte ihr insgeheim zu, nahm aber dankbar den Fehdehandschuh auf, um sich danach zu sagen, was er seit einiger Zeit bei Auseinandersetzungen mit Hildegard zu sagen pflegte: Vergiß es!


Drei Wochen Ruhe, drei Wochen Urlaub, endlich drei Wochen Andrea ...

Wonnemonat Mai 1988.

Karlheinz, Andrea und das Ehepaar Kohlmann hoben am Flughafen in bester Stimmung ab: vier Tage Sydney, zehn Tage Westaustralien bei Bissingers Vater, abschließend eine Woche auf Bali.

Und siehe da: Es gab keine Probleme mit Vater Henry. Andrea eroberte ohne Zutun das Herz des alten Schlitzohrs, Karlheinz war mit seinem unbezwingbaren Harmoniebedürfnis angereist. Vater Henry ließ die zwei im schönsten Gästezimmer seiner neuen Villa logieren. Sie wußten es zu schätzen ... Derweil erlag Georg Kohlmann Vater Henrys Charme, jener unwiderstehlichen Mischung aus Pioniergeist und Erfolg. Und bei australischem Rotwein schließlich der Idee, in eine Wasserpipeline von Perth ins Landesinnere zu investieren. Länge 800 Kilometer.

Karlheinz Bissinger nahm an diesen Gesprächen nur sehr selten teil. Ihm stand der Sinn nicht nach Geschäften, sondern nach Andrea. Er badete im Glück.

Bis ihn, vormittags gegen halb elf, ein eiskalter Schauer erwischte.

# Absturz ins Grenzenlose

Faustschläge donnerten gegen die Tür. Karlheinz zuckte zusammen. Er löste sich aus Andreas Umarmung, erhob sich, warf einen Morgenmantel über.

Es donnerte weiter.

»Ja, ja, ich komm' ja schon!«

Sein Vater stand vor der Tür. »Beeil dich! Telefon!«

»Für mich?«

»Dumme Frage! Mach schnell, es ist ein Ferngespräch! Aus München.«

Am Apparat war Fräulein Brettschneider, die etwas betuliche Buchhalterin der Firma Bissinger & Waldheger.

»Es tut mir unendlich leid, daß ich Ihren Urlaub störe, Herr Bissinger ...«

»Was gibt's?«

»Die Gehälter sind schon fünf Tage überfällig.«

»Wieso?«

»Herr Waldheger ist nicht da.«

»Verdammt noch mal, dann zahlen Sie eben aus, Fräulein Brettschneider! Sie haben schließlich eine Vollmacht.«

»Ja, aber es ist kein Geld da. Sogar das Dispolimit ist längst überschritten.«

Bissinger fiel aus allen Wolken. Er hatte sich, da er Waldhegers Fähigkeiten voll vertraute, nie um Buchhaltung, Bank oder Kasse geschert. Er besaß nicht einmal Kontovollmacht.

»Das ist hundertprozentig unmöglich! Wir haben in den letzten Monaten Wahnsinnsumsätze gemacht! Ich hab' gehämmert, daß der Rubel nur so rollte!«

»Das Geld ist weg, Herr Bissinger, bis auf den letzten Pfennig! Herr Waldheger hat vor vier Tagen über drei Millionen von den Konten abgehoben. Seitdem ist er verschwunden.«

Karlheinz war, als hätte man ihm einen Korb voll Vipern über den Kopf gestülpt.

»Und er hat seit acht Wochen keine Rechnungen mehr bezahlt. Dauernd rufen Einlieferer an und fragen nach ihrem Geld.«

Das durfte nicht wahr sein!

Wie durch einen Nebelschleier hörte er Fräulein Brettschneider weitersprechen: »Die Kommissionsware von Herrn Rackhawani, die im Herton lag, die hat er auch mitgenommen. Teppiche für mehrere 100 000 Mark!«

Ihm war schwindlig. »Fräulein Brettschneider, ist das alles wahr?«

»Sonst hätte ich Sie doch nicht angerufen! Was wollen Sie jetzt unternehmen?«

»Ich?«

»Herr Luckermeier meint, Sie sollten am besten sofort nach München zurückkommen.«

»Wer ist Herr Luckermeier?«

»Der Gerichtsvollzieher. Er war gestern hier. Ein sehr freundlicher Herr übrigens.«

»Gerichtsvollzieher, soweit ist es also schon!«

»Zum Glück weiß er noch nicht alles. Er befaßt sich mit zwei Angelegenheiten, die ein halbes Jahr zurückliegen. Was da noch nachkommt, kann er nur ahnen.«

Bissinger fühlte sich wie durch eine Heißmangel gewalzt.

»Sie werden das schon schaffen, Herr Bissinger.« Fräulein

Brettschneiders Zuspruch tröstete ihn wenig. Zumal sie im gleichen Atemzug ihre Kündigung zum nächsten Ersten aussprach, mit der höflichen Bitte, dies unter den obwaltenden Umständen zu verstehen.

Bissinger dachte nicht mehr an Bali.


In München gelandet, stand Bissinger vor dem Chaos. Geschäftlich wie privat.

Die Firma Bissinger & Waldheger war keine GmbH, sondern eine Gesellschaft des bürgerlichen Rechts. Und dies bedeutete, daß die Gesellschafter für Verbindlichkeiten unbeschränkt, auch mit ihrem Privatvermögen, zu haften hatten. Da Waldheger das Weite gesucht hatte, mußte Bissinger allein für sämtliche Schulden einstehen. Und diese waren haarsträubend, wie er im Büro und bei der Bank erfuhr.

Der laut Fräulein Brettschneider freundliche Gerichtsvollzieher hatte in Bissingers Abwesenheit auch die Wohnung in Obermenzing aufgesucht. Hildegard hatte ihn bewegen können, die Pfändung für einen Monat auszusetzen.

Als Bissinger mit zwei Koffern in der Hand in seine Wohnung zurückkehrte, empfing ihn Hildegard voller Haß.

»Mich läßt du hier das Pfändungsprotokoll unterschreiben, während du dich mit deiner Geliebten in Australien amüsierst!« schleuderte sie ihm entgegen. »Sogar die Griems sagen, du bist ein Schwein!«

Die Griems waren ihre einzigen gemeinsamen Freunde.

Und irgendwie hatten die Griems erfahren, daß er nicht allein nach Australien gereist war.

Hildegard steigerte sich in ihre Wut hinein. Als sie seine Geliebte eine Schlampe nannte, riß Karlheinz der Faden. »Ich liebe diese Frau. Was du von ihr denkst, ist mir egal. Ich liebe sie! Und das meine ich ernst!«

Haß und Liebe liegen oft eng beieinander. Karlheinz erkannte mit Widerwillen, was er befürchtet hatte: Hildegard liebte ihn noch immer, auf eine kranke, besitzergreifende Weise.

Und nun rastete Hildegard aus. Fassungslos sah er, wie sie sich die Bluse aufriß und mit nackten Brüsten vor ihn stellte: »Schau her, ich bin immer noch schön. Und du liebst mich! Sag, daß du mich liebst!«

Er wandte den Blick ab. »Hilde, es hat keinen Zweck mehr. Es ist vorbei. Laß uns nicht streiten. Bitte.«

Damit goß er Öl in ihr Feuer: »Ich liebe dich! Und ich lasse dich nicht gehen.«

»Ich liebe Andrea!« gab er zurück.

Ihre Antwort war ein Schlag in sein Gesicht, und zwar mit geballter Faust. Er holte im Reflex aus, zügelte sich jedoch in letzter Sekunde, indem er ihre Handgelenke packte und festhielt.

Worauf sie ihm ihr Knie zwischen die Beine stieß. Jäh losgelassen, prallte sie zu Boden. Während er Sterne sah, schrie sie, als wollte sie den ganzen Münchner Stadtteil Obermenzing zu Hilfe rufen.

Und sie hörte nicht auf zu schreien. Sobald sein Schmerz nachgelassen hatte, redete er ihr zu. Hildegard schrie weiter.

Sie schien vollends durchgedreht. Karlheinz war am Ende seiner Weisheit. Er ging zum Telefon, um beim Arzt anzurufen. Als er den Hörer aufnahm, riß sie das Kabel aus der Fassung.

Nochmals versuchte er, sie zu beschwichtigen. Erklärte, daß es ihm leid täte. Erklärte, daß sich seine Gefühle zu ihr verändert hätten. Erklärte, daß er sie nach wie vor schätzte. Erklärte, für sie sorgen zu wollen.

Es half nichts, auch wenn ihr Schreien sich in krampfhaftes Weinen verwandelt hatte. Mit einem Mal sagte sie: »Ich bring' mich um!« Das war keine leere Drohung, er wußte es. Dann ging alles blitzschnell. Sie lief auf die Terrasse, um von dort in die Tiefe zu springen, er hinterdrein, bekam sie zu fassen. In diesem Augenblick schrillte die Türklingel.

»Aufmachen! Polizei!«

Karlheinz ließ Hildegard los: »Jetzt reiß dich zusammen!« Sie stand einen Moment wie angewurzelt, um dann ihre Wut erneut gegen ihn zu wenden, diesmal mit Gewalt. Einem Marmoraschenbecher konnte er gerade noch ausweichen, eine Silbervase traf ihn an der Stirn.

»Was ist hier los?« fragte einer der beiden Polizisten.

»Meine Frau hat einen Breakdown.« Karlheinz tupfte sich mit seinem Einstecktuch das Blut von der Stirn.

Es stellte sich heraus, daß Nachbarn die Polizei alarmiert hatten.

Sanitäter kamen und kümmerten sich um Hildegard, die wort- und willenlos in sich zusammengesunken war.

»Herr Bissinger«, hieß es dann, »Ihre Frau benötigt dringend psychiatrische Behandlung. Am besten, wir bringen sie sofort ins Krankenhaus.«


Noch in jener Nacht rief Bissinger Eva Griem an und erzählte ihr, was vorgefallen war. Eva Griem war Hildegards beste Freundin. Auch ihn verband eine tiefe Freundschaft mit Eva und ihrem Mann, Thomas Griem. Oft hatten die vier beisammengesessen und Canasta gespielt. Thomas war im Vorstand eines Elektrokonzerns, also recht wohlhabend; privat ein netter, umgänglicher Mensch, Mitglied eines traditionsreichen Schützenvereins und Waffensammler. Thomas und Eva hatten sich stets hilfsbereit gezeigt. Und so boten sie umgehend an, sich um Hildegard zu kümmern. Schon am folgenden Tag holten sie Hildegard aus der Klinik ab und zu sich in ihre Villa.

Hildegard war depressiv, kaum ansprechbar, doch froh, bei Freunden zu sein.

Danach traf sich Thomas Griem zu einem langen, offenen Gespräch mit Bissinger. Thomas machte keinen Hehl daraus, daß er das Verhalten seines Freundes mißbilligte. Er war aber bereit, zwischen Karlheinz und Hildegard zu vermitteln.

Noch am selben Tag setzte Thomas sich mit Hildegard zusammen.

»Ich habe mit Karlheinz gesprochen. Er läßt dir ausrichten, daß du jederzeit in eure Wohnung zurückkehren kannst.«

»Nein! Ich will ihn nicht wiedersehen!«

»Karlheinz wird auch gar nicht dort sein. Er zieht aus. Er überläßt dir die Wohnung samt Einrichtung und allen Kunstgegenständen. Ich schätze den Wert auf fast eine Million. Außerdem verpflichtet er sich, sobald er beruflich wieder Fuß gefaßt hat, dir drei Jahre lang jeden Monat 4000 Mark zu zahlen.«

»Und nach den drei Jahren?«

»Das sehen wir dann schon, Hildchen. Ich finde sein Angebot sehr großzügig.«

Sie nickte niedergeschlagen. »Ja, lumpen lassen hat er sich noch nie.«


»Irgendwie müssen wir das regeln!« Herbert Luckermeier deutete auf mehrere Vollstreckungsbefehle, die zwischen ihm und Bissinger auf dem Tisch lagen.

Der zuckte ergeben die Achseln: »Wir werden einen Modus finden, da habe ich keine Bedenken.«

Der Gerichtsvollzieher sah ihm in die Augen. »Sie haben keine grundsätzlichen Bedenken?«

»Die würden Ihnen und mir nicht weiterhelfen. Es war die falsche Gesellschaftsform. Mit der Konsequenz, daß ich jetzt für alle Firmenschulden, auch wenn sie auf Waldhegers Konto gehen, haften muß.«

»An Ihrer Stelle«, Luckermeier setzte eine wichtige Miene auf, »würde ich erstmal versuchen, den Aufenthaltsort Ihres ehemaligen Partners herauszufinden.«

»Ich bin am Ende meiner Auffassungsfähigkeit«, entgegnete Bissinger entnervt. »Können Sie das begreifen?«

»Durchaus«, Luckermeier stand auf, »doch das ändert leider nichts an der Tatsache, daß ich jetzt pfänden muß.«

Bissinger, wahrheitsgemäß: »Ich habe noch den Rest meiner Reisekasse.«

Luckermeier setzte sich wieder.

»Wissen Sie«, fuhr Bissinger fort, »ich habe nichts gegen bargeldlosen Zahlungsverkehr. Aber auf Reisen fühle ich mich unwohl, wenn ich nicht genügend Scheine in der Tasche habe.«

»Wieviel haben Sie noch?«

Bissinger, weniger wahrheitsgemäß: »Naja, so an die 60 000 Mark.«

«Gut. Dann geben Sie mir 50 000, und in vier Wochen sehen wir weiter.« Er breitete einige Akten vor sich aus. »Das ist wohl nur ein Wassertropfen im Ozean. Aber die Gläubiger sehen den guten Willen und hoffen auf mehr. Und damit kann man noch böseren Überraschungen vorbeugen.«

Während Luckermeier etwas in den Vollstreckungsbescheid eintrug, fuhr er fort: »Und nehmen Sie sich einen Anwalt, wenn sie noch ein paar 100 Mark lockermachen können. Sie werden ihn dringend brauchen!« Er schob Bissinger den Bescheid zur Unterschrift zu.

Der stutzte, als er das Datum des Zahlungsbefehls las. »Das liegt ja über ein Vierteljahr zurück!«

»Ja. Exakt drei Monate und elf Tage.«

Bissingers Knie begannen zu zittern. Waldheger hatte also schon damals Rechnungen nicht beglichen. Ihm brach der Schweiß aus. Wieviel Schulden mochten sich wohl seit diesen drei Monaten und elf Tagen aufgetürmt haben!

Kein Wunder, daß der liebenswürdige Herbert Luckermeier noch jahrelang Bissingers Wegbegleiter bleiben sollte.

Bissinger zog aus der Obermenzinger Wohnung aus und mit Andrea in ein kleines Schwabinger Hotel. Das Apartment war zwar 25 Quadratmeter klein, aber der Hotelservice passabel und zumindest ihr Traum vom gemeinsamen Glück nähergerückt.

Geschäftlich war es um Bissinger alles andere als traumhaft bestellt. Seine schlimmsten Befürchtungen bewahrheiteten sich: Alfons Waldheger hatte monatelang die Einlieferer nicht bezahlt und war unter Hinterlassung eines riesigen Schuldenbergs mit einigen Millionen Bargeld auf und davon. Ohne Nachsendeadresse.

Er schien sich in Luft aufgelöst zu haben. Niemand wußte, wo Waldheger steckte, auch seine diversen Freundinnen nicht.

Die Polizei fahndete nach Waldheger. Doch jede Spur, die Hauptinspektor Halden verfolgte, verlor sich im Nirwana. Waldheger hatte seine Bankkonten aufgelöst, sein Haus Wochen vor seinem Verschwinden an einen afghanischen Politiker, seine Autos in letzter Sekunde unter der Hand an einen fragwürdigen Gebrauchtwagenhändler verkauft. Cashdown.

Man wußte nicht einmal, auf welchem Wege Waldheger München verlassen hatte. Mit der Bahn? Dem Flugzeug? Kein Reisebüro der Stadt erinnerte sich an den Mann.

Hauptinspektor Halden versicherte, sich weiter zu bemühen. Für Bissinger kein Trost.

Mit den Auktionen war es aus. Das Herton-Hotel hatte den Mietvertrag fristlos gekündigt. An die 40 Gläubiger saßen Bissinger im Nacken. Es war die Hölle. Alle schrien nach Geld, und Bissinger konnte ihnen nichts geben.

Es gibt keinen Fehler, auf den man nicht noch einen zweiten Fehler satteln kann.

Verwandtenbesuch. Andreas Schwester Elli. Jetzt erfuhr Bissinger endlich, weshalb sie die zahllosen Vasen ersteigert hatte. Elli und ihr Mann Fritz Manuszak besaßen ein großes Haus in Nizza, eine Penthouse-Wohnung in Frankfurt sowie eine Zwölf-Zimmer-Villa in Österreich. Dort standen nun Ellerkants Vasen herum.

In München bewohnten sie im 14. Stock des Albarella-Hotels ein geräumiges, geschmackvoll möbliertes Zwei-Zimmer-Apartment.

Fritz Manuszak, behäbig, beleibt, sympathisch und allzeit gut gelaunt, war zweifellos steinreich. Womit er sein Geld verdiente, blieb stets im dunkeln. Weshalb Bissinger auf größere Ostgeschäfte oder ähnliches tippte.

Als Elli und Fritz sahen, wie Karlheinz und Andrea hausten, rief Manuszak entsetzt aus: »Hier könnt ihr nicht bleiben, Kinder!« Und er hatte eine, wie er sagte, »glorreiche« Idee.

Diese bestand in dem Vorschlag, Andrea und Karlheinz ihr Apartment im Albarella abzutreten, das er und Elli in nächster Zeit ohnehin nicht nutzen würden. Bissinger ließ sich nicht lange drängen. Zwei stilvolle Zimmer mit weitem Blick über die Stadt, exzellentem Hotelservice, Sauna, Dachterrassen-Swimmingpool, Fitneßraum und Feinschmeckerlokal – das war ganz nach seinem Luxusgeschmack. Und gäbe obendrein – Bissinger schwappte auf optimistischen Wolken – ein eindrucksvolles Ambiente für geschäftliche Besprechungen ab.

Schon drei Tage später wohnte er mit Andrea im Albarella. Nach weiteren zwei Tagen, forderte das Hotel 3000 Mark Monatsmiete ein.

Bissinger knallte aus seinen Wolken auf den Boden.

Firma bankrott, keine Arbeit, Schulden bis über beide Ohren – und dann 3000 Mark Miete! Dazu Lebenshaltungskosten, die in ihrer Nobelabsteige mehr als gesalzen sein würden.

Es folgten Monate, in denen Bissinger am liebsten auf einen anderen Planeten geflohen wäre. Fast jede Woche erschien Herr Luckermeier, freundlich, beharrlich. Schließlich war auch die letzte Geldreserve, die Bissinger dem höflichen Gerichtsvollzieher beim ersten Besuch verschwiegen hatte, aufgebraucht. Ebenso seine Überzeugungskunst. Das Reservoir von Ausreden war erschöpft.

Die Folge war bitter: Vorladung zur Abgabe einer »Eidesstattlichen Versicherung«. Das klang etwas milder als die frühere Bezeichnung »Offenbarungseid«, war aber nichts anderes.

Bissinger, der hemmungslos Zukunftsgläubige, fühlte sich am Ende. Wie ein Mann, der in der Hoffnung, sanft nach oben getragen zu werden, einen Fahrstuhl bestiegen hat, um statt dessen ungebremst abzustürzen.

Bissingers Lift war im Keller gelandet. Mit voller Wucht.

Er war zerschmettert. Bei Licht besehen, hatte er nicht einmal genügend Geld für das nächste Essen.

Schön, im Hotelrestaurant buchte man seine Rechnungen mit der Apartmentmiete ab.

Aber wie lange noch?

# Licht am Ende des Tunnels

»Hier wohnen Sie also! Uff, Sie glauben nicht, wie schwer es war, Ihre Adresse herauszufinden!«

Georg Kohlmann trat mit einem Blumenstrauß in der Hand ins Apartment. Er übergab Andrea den Strauß, begrüßte Bissinger mit herzlichem Handschlag, trat ans Fenster und blickte hinaus.

»Schön haben Sie's hier!«

»Ja, es läßt sich aushalten.«

»Haben Sie inzwischen was von Waldheger gehört?«

»Nein. Der ist spurlos verschwunden. Und bei dem Berg Schulden, den er mir hinterlassen hat, wird er freiwillig nie wieder hier auftauchen.«

»Warum haben Sie mich nicht angerufen?«

»???«

»Erinnern Sie sich nicht? Ich hatte Ihnen doch gesagt, daß ich gern mit Ihnen ein Auktionshaus eröffnen würde. Das will ich immer noch.«

Bissinger atmete tief durch. »Ist das Ihr Ernst?«

»Gewiß doch!« lachte Kohlmann. »Deswegen bin ich hier. Kommen Sie, ich lade Sie ein. Geschäfte lassen sich am besten bei einem guten Essen besprechen.«

Georg Kohlmann hatte klare Vorstellungen. Ja, er wollte mit Bissinger ein Auktionshaus gründen. Kohlmanns Bauträgerfirma sollte Finanzierung und Organisation übernehmen, Bissinger die Versteigerungen durchführen. Ganz einfach.

Leider war es nicht ganz so einfach.

»Ich besitze keine Versteigererlizenz, Herr Kohlmann.«

»Aha. Wie lange dauert es, eine Lizenz zu erhalten?«

»Im Regelfall etwa acht Wochen.«

»Kann man das nicht ein bißchen beschleunigen?«

»Das würde nichts nützen.«

Bissinger würgte es fast die Kehle zu. Um nichts in der Welt wollte er Herrn Kohlmann eingestehen, daß er einen Offenbarungseid hatte leisten müssen und deswegen keine Lizenz erhalten würde.

Da trat ihm Andrea unter dem Tisch auf den Fuß. Er blickte zu ihr hinüber. Sie strich sich über das Kinn, verhohlen auf sich deutend.

Bissinger begriff.

»Das würde nichts nützen?« fragte Kohlmann nach. »Was meinen Sie damit?«

Bissinger, um Ausflüchte selten verlegen, ritzte mit dem Fingernagel Kringel auf die Serviette: »Ach, wissen Sie, meine Staatsbürgerschaft ist nicht ganz geklärt. Mein Vater lebt in Australien, meine Mutter in Norwegen ...«

»Sie sind staatenlos?«

»Das nicht. Ich besitze einen deutschen Paß, aber das Ordnungsamt legt da besondere Maßstäbe an ...« Um das Thema abzuschütteln, tat er, als käme ihm eine Idee. »Aber es gäbe vielleicht eine Möglichkeit ...«, er gab sich nachdenklich, »... vorausgesetzt, Andrea wäre damit einverstanden.«

»Ich?« Andrea, die Verwunderung in Person, spielte gekonnt mit.

»Ja. Als Protokollführerin bist du bei allen Auktionen anwesend. Wärest du bereit dazu, könntest du die Lizenz beantragen. Damit wärest du die Auktionatorin, ich dein ausführender Beauftragter.«

Andrea machte graziös erstaunte Augen. »Ach, und das ließe sich machen?«

»Bestimmt.«

Kohlmann war von der Idee angetan. »Dann hätten wir also grünes Licht. Er sah Andrea augenaufschlagend an. »Sie werden doch Ihrem Freund diese Bitte nicht abschlagen!«


So rasch Kohlmann Entschlüsse faßte, so rasch setzte er sie auch in die Tat um. Er gründete mit Bissinger ein Auktionsunternehmen, die Mundial Auktionsorganisation GmbH, und stattete es mit allem aus, was er für nötig hielt: Büroräumen und -personal, Logo, Firmenformularen und sechs Computern. Kohlmann war Computerfreak.

Dann fragte er, wo sie versteigern sollten.

»Am besten an Orten«, so Bissinger, »zu denen wir das Publikum nicht erst herbeitrommeln müssen.«

»Bad Wörreshausen!« Kohlmann antwortete wie aus der Pistole geschossen. »Dort war ich mal zur Kneipp-Kur. Das ist ein gutes Pflaster. Bestimmt!«

»Ein Kurort?« Bissinger war skeptisch.

»Kurgäste in Scharen. Ständig wechselndes Publikum!« Kohlmann war von seiner Idee begeistert. »Ich kenn' dort einen Hotelbesitzer. Ich werde mich mal kundig machen.«

Nach kaum sechs Wochen hielt Andrea die Versteigererlizenz in Händen. Eine weitere Woche später, es war der Herbst 1988, nahm Bissinger wieder hinter dem Auktionspult Platz.

Inmitten der Kurzone von Bad Wörreshausen. Im Festsaal des Prinzregenten-Hotels. Sie planten vier Auktionstage im Monat. Bei lächerlichen 1000 Mark Tagesmiete.

Es wurde auf Anhieb ein großer Erfolg. Hinter dem Auktionspult vergaß Bissinger alle Sorgen, blühte als Showmaster, vom Publikum umjubelt, auf. Der Zulauf war gewaltig. Kohlmann hatte richtig kalkuliert: Im kleinen Bad Wörreshausen weilten um die 10 000 Kurgäste. Darunter etliche gestreßte Unternehmer, die sich einmal jährlich hier zwei bis drei Wochen auf ihre Gesundheit besannen – und sich nach den täglichen Wassergüssen tödlich langweilten. Geld hatten sie und bei der Kur die Zeit, es auszugeben. Sie strömten zu den Auktionen. Bissinger hämmerte in vier Tagen Umsätze ein, die leicht ein bequemes Auskommen für den restlichen Monat gesichert hätten.

Sehr zum Leidwesen des Wörreshauser Einzelhandels übrigens. Denn dessen Kassen blieben, sobald die Mundial Auktionsorganisation versteigerte, so gut wie leer.

Nach einiger Zeit taten sich die Einzelhändler zusammen. Holten Rat bei ihrem Fachverband ein. Fruchtlos.

Sie versuchten, durch eine Plakataktion die Versteigerungen zu untergraben:

DER KAUF IM FACHHANDEL IST ALLEMAL BILLIGER ALS BEI JEDER VERSTEIGERUNG.

Ebenfalls fruchtlos.

Sie riefen die Polizei auf den Plan. Doch sie taten es mit unhaltbaren Anschuldigungen, so daß auch dieser Sturm im Sande verlief.

Schließlich beschwerten sie sich beim Bürgermeister. »Diese Auktionen ruinieren den Einzelhandel unserer Stadt. Herr Bürgermeister, Sie müssen etwas unternehmen!«

Der Bürgermeister ließ anrufen und bestellte Karlheinz Bissinger zu sich ins Büro.
Offenbar hatte er sich sachkundig gemacht. Er wußte, daß sich die Auktionen juristisch nicht unterbinden ließen. So verzichtete er darauf, Bissinger amtsautoritär einzuschüchtern. Er begrüßte seinen »Gast« freundlich lächelnd, bot ihm Platz, Fruchtsaft und ohne lange Vorrede an:
»Wieviel muß ich Ihnen zahlen, damit Sie die Versteigerungen bei uns in Bad Wörreshausen aufgeben?«
Bissinger riß die Augen auf. »Wie bitte? Habe ich Sie richtig verstanden? Sie wollen uns … äh … auszahlen?«
»Nicht ich.«
»Sondern?«
»Unsere Einzelhändler. Sie sind zu einer, nennen wir es Abfindung, bereit, um dem Auktionsspuk ein Ende zu setzen.«
Bissinger war empört: »Herr Bürgermeister! Unsere Versteigerungen sind ein ehrenwertes Geschäft, kein ›Spuk‹.«
Sein Gegenüber spielte mit dem Kugelschreiber: »Reden wir nicht um den heißen Brei herum! Einigen wir uns über die Höhe der Summe.«
»Woraus schließen Sie, daß wir mit einer solchen Regelung einverstanden wären?«
Der Bürgermeister, unbeeindruckt: »Alles hat seinen Preis. Nennen Sie mir Ihre Forderung! Dann sehen wir weiter.«
Bissinger richtete sich in seinem Stuhl auf. Er haßte es, wenn man ihm Daumenschrauben anzulegen versuchte.

Zugleich scheute er hitzige Kontroversen wie der Teufel das Weihwasser. Daher wich er geschmeidig aus: »Ich muß Sie um Verständnis bitten: In diesem Falle bin ich nicht entscheidungsbefugt. Diese Angelegenheit ist Sache unserer Geschäftsleitung. Doch selbstverständlich leite ich Ihren Vorschlag gern weiter.«

Der Bürgermeister, mürrisch: »Tun Sie das. Ich gehe davon aus, daß Sie mich binnen einer Woche informieren. Andernfalls ...«

Bissinger, schnell: »Andernfalls?«

Der Bürgermeister, sich erhebend: »Das werden Sie dann sehen.«

Bissinger tat, als hätte er die Drohung überhört, und verabschiedete sich mit angemessener Höflichkeit.


Bissinger sprach nur kurz mit Georg Kohlmann. Sie waren einer Meinung. Das Geschäft war rechtens, lief super, die Kunden waren begeistert. Warum aufgeben?

Kohlmann schrieb dem Bürgermeister einen knappen Brief: »Ich danke Ihnen sehr für das freundliche Angebot, das Sie meinem Mitarbeiter, Herrn Karlheinz Bissinger, unterbreitet haben. Nach eingehender Beratung haben wir indes beschlossen, auf Ihr hochherziges Anerbieten zu verzichten ...«


Die Versteigerungen gingen also weiter.

Nach der seemännischen Devise: Beide Maschinen volle Kraft voraus! Die eine Maschine war Kohlmanns Computer-Organisation, die andere Bissingers Mundwerk.

Schema des Ablaufs: Frühmorgens rollten die Lastwagen Ware an. Vormittags wurde aufgebaut. Ab 14 Uhr Versteigerung bis Schlag 18 Uhr. Denn die Kurgäste aßen pünktlich zu Abend. Nach dem Dessert kehrten sie in den Auktionssaal zurück. Die meisten gingen gegen 22 Uhr zu Bett. Dann wurden im Kurort die Bürgersteige hochgeklappt. Doch manche blieben trotz eindringlicher Mahnung ihrer Ärzte. Sie waren vom Auktionsrausch gepackt wie andere vom Spielfieber.

Die Fachhändler kochten vor Ingrimm, während die Mundial Auktionsorganisation unbekümmert absahnte. Sie war gegenüber dem Einzelhandel entschieden im Vorteil. Sie war nicht an Ladenschlußzeiten gebunden. Mit Entertainment und Warenfülle zog sie die Kunden ab, die begeistert die Preise zahlten, die sie geboten hatten.

Bei der zuständigen Aufsichtsbehörde in der Kreisstadt Möndelheim gingen fortlaufend Anzeigen gegen die Mundial ein. Manche erledigten sich von selbst; zu offensichtlich hatte Konkurrenzangst dem Denunzianten die Feder geführt. Manche Anzeige aber rief den Behördenleiter, einen sympathischen, biederen Beamten namens Schief, auf den Plan. Einmal war ihm zu Ohren gekommen, daß Bissinger keine Versteigererlizenz besaß, ein andermal, daß lastwagenweise neue Handelsware, insbesondere Teppiche, angeliefert würde.

Bissinger konnte Herrn Schief in beiden Fällen mühelos beschwichtigen. Zum einen durch Andreas Lizenz, zum anderen durch Einliefererverträge, die ihr Teppichlieferant Izchak Rackhawani bereithielt. Herrn Schief fielen sichtlich Steine vom Herzen, mußte er doch nicht »tätig werden«. Statt dessen konnte er entspannt der Auktion beiwohnen, und selbst einige Gegenstände ersteigern.

Vier Tage Arbeit im Monat – zu wenig für Bissinger, der kein Faulenzer war. Zudem ermutigte der flotte Geschäftsgang zu neuen Taten.

»Wenn's in Bad Wörreshausen so gut eingeschlagen hat«, meinte Georg Kohlmann, »warum nicht auch woanders?«

»Zum Beispiel?« fragte Bissinger.

»An verschiedenen Orten. Ein paar Tage hier, ein paar Tage dort.«

Bissinger machte ein skeptisches Gesicht. »So 'ne Art Wanderversteigerung?« knurrte er geringschätzig.

»Was spricht dagegen?«

»Ich war lange genug Außendienstler. Ich hasse es, durch die Lande zu hetzen. Außerdem würde das die Organisation mächtig aufblähen.«

»Mit unseren Computern kein Problem. Jedenfalls nicht Ihres. Sie und Andrea müßten lediglich versteigern.«

»Hm.«

»Also?«

»Na schön, man soll niemals ›nie‹ sagen.«

# Mit dem Hammer auf Achse

Also ging die Auktionstruppe wie ein Wanderzirkus auf Reise. Mit einem Riesenerfolg.

Georg Kohlmann, fleißig und unverdrossen wie ein Konzertagent, buchte Termine in kleineren Städten wie Inzell, Reit im Winkl, Bad Kissingen, Bad Reichenhall, Bad Wiessee, Baden-Baden, Wiesbaden, Bad Mergentheim. Aber auch in großen Lokalen Münchens traten sie auf, darunter in einem riesigen Biergarten.

Auktionator und Protokollführerin tingelten brav von Ort zu Ort. Bissinger mit seinem Showtalent eroberte überall im Nu das Publikum.

Durch die wahnsinnig hohen Gewinne ermuntert, begann er, ausgiebig seinen Luxusgelüsten zu frönen. Er und Andrea machten einen kleinen Vorgriff auf ihr späteres Dasein: Sie lebten wie die Fürsten – zwar aus dem Koffer, aber in den besten Hotels; sie karrten von Ort zu Ort, aber stets im Mercedes 500, blank gewachst und mit Chauffeur, versteht sich.

Dieser hieß Johnny, war groß und respekteinflößend wie ein Grizzly, aber gutmütig wie ein satter Bernhardiner. Er stand auch sonst gern zu Diensten, hielt bei den Auktionen die Teppiche hoch und betrachtete sich als eine Art Bodyguard für Karlheinz und Andrea.

Bissinger und Kohlmann waren ein perfektes Team. Bald hatten sie das Auktionsbusineß so gut im Griff, daß ihnen niemand etwas anhaben konnte. Weder der Fachhandel noch die Konkurrenz, weder die Einlieferer, die gern mehr Einfluß besessen hätten, noch die Behörden, die immer mal wieder kontrollierten.

Kohlmann besuchte schließlich sogar offen und unbekümmert die Heim- und Handwerksmesse, um das Warensortiment zu erweitern. Dort orderte er Serviettenringe, Salz- und Pfefferstreuer, Kerzenleuchter, Untersetzer, Zigarettendosen und andere versilberte Nippes en gros und daher extrem günstig.

Bissinger, der Kohlmann einmal auf die Messe begleitete, stockte beim Gang durch die Hallen vor einem Stand mit prächtigen Lampen. Es waren Nachbildungen von Tiffany-Lampen, gearbeitet aus echtem Opalglas, die rund 2000 Einzelteile des Schirms kunstvoll von Hand verlötet. Edle Versteigerungsobjekte, befand Bissinger, und zugleich wirkungsvoller Dekor des Auktionssaals.

Der Aussteller, ein lustig aussehender Mann mit mächtigem Seehundbart, war offenkundig vom mäßigen Messeumsatz enttäuscht. Bissinger fragte ihn rund heraus, ob er einige Lampen für ihre nächsten Auktionen zur Verfügung stellen würde.

Er ahnte nicht, daß ihn mit Maximilian Swabinsky, so hieß der Aussteller, eine lange, abenteuerliche Partnerschaft verbinden sollte. Auch Swabinsky vermutete nicht, daß er in der Auktionswelt festen Fuß fassen würde.

Da ihm dieses Terrain unbekannt war, scheute sich Swabinsky zunächst, seine wertvollen Lampen einem Wanderauktionator anzuvertrauen. Schließlich lieferte er doch sechs Lampen ein. Und als er sah, mit welcher Bravour und zu welchen Preisen Bissinger sie losschlug, wollte er nur noch eines: in seiner kleinen Werkstatt so viele Lampen wie möglich nach deutschen DIN-Normen verkabeln.

Und sie zogen weiter, von Ort zu Ort. Die Tournee – sie sollte bis 1990 dauern – blieb ein Kassenschlager. Stets begleitet von Neid und Erfolg, minimierten sich anfängliche Skrupel auf Zero.

Manchen Neider schlugen sie aus dem Rennen, mit links. Zwei Teppichgeschäfte meldeten ihretwegen Konkurs an. Während ein durchschnittlicher Teppichhändler im Monat vielleicht 100 000 Mark umsetzt, schlugen sie bei ihren Wanderauktionen allein mit Teppichen anderthalb Millionen um. Kein Wunder, daß mancher Einzelhändler das Handtuch warf. Kurioserweise erhielt in beiden Fällen ausgerechnet die Mundial Auktionsorganisation auch noch den Auftrag zur Liquidationsversteigerung. Sie machte dabei ein Bombengeschäft – und die bankrotten Teppichhändler waren ihr sogar noch ein bißchen dankbar. Darüberhinaus wollten die Händler, die eigentlich gegen die Auktionen eingestellt waren, natürlich auch in Zukunft gerne weitere Teppiche über die Auktion absetzen.

Ja, Karlheinz Bissinger war als Auktionator unschlagbar. Warum? Das Vorwort eines Auktionskatalogs liefert vielleicht die Erklärung:

*Ein guter Auktionator muß groß sein, eine markante Erscheinung darstellen, Charisma haben, sehr schnell und sehr klar, aber auch überlegt reden können. In seiner Stimme muß ein gewisses Etwas liegen. Er muß schnell denken können, er muß charmant und witzig sein, und er braucht vor allem ein Gespür für die jeweiligen Situationen, die sich im Lauf einer Auktion mannigfaltig ergeben.*

Diese von C. H. Hellingworth aufgelisteten Forderungen erfüllte Bissinger meisterhaft und nonchalant. Aber er hatte noch mehr vorzuweisen. Sein überaus feines Gehör verzeichnete jede Regung, jedes Wispern im Saal. Während er ein Auktionsobjekt aufrief und unentwegt redend anpries, mochte entfernt, in der vierten Reihe links, eine Frau ihrem Ehemann flüsternd ihr Interesse bekunden – nicht ahnend, daß Bissinger es registrierte.

Dieser blickte in die andere Richtung, wählte Worte, die die Kundin noch begieriger machen mußten. Und unweigerlich schoß die Hand des Ehemannes in die Höhe.

Zudem verfügte Bissinger über ein ausgezeichnetes Gedächtnis, ein Gespür für das Publikum und vor allem die Gabe, sich auf die jeweilige Kundschaft einzustellen. Denn selbstverständlich versteigerte er in einem vornehmen Wiesbadener Hotel vor ganz anderen Besuchern als in einem Münchner Biergarten.

Gleich welche Pappenheimer, er kannte sie bestens.

Da gab's die Neugierigen, die Erstkunden. Von seiner Stimme angelockt, blieben sie im Eingangsbereich stehen, ließen sich dann zaghaft in einer der hinteren Reihen nieder und hofften, bei behutsamem Mitbieten ein tolles Schnäppchen zu machen.

Da gab's die Neunmalklugen. Sie glaubten, alles ein bißchen besser beurteilen zu können als der Auktionator. Ob sich dies für sie auszahlte, sei dahingestellt.

Und es gab die Unermüdlichen, die, weil sie nichts anderes zu tun hatten, Tag für Tag kamen. Sie gaben vor, sich köstlich zu amüsieren, und steigerten wahllos in den Abend hinein.

Er kannte auch die Imponiersüchtigen. Um sich hervorzutun, ersteigerten sie 20 Teppiche, obgleich sie höchstens einen gebraucht hätten.

In Kurorten erschienen sie häufig: zwei Freundinnen oder Schwestern, die eine forsch vornweg im Pelz und mit Krokotasche, die andere bescheiden hinterdrein in abgetragenem Wollmantel. Dann beobachtete Bissinger das immer gleiche Spiel: Die Reiche plusterte sich wohlgefällig vor dem Aschenputtel auf. In dieses Spiel griff Bissinger mit Vorliebe ein, indem er etwas besonders Hübsches aufrief und das Aschenputtel direkt ansprach: »Hätten Sie vielleicht Freude an dieser zierlichen Silbervase?« Ermunterte ihre »Freundin« sie dann mit hämischem Vergnügen zum Steigern, ließ er der Angesprochenen durch einen Mitarbeiter das Stück übergeben. »Ich höre kein Gebot«, sagte er schnell, »ich schenke Ihnen die Vase.« Ja, er konnte ein edler Ritter sein.

Ähnlich kleingeistig war das Verhaltensmuster befreundeter Ehepaare. Meist wollte ein Paar das andere überbieten, um zu beweisen, daß es finanziell besser gepolstert war. Eine Eitelkeit, an der das Auktionsunternehmen glänzend verdiente.

Besonders einfach ließen sich Männer steuern, die ihren Kurschatten umbalzten. Vor der Umworbenen steigerten sie, daß die Federn flogen. Oft genug fragte Bissinger sich grinsend, ob diesen Pfauen der Beweis ihrer Bonität wichtiger war als der ihrer Potenz.

Und dann gab es noch jene weiblichen Singles, denen es mehr um den Auktionator ging als die Ware, die sie ersteigerten. Daß er mit Andrea liiert war, wußte im Auktionssaal niemand. Und so hielt »frau« ihn für einen nordalpinen Papagallo. Die »Anmache« war meist unmißverständlich.

Es gab viele Strömungen im Auktionssaal, und Bissinger verstand es meisterhaft, sie zu lenken.

Doch manchmal lief auch etwas aus dem Ruder.

Eines Tages versteigerte er soeben einen Teppich – das letzte Gebot lag bei 3800 Mark –, als einer der besagten Bonitätsprotze mit zwei Asphaltschönheiten in den Saal stolzierte und schon beim Eingang rief: »30 000!«

Der Teppich war höchstens 4000 Mark wert. Bissinger meinte, den leichtfertigen Bieter warnen zu müssen. »Mein Herr«, er suggerierte fröhliche Laune, »so gern ich Ihre Brieftasche plündern würde: Das letzte Gebot für diesen Teppich steht bei dreiacht. Warum zu den Sternen greifen? Ihr Glück liegt weit näher!«

Doch gegen Eitelkeit ist kein Kraut gewachsen. »Was glauben Sie, wen Sie vor sich haben?« belferte es zurück. »Ich bin sehr wohl in der Lage, den Wert eines Teppichs abzuschätzen!«

Sagte es, machte auf den Hacken kehrt und verließ in raumgreifendem Alleingang den Saal – immerhin ohne Teppich. Die beiden Schönen trippelten hinterher.


Ein andermal betraten drei elegant gekleidete Herren mittleren Alters vor Versteigerungsbeginn den Auktionssaal. Aufmerksam musterten sie die zur Besichtigung ausgestellte Ware. Dann wandten sie sich an Bissinger und bekundeten ihr Interesse an einem kostbaren Seidenteppich.

Nach dem Preis gefragt, antwortete Bissinger: »Nach meiner Erfahrung könnte er etwa 20 000 bringen.« Er hatte tags zuvor ein ähnliches Stück für 18 000 Mark versteigert.

Die Herren nickten einmütig. »Zu dem Preis würden wir ihn nehmen. Allerdings am liebsten in Form eines Gegengeschäfts.«

Der größte der drei, mit schmalem Schnurrbart über noch schmaleren Lippen, führte das Wort. Er zückte ein kleines Schmucketui, in dem ein Stein funkelte. »Ein Diamant, sechs Karat«, erklärte er, »Wert etwa 75 000. Doch ich würde ihn für 40 in Zahlung geben.«

»Wir müßten den Stein von einem Fachmann schätzen lassen«, wandt Bissinger ein. »Vorher kann ich dazu nichts sagen.«

»Selbstverständlich. Haben Sie jemanden an der Hand?«

»Nein, aber im Ort gibt es gewiß ein Dutzend namhafte Juweliere.«

Nach kurzer Beratung schlug der Wortführer vor: »Wie wäre es, wenn Sie bei drei Juwelieren Ihrer Wahl ein Gutachten einholen? Hätten Sie etwas dagegen, wenn einer von uns Sie begleitet?«

Bissinger stimmte zu, schickte statt seiner jedoch Andrea auf den Weg, im Gefolge ein »Leibwächter«. Der erste Juwelier staunte über die Größe des Diamanten, sah ihn sich jedoch nicht genauer an. »Diamanten dieser Größe kaufe ich nicht, aber er ist sicherlich echt.« Der zweite Juwelier verfügte über kein Diamantprüfgerät. Der dritte hatte Mittagspause.

Ohne Gutachten kehrten Andrea und Begleiter kurz vor Auktionsbeginn zurück. Bissinger überlegte. Die Herren hatten angeboten, den Stein von drei beliebigen Juwelieren schätzen zu lassen. Also mußte er echt sein. Sie schlossen den Handel. Bissinger und Andrea nahmen den Stein, die drei Herren den Teppich sowie die Differenz von 20 000 Mark in bar entgegen.

Ein günstiges Geschäft: Der Einkaufspreis des Teppichs lag bei höchstens 10 000, der Wert des Diamanten bei etwa 70 000 Mark. Bissinger rieb sich die Hände.

Um andertags zu erbleichen. Beim Gutachten eines Münchener Fachmanns: Ihr »Diamant« war ein billiger Zirkonia.

Bissinger und Andrea erstatteten Anzeige. Als sie die Quittung vorlegten, die der Herr mit Schnurrbart ausgestellt hatte, schmunzelte der Polizeibeamte. Sie war mit »Weiß« unterschrieben. Diesen Namen verwandten viele Clanchefs der Sinti-Zigeuner.

»Auktionator kauft falschen Diamant«, diese Schlagzeile sprang Bissinger und Andrea tags darauf aus der Zeitung entgegen. Die Gauner hatten allen Grund zu lachen. Sie wurden nie gefaßt, die Ermittlungen schließlich eingestellt.

# Mörderisches Zwischenspiel

In München versteigerte die Mundial Auktionsorganisation unter anderem im Augustenkeller in der Nähe des Hauptbahnhofs. Das traditionsreiche große Brauereilokal wartete mit Biergarten, mehreren Restaurants im Festgebäude und vor allem einem großen Saal auf. In diesem Saal – er bot etwa 500 Sitzplätze – versteigerten sie. Bei gutem Wetter drängten aus dem Biergarten, der an die 5000 Personen faßte, Bieter und Schaulustige in den Auktionssaal wie Sardellen in die Dose.

Bei Auktionen ist der Ausschank von Alkohol verboten. Hier aber strömten die Kunden angeheitert herein, was die Stimmung kräftig aufheizte.

Bissinger sprach ein bißchen dröhnender, scherzte ein bißchen derber, als er es vor den müden Kurgästen in den Badeorten zu tun pflegte. Hier wie dort kam er an.

Er saß an der Stirnseite des Saals auf einer hohen Podiumsbühne.

Bühne und Raum boten reichlich Platz zum Ausstellen und Dekorieren der Ware. Sie rollten Rackhawanis Teppiche aus, stellten Ellerkants ostasiatisches Kunsthandwerk und seine Bronzen – vom Zwergäffchen bis zu einem nahezu vier Meter hohen Brunnen mit Engeln – auf. Freiherr von Strockow lieferte Berge von Schmuck, der dem Biergartenmilieu angepaßt war, aber nicht minder funkelte.

Der Saal glich einem riesigen Basar.

Es waren lustige Versteigerungen. Je deftiger Bissinger witzelte, desto aufgekratzter wurde die Stimmung, desto bedenkenloser geboten. Und das spornte Bissinger zu Höchstleistungen an.

Es war an einem heißen Herbsttag 1988. Biergartenwetter wie aus dem Bilderbuch. Etwa drei Uhr nachmittags, die Auktion hatte noch nicht begonnen. Bissinger und Andrea überprüften, auf dem Podium sitzend, die Versteigerungsliste. Im Saal legten Mitarbeiter letzte Hand an die Dekoration.

Plötzlich, Bissinger sah es aus dem Augenwinkel, betrat eine Person den Saal. Als sie reglos bei der Tür stehenblieb, blickte er auf. Und erstarrte. Es war Hildegard. Sie stand wie aus Stein gemeißelt, Lippen zusammengekniffen, Hände in Hüfthöhe verkrampft, Umhängetasche über der Schulter. Sie blickte ihn aus halb geschlossenen Augen unentwegt an.

Ein Mitarbeiter ging auf sie zu und sprach sie an. Hildegard beachtete ihn nicht. Sie hob nur ein wenig den Kopf, schob die Schulterblätter zusammen und starrte weiter zum Auktionspult auf der Bühne. Ihr Blick drückte kein Gefühl aus. Doch ihre Unbeweglichkeit hatte etwas Hilfloses.

Bissinger fühlte sich wie gelähmt. Seit Monaten hatte er Hildegard weder gesehen, noch mit ihr gesprochen. Er überwies ihr monatlich 4000 Mark, zahlte auch ihre Versicherungen. Von Eva und Thomas Griem wußte er, daß sie immer noch bei den beiden wohnte und sich inzwischen besser fühlte. Warum war sie gekommen?

»Entschuldige, Andrea«, murmelte er nach einigen Augenblicken. Unsicher stand er auf, stieg vom Podium und ging langsam auf Hildegard zu.

»Hallo, Hildegard!«

»Tag, Karlheinz!« Ihre Worte klirrten wie Eis im Whiskyglas.

Sie schaute ihm immer noch in die Augen. Die in den Seitengängen verteilten Mitarbeiter beobachteten neugierig die Szene.

Am Ende des Saals war eine Ecke durch Paravents abgetrennt. »Komm, dort können wir ungestört reden«, sagte Bissinger und schritt ihr voraus. Sie nahmen an einem kleinen Tisch Platz.

»Wie geht es dir, Hilde?«

Sie antwortete nicht. Saß, die Füße nebeneinandergestellt, stocksteif auf ihrem Stuhl. Den Blick hielt sie auf ihre Hände gesenkt, die wie geschnitzt über der Tasche auf ihrem Schoß ruhten.

Sie wirkte kalt, und doch schien ihm, als hätte sie geweint.

»Fehlt dir etwas? Kann ich etwas für dich tun?«

Sie verzog keine Miene. »Die Frau neben dir am Pult ...«

»Ja?«

»Ist sie das?«

Er fühlte sich unbehaglich. Schuldbewußt. Aber er gab sich betont unbefangen. »Was meinst du damit?« fragte er zurück.

Jetzt hob sie den Blick, sah ihn an: »Liebst du sie?«

Er gab sich einen Ruck. »Ja, ich liebe sie«, entgegnete er offen. »Sie heißt Andrea. Und ich bin sehr, sehr glücklich mit ihr.«

Sie erwiderte keinen Ton. Statt dessen griff sie entschlossen in ihre Tasche. Wie ein Hase beim Flügelschlag des Falken witterte er Gefahr und sprang zur Seite. Dann ging alles blitzschnell. Er hörte einen Schuß, spürte einen brennenden Schmerz in der Hüftgegend, sah eine schwarzglänzende Pistole, riß sie Hildegard aus der Hand.

Sie zitterte am ganzen Körper. Dann sprang sie auf und rannte weinend zur Tür hinaus, als liefe sie vor sich selbst davon.

Der Schock hielt ihn, die Pistole in der Hand, zurück.

Einen Augenblick später war er von Andrea und den Mitarbeitern umringt, die herbeigehastet waren.

»Wer hat da geschossen? Himmel, du bist ja verletzt!«

Bissinger blutete an der rechten Hüfte. Zum Glück hatte die Kugel ihn nur gestreift. Er hatte Schmerzen, aber sie waren erträglich.

Michael, der Blondschopf, wurde aktiv: »Ich rufe die Polizei!« Und schon war er auf dem Weg zum Telefon.

»Und einen Krankenwagen!« rief ihm ein Kollege nach.

»Michael!« Bissingers scharfe Stimme ließ Michael so plötzlich bremsen, daß er fast ausgerutscht wäre. »Kein Grund zur Panik!« setzte Bissinger leiser hinzu. »Das war nur ein Streifschuß.«

»Die Frau wollte Sie umbringen, Chef!« Michael ließ nicht locker.

Andrea, die sich um die Wunde kümmerte, hatte Wichtigeres im Sinn. »Bringt mir Jod und Pflaster, schnell!«

Johnny, Bissingers schwergewichtiger Chauffeur, nahm die Beine unter die Arme und kehrte in Windeseile mit dem Gewünschten zurück.

Während Andrea die Wunde versorgte und Michael beharrlich darauf bestand, die Polizei zu verständigen, arbeitete Bissingers Gehirn fiebrig. In fetten Lettern erschien vor seinem inneren Auge die Schlagzeile »Mordanschlag auf Auktionator«. Dann, kleiner gesetzt: »Auktionator verheiratet, lebt mit der Geliebten zusammen, Ehefrau eifersüchtig. Delikt der Täterin: Selbstjustiz, Delikt des Opfers: Ehebruch.« Wie stünde er in der Öffentlichkeit da? Nicht sauber. Nächste Szene: geschäftliche Folgen. Das Publikum, sensationsgeil, giert danach, ihn zu sehen, läßt aber die Hände unten: Der Mann hat keine weiße Weste. Letzte und eindringlichste Szene: Hilde stand vor ihm – und tat ihm leid.

Bissinger erwachte aus seinen Gedanken. Hercules Poirot sah klar: »Keine Polizei! Wir müssen jedes Aufsehen vermeiden!«

»Diese Frau hat auf Sie geschossen!«

Bissinger verdrehte die Augen. Wäre in diesem Moment vor ihm und mitten in der Aufnahme der Assistent eines alteingeführten Fernsehkommissars tot umgefallen, er hätte dem Regisseur Michael aufgeschwatzt. Mühelos.

Ein Jurastudent, der bei ihnen als Schmuckvorzeiger jobbte, sprang Michael mit einem Plädoyer bei: »… Straftat … Staatsbürgerpflicht … Ordnungsorgane verständigen …«

Bissinger unterbrach brüsk den Redeschwall. Er versuchte, in seine Worte Überzeugungskraft zu legen. »Das war keine Straftat, sondern ein harmloser Scherz. Ihr habt den Schuß nur gehört, ich war dabei. Er hat sich versehentlich gelöst.«

Um seiner Aussage noch mehr Gewicht zu verleihen, verteilte er unter den Mitarbeitern einen Bonus, mit dem sie sich einen schönen Tag machen und den Vorfall vergessen sollten.

Als die Wunde notdürftig verbunden und Andrea mit Johnny unterwegs zu einem Herrenausstatter war, um ein neues Hemd für Karlheinz zu besorgen, rief dieser Thomas Griem an: »Ich muß mit dir sprechen. Am besten sofort. Ich bin im Augustenkeller und kann hier nicht weg. Die Auktion beginnt in einer Stunde. Kannst du auf einen Sprung vorbeikommen?«

»Äh … worum geht's?«

»Um Hildegard. Du kennst mich, Thomas. Ich würde dich nicht herbitten, wenn's nicht ernst wäre. Und diese Sache ist kriminell.«

»Das hört sich nicht gut an.«

»Kannst du kommen?«
»Ich versuch's.«

Thomas Griem erschien nach einer knappen halben Stunde im Augustenkeller.

»Was, zum Teufel, ist los?« fragte er ohne Begrüßung. »Ich hab' Eva angerufen. Sie sagte, Hildegard sei total verstört nach Hause gekommen.«

»Setz dich!« Bissinger machte ebenfalls keine Umschweife. Er legte die Pistole auf den Tisch. »Kennst du diese Waffe?«

Thomas wiegte sie lange in der Hand: »Ja, so eine Browning hab' ich in meiner Waffensammlung. Wie kommst du an die Pistole?«

»Ich habe sie von Hildegard. Sie hat vorhin damit auf mich geschossen.«

Thomas blickte Karlheinz ungläubig an. Während dieser den Vorgang schilderte, begriff er allmählich. »Puhhh, das ist ein böses Ding.«

Bissinger schob ihm die Pistole zu. »Steck sie weg und paß in Zukunft besser auf deine Sammlung auf!«

Thomas lehnte sich im Stuhl zurück, sackte die Hände in die Hosentaschen und blies die Luft aus. »Karlheinz, du weißt, daß ich euch beide mag, dich und Hildegard. Daß ich, seit du dich von ihr getrennt hast, auf Hildegards Seite stehe, weißt du auch. Sie tut mir nun mal leid. Aber daß sie so verzweifelt ist«, er brach ab, »... macht mir Angst ...«

»Mir auch. Und ich weiß, daß du mir die Schuld gibst.«

»Karlheinz!«

»Ich nehm's dir nicht übel. Ich fühl' mich schuldig – einerseits«, Bissinger griff zu seiner Zigarettenschachtel, »andererseits ehrlich und unschuldig wie nie zuvor. Ich liebe Andrea. Das habe ich Hilde gesagt. Hätte ich besser lügen sollen?«

»Nein. Aber auch Hilde hat ihre Gefühle.« Thomas schob die Waffe in seine Jackentasche. »Mit dem feinen Unterschied, daß du sie nicht erwiderst.« Er zündete eine Zigarette an, zog daran, blies den Rauch aus. »Was selbstredend keinen Mordversuch, ob geplant oder im Affekt, rechtfertigt.«

Bissinger qualmte mit. »Es macht mich traurig, Thomas, ob du's glaubst oder nicht. Aber das schlimmste ist: Es war dumm. Zu schießen mit einer eindeutig identifizierbaren Waffe vor mindestens fünf Zeugen.«

Thomas malte Rauchringe. »Und nun?«

»Das hängt von Hildegard ab. Und von dir.«

Thomas hustete.

»Meinst du, ich will Hilde in den Knast bringen? Eine Frau, in die ich verliebt war? Die nicht weiter weiß, weil ich's nicht mehr bin?«

»Schon gut, schon gut. Doch was erwartest du von mir?«

»Daß du schweigst, Thomas!«

»Hm.« Er drückte umständlich die Zigarette aus. »Aber das war gewiß nicht alles.«

»Stimmt. Und ich hoffe, du tust mir den Gefallen: Würdest du mit Hildegard sprechen?«

»Um ihr was zu sagen?«

»Daß ich sie bitte, Vernunft anzunehmen. Daß die Tatzeugen, wenn ich sie darum bitte, den Mund halten werden. Daß ich von einer Strafanzeige absehen werde -- wenn sie so etwas nie wieder versucht.«

Bissinger sah Hildegard nur ein einziges Mal wieder, Ende 1989 beim Scheidungstermin. Sie wechselten miteinander kein Wort.

Bissinger war froh, war froh um die längst fällige Scheidung, war froh ums Schweigen. Denn bis zur Scheidung hatte es nochmals zu viele böse Worte gegeben, nicht zwischen ihm und ihr, sondern von Hildegard gegenüber Andrea. Immer wieder hatte Hildegard Andrea angerufen, hatte geschluchzt und geschimpft, mal mit verstellter Stimme, mal ganz offen. Sie hatte auch gedroht. So sehr, daß Bissinger und Andrea sich außerhalb des Hotelzimmers meist nur in Begleitung des stämmigen Johnny bewegten.

Trotzdem – oder erst recht? – kam Bissinger den Zahlungen nach. Sie waren großzügig. Doch er hatte sie selbst angeboten. Und eines wollte er bleiben: »Gentleman«.

# Das Unheil in den Startlöchern

Das Verhältnis zwischen Kohlmann und Bissinger, von Anfang an gut, wurde mit der Zeit immer herzlicher. Ein wenig glich es der Beziehung zwischen Vater und Sohn. Schorsch Kohlmann beobachtete aufmerksam Bissingers unbesonnenen Lebenswandel, ohne ein Wort der Kritik fallen zu lassen.

Eines Tages, nachdem die beiden die nächste Auktionstournee besprochen hatten, öffnete Kohlmann eine Flasche Rotwein.

»Karlheinz, ich habe dir einen Vorschlag zu machen«, begann er, während er einschenkte. »Wie du weißt, errichtet mein Bauunternehmen laufend Lager- und Bürokomplexe, die ich dann vermiete.«

Es war, wie Bissinger längst erfahren hatte, ein äußerst lukratives, eingefahrenes Geschäft.

Kohlmann stieß mit ihm an. Bissinger kostete. Ein edler Tropfen. Er fragte sich, worauf Kohlmanns Vorrede abzielte, blieb aber stumm.

»Hör zu! Wir verdienen mit den Versteigerungen einen Batzen Geld. Was würdest du davon halten, wenn ich dir monatlich 100 000 Mark auszahle? Damit könntest du in Luxus leben und sogleich deine Schuldenlast nach und nach tilgen. Den Rest deiner Anteile würde ich in meine Industriebauten investieren. So hättest du endlich auch eine verläßliche Zukunftsabsicherung.«

Bissinger schwieg unbehaglich. Kohlmann hatte seinen wundesten Punkt berührt. Nichts fürchtete Bissinger so sehr wie die Abhängigkeit von anderen. Sicherheit hin, Sicherheit her, er wollte freier Herr über sein Einkommen, seine Entschlüsse und sein Leben bleiben. Dieser Vorschlag würde ihn fest an Kohlmann und seine Firma binden.

Er schätzte Kohlmann nicht nur als Freund, sondern auch als gewissenhaften Geschäftsmann. Und doch hatten ihn die von Kohlmann erstellten Abschlüsse schon häufig verwundert. Der Computerfan entwickelte immer neue Abrechnungssysteme, die immer neue Ergebnisse erbrachten. Die Bilanzierung schien nach dem Motto zu verlaufen: drei Computer, drei unterschiedliche Gewinn- und Verlustrechnungen. Kohlmann nervte dies ebenso wie ihn, und irgendwie schuf er wieder klar Schiff. Ein Betrüger wie Waldheger war Kohlmann nicht, nein. Aber gerade weil Bissinger nichts von Buchhaltung verstand, machte ihn dieses vermeintliche Chaos unsicher.

»Nun, was hältst du von meinem Vorschlag?« fragte Kohlmann in seine Gedanken hinein.

»Es ist gewiß gut gemeint, Schorsch. Aber es will reiflich überlegt sein.«

»Ich nehm's dir nicht übel, wenn du meinen Industriebauten nicht vertraust.« Kohlmann nippte an seinem Glas. »Ich überweise deine Anteile auch gern auf ein Sperrkonto.«

»Das müßte noch reiflicher überlegt werden. Ach, lassen wir's erst mal beim alten!«

Schorsch Kohlmann war tatsächlich nicht der Mann, der so etwas übelnahm. Doch als Bissinger sich verabschiedet hatte, schüttelte er den Kopf. »Der Junge schlittert durchs Leben, und er läßt sich nicht davon abbringen.« Dann nahm er einen kräftigen Schluck Rotwein.

Und der Auktionszirkus rollte weiter, voran der Mercedes 500 mit Chauffeur, im Troß LKWs mit Versteigerungsware.

Dabei erwarteten Bissinger zwei neue Bekanntschaften – eine wenig angenehme, die ihn für einige Tage in Atem hielt, und eine grauenvolle, die ihm die nächsten Jahre zur Hölle machen sollte.


Man schrieb das Jahr 1990. Sie trafen in Freydenberg ein, einem lauschigen Städtchen am Rand des Schwarzwalds.

Dort trat das eingespielte Team im großen Konferenzsaal eines Hotels auf. Bissinger mimte den witzigen Alleinunterhalter, Andrea trat ihm auf die Füße, wenn ihm der Gaul zu stark durchging, und führte gewissenhaft Protokoll. Das Publikum steigerte wie von Sinnen.

Bereits am ersten Auktionstag traten in einer Pause zwei humorlos blickende Herren ans Auktionspult.

»Hack«, stellte sich der Ältere knapp vor, »Wirtschaftskontrolldienst. Wir haben bei Ihnen eine Kontrolle durchzuführen.«

Das schreckte Bissinger nicht sonderlich. Solche Kontrollen prüften im allgemeinen lediglich, ob das Namensschild des Versteigerers deutlich zu sehen war und die Versteigerungsverordnung und Schilder mit dem Aufgeld von 1870 aushingen.

Dieser Herr Hack beanstandete jedoch, daß nicht die angemeldete Auktionatorin Andrea Nußdorfer, sondern Bissinger am Mikrophon saß. »Das ist ein Verstoß gegen die Bestimmungen. Ich sehe mich gezwungen, die Auktion abzubrechen!« quäkte er mit heller Stimme.

»Aber verehrter Herr Hack, wir halten uns selbstverständlich an die Vorschriften«, versuchte Bissinger abzuwiegeln.

»Frau Nußdorfer und ich sind ein Gespann. Sie ist meine Lebensgefährtin. Sie ist die Leiterin der Auktion. Ich helfe ihr dabei, so gut ich kann. Ich bin lediglich der Ausrufer.«

Hack versuchte zu lächeln, was ihm kläglich mißlang. »Es ist mir bereits aufgefallen. Leute, die mit Auktionen zu tun haben, haben stets hübsche Frauen an ihrer Seite.« Zu Andrea gewandt, deutete er eine Verbeugung an.

Bissinger lächelte zurück, gelungen. »Das mag daran liegen, daß Leute, die mit Auktionen zu tun haben, einen feinen Geschmack entwickeln.«

»Herr Bissinger, das kann ich nicht durchgehen lassen. Der angemeldete Auktionator hat die Auktion auch durchzuführen!«

Bissinger zog es vor, eine Diskussion über die Auslegung der Versteigerungsverordnung zu vermeiden: »Fräulein Nußdorfer kann die Auktion heute leider nicht durchführen. Sie hat solche Halsschmerzen, daß sie kaum sprechen kann.«

Dagegen konnte Hack vorerst nichts einwenden. Mürrisch erlaubte er, die Auktion fortzusetzen. »Trotzdem werde ich melden müssen, daß nicht der angemeldete Auktionator aufruft, sondern eine Hilfskraft.«

Nach diesen Worten begab er sich auf einen kleinen Rundgang durch den Saal, um die ausgestellten Gegenstände zu begutachten. Alsdann trat er erneut zum Pult vor.

»Mich würde interessieren«, sein helles Quäken erklang in gedämpftem Piano, »was die Art-Tiffany-Lampe dort kostet.«

Bissinger blätterte in der Versteigerungsliste. »3500 Mark.« Das war der Limitpreis.

Hack nickte würdevoll. »Ich wäre bereit, dafür 1000 Mark zu bieten.« Er sagte es, ohne rot zu werden.

Bissinger begriff erblassend. »Das läßt sich machen, Herr Hack. Ich nehme Ihr Angebot an.«

Herr Hack schritt gelassen mit seiner Tausend-Mark-Lampe davon. Bissinger beendete die Pause und dachte erleichtert, die heikle Angelegenheit wäre damit erledigt.

Weit gefehlt. Herr Hack fand sich mit seinem Beamtenkollegen auch an den folgenden Versteigerungstagen ein. Mal wollte er günstig einen Teppich erwerben, mal eine Fin-de-siècle-Uhr. Wieder ein anderes Mal plauderte er über seinen Schwager, der ein kleines Hotel führe, in dem sich das Versteigerungsteam bei seinem nächsten Gastspiel in Freydenberg gewiß wohl fühlen würde.

Bissinger ließ sich die Hoteladresse geben und schwor sich, fortan um Freydenberg einen weiten Bogen zu schlagen.


Bissinger hatte inzwischen eine geradezu phobische Abneigung gegenüber Kohlmanns Computerchaos entwickelt. Mißtrauen hegte er nicht, aber manchmal platzte er schier vor Ärger über die Zahlenkolonnen, die er immer weniger verstand. Auch ließ Kohlmann sich nur selten bei den Auktionen blicken. Okay, das mochte ein Zeichen des Vertrauens sein. Aber Bissinger empfand es als Desinteresse an seiner und Andreas Arbeit. Manchmal fühlte er sich wie ein Tanzbär an der Kette.

In dieser Seelenverfassung versteigerte er im Spätsommer 1990 wieder einmal im Münchner Augustenkeller. Im Publikum fiel ihm ein etwa vierzigjähriger Mann mit einer sehr hübschen, dunkelhaarigen Begleiterin auf. Der Mann war nicht groß, schlank, fast hager, sein Gesicht verlebt und merkwürdig ausdrucksleer, das lange Haar wuschelig toupiert, die Kleidung salopp. Er saß an einem der vorderen Tische, lauschte Bissinger wachsam und lachte beim leisesten Scherz aus vollem Hals. Auch seine Begleitung schien begeistert.

Hätte Bissinger geahnt, welchen Einfluß dieser Mann in den kommenden Jahren auf ihn ausüben würde – er wäre ohne Zögern mit Andrea auf einen menschenleeren Planeten geflüchtet.

Der kleine Mann schlenderte während einer Pause nach vorn, stieg die Treppen zur Bühne hinauf, schob lässig den Vorhang beseite und trat zu Bissinger ans Auktionspult. Diese Freiheit hatte sich bisher noch kein Kunde herausgenommen. Und dieser Mann hatte noch nicht einmal etwas ersteigert. Er hatte lediglich unentwegt über Bissingers Gags gelacht.

»Hallöchen«, flötete er und lehnte sich an das Pult. »Gestatten, mein Name ist Korvacz.«

»Angenehm, Bissinger. Was führt Sie zu mir?«

Korvacz lächelte breit. »Möchte gerne Ihre Bekanntschaft machen. Sie sind ein As auf Ihrem Gebiet, wissen Sie das?«

»Ja, das ist mir bekannt«, erwiderte Bissinger ohne Anflug von Bescheidenheit.

Korvacz lachte vergnügt. Er war die reine, zerfließende Freundlichkeit. »Würde mich freuen, Sie mal privat zu treffen.«

»Meine Zeit ist leider äußerst begrenzt.«

»Oh, für mich werden Sie schon Zeit finden. Ich besitze in München zwei Auktionshäuser, eines davon im Hotel Münchner Hof.«

Bissinger horchte auf. Das Hotel Münchner Hof war unbestritten der beste und renommierteste Auktionsplatz der Bayernmetropole.

»Ich betreibe mein Geschäft aus zwei Gründen. Erstens macht es Spaß, zweitens macht es reich. Wir könnten beide mehr davon haben, wenn Sie für mich auktionieren. Hätten Sie Lust?«

Bissinger war schon halb gewonnen. Dennoch wehrte er ab:

»Ich habe einen festen Vertrag.«
»Ich weiß. Für Wanderauktionen. Ist ziemlich anstrengend, oder?« Und Andrea galant zulächelnd: »Besonders für Ihre reizende Begleiterin.«
Ein kluger Schachzug. Andrea war geschmeichelt. »Was spricht gegen eine Unterhaltung?« Sie blickte Bissinger aufmunternd an. »Ein Gespräch ist schließlich kein Vertragsbruch.«
»Von mir aus jederzeit, Frau Nußdorfer.« Korvacz strahlte.
Sie verabredeten sich für den nächsten Tag, zwölf Uhr, in der Lounge des Albarella.

Wenige Minuten vor zwölf Uhr begaben sich Bissinger und Andrea in die Lounge. Im Albarella, ihrem Zuhause, fühlten sie sich geborgen und entspannt. Jetzt aber waren ihre Nerven zum Reißen gespannt. Sie hatten sich bei einigen Einlieferern über Korvacz erkundigt. Die Antworten kamen zögerlich, bestätigten jedoch einhellig, daß Korvacz in der Münchner Auktionsszene eine bedeutende Rolle spielte.
»Es ist schließlich nur ein Gespräch«, versuchte Andrea zu beschwichtigen, »vollkommen unverbindlich.«
»Genau! Laß es uns locker angehen.« Aber er war nicht locker.
Sie wählten eine bequeme Sesselgruppe am Fenster, bestellten einen Longdrink für Andrea, einen Milk-Shake für Karlheinz und warteten.
Und warteten ...
Die Zeit verstrich. Drago Slobodan Korvacz ließ sich nicht blicken.
»Vielleicht hat er die Verabredung vergessen«, rätselte Andrea.
»Unwahrscheinlich. Dem war's ernst. Darauf wette ich.«

»Oder ihm ist was dazwischengekommen.«
»Dann hätte er angerufen.«
Sie warteten weiter.
Bissinger trank seinen zweiten Milk-Shake. »Sieht so aus, als wär' seine Begeisterung doch nur ein Strohfeuer gewesen.«
»Er hätte wenigstens anrufen können«, murrte Andrea. Sie sah auf die Uhr. »Es ist jetzt Viertel nach eins. Wir geben ihm noch eine halbe Stunde. Dann müssen wir zur Auktion.«
Sie warteten noch eine dreiviertel Stunde. Kein Korvacz.
»Also dann! Auf in den Augustenkeller!«
Als sie ihren Wagen aus der Tiefgarage lenkten, versperrte ihnen ein Jaguar den Weg. Bissinger bremste. Im Jaguar saß Korvacz.
Er kurbelte das Fenster herunter. »Wo wollen Sie denn hin?« fragte er, lässig hinausgelehnt, das Staunen in Person. »Wir sind doch verabredet!« Über engen Jeans trug er eine Wildlederweste, maßgeschneidert.
»Wir waren verabredet!« verbesserte Bissinger. »Und zwar vor zwei Stunden.«
Korvacz, verwundert: »Vor zwei Stunden?«
»Exakt! Für zwölf Uhr.«
»Nein ...«, Korvacz riß vorwurfsvoll die Augen auf, »für 14 Uhr! Das weiß ich ganz genau! Hab' doch selbst den Termin vorgeschlagen. Und Sie sehen, da bin ich.«
Bissinger hatte keine Lust, sich in Rechthaberei zu üben. Man einigte sich schnell auf ein Mißverständnis und vereinbarte ein Treffen. Nächster Tag, selber Ort, selbe Zeit – was zwölf Uhr bedeutete.
»Freue mich darauf! Really!« Korvacz lachte strahlend, als hätte er eine kühle Venus endlich zum Rendezvous überredet.
Er legte den Gang ein und brauste davon, winkend, als wären die beiden seine allerbesten Freunde.

Tags darauf erschien er auf die Minute pünktlich. Ein bißchen hastig, ein bißchen zerstreut, strebte er auf Bissinger und Andrea zu, sprach: »Kuckuck!«, warf Andrea ein Handküßchen zu und ließ sich in den Sessel fallen. Nachdem Bissinger für ihn einen Black Russian bestellt hatte, kam Korvacz ohne weitere Umschweife zum Thema.

»Ich habe meine Meinung nicht geändert. Ich hätte Sie gern für meine Versteigerungen im Münchner Hof. Und zwar als Chefauktionator.«

Bissingers Herz machte einen Satz. Das war sein Traum. Im Münchner Hof versteigern! Wow!

Dort hatte er erstmals etwas ersteigert – die Erinnerung an die verflixten Teppiche und das Samuraischwert schüttelte er eilig ab –, dort hatte er atemlos Hans Jürgen Treng gelauscht, dort hatte es ihn erstmals gekitzelt, selbst in das Auktionsgeschäft einzusteigen.

Die Zusammenarbeit mit Kohlmann frustrierte ihn seit einiger Zeit. Irgendwann würde es zwischen ihnen knallen. Und nun dieses Angebot. Das war's, der Kick, auf den er gewartet hatte.

»Herr Korvacz, Ihr Angebot reizt mich.« Er mußte zwar bis Jahresende noch für die Mundial Auktionsorganisation an bereits fest gebuchten Orten versteigern. Doch das wollte er vorerst nicht ansprechen. Erst den Vertrag mit Korvacz, dachte er bei sich, dann wird sich ein Weg finden.

»Allerdings, und das möchte ich von vornherein klarstellen, besitze ich keine Auktionatorenlizenz. Ich kann sie aus gewissen Gründen derzeit nicht erwerben ...«

Korvacz grinste. »›Gewisse Gründe‹ sind entweder Frauen oder Geld.«

»Der Partner meiner früheren Firma Bissinger & Waldheger ist eines Tages auf und davon. Ihm habe ich einen gewaltigen

Schuldenberg zu verdanken. Ehe dieser nicht abgebaut ist, erhalte ich keine Lizenz.«

Korvacz war keineswegs überrascht. »Sie haben einen Offenbarungseid leisten müssen. Weiß ich längst, denn ich hab' mich natürlich ein bißchen umgehört.« Er machte eine wegwerfende Handbewegung. »Die Sache mit der Lizenz stört mich nicht. Es ist bisher gutgegangen. Warum nicht auch in Zukunft? Übrigens weiß ich auch, daß Ihr Wanderzirkus noch Termine hat.«

»Darauf wollte ich soeben hinweisen ...«

»No problem. Das bringen wir schon auf die Reihe.«

Woher nahm Korvacz bloß diese sichere Selbstverständlichkeit? Bissinger wunderte sich. »Nicht so leicht. Ich sehe da Schwierigkeiten.«

»Das muß man geschickt angehen, Herr Bissinger. Sie gehen auf Tournee, versteigern mit etwas weniger Einsatz, die Umsätze sinken, und Sie werden sehen: Herr Kohlmann überläßt mir mit Vergnügen günstig die gemieteten Plätze.« Korvacz grinste. »Ich nenn' so was Diplomatie.«

Das ging Bissinger gegen den Strich und seine Versteigererehre. »Umsätze bremsen? Sie kennen mich nicht, Herr Korvacz! Wenn ich am Auktionstisch sitze, gebe ich mein Bestes. Das liegt mir im Blut! Ich kann nicht anders!«

Korvacz konterte, indem er ihm eine Provision von zehn Prozent des Nettozuschlags anbot. »Und ich lasse Sie 220 Tage im Jahr versteigern. Wenn Sie wollen.«

Bissingers graue Zellen rechneten fieberhaft. Nahezu 150 000 Mark. Die hatte er bisher durchschnittlich an einem Versteigerungstag umgesetzt. Davon zehn Prozent, 15 000. Mal 220, macht im Jahr – heiliger Adam Riese – mehr als drei Millionen! Bissinger schluckte.

Und schluckte nochmals, beim Gedanken an Kohlmann.

»Das klingt in der Tat verlockend, Herr Korvacz«, sagte er bedächtig. »Aber ich fürchte, so leicht gibt Herr Kohlmann nicht auf.«

»Na, dann reden Sie mit ihm! Das ist doch Ihr Metier.« Korvacz schlenzte sich in den Sessel zurück und lachte vergnügt.

Bissinger war ganz und gar nicht zum Lachen zumute. Denn unter dem Strich war Kohlmann ein verläßlicher, treuer Partner und Freund. Ein Freund, den er nicht verlieren wollte. So sehr Bissinger vor Publikum zu glänzen verstand, so sehr zitterte er vor kontroversen Gesprächen im kleinen Kreis. In solchen Situationen war der Zweieinhalb-Zentner-Mann ein seelisches Fliegengewicht.


Nicht so der kleine Korvacz.

Bereits am nächsten Tag marschierte er, unangemeldet, in Kohlmanns Büro und verhandelte mit ihm bis tief in die Nacht.

Gegen zwei Uhr morgens rief er Bissinger im Albarella an. »Hallöchen, hier Korvacz. Es ist alles geritzt. Sie können bei mir anfangen.«


Vormittags erhielt Bissinger einen zweiten Anruf. Diesmal von Schorsch Kohlmann. Er bat ihn und Andrea, sich sobald wie möglich in seinem Büro einzufinden.

Kohlmann begrüßte sie. Er wirkte bedrückt. Rotwein stand nicht bereit.

Sie nahmen Platz.

Kohlmann leitete das Gespräch ein. »Was soll ich mit einem Versteigerungsunternehmen, wenn mein Auktionator nicht voll motiviert ist?« Er seufzte.

Andrea und Bissinger tauschten fragende Blicke.

»Wie ihr wohl wißt, war Herr Korvacz hier. Um mir zu erklären, daß ihr lieber für ihn als für mich arbeiten würdet.«

»Das hat er gesagt?« Andrea reckte sich auf.

»Jawohl. Offenbar bin ich etwas begriffsstutzig. Hab' eine Weile gebraucht, um es zu verstehen. Tja, und jemanden mit Gewalt festhalten«, Kohlmann seufzte erneut, »das erschien mir nie klug.«

Andrea und Bissinger schwiegen betroffen.

»Ich hab's gut mit euch gemeint. Wär' ein kleiner Trost zu wissen«, Kohlmann lächelte selbstironisch, »daß ihr das ähnlich seht.«

Schweigen.

»Wie dem auch sei«, Kohlmann tätschelte die Computermaus, »Korvacz hat gewonnen. Der Mann pokert hart, aber gut. Ich wünsche euch alles Glück.«


Ja, Korvacz hatte gewonnen, haushoch.

Er hatte Georg Kohlmann die Mundial Auktionsorganisation inklusive aller Warenbestände und die bis Ende 1990 gebuchten Termine abgekauft. Den Preis erfuhr Bissinger nicht. Und er interessierte ihn auch nicht. Er war heilfroh, eine heikle Klippe glatt umschifft zu haben. Auf zu neuen, paradiesischen Ufern.

Wieder einmal dachte er: Na also!

Sein Schutzengel hörte das mit brummendem Katerschädel und schlechtem Gewissen. Er war am Verhandlungstag auf Sause gewesen.

# Double play

"Na also!« Bissinger war glücklich. Mit Andrea. Bissinger war höchst zufrieden mit dem Luxusapartment im Albarella.

Ein Blick aus dem Fenster, und München lag ihm zu Füßen. Mit seinen Finanzen. Der Schuldenberg war nur mehr ein Sandkastenhäufchen. Mit seiner Arbeit. Er war in der bundesdeutschen Auktionsszene bekannt. Der Name Bissinger stand für Entertainment-Show und Umsatz. Einlieferer hofierten ihn.

Glück und Zufriedenheit, bah! Bissinger wollte mehr davon. Er hißte die Segel.

Ehe er ablegte, blickte er zurück. Er sah Annelore mit den großen Augen, sah seine beiden Töchter, die seine Geschenke ohne ein Wort des Dankes auspackten. Sah Hildegard mit einer Pistole vor nackten, knackigen Brüsten. Er sah Georg Kohlmann, grau ein weißes Papier unterzeichnend. Sah Korvacz das Papier lächelnd an sich nehmen.

Dann wogte Korvacz auf ihn zu, in Zeitlupe, wie ein Vogel Strauß im Walzertakt. Drehte sich, tanzte näher, in einer Hand das Papier, breitete weit die Arme und sein Lächeln aus, für Bissinger und Andrea.

Bissinger erwachte aus seinem Traum und kappte die Leinen.

Ja, Bissinger war glücklich, zufrieden, aufbruchsbereit – und optimistisch.

Er war rundum optimistisch, weil er die Wahrheit nicht kannte. Er wußte: Korvacz hatte Kohlmann die Mundial abgekauft, Warenbestand und gebuchte Termine inbegriffen. Aber er wußte nicht: Die beiden hatten um ihn, Bissinger, geschachert – wie zwei Zuhälter um ihre beste Nutte.
Und offenkundig war Korvacz der abgebrühtere.

So abgebrüht, daß er im nächsten Schritt den Hauptteil der Mundial-Wanderauktionen kündigte. Bis auf drei Versteigerungsblöcke, davon zwei in Bad Wörreshausen, einer im Münchner Grandhotel. »Wir sollten uns voll auf den Münchner Hof konzentrieren«, erklärte er Bissinger.
Dieser war neugierig auf seine erste Auktion »unter« Korvacz. Sie sollte im Grandhotel steigen. Im Frühherbst 1990.
Drei Tage zuvor erfuhr Bissinger, daß der allzeit lächelnde Korvacz drastische Änderungen vorgenommen hatte.

»Zwei Herren möchten Sie sprechen«, meldete der Ober, als Andrea und Karlheinz gegen zehn Uhr im Albarella frühstückten. »Sie warten in der Halle.«
»Wer sind die Herren?«
»Sie haben ihre Namen nicht genannt. Aber sie sagen, es sei sehr wichtig.«
Die beiden Herren entpuppten sich als Izchak Rackhawani und Freiherr von Strockow, die emsigen Teppich- und Schmucklieferanten der Kohlmann-Auktionen.
»Wir sind sehr erstaunt, Herr Bissinger«, der Freiherr klang mißmutig.

Rackhawani schlug einen verbindlicheren Ton an: »Unsere Zusammenarbeit war bislang doch gut, verläßlich und für alle einträglich. Jedenfalls haben Sie nie etwas beanstandet, Herr Bissinger!«

Strockow mäkelnd: »Warum haben Sie uns nicht beizeiten und offen gesagt, daß Sie unzufrieden sind?«

Rackhawani: »Das hätte man doch gütlich regeln können!«

Strockow: »Schließlich waren wir stets zu Zugeständnissen bereit.«

»Verzeihung«, verschaffte sich Bissinger Gehör, »wären Sie so freundlich, mir zu sagen, worum es geht?«

Sprachlos hörte er, was geschehen war. Korvacz hatte den Wareneinlieferern der Mundial nahezu ausnahmslos die Zusammenarbeit gekündigt. Da manche Lieferanten, insbesondere Rackhawani und Strockow, sich ausschließlich auf die Kooperation mit der Mundial gestützt hatten, sahen sie sich ihrer Existenzgrundlage beraubt.

»Verdammt«, stöhnte Bissinger, »das habe ich nicht gewußt. Und es tut mir leid. Glauben Sie mir!«

Das empörte den Freiherrn erst recht: »Für dumm lassen wir uns nicht verkaufen, Herr Bissinger! Mit Ausreden können Sie uns nicht abfertigen. Als Versteigerer sind Sie genau im Bilde …«

Strockows Ton gefiel Bissinger nicht. Aber ihm gefiel auch nicht, wie rücksichtslos Korvacz vorgegangen war. Er wand sich: »Ich bin tatsächlich lediglich als Auktionator verpflichtet. Einfluß auf die Wareneinkäufe habe ich nicht. Herr Korvacz ist der neue Inhaber der Mundial. Sprechen Sie mit ihm, meine Herren.«

»Sie haben gut reden. Korvacz hat uns doch den Stuhl vor die Tür gesetzt!« begehrte Rackhawani auf.

»Aber wir werden uns unserer Haut zu wehren wissen.« Strockows Augen blitzten. »Verlassen Sie sich darauf!"

Tags darauf fanden sich von Strockow und Rackhawani bei Korvacz ein und drohten, beim Kontrollamt Anzeige zu erstatten: »Wir werden der Behörde mitteilen, daß Sie gegen die Verordnung neue Handelsware versteigern lassen.«

»Nur zu«, Korvacz nahm's locker, »ich freue mich auf Ihre Anzeige.« Er begleitete die beiden zur Tür hinaus. »Macht die Kläger nicht gerade glaubwürdig, wenn sie ihr Brot damit verdienen, daß sie Auktionen mit Handelsware beliefern.« Korvacz strahlte. »Alles Gute!«

.

Zwei Tage später stieg der Auktionsblock im Grandhotel. Erstmals versteigerte Bissinger für Korvacz.

Dieser hatte sein Personal eingebracht. Es machte sich, durch die Auktionen im Münchner Hof erfahren, routiniert und professionell an den Aufbau des Saals. Korvacz hatte nur drei Mitarbeiter der Mundial übernommen, darunter Johnny und Michael. Von den Einlieferern der Mundial war einzig und allein Maximilian Swabinsky übriggeblieben. Offenbar versprach sich auch Korvacz von Swabinskys Art-Tiffany-Lampen eine lukrative Erweiterung seiner Warenpalette.

Mit Ausnahme dieser Lampen und des Schmuckangebots eines gewissen Herrn Reesemeyer entstammten sämtliche Versteigerungsobjekte dem Arsenal der Firma Korvacz GmbH. Somit war Herr Korvacz Eigentümer fast aller Gegenstände, die Bissinger aufrufen sollte. Bissinger pfiff durch die Zähne: Ein solch abwechslungsreiches und exklusives Angebot war ihm noch nie unter den Hammer gekommen.

Schließlich waren Auktionspult und Waren aufgebaut. Die Saaltüren standen offen. Neugierige spazierten herein, um das

Angebot zu besichtigen. Bissinger vertuschte sein Lampenfieber mit salopp zur Schau gestellter Gelassenheit.

Dann begann Bissingers Show. Sie verlief wie bislang nach seinen Wünschen, besser noch, denn er wollte Korvacz beweisen, daß er sein Metier beherrsche.

Korvacz ließ es an Anerkennung nicht fehlen: »Ich hab's gewußt: Sie sind ein As!« Er strahlte. Und ließ sich von Bissinger zu einer Flasche Champagner einladen.

Einige Tage später betrat Hans Jürgen Treng den Auktionssaal im Grandhotel. Bissinger hatte Treng nicht vergessen. Doch sein Idol hatte sich verändert: Sympathisch wirkte der Auktionator immer noch, aber niedergeschlagen. Die hängenden Schultern paßten schlecht zu seiner stattlichen Statur. Langsam schritt Treng während einer Sprechpause auf Bissinger und Andrea zu.

»Herr Bissinger, wie schön, Sie wiederzusehen. Ich freue mich, daß Sie Karriere gemacht haben. Lassen Sie mich gratulieren. Und Ihnen toi, toi, toi wünschen ...«, seine müde Stimme sank ab, »... vor allem für Ihre Zusammenarbeit mit Herrn Korvacz. Ich hoffe, Sie wissen, worauf Sie sich dabei eingelassen haben!«

Bissinger wußte nicht, worauf Treng hinauswollte. »Sie versteigern doch auch für Herrn Korvacz. Im Münchner Hof. Sie wissen gar nicht, wie sehr ich mich darauf freue, Ihnen dort als Kollege begegnen zu dürfen!«

»Münchner Hof«, Treng winkte ab, »das ist vorbei. Mit Korvacz habe ich nichts mehr zu tun. Ich beschränke mich jetzt auf mein Düsseldorfer Haus.«

»Hatten Sie Ärger mit Korvacz?«

»Wenn Sie mich so direkt fragen, ja. Vor allem privat ...«

Treng glättete die glatten Bügelfalten seiner Hose. Er wandte seinen Blick ab.

Doch Andrea hatte den Ausdruck in seinen Augen gesehen: »Herr Treng?« Ihre Stimme war sachlich, doch weich.

Treng kniffte eine Bügelfalte und die Lider zu feuchten Schlitzen.

»Herr Treng, Karlheinz und ich gehen nach der Auktion in den Frankenkeller.« Andrea lächelte. »Eines der wenigen Lokale in München, in denen man bis vier Uhr zusammensitzen kann. Kämen Sie auf einen Schoppen Wein mit?«


Im Frankenkeller erzählte Hans Jürgen Treng: Er hatte die vergangenen 18 Jahre mit Veronika Karrener verbracht. 18 Jahre Sorgen, 18 Jahre Freuden, 18 Jahre Streit, 18 Jahre Harmonie.

»Ich liebe Veronika. Ich liebe diese Frau, die mir nach 18 Jahren gesagt hat«, Treng schwenkte sein leeres Glas, »wir können Freunde bleiben‹«. Er winkte dem Kellner, ihm nachzuschenken. »Das klang, als wollte sie eine belanglose Liebesaffäre abschließen.«

»Sie haben sich von Veronika getrennt?« Andrea orderte ebenfalls einen Schoppen nach.

»Veronika hat sich von mir getrennt.«

Treng erzählte weiter: Er hatte für Veronika in München-Bogenhausen eine luxuriöse Eigentumswohnung gekauft. Dort wohnten sie beide, wenn er im Münchner Hof versteigerte. Nicht immer nahm Veronika an den Auktionen teil. Manchmal ging sie auch früher nach Hause.

»Vor drei Tagen«, fuhr Treng fort, »gingen Veronika und ich nach der Auktion zu einer Party von Korvacz. Sie fand in einer Suite im Hotel Münchner Hof statt. Es war eine Feier im kleinsten Kreis mit Champagner und Kaviar. Tja, und mit Drogen.«

»Waas?« staunte Bissinger. »Korvacz ist drogensüchtig?«

»Nicht süchtig. Aber ab und an gönnt er sich einen guten Stoff, am liebsten zusammen mit Freunden.« Treng blickte auf. »Wissen Sie eigentlich, daß Korvacz geradezu sexbesessen ist?«

»Das ist seine Sache«, Bissinger winkte ab.

»Dann passen Sie mal gut auf Ihre Freundin auf! Nichts für ungut, Frau Nußdorfer«, entschuldigte er sich bei Andrea. »Aber Korvacz hat ein supergeiles Stehaufmännchen. Und das hat er bei der Drogenparty auch Veronika gezeigt.«

»Offenbar hat's ihr gefallen«, Treng kippte den Wein hinunter. »Am nächsten Morgen, vorgestern, mußte ich nach Düsseldorf. Als ich gestern zurück nach München in die Bogenhausener Wohnung kam, hat Korvacz mir – ›Kuckuck‹ – im Morgenmantel aufgemacht. Dann hat er mir einen zwanzigjährigen Calvados angeboten, den ich zwei Wochen vorher in Cannes erstanden habe.«

Bissinger und Andrea waren sprachlos: »Und was hat Veronika gesagt?«

»Ich solle es nicht allzu schwer nehmen. Wir könnten ja Freunde bleiben.«

»Was werden Sie jetzt tun?« fragte Andrea teilnahmsvoll.

»Ich fliege morgen früh nach Düsseldorf. München wird mich so bald nicht wiedersehen.«

»Müssen Sie denn nicht im Münchner Hof versteigern?«

»Für Korvacz?! Der wird morgen abend merken, daß er nicht mehr mit mir rechnen kann.«

Zwei Tage mußte Bissinger noch im Grandhotel versteigern. Sofort danach ging's zu einem viertägigen Auktionsblock nach Bad Wörreshausen.

Wie schon im Grandhotel, bemerkte er auch dort: Korvaczs Leute waren so gut aufeinander eingespielt, daß der Aufbau an einem halben Tag vonstatten ging. Diese Professionalität imponierte Bissinger, ebenso das ungewöhnlich reichhaltige Warenangebot. Es machte die Auktionen selbstverständlich reizvoller, den Ablauf kurzweiliger, Bissinger noch motivierter – und damit die Umsätze höher. Korvacz konnte zufrieden sein.

Bissinger war's.

Kaum war die Auktion in Bad Wörreshausen beendet, bestellte Korvacz Bissinger und Andrea zur Abrechnung in sein Büro.

Sie waren pünktlich zur Stelle, Korvacz begrüßte sie überschwenglich freundlich – und ließ sie dann über drei Stunden warten.

Er spielte mit seinem Schmucklieferanten Dolf Reesemeyer Backgammon – seine, wie sie erfuhren, dritte Leidenschaft neben Geld und Bumsen. Er würfelte, Dollarzeichen in den Augen, konzentriert, als befände sich um ihn und seinen Mitspieler das Nichts, als hätten sich Bissinger und Andrea in Luft aufgelöst. Sie kamen sich überflüssig vor.

Die einzige, die ihnen Beachtung schenkte, war eine blendend aussehende, elegante Frau. Sie betrat, wohl um die Spieler mit Getränken zu versorgen, den Raum. Wortlos nahm sie den Aschenbecher, den Bissinger mit Zigarettenkippen gefüllt hatte. Als sie mit einem sauberen Aschenbecher zurückkehrte, sagte sie mit freundlichem Desinteresse: »Ich nehme an, Sie sind Frau Nußdorfer und Herr Bissinger.«

Bissinger hob höflich seinen Hintern leicht aus dem Sessel. »Ja. Wir sind mit Herrn Korvacz verabredet.«

Sie nickte. »Mein Name ist Veronika Karrener. Was darf ich Ihnen zu trinken bringen?«

»Für mich bitte einen Fruchtsaft«, antwortete Andrea. »Herr Bissinger trinkt am liebsten einen Milk-Shake.«

Frau Karrener hob die Augenbrauen. »Milk-Shake? Ich werde sehen, was ich tun kann.«

Das also war Veronika Karrener, Hans Jürgen Trengs Exfreundin und Korvaczs jüngste Eroberung. Sie schien sich hier bereits zu Hause zu fühlen. Eine sympathische Erscheinung, makellose Figur, mit Designermode und Schmuck stilvoll gestylt – eine Frau für Feinschmecker.

Obwohl sie mehrfach versuchte, Korvacz auf seine Gäste aufmerksam zu machen, ließ dieser sich von seinem Backgammon nicht abbringen.

Nach gut drei Stunden hatten die Partien ein Ende. Korvacz setzte sich in aufgeräumter Stimmung zu Bissinger und Andrea, während sein Spielpartner sich mißmutig verabschiedete. Er hatte Herrn Reesemeyer um 30 000 Mark erleichtert. Korvacz verkündete es höchst zufrieden. Doch es schien Bissinger, daß ihm solche Sümmchen kaum mehr als ein Taschengeld bedeuteten.

»Nett, daß Sie vorbeischauen«, meinte er. »Liegt was Besonderes an?«

Bissinger, mit schräg gestellten Augen: »Wir waren verabredet, Herr Korvacz!«

»Ach ja?«

»Und zwar wegen der Abrechnung. Für die Versteigerungsblöcke im Grandhotel und in Bad Wörreshausen, je vier Tage. Haben Sie das vergessen?«

»Aber nein, keineswegs. Ihre Auktionen waren schließlich ein toller Erfolg! Warum sollten wir lange mit Zahlen jonglieren? Wären Sie mit 150 000 Mark einverstanden?«

Das haute Bissinger fast vom Stuhl. Das war weit mehr, als er sich erhofft hatte. Das war überaus großzügig!, gestand er sich ein – ohne zu wissen, daß und weshalb Korvacz genau diesen Eindruck hatte erwecken wollen.

»Wie geht's denn nun weiter?« Korvacz wippte mit dem Fuß.

»In genau drei Wochen beginnt der nächste Auktionsblock in Bad Wörreshausen.«

»Ausgezeichnet. Bis dahin können Sie im Münchner Hof versteigern. Ich bereite alles vor. Sie können dort schon morgen anfangen.«

»Das tut mir leid. Mein Urlaub ist seit langem geplant. Drei Wochen Norwegen. Ich brauche Erholung!«

»Sie brauchen Kohle, mein Lieber! Davon kriegen Sie bei mir mehr als genug – und das wissen Sie! Allerdings nur, wenn Sie mich nicht im Stich lassen, soll heißen: versteigern.«

»Als völlig ausgelaugter Auktionator? Ich muß meine Energiebatterien aufladen. Ich muß ausspannen, ausschlafen, fischen. Dann kann ich weitermachen, mit voller Kraft!«

Mit Freundlichkeit, Charme und tausenderlei Argumenten versuchte Korvacz, Bissinger seine Ferienpläne auszureden. Aber der blieb hart. Man konnte ihn leicht erweichen, aber vom Fischen ließ sich ein Bissinger nicht abhalten.

Drei Wochen Norwegen, drei Wochen Fischen im Fjord, drei Wochen umsorgt von Mutter Ingeborg, drei Wochen paradiesische Ruhe, drei Wochen die Seele baumeln lassen, und all dies zusammen mit Andrea – es war der reine Jungbrunnen.

Als Bissinger rundum erholt und um drei Kilo schwerer aus Skandinavien zurückkehrte, fühlte er sich wie neu geboren.

Schon einen Tag später begann die Bad Wörreshausener Auktion.

Anfahrt wie gehabt, zur Abwechslung mal ohne Chauffeur.

Ankunft in Bad Wörreshausen: zwölf Uhr.

Der Aufbau des Saals ebenfalls wie gehabt, gekonnt, zügig – und außergewöhnlich geschmackvoll. Erstaunt stellte Bissinger fest, daß Frau Karrener den Raum dekoriert und die Versteigerungsobjekte arrangiert hatte. Und sie hatte dabei Talent bewiesen! Ein erfahrener Dekorateur beim Film hätte von ihr noch lernen können.

Auktionsbeginn: 14 Uhr.

Auktionsverlauf: erste Sahne.

Auktionsschluß: wie immer mit eintretender Kurruhe um 22 Uhr.

Bissinger räumte soeben seine Sachen zusammen, als Korvacz auf der Bildfläche erschien. In papageienbuntem Seidenhemd und hautengen Jeans.

»Hallo, Herr Korvacz!« rief Bissinger gutgelaunt. Er war zufrieden mit seinem Erfolg und rechnete mit einem kleinen Lob.

»Los, los!« rief Korvacz statt dessen. »Auf geht's! Wir dürfen keine Zeit verlieren!«

»Weshalb? Wo müssen wir hin?«

»In den Münchner Hof. Sie müssen dort weiterversteigern! Sonst läuft da nichts.«

Bissinger war schockiert, Andrea war schockiert. Das konnte doch nicht wahr sein! Sie hatten gerade in Wörreshausen einen Riesenumsatz erzielt – aber Herrn Korvacz schien das wohl nicht zu reichen.

Weiterversteigern? Mitten in der Nacht?

»Hören Sie, ich bin seit dem frühen Morgen auf den Beinen, ich habe acht Stunden fast ohne Pause versteigert. Ich bin heiser, müde, hungrig und total ausgepowert!«

»Daß ich nicht lache. Sie sind kräftig, jung und frisch aus dem Urlaub zurück!«

Bissinger verengte die Augen. »Nach der Arbeit sollst du ruhen!« zitierte er.

Aber Korvacz ließ nicht mit sich reden. Schließlich hatte er Bissinger für viel Geld eingekauft. Als Hans Jürgen Treng von heute auf morgen seine Tätigkeit im Münchner Hof absagte, hatte er als Ersatz einen jungen, immermüden Auktionator namens Nimmbier engagiert.

»Nimmbier macht seine Sache ganz gut, aber eben nicht gut genug. Ihm fehlt das Flair! Sie müssen einspringen, Bissinger. Sie müssen das Feuer zünden! Sie sind meine große Hoffnung …«

»Danke für Ihr Vertrauen, aber …«

»Nix aber. Wird auch nicht zu Ihrem Schaden sein. Versprochen! Nun kommen Sie schon! Wir vertrödeln kostbare Zeit!«

»Apropos Zeit: Selbst wenn wir uns sputen, sind wir frühestens zwischen viertel nach elf und halb zwölf in München.«

»Auf, wir machen ein kleines Autorennen. Mal seh'n, wer als erster ins Ziel geht!«

Bissinger und Andrea ersparten sich weitere Widerreden. Todmüde, aber auch durch Korvaczs Vertrauen geehrt, stiegen sie in ihr Auto und fuhren los.

Doch Bissinger war kein Rennfahrer. Daher fuhren sie erst kurz vor Mitternacht vor dem Münchner Hof vor. In diesem Nobelhotel stiegen betuchte Gäste ab. Es lag im Herzen der

Stadt, namhafte Theater in nächster Nähe, Restaurants, Nightclub und Bar im Hause – eine wahrhaft exklusive Adresse für Auktionen. Der weite Auktionssaal schlug Bissinger stärker in seinen Bann denn je. Diesmal betrat er ihn nicht als Gast, doch ebenso ehrfürchtig. Ihm war, als beträte er den Kronsaal der Versteigerungen.

Nur etwa 20 Kunden weilten im Raum. Oben am Pult saß Josef Nimmbier, ein junger Mann, schmal, hochgewachsen, mit matten Augen, schütterem Haar und der Ausstrahlungskraft eines halbwüchsigen Karpfens. Daran änderte auch seine Lidschattenschminke nicht viel, ebensowenig das Wasserglas mit Rum und Cola, das seine Hand umklammerte, als wolle sie es um nichts in der Welt freigeben.

Korvacz – er war mit einer Viertelstunde Vorsprung eingetroffen – wechselte einige Worte mit Herrn Nimmbier. Dieser räumte umgehend und frustriert, das Glas in der Hand, das Auktionspult.

Nun blickte man erwartungsvoll auf den großen, stämmigen Mann, der langsam auf das Pult zuschritt. Die Angestellten beobachteten es mit argwöhnischer Zuversicht, die wenigen Gäste mit unverhohlener Neugier.

Bissinger wußte: Jetzt ging's um die Wurst. Für ihn begann eine neue Ära: Chefauktionator im Münchner Hof! Er mußte alles geben, eine Bombe platzen lassen. Kein Auge durfte trocken, keine Hand unten bleiben!

Er zog das Mikrophon zu sich, räusperte sich kurz und eröffnete dann seine Show. Er zog alle Register seines Könnens, ohne dabei glatt zu wirken. Bereits nach wenigen Minuten hatte er seine 20 Gäste voll im Griff, die Angestellten nicht minder. Es blieb tatsächlich kein Auge trocken. Sie alle vergossen Lachtränen.

Das Gelächter und Bissingers sonore Baßstimme lockten weitere Gäste an. Sie kamen aus der Bar nebenan und den Gängen des Hotels. Ohne zu wissen, daß sie eine Premiere erlebten, Bissingers erste Versteigerung im »Kronsaal«. Und sie boten. Trieben die Preise in Höhen, daß es sogar Bissinger schwindelte. Er merkte, daß dieser Ort eine Goldgrube war: Hierher kam das Publikum, das bereit war, wertvolle Objekte für teures Geld zu ersteigern.

Gegen zwei Uhr strömte der nächste Schub herein: Leute, die nach Schließen der umliegenden Nobelrestaurants noch nicht zu Bett gehen wollten.

Sie schlenderten zunächst gelangweilt näher, schauten verdutzt in den Saal, verwundert, daß mitten in der Nacht versteigert wurde. Tuschelten miteinander, entschlossen sich zum Bleiben, erst verhalten, dann oft haltlos.

Auch Bissinger hatte Blut geleckt: Jeder neue Gast, jedes neue Gebot machte ihn heiß. Er war trotz der späten Stunde in Höchstform.

Die Auktion lief bis morgens halb sechs. Bissinger hatte knapp 14 Stunden den Hammer geschwungen, und das nahezu pausenlos. Hatte Nerven und Stimme strapaziert. Jetzt war er am Ende – aber glücklich. Es hatte ihm Spaß gemacht, unheimlichen Spaß.

Korvacz stöhnte, Freudentränen in den Augen: »400 000 Mark Umsatz in sechs Stunden!«

Nachdem Josef Nimmbier bis kurz nach zwölf Uhr etwa 20 000 Mark erzielt hatte, hatte Korvacz somit 380 000 Mark Bissinger zu verdanken.

Ein dickes Ei!

Auch Andrea war von Bissingers Erfolg begeistert. Doch ganz wohl war diesem nicht zumute.

»Soweit ich bemerkt habe«, sagte er leise, aber bestimmt, »haben wir ausschließlich neue Handelsware angeboten. Und das bis zum frühen Morgen! Kann so was gutgehen?«

Korvacz schürzte die Lippen. »Davon leben alle Auktionshäuser!«

»Alle?«

»Mit wenigen Ausnahmen vielleicht.«

»Aber das ist gesetzwidrig.«

Korvacz grinste schief. »Wir verstoßen nicht gegen ein Gesetz, mein Lieber, sondern gegen eine Verordnung.«

»Was ist der Unterschied?«

»Uns winkt schlimmstenfalls eine Ordnungsstrafe von 3000 Mäusen. Bei diesem Umsatz Peanuts.«

Karlheinz schüttelte den Kopf. »Der Krug geht so lange zum Brunnen, bis er ...«

»Er bricht nicht«, unterbrach Korvacz. »Das lassen Sie mal meine Sorge sein.« Sein Grinsen wurde genüßlich. »Dafür hat man seine Beziehungen.«


Auch in den folgenden Wochen versteigerte Bissinger in Bad Wörreshausen weiter. Am liebsten hätte Korvacz dort Nimmbier und im Münchner Hof Bissinger eingesetzt. Doch das Wörreshausener Hotel pochte auf Erfüllung des Vertrags mit Bissinger als Auktionator. Es wußte sein Showtalent zu schätzen.

Die Anstrengung für Karlheinz und Andrea war fast übermenschlich. Nach Ende der Auktionen im Kurbad mußten sie nach München hetzen, um dort Nimmbier abzulösen. Korvacz ließ es sich zur lieben Gewohnheit werden, sie in den Münchner Hof zu zitieren. Es gelang ihm mit überwältigender Freundlichkeit und engelhaftem Charme.

Eine zuckersüße Fratze, deren wahres Gesicht sie erst später erkannten.

# Versteigerungsalltag

Schon bald erinnerten sich Bissinger und Andrea an ihr Gespräch mit Herrn Treng und dessen Andeutungen über Korvaczs Sexualleben.

Korvaczs Liaison mit Veronika Karrener war zwar noch recht jung, aber anscheinend eine feste Bindung. Beide wohnten in Veronikas Bogenhausener Wohnung, Veronika erschien häufig bei den Auktionen, legte bei der Saaldekoration letzte Hand an und kümmerte sich um die Buchhaltung. Sie erweckten den Eindruck eines »festen Paars«.

Aber war Veronika bei den Auktionen nicht anwesend, tauchte Korvacz gern mit wechselnden Begleiterinnen auf. Mit diesen flirtete er dreist, um sich schließlich mit ihnen zu den hinteren Sitzen zurückzuziehen. Dort konnten sie ihre Zweisamkeit recht ungestört genießen, galt die ungeteilte Aufmerksamkeit doch dem Auktionator.

Korvacz war alles andere als ein Adonis, eher unscheinbar – jedenfalls in Bissingers Männerauge. Doch auf viele Frauen übte er offenkundig einen unwiderstehlichen Reiz aus. Fasziniert schäkerten sie mit ihm, schienen geradezu darauf zu warten, daß er sie »anmachte«. Korvacz beließ es nicht bei der Anmache – und meist bekam er, was er wollte. Die wenigsten wehrten seine Küsse ab, das Wandern seiner Hände auf ihren Schenkeln, die Griffe zwischen ihre Beine. Wenn er sich weit genug vorgetastet hatte, sagte er's unverblümt: »Komm, laß uns ficken gehen.« War es diese Direktheit, die die Frauen anturnte? Wie auch immer, wenn es so weit war, sagte kaum eine nein, stand auf und folgte ihm in das Hotelzimmer, das er für solche Gelegenheiten gemietet hatte.

Dort ging es ebenso direkt weiter und zur Sache. Korvacz zog sie aus den Kleidern, sich die Hose vom Leib. Wein oder gar Champagner holte er nicht, dafür sein steifes Ding heraus. Stopfte es da hinein, wohin es schon längst gehört hätte, stieß zu, damit es ihm kam. Ja, das war geil, auf jeden Fall für ihn. Danach kam er nochmals zur Sache: »Besten Dank, das tat gut.«

So schwang Korvacz auf seine Weise den Hammer.


Die Versteigerungen in Bad Wörreshausen nahmen ihr Ende. Bissinger und Andrea waren erleichtert, nicht mehr mit Koffern in immer andere Orte ziehen zu müssen. Sie konzentrierten sich jetzt ganz und gar auf ihr neues Aufgabengebiet, die Auktionen im Hotel Münchner Hof.

Bald schon fühlten sie sich dort wie zu Hause. Sie wurden von Korvaczs Mitarbeitern – sie hatten persische, spanische oder tschechisch klingende Namen – respektiert, wenngleich ihnen die meisten unbekannt waren. Die Mitarbeiter taten gefügig, was Korvacz ihnen auftrug. Äußerte Bissinger einmal einen besonderen Wunsch, kamen sie auch ihm gern entgegen. Und als er sie schließlich, nach und nach, auch beim (Vor-)Namen kannte, ging alles noch eine Spur leichter.

Stets bei den Versteigerungen dabei war ein »alter Bekannter«: der schnauzbärtige Maximilian Swabinsky, der Hersteller und Vertreiber der Art-Tiffany-Lampen. Swabinskys Lampen bildeten weiterhin Schmuckstücke des Auktionssaals. Und nach wie vor überwältigten Swabinsky die Umsätze, die er mit den Lampen erzielte.

Korvacz hingegen gefiel Swabinskys Präsenz nicht. Ihm widerstrebte, daß Swabinsky so genauen Einblick in den Ablauf des Geschehens gewann und beobachtete, wie viele Lampen zu welchem Preis den Besitzer wechselten. Auf diese Weise konnte Korvacz ihn kaum übervorteilen. Und das lief den Spielregeln zuwider, nach denen Korvacz seine Auktionen organisierte.

Bissinger lernte nun auch einen anderen Mann näher kennen. Bei seinen ersten Versteigerungen im Münchner Hof hatte er ihn nur flüchtig wahrgenommen. Es war ein weißhaariger, netter älterer Herr, geeignet für eine Nebenrolle als gütiger Pfarrer einer TV-Serie. Doch hier war sein Platz ein kleiner, mit Papieren überhäufter Tisch, an dem er schmalschultrig über ein Schriftstück gebeugt saß, emsig mit Eintragungen beschäftigt. Dicke Brillengläser, gerunzelte Stirn, schmale Lippen, die lautlos nachformten, was sein Kugelschreiber zu Papier brachte. Sein Atem ging schwer, seine Knie zitterten, weil er dem Dauerstreß, dem er sich unterzog, im Grunde nicht gewachsen war.

»Ich weiß nicht, wie lange ich das noch aushalte«, sagte er, als er mit Bissinger bekannt wurde. »Das geht eigentlich über meine Kräfte.«

Der Mann, Dr. Gerhard Rossano, hatte sich auf ein gefährliches Spiel mit Korvacz eingelassen. Er galt als seriöser Kunstkenner, sein Urteil besaß in der Fachwelt Gewicht. Als Experte für neoklassizistische Kunst hatte er sich bereit erklärt, für die zum Aufruf kommenden Bilder, Graphiken, Lithographien und Radierungen Expertisen zu erstellen. Er tat dies willfährig und unermüdlich. Und vor allem deshalb, weil Korvacz ihm zugestanden hatte, hin und wieder auch eigene Graphiken einzuliefern, die Dr. Rossano wahrscheinlich in Frankreich und Spanien oder sonstwo erworben hatte.

Eine Hand wäscht die andere. Aber wenn die eine besudelt ist, ist es nur eine Frage der Zeit, bis die andere sich ihre Finger schmutzig macht.

Doch noch ging Dr. Rossano zuversichtlich seinen von Korvacz gestellten Aufgaben nach.


Schon bald hatte Bissinger, wenn er den Versteigerungssaal betrat, ein ungutes Gefühl. Das Gefühl, es braue sich etwas zusammen. Aber was?

Korvaczs Freundlichkeit und Konzilianz bestrickten ihn, raubten ihm den klaren Verstand. Korvacz umwarb ihn, Korvacz zahlte ihm unaufgefordert Summen, von denen andere nur träumen konnten – was gab's da zu hadern?

Hätte er die Warnzeichen erkannt, er hätte rechtzeitig und aufrecht die Szene verlassen können. Aber die Prozente, die ihm Korvacz großzügig zufließen ließ, wickelten ihn ein.

Und er gefiel sich als Showmaster, als Entertainer, als umjubelter Star der Auktionen.

Langweilig war seine Tätigkeit nie.


An Werktagen begannen die Auktionen im Münchner Hof um 18 Uhr. Eine halbe Stunde früher betrat Bissinger mit Andrea den geschmackvoll dekorierten Auktionssaal, in der Hand seinen MCM-Luxuskoffer mit Auktionshammer und Literatur über Teppiche, Schmuck, Art-Tiffany-Lampen und allerlei Kunstgegenstände. Ihn interessierten vor allem die in den

Büchern erwähnten Preisbeispiele. Die Versteigerungsliste lag bereits neben dem Mikrophon auf dem Auktionspult. Leise Musik spielte. Das Personal war bis 19 Uhr nur mit halber Besetzung anwesend, Kunden noch rar. Einige Neugierige betrachteten die ausgestellten Auktionsobjekte.

Um 18 Uhr begann Bissinger mit der Begrüßung der wenigen Gäste und dem obligatorischen Vorlesen der Versteigerungsbedingungen. Er versuchte, die Auktionen schwungvoll zu eröffnen:

»Ich grüße Sie, meine Damen und Herren! Es ist wieder soweit. Wir beginnen mit der Auktion. Wie immer, ist es um diese Zeit noch ziemlich leer im Saal, da alle Münchner nun bei der Brotzeit sitzen. Aber für mich ist das kein Hindernis, jetzt die ersten Gegenstände aufzurufen. Für Sie, meine Damen und Herren, die Sie sich so frühzeitig hierher getraut haben, ergibt sich damit eine prächtige Gelegenheit, in Ermangelung von Mitbietern Ihre Schnäppchen zu machen! Ich dürfte es zwar nicht sagen, aber ich verspreche Ihnen, wenn der Saal gegen neun oder zehn Uhr voll ist, schnellen die Gebote in die Höhe. Alte Auktionatorenweisheit: Je voller der Saal, desto höher die Preise.«

Die paar Zuhörer lachten ein bißchen, und dann schnarrte Bissinger in sachlichem, geschäftsmäßigem Tonfall den vorgeschriebenen Text herunter:

»Die Versteigerung erfolgt freiwillig, sie wird in fremdem Namen für fremde Rechnung durchgeführt. Der Zuschlag erfolgt nach dreimaligem Aufruf an den Höchstbietenden. Mit dem Zuschlag gehen Gefahr und Besitz direkt an den Bieter über. Auf den Zuschlag kommt ein Aufgeld einschließlich Mehrwertsteuer in Höhe von 19 Prozent. Das heißt, wenn Sie zum Beispiel einen Gegenstand für 1000 Mark erwerben, müssen Sie an der Kasse 1190 Mark entrichten. Die Zahlung kann bar, per Kreditkarte oder Scheck in jeder Größenordnung erfolgen.«

An dieser Stelle fügte er gewöhnlich hinzu: »Wenn Sie Ihren Scheck beispielsweise auf fünf Millionen ausstellen, erhalten Sie die gesamte im Saal befindliche Ware.«

Das Publikum lachte, Bissinger war zufrieden und fuhr, nun wieder in nüchternerem Tonfall, fort: »Die Aussagen des Versteigerers sind rein subjektiv und stellen keine zugesicherten Eigenschaften der aufgerufenen Gegenstände dar. Die kompletten Versteigerungsbedingungen hängen, für jedermann einsehbar, im Raum aus. Ich stelle fest, daß die nach der Versteigerungsordnung vorgeschriebene Mindestbieterzahl von drei Gästen überschritten ist. Wir können also mit dem ersten Aufruf beginnen. Kollegen, auf geht's!«

Die Show begann. Bissinger mußte versuchen, das Publikum in Bieterlaune zu versetzen. Er tat dies, indem er zu Auktionsbeginn einen billigen Gegenstand aus China hochhalten ließ.

»Meine Damen und Herren, wir haben hier einen chinesischen Hochzeitsteller, handbemalt, mit sogenannter Meisterpunzierung auf der Rückseite, ohne Limit. Das heißt, Sie können bieten, was Sie wollen.«

Anfangs ging die Auktion immer etwas spröde vonstatten. Die wenigen Gäste waren noch nicht warm, keiner traute sich, ein Gebot zu machen.

Bissinger griff dann zu einem Trick. Er schlug vor, wenigstens zehn Mark zu bieten. Und regelmäßig hob sich eine Hand, worauf Bissinger den Hochzeitsteller verschenkte.

Die Stimmung lockerte sich. Aber es dauerte eine ganze Weile, bis sich der Saal füllte.

Die ersten zwei Stunden waren für Bissinger stets die schlimmsten. Er redete und redete, war selbst noch etwas matt vom vergangenen Versteigerungstag, die Gebote kamen zimperlich. Nur selten fanden sich in den ersten Stunden gut betuchte Kunden ein, die höhere Beträge springen ließen.

Gegen 20 Uhr, nach dem Abendessen, trudelten dann die ersten Gäste aus dem Hotel und den umliegenden Restaurants ein. Bald gesellten sich weitere Besucher aus der Bar und dem Nightclub hinzu, denen die Musik dort zu laut wurde, und gegen halb elf, wenn der Schlußvorhang in Theatern und Oper gefallen war, wurde es eng im Saal.

Und dann ließ Bissinger es krachen. Es war brechend voll, die Gebote überschlugen sich, die Hammerschläge ertönten in ekstatischer Folge.


Eines Tages – Bissinger rief soeben einen Isphahanteppich für 18 000 Mark auf – rauschte eine Dame theatralisch, mit schwingendem, weitem Plüschrock, die rechte Hand winkend erhoben, in den Auktionssaal.

»Huhu!« trällerte sie laut. »Huhu! Ich biete!«

Und sie bot ohne Unterlaß. »Huhu, ich biete«, so ersteigerte sie nahezu jeden zweiten Gegenstand, den Bissinger aufrief.

Auf diese Weise vergingen etwa zweieinhalb Stunden. Das Verhalten der Kundin fiel vollkommen aus dem Rahmen. Gewöhnlich beschränkten sich die Bieter auf billige oder wertvolle Objekte. Sie aber bot bei den billigsten Artikeln ebenso heftig mit wie bei wertvollen Gegenständen. Hatte sie vielleicht einen Sprung in der Schüssel?

Allmählich wurde Bissinger mulmig zumute. In einer Pause fragte er sie, wie sie denn die »tollen« Sachen, die sie ersteigert hatte, zu bezahlen gedenke.

»Ach, wissen Sie«, plapperte sie fröhlich, »ich komme gerade von einer Italienreise zurück. In München bleibe ich nur zwei Tage. Hab' gar nicht gewußt, daß es hier so lustig ist.

Gefällt mir. Vielleicht schaue ich später mal wieder bei Ihrer Auktion vorbei.«

»Das freut uns, Madame, aber ...«

»Das Steigern macht mir Spaß! Ist eine unerhört aufregende Sache, finden Sie nicht?«

»Ganz richtig, aber ...«

»Und Sie machen Ihre Sache ausgezeichnet! Mein Kompliment! Ich hab' schon lange nicht mehr so sehr gelacht.«

»Madame!« Bissinger legte seine ganze Stimmkraft in dieses eine Wort, und es gelang ihm tatsächlich, ihren Redefluß zu unterbrechen. »Sie haben einen Warenberg für schätzungsweise 200 000 Mark ersteigert ...«

»Ja, das ist mir bewußt. Ich werde ein Taxi brauchen. Könnten Sie mir das liebenswürdigerweise bestellen? Natürlich erst, wenn die Versteigerung zu Ende ist. Bis dahin möchte ich noch ...«

»Madame!!«

»Ja?«

»Wie steht es mit der Bezahlung?«

»Ach ja, das Geld ... das leidige Geld! Daran hab' ich mal wieder nicht gedacht.«

»Wie darf ich das verstehen?«

»Tja, ich habe leider kein Geld bei mir.« Sie wühlte in ihrer Handtasche. »Auch keine Schecks.«

»Madame ...«

»Oh, das tut mir schrecklich leid. Aber ich komme morgen vorbei und erledige alles.«

Ungerührt blieb sie im Saal, rief unverdrossen »Huhu« und lieh sich zum Abschluß von der Kassiererin 30 Mark für einen Gute-Nacht-Cocktail in der Bar.

Am folgenden Tag, samstags, erschien gegen 20 Uhr die Plüschrockdame, wider Erwarten mit einem Verrechnungsscheck, den sie blanko unterschrieb, sowie 30 Mark in bar, die sie dankend der Kassiererin auf den Tisch legte. Auf die Frage, warum sie den Betrag von rund 250 000 inklusive Aufgeld nicht eingetragen hatte, erklärte sie frohgemut: »Weil ich heute weitersteigern will.«

Und das Spiel begann von neuem: »Huhu, ich biete!«

Wieder steigerte sie zügel- und ziellos. Bot wie verrückt, für Tinnef wie für wertvolle Teppiche. Ließ auch dann nicht locker, wenn andere mitsteigerten, sondern überbot konstant – was dem Publikum mißfiel.

Andrea war unruhig. Sie hatte sorgsam alle Gebote notiert. Jetzt zog sie eine Zwischenbilanz. »Sie hat schon Gegenstände für an die 700 000 ersteigert«, flüsterte sie Bissinger zu.

Dem stand der Ärger ins Gesicht geschrieben. Er fühlte sich zum Narren gehalten. Gegen seinen Willen verprellte er die anderen Kunden, indem er die Dame das halbe Warenangebot ersteigern ließ – und das alles für die Katz. Er war absolut sicher, daß der Scheck dieser offensichtlich Geistesgestörten nicht gedeckt war.

Was tun? Ihm fiel ein, daß er tags zuvor, als sie ihre Handtasche nach einem Scheck durchsuchte, eine Kreditkarte erblickt hatte.

»Madame«, sagte er während einer Sprechpause. »Sie können selbstverständlich auch mit Kreditkarte zahlen.«

»Ach so? Ein guter Vorschlag«, antwortete sie und öffnete ihr Handtäschchen. »Bitte, bedienen Sie sich!«

Er schnappte sich das Plastikkärtchen und stürmte zur Hotelrezeption. Er wußte, daß American Express rund um die Uhr Auskunft erteilte. Hastig rief er dort an und stellte mit der Codenummer des Münchner Hofs eine Bonitätsnachfrage, nannte die Kreditkartennummer und erwähnte, daß die Kundin im Rahmen einer Auktion über 700 000 Mark zu verfügen wünsche.

Es dauerte eine kleine Weile, bis er Antwort erhielt: »Bedaure, wir können keine Bestätigung geben. Wir sind bei diesem Konto gehalten, bereits bei Beträgen über 3000 Mark bei der Bank rückzufragen. Dies können wir Samstag nachts leider nicht tun.«

Bissinger hatte nichts anderes erwartet. Er ging in den Saal zurück, zog die Dame in den Seitengang, gab ihr die Karte zurück und sagte: »Madame, stellen Sie sich vor, Sie säßen im Salzburger Casino am Spieltisch, und ich wäre der Croupier. Ich sehe mich leider gezwungen, Sie vom Tisch zu nehmen!«

Zunächst fehlten ihr vor Erstaunen und Entrüstung die Worte. Dann aber ereiferte sie sich lautstark. Und schloß ab mit der Bemerkung: »Ich will weitersteigern. Und Sie werden mich nicht davon abhalten.«

Bissinger, dem der Kragen geplatzt war, machte ihr mit leiser Stimme kurz und unmißverständlich klar, daß ihre Show beendet war.

Ihre Widerworte waren alles andere als damenhaft.

Er setzte hinzu: »Sie werden verstehen, daß wir Ihnen die ersteigerten Gegenstände erst aushändigen können, wenn Ihr Scheck Deckung aufweist.« Dann schob er sie sanft, aber nachdrücklich dem Ausgang entgegen.

»War das nicht ein bißchen hart?« fragte Andrea, als er ans Pult zurückkehrte.

»Wieso? Der Scheck ist nicht gedeckt. Dafür lege ich meine Hand ins Feuer!«

In der Kasse lag der Blankoscheck, den die Verrückte am Vortag hinterlegt hatte. Korvaczs Kassiererin trug die Schuldsumme ein. Sie belief sich auf deutlich über 700 000 Mark.

Bissinger und Andrea, Mitarbeiter und Gäste – sie alle waren heilfroh, daß die Versteigerung endlich ungestört weitergehen konnte.

Bleibt zu erwähnen, daß am Montag die Deckung des Schecks von der bezogenen Bank anstandslos bestätigt wurde.

Trotzdem kam die Kundin noch mehrmals zu den Auktionen, steigerte allerdings fortan für geringere Summen mit. Immer wenn Bissinger sie erblickte, machte sie ihm mit beiden Händen eine lange Nase.

Bissinger hatte sich die Finger verbrannt.

# Es geht rund

Der Herbst 1990 war für Bissinger und Andrea eine kräftezehrende Zeit. Von Oktober bis Ende Dezember versteigerten sie Tag für Tag, oder besser: Nacht für Nacht bis in den frühen Morgen hinein. Meist gegen fünf Uhr fielen sie ausgepowert in ihre Betten. Der Begriff Privatleben wurde zum Fremdwort.

Besonders aufreibend waren die Samstage. Samstags versteigerten sie von zwölf Uhr mittags non stop bis ungefähr vier Uhr morgens. Für Bissinger bedeutete das 16 Stunden konzentriert reden, für Andrea 16 Stunden konzentriert schreiben.

Korvacz erstickte Bissingers Versuche, ab und zu für eine kurze Weile den Hammer an den smarten Herrn Nimmbier weiterzureichen, im Keim. Korvacz wollte Nimmbier nicht einmal eine halbe Stunde am Pult sehen; er befürchtete einschneidende Umsatzrückgänge. Zu Recht. Nimmbier mochte sich redlich mühen, Bissingers Auftreten nachzuahmen – seine Darbietung blieb eine maulfaule Imitation, Gelegenheit für viele Kunden, sich mit einem Imbiß, einem Bierchen oder einem Glas Champagner zu zerstreuen.

Korvacz traf es tief, wenn »seine« Kunden gelangweilt und ohne etwas ersteigert zu haben den Saal verließen. Es traf ihn pfeilgerade dort, wo es ihn am heftigsten schmerzte: im tiefsten Inneren seiner Seele – sprich in seiner Gewinngier.

So klein und schmächtig Korvacz war: Es gelang ihm immer wieder, dem Energiebündel Bissinger den Schneid abzukaufen. Er schickte Nimmbier auf Tauchstation und rief Bissinger ans Ruder.


Silvester 1990.

Silvester, »der« Abend im Jahr, an dem die Menschen feiern, die einen schräg, die anderen konventionell, um mit Schaumwein oder Champagner auf das Neue Jahr anzustoßen. Silvester, eigentlich kein Abend, an dem man eine Auktion besucht. Eigentlich ein Abend, an dem man Knaller statt Gebote abfeuert.

Würde man meinen.

Doch was, wenn ein Bissinger der Knaller war?

Nun: Nach dem steifen Silvestermenü hörten die Satten Bissingers über Lautsprecher verstärkte Stimme, witterten Kurzweil und pilgerten, wie von einem Magneten angezogen, in Smoking, Frack und Abendkleid in den Auktionssaal.

Pilgerten ohne Unterlaß. Pilgerten, bis der Saal einem Hexenkessel glich. Belegten sämtliche Sitz- und Stehplätze, traten sich auf die Füße, rissen die Arme hoch, überboten ihre Nachbarn. Bissinger kam mit seinen Ansagen kaum nach, Andrea schrieb sich die Finger wund. Vor der Kasse und Warenausgabe standen die Kunden Schlange, um des Ersteigerten habhaft zu werden. Doch auch danach gingen sie nicht. Standen wie verzaubert da, zusammengerollte Teppiche oder venezianische Leuchter im Arm, standen da, schauten, lauschten und staunten.

Hätte Goethe die Szene gesehen, er hätte seine Walpurgisnacht in einen Versteigerungssaal verlegt.

Ungefähr fünf Minuten vor Mitternacht schien sich das Publikum darauf zu besinnen, daß heute Silvester war, blickte auf die Uhren, strebte zu den diversen Festtafeln zurück, um die Jahreswende »angemessen« zu begehen.

Endlich kamen auch Bissinger und Andrea zu sich. Eine Flasche Champagner war schnell zur Stelle. Sie schenkten die Gläser ein, stießen mit Korvacz und Veronika Karrener an, wünschten einander, was man zu solcher Stunde einander wünscht. Bissinger und Andrea umarmten sich. Herrlich, diesen Augenblick in wohlverdienter Ruhe zu genießen.

Der Augenblick währte zehn Minuten.

Dann quollen sie wieder herein, im ersten Schwall an die 100 Gäste, danach Wogen, die sie nicht mehr zählten. Sie schwappten Menschen herein, die auf den Stühlen Pobacke an Pobacke, in den Gängen Zehe an Zehe strandeten.

Und sie taten es freiwillig. Silvester 1990 im Münchner Hof.

Das Jahr 1991 war zwei Stunden alt. Bissinger hämmerte, hämmerte und wußte, daß er jetzt nicht aufhören durfte. Die Stimmung war am Siedepunkt, er durfte die Flamme nicht zurückdrehen. Nicht jetzt! Er hämmerte weiter, verknotete die Knie, richtete sich halb auf, beugte sich dann wieder vornüber, kniff den Hintern zusammen, schlug zu! Jetzt nicht! Keine Pause! Aber dann ging's nicht mehr. Bissinger mußte pissen. Und zwar sofort.

Sein Blick fiel auf den versilberten Sektkübel zu seinen Füßen. Welch ein Kelch! Seine einzige Rettung in dieser Situation ... Er langte unauffällig hinunter, zog die Champagnerflasche heraus, zwängte den Kübel zwischen seine Schenkel. Schweißperlen traten ihm auf die Stirn. Es brodelte im Saal und in Bissingers Blase. Bissingers Linke schwang den Hammer, mit der Rechten verschaffte er sich freie Bahn. Endlich! Seine Stimme wurde lauter, und während die Gebote ihn weiter anfeuerten, spendete ihm der Schweiß auf der Stirn wohltuende Kühle, das warme Strömen in den Kübel unendliche Erleichterung. Prost Neujahr! Nun hatte er alles wieder im Griff. Bissinger war dankbar und ließ seine neugewonnene Energie machtvoller denn je über das Mikrophon ins nichtsahnende Publikum fließen. Es reagierte enthusiastisch.

Andrea hatte den Blick sittsam abgewandt.

Sie versteigerten bis sechs Uhr morgens. Sie – das waren die begeisterten, drangvoll eingepferchten Gäste und Bissinger, zwei Teams, die nicht gegen-, sondern wie berauscht miteinander spielten. Das Ergebnis war ein Rekord: Bissinger überschritt in jener Nacht erstmals die Millionengrenze.

Korvacz bekam glasige Augen. Das Neue Jahr begann mit einem Millionenschub in seine Kasse.

Wenn das nichts war!

1. Januar 1991.

Erfolgreicher Abschluß eines langen Auktionsblocks. Danach zwölf freie Tage, die Andrea und Karlheinz voll auskosten wollten.

Glücklich, aber vom zwanzigstündigen Auktionsmarathon restlos erschöpft, fielen sie am Neujahrsmorgen wie von der Axt gefällt ins Bett. Erst gegen Abend wachten sie auf.

»Wollen wir essen gehen, Schatz?«

»Heute nicht. Wir lassen uns was aufs Zimmer kommen.«

Der Silvesterstreß war vergessen. Das Neue Jahr noch ein Buch mit strahlend weißen Seiten. Das Paar glücklich, zufrieden mit sich, hoffnungsfroh, verliebt.

Es wurde ein Festmahl, tête à tête.

Schon einen Tag später klingelte es. Korvacz und ein großer, schlanker Herr in korrektem Nadelstreifenanzug standen vor der Tür.

»Kuckuck, dürfen wir?« Und schon trat Korvacz über die Schwelle. »Kennen Sie sich? Nein? Das ist Michael Ziegbein, mein Steuerberater und Anwalt – Herr Bissinger, Fräulein Nußdorfer.«

Korvacz warf sich breitbeinig in den bequemsten Sessel, verwöhnte die Anwesenden mit einem strahlenden Lächeln und erklärte: »Ich hab' Ihnen ein phänomenales Angebot zu machen.«

Dem stimmte Michael Ziegbein bedächtig nickend zu.

Dann erfuhren Bissinger und Andrea: Korvacz wollte mit seiner Lebensgefährtin Veronika Karrener ein neues Unternehmen gründen. Es sollte Versteigerungen durchführen, zunächst wie bisher im Münchner Hof, später auch an anderen Plätzen – sofern sich damit gute Gewinne machen ließen.

»Das mag phänomenal sein, aber nicht unbedingt neu«, wand Bissinger ein. »Das betreiben Sie schließlich schon eine ganze Weile.«

»Okay, aber wir schieben es auf eine neue Schiene«, flötete Korvacz.

»Soll heißen?«

»Hab' lange darüber nachgedacht. Auch ausführlich mit Frau Karrener gesprochen. Sie ist meiner Meinung.« Korvacz legte eine Kunstpause ein. »Einkauf, Organisation, Verwaltung, sie sind das Skelett eines guten Auktionsbetriebs. Aber die Seele«, er pausierte nochmals, »die Seele ist ein Spitzenauktionator.« Er blickte um sich. Kein Applaus. Er verdrehte die Augen und blies die Wangen auf, um besser zu seufzen. »Also ist's nicht nur recht und billig, sondern auch klug, daß ich meinem besten Auktionator ein Angebot mache. Ein Angebot, das Ihnen eine große Zukunft eröffnet, Herr Bissinger!«

Ziegbein nickte erneut. Ja, Korvacz hielt ein großzügiges Angebot bereit.

Bissinger verbarg seine Gespanntheit. »Ich höre«, sagte er geschäftsmäßig wie bei einem Gebot in der Auktion.

Korvacz wiederholte beflissen, wie hoch er Bissingers Entertainertalente schätzte. Dann kam er zum Punkt. »Ich möchte Sie gern an meinem neuen Unternehmen beteiligen. Als Gesellschafter.«

Bissinger fragte nach: »Wie stellen Sie sich das vor?«

»Auf jeden Fall fair und großzügig. Sie erhalten 49 Prozent der Gesellschaftsanteile, Frau Karrener und ich 51. Damit würde ich weniger Anteile als Sie halten. Weiter stelle ich mir vor, daß wir drei als gleichberechtigte Geschäftsführer die Firma leiten.«

Irgendwie hörte Bissinger die Nachtigallen trapsen. »Gleichberechtigt? Was verstehen Sie darunter?«

»Naja, gleichberechtigt eben. Wir teilen uns die Arbeit auf. Frau Karrener übernimmt Abrechnung und Buchhaltung, ich Wareneinkauf und Personal, während Sie«, Augenklimpern, »für den Umsatz sorgen.«

Bissinger scheute vor geschäftlichen Fingerhakeleien zurück, Andrea weniger. Sie hakte nach: »Was würde die Beteiligung Herrn Bissinger kosten?«

Korvacz lächelte lieblich. »Ich gehe von einem Stammkapital von 50 000 aus. Davon 49 Prozent für Herrn Bissinger, also lächerliche 24 500.«

Michael Ziegbein nickte eifrig. Lächerlich.

»Ansonsten«, fuhr Korvacz fort, »verändert sich nichts. Jedenfalls nur zu Herrn Bissinger Gunsten. Er wäre enger in das Unternehmen eingebunden. Und würde wesentlich besser verdienen.«

»Und noch was!« Korvacz riß die Augen auf und sagte mit Nachdruck: »Wenn Sie topp sagen, kaufe ich eines der ältesten und angesehensten Auktionshäuser von München! Der Inhaber will aus Altersgründen aufgeben.«

»Sprechen Sie vom Auktionshaus Herzog in der Nymphenstraße?«

»Exakt. Es besteht seit über 40 Jahren, gilt als unumstößlich seriös und würde unser Image glänzend aufwerten.«

»Kaufpreis?«

»Eine Million. Inklusive Firmennamen und Kundenstamm. Ein sensationelles Schnäppchen!«

Andrea angelte sich den Haken. »Und Herr Bissinger soll sich mit 49 Prozent am Kauf beteiligen?«

»I wo! Ich trag' das Risiko allein. Ich leg' den Zaster vor. Wenn unser Laden floriert, können Sie's mir nach und nach zurückzahlen. Kein Problem.«

Irgendwie fühlte sich Bissinger unbehaglich. Er wägte ab. Einerseits: Er kannte Korvacz noch nicht gut genug. Konnte er ihm trauen? Andererseits: Das Angebot klang verlockend. Und Korvacz hatte bislang sehr korrekt abgerechnet. Außerdem: Der Münchner Hof war eine Goldgrube.

Also sagte er nicht nein.

Andrea machte eine kleine Einschränkung. »Wir möchten uns, ehe wir fest zusagen, mit unserem Wirtschaftsanwalt besprechen.«

Herr Ziegbein nickte und ergriff endlich selbst das Wort: »Aber gewiß, Frau Nußdorfer! Das ist eine vernünftige Überlegung. Wenn Herr Korvacz nichts dagegen hat, übergebe ich Ihnen schon einmal die Unterlagen.«

Korvacz fand Andreas Bemerkung zwar etwas vorwitzig, erklärte sich aber ebenfalls einverstanden. »Ich hätte nichts dagegen«, schloß er liebenswürdig ab, »wenn Ihr Anwalt den Gesellschaftervertrag aufsetzen würde. Im Gegenteil.« Er strahlte.

»Seit wann hast du ein Verhältnis mit unserem Wirtschaftsanwalt?« neckte Bissinger, wieder allein mit Andrea.

Sie tippte ihm den Zeigefinger auf die Nasenspitze. »Überleg' mal, Heinz: Ich verstehe von derlei Geschäften sehr wenig – und du, mein Schatz, überhaupt nichts!«

»Du übertreibst!«

»Mit solchen Partnerschaften hast du schon zweimal Schiffbruch erlitten. Diesmal sollten wir den Rat eines Fachmanns einholen.«

»Naja«, knurrte er.

»Wir kennen nicht die Haken und Ösen, mit denen Juristen solche Verträge häkeln.«

»Und wo hast du ›unseren‹ Wirtschaftsanwalt versteckt? Unterm Bett?«

Sie lächelte, leicht süffisant und überlegen. »Du kennst ihn.«

»Hä?«

»Dr. Harald Kustermeier.«

»Nie gehört.«

»Ein sehr sympathischer Mann. Ab und zu liest man von ihm in der Zeitung. Er muß sehr fachkundig sein. Und er hat dir seinen Rat angeboten.«

»Wann?«

»In Bad Wörreshausen! Dort hat er mehrere Art-Tiffany-Lampen und vier Teppiche ersteigert. Und dir danach seine Visitenkarte gegeben. Ich hab' sie aufgehoben.«

»Für den Fall der Fälle?«

Sie nickte vergnügt. »Für den Fall der Fälle. Trau nie einer Frau.«

Er gab ihr einen Kuß. »Du bist ein kluger Schatz!«

Dr. Kustermeiers Kanzlei lag in einer vornehmen Villa in einer der vornehmsten Straßen eines der vornehmsten Stadtviertel Münchens. Hier gab es keinen Straßenlärm, nur erquickende Ruhe. Eine dichte Buschrosenhecke bewehrte das elegante, zweistöckige Haus aus rotem Klinker.

Zwei Sekretärinnen nahmen Bissinger und Andrea in Empfang. Die eine fragte, ob sie einen Termin hätten, die andere, ob sie Kaffee wünschten.

Da sie einen Termin ausgemacht hatten, stand dem Kaffee nichts im Wege.

Dr. Kustermeier, ein distinguierter Mittfünfziger mit vollem weichem Haar – Toupet? –, empfing sie herzlich, als wären sie seine besten Freunde. Seine Haltung war korrekt, seine Kleidung war korrekt, seine Ausdrucksweise vielleicht ein wenig kompliziert.

Zwei Art-Tiffany-Lampen zierten sein Büro, willkommener Stoff für das Aufwärmgespräch. Dann kam man zur Sache. Dr. Kustermeier ließ sich erklären, worum es ging, nahm Einsicht in die Unterlagen, die ihm Andrea vorlegte. Und befand den in Aussicht genommenen Vertrag für eine ausgezeichnete Idee. Er riet ihnen uneingeschränkt zu, das Angebot anzunehmen. Und befürwortete insbesondere den Erwerb des Auktionshauses Herzog. »Eine alteingeführte Firma, ehrbar, von bestem Ruf …«, er ergoß sich in Lobeshymnen. »Ein Nimbus, von dem Ihre Auktionen im Münchner Hof nur profitieren können.«

»Ihr Einverständnis voraussetzend«, sagte er abschließend, »werde ich mich mit dem Kollegen Ziegbein in Verbindung setzen und, wenn er, wovon ich ausgehe, keine Einwände vorbringt, den Gesellschaftervertrag ausarbeiten.«

Andrea war einverstanden. Also auch Bissinger. Sie rauchten eine letzte Zigarette, tranken ihren Kaffee aus und verabschiedeten sich.

Bereits wenige Tage nach dieser Besprechung hatte Herr Dr. Kustermeier den Gesellschaftervertrag »ausgearbeitet«. Es handelte sich recht eindeutig um einen Standardvertrag, den sein Kanzleicomputer ausgespuckt hatte. Er übersandte Bissinger den Vertrag, nicht ohne zu vergessen, eine Rechnung über 20 000 Mark beizulegen.

Korvacz akzeptierte den Vertrag anstandslos.

Und rieb sich vergnügt die Hände. Schließlich kostete ihn, den Nutznießer, der Gesellschaftervertrag keine müde Mark.

Den bezahlten Bissinger und Andrea, als gehöre es sich so und nicht anders.

# Die Karten werden neu gemischt

Schon vor der ersten Auktion des Jahres 1991 gründeten sie die neue Gesellschaft, die Korvacz Auktionsorganisation GmbH. Korvacz hielt 41, Veronika Karrener 10, Bissinger 49 Prozent der Anteile. Die drei Geschäftsführer gestanden sich ein Monatsgehalt von je 20 000 Mark zu, zusätzlich einer am Ende des Geschäftsjahres fälligen Geschäftsführertantieme von 22 Prozent des Gewinns für Korvacz und Bissinger. Veronika Karrener sollte zehn Prozent erhalten. Bissinger konnte zufrieden sein. Hinzu käme schließlich noch der Gewinn aus seinen Gesellschafteranteilen!

Korvacz erwarb wie besprochen für die neue Firma das Auktionshaus Herzog in der Nymphenstraße.

Dafür streckte er aus eigener Tasche eine Million vor. Zudem berappte er 500 000 Mark, um für die Korvacz Auktionsorganisation Waren einzukaufen.

Gemeinsam mit dem vom Haus Herzog übernommenen Personal listete Frau Karrener den Warenbestand sorgfältig auf. Alle waren zufrieden. Man konnte den kommenden Auktionstagen getrost entgegensehen.

Mitte Januar begannen im Münchner Hof die Auktionen unter neuer Flagge. Bissinger, motiviert durch seinen Erfolg, aber auch seine Teilhaberschaft, entwickelte mehr Energie denn je. Optimismus und Selbstvertrauen feuerten ihn an. Nie setzte er sich verzagt ans Auktionspult, sondern stets mit dem Vorsatz: Heute hämmere ich über 500 000 Mark herein!

Wenn Kunden ihn fragten, was häufiger vorkam, woher er die Kraft nehme, Stunde für Stunde, tagein tagaus mit nie nachlassender Dynamik aufzutreten, antwortete er schlicht: »Es macht mir Spaß.«

Und das war die Wahrheit. Vermutlich freute er sich am meisten über die Lacherfolge, die er erzielte. Das positive Echo turnte ihn an. Mit Tritten gegen sein Schienbein sorgte Andrea dafür, daß seine Sprüche salonfähig blieben. Es gab Tage, an denen sein Bein von blauen Flecken übersät war.

Als wieder einmal die Stimmung überzukippen drohte und sich das Publikum vor Lachen schüttelte, betrat ein Bissinger inzwischen bekannter Herr den Saal.

Der Herr war in der Kontrollbehörde ein hohes Tier. Obwohl er sich bei seinen Kontrollen als wohlgesinnt und verständnisvoll erwiesen hatte, nahm Bissinger seinen Späßen unverzüglich etwas Saft.

Als dieser Herr schnurstracks ans Auktionspult schritt, unterbrach Bissinger kurz die Versteigerung.

»Nicht doch, nicht doch«, winkte der Beamte locker ab. »Ich bin heute privat hier. Ich möchte meiner Frau einmal zeigen, wie es bei einer Auktion zugeht.«

Erst jetzt bemerkte Bissinger seine Begleiterin, eine attraktive, sympathisch wirkende Erscheinung.

»Irmgard, das ist Herr Bissinger«, stellte er vor. »Meine Frau.«

Bissinger begrüßte die Dame und stellte nun seinerseits Andrea vor. »Frau Nußdorfer. Im Grunde leitet sie die Auktion, nicht ich.«

»Das ist mir bekannt. Doch es ist mir ein Rätsel, warum Sie nicht längst selbst eine Lizenz erworben haben.« Zu seiner charmanten Frau gewandt, fügte er hinzu: »Herr Bissinger ist ein Meister seines Fachs, du wirst es erleben.«

Und irgendwie schöpfte Bissinger den Mut, dem Herrn reinen Wein einzuschenken. Erzählte von seiner Eintragung im Schuldnerregister, die ihm sein entfleuchter Expartner Waldheger eingebrockt hatte.

Auch das schien längst bekannt. Der Herr reagierte amüsiert. »Kaum zu glauben, daß der beste Auktionator unserer Stadt ohne Lizenz arbeiten muß. Besuchen Sie mich einmal in meinem Büro. Gemeinsam finden wir einen Weg! Und nun legen Sie los! Ich bin in Bieterlaune.«

Gesagt, getan. Bissinger legte los. Und lernte den liebenswürdigen Beamten nun als entspannten, humorigen Auktionsgast kennen. Er schaute nicht bloß zu, sondern machte aktiv mit – allerdings nur zum Spaß, indem er schlagfertig Bissingers Scherze konterte.

War ein Gegenstand auf mehrere 1000 Mark hochgesteigert, rief er, vor Vergnügen glucksend: »Ich biete 100!«

Oder: »Was bieten Sie mir, wenn ich das Ding nehme?«

Als Bissinger glaubte, daß er sich für ein hübsches Collier aus australischem Tigerauge interessierte, rief er ihm zu: »Na, was wäre Ihnen dieses zauberhafte Schmuckstück wert, mein Herr?«

»Oh, da bin ich ganz großzügig, 30 Mark.«

»Aber, aber«, lachte Bissinger, »das wäre viel zu viel!« Nahm das Collier und schenkte es mit galanter Verbeugung der Gattin des spendablen Bieters.

Sie wehrte ab. »Das kann ich nicht annehmen.« Aber es war ihr nicht ernst damit.

Kurz vor Mitternachts beschlichen Bissinger Bedenken, weiter in Anwesenheit eines Behördenvertreters zu versteigern. Es war ein Samstag, und da Auktionen an Sonntagen verboten waren, mußte die Auktion um Mitternacht enden. Allerdings genoß das Ehepaar Bissingers Show mit unverkennbarem Vergnügen. Sollte er ihnen den Spaß verderben? Er versteigerte bis drei Uhr morgens.

Der Abschied war fast freundschaftlich.

»Vergessen Sie nicht, bei mir vorbeizukommen, lieber Herr Bissinger!« Nicht der leiseste Tadel, daß bis in den Sonntag hinein versteigert wurde.

Seine Gattin fest um die Schulter fassend, leise zur Saalmusik pfeifend, verließ er fröhlich, nahezu tänzelnd, den Saal.

Bissinger und Andrea sahen ihm verblüfft nach. Ein wahrhaft ungewöhnliches Verhalten für einen Beamten. Die Hintergründe erhellten sich erst Jahre später.


Jener Abend löste bei Bissinger entscheidende Impulse aus.

»Andrea, jetzt geh' ich's an!«

Bereits am Montag darauf ließ sich Bissinger bei der Kontrollbehörde blicken und beantragte eine Versteigerererlaubnis. Dann besorgte er sich bei seiner Bank die aktuellen Kontoauszüge und rief einen guten Bekannten an, Herrn Luckermeier. Der Gerichtsvollzieher hatte ihm in den vergangenen Jahren regelmäßig, manchmal jeden Monat, manchmal jede Woche, Besuche abgestattet. Fast waren sie Freunde geworden.

»Herr Luckermeier!« sagte er heiter. »Können Sie sich denken, warum ich Sie anrufe?«

»Irgendein Aufschub in irgendeiner Ihrer Angelegenheiten«, mutmaßte dieser.

»Falsch geraten! Zum ersten Mal in meinem Leben bitte ich Sie um Ihren Besuch!«

»Tatsächlich?«

»Ich glaube, wir können jetzt reinen Tisch machen!«

Die Bankauszüge hatten ihn belehrt: Sein Kontostand erlaubte es, die dringlichsten der noch verbliebenen Verbindlichkeiten abzudecken. Sogar das Finanzamt konnte seinen Teil abbekommen.

Nachdem Luckermeier das letzte Formular ausgefüllt hatte, drückte er Bissinger die Hand. »Das haben wir also geregelt. Ich gratuliere Ihnen. Ich hätte nicht gedacht, daß Sie diese hohen Schulden, die im Grunde nicht einmal die Ihren waren, zurückzahlen.«

Einigen Forderungen hatte Bissinger noch nachzukommen. Aber diese bereiteten ihm weniger Kopfschmerzen. Er stand mit diesen Gläubigern auf gutem Fuß. Er wußte, daß sie ihm mit Ratenzahlungen entgegenkommen würden.

Bissinger ließ eine Flasche Sekt kommen – Champagner hielt er für fehl am Platz – und dankte seinem Gerichtsvollzieher für die jahrelange, nachsichtsvolle Kooperation. Beim Abschied vermied er es sorgfältig, »Auf Wiedersehen« zu sagen.

Nun konnte er aufatmen. Sein Eintrag bei der Schufa wurde gelöscht, drei Wochen später erhielt er gegen die Gebühr von achthundert Mark die Versteigererlizenz. Er war jetzt ein behördlich zugelassener Auktionator.

Karlheinz Bissinger war rehabilitiert. Endlich!

Na also, dachte er, na also!

Die kalte Dusche ließ nicht lange auf sich warten.

Bissinger arbeitete weiter wie gewohnt, allerdings innerlich unbeschwerter. Er genoß es, ehemaligen Gläubigern gelöst und locker in die Augen sehen zu können.

Der schnauzbärtige Maximilian Swabinsky erschien ab und zu vor dem Auktionspult und drückte Bissinger begeistert den Oberarm, wenn dieser mal wieder eine seiner Art-Tiffany-Lampen versteigert hatte.

»Phantastisch, wie Sie das machen!« flüsterte er. Swabinsky war nicht nur begeistert, er war auch dankbar. »Wenn ich mal was für Sie tun kann, sagen Sie es! Ich reiße für Sie Bäume aus!«

Auch Dr. Rossano, der weißhaarige alte Herr mit dem grauen Gesicht, der neben der Kasse an seinem Tischchen saß und unentwegt Zertifikate ausstellte, lachte dankbar, wenn Bissinger einen Zuschlag für eines seiner eigenen Bilder erzielte.

Bissinger und Andrea schufteten wie Schwerstarbeiter. Aber sie taten es gern. Und scherten sich nicht um das Treiben ihres Partners Korvacz. War Veronika Karrener zugegen, zog Korvacz sich immer öfter mit undurchsichtigen Typen in einen Hinterraum zurück und spielte stundenlang Backgammon. War Veronika abwesend, schmückte er sich mit hüftschwingenden Püppchen, gern zwei oder drei an einem Abend, schlenderte mit ihnen schmusend durch den Saal, um sie anschließend zu vertieften Leibesübungen zu entführen.

Eines Tages trommelte Korvacz die Gesellschafter zu einer Besprechung zusammen. Ort des Geschehens war die Kanzlei des Rechtsanwalts Michael Ziegbein.

Da saßen sie nun – Bissinger, Andrea, Frau Karrener –, gespannt, was Korvacz ihnen zu sagen hatte.

Dieser lobte zunächst überschwenglich die Erfolge ihrer neuen GmbH. Sie hatte in den ersten vier Versteigerungswochen rund fünf Millionen Umsatz erbracht. Dies ergab, wenn man die Kosten für Wareneinkäufe, Miete und Personal abzog, einen Reingewinn von drei Millionen.

Alle Achtung!

Korvacz vergaß nicht, Bissingers Einsatz zu loben. Und pochte gleich darauf auf Rückzahlung der Million, die er vor vier Wochen zum Ankauf des Auktionshauses Herzog investiert hatte. Ebenso der halben Million, die er für den Wareneinkauf vorgestreckt hatte.

So weit, so gut. Damit waren alle einverstanden.

Dann aber kam es dick.

»Wir müssen außerdem den Mietvertrag mit dem Münchner Hof ablösen«, sagte Korvacz. »Erst dann haben wir ordentliche Verhältnisse in unserer GmbH.«

»Den Mietvertrag ablösen?« Davon hörte Bissinger zum ersten Male.

»Natürlich! Ich habe ihn in die Gesellschaft eingebracht. Ich hatte ihn schließlich noch unter meiner alten Firma mit dem Münchner Hof abgeschlossen.«

Auch Veronika Karrener war leicht verdutzt. »Das verstehe ich nicht recht. Geht's etwa um die Mietzahlungen? Die habe ich stets pünktlich überwiesen.«

»Das war sehr voreilig von dir, mein Schatz! Dazu hätten wir erst einen Gesellschafterbeschluß fassen müssen!«

»Wieso? Hauptsache, die Miete ist bezahlt.«

»Darum geht es hier nicht.«

»Sondern?«

213

»Es geht um die Regulierung einer sogenannten Vorteilsgewährung.« Korvacz blickte hinüber zu Ziegbein. »Das nennt Ihr Juristen doch so, oder?«

Bissinger: »Ich verstehe immer noch Bahnhof.«

Korvacz: »Und sicher auch, daß der Münchner Hof für uns die reine Goldgrube ist.«

Michael Ziegbein nickte bedeutungsvoll.

»Klar ist er eine Goldgrube. Aber das ist ja wohl in erster Linie mir zu verdanken.« Bissinger ließ nicht locker.

Korvacz ebensowenig: »In zweiter Linie, würde ich sagen.«

»Ach. Und wie das?«

»Herr Bissinger, stellen Sie sich nicht dümmer, als Sie sind. Sie wissen selbst ...«, Korvacz grinste beschwichtigend, » das A und O ist die Lage. Und der Münchner Hof ist eine exzellente Adresse.« Er seufzte. »Doch als ich den Mietvertrag abschloß, gab's dafür keine Garantie. Mußte vielmehr ein erhebliches privates Risiko eingehen.«

»Das war Ihr Risiko, nicht unseres.« Bissinger war sauer.

»Sie sprechen über den Schnee von gestern. Der Münchner Hof ist kein Risiko mehr.«

Korvacz zwang sich ein entgegenkommendes Lächeln ab. »Ja, weil ich richtig gesetzt habe. Und wir das Beste daraus gemacht haben. Deswegen bin ich dafür, daß wir dieses Verdienst unserem gemeinsamen Konto gutschreiben. Das heißt im Klartext: daß wir den Mietvertrag auf die neue GmbH überschreiben lassen. Das wäre juristisch nur folgerichtig, nicht wahr, Herr Ziegbein?«

Der nickte nochmals bedächtig. »Durchaus, Herr Korvacz. Die Werthaltigkeit des Mietvertrags rechtfertigt eine Ablösesumme von zwei Millionen.«

»Zwei Millionen?«

Bissinger wäre Korvacz beinahe ins Gesicht gesprungen.

»Wir sind hier nicht beim Lotto!«

»Weiß ich, weiß ich«, Korvacz klimperte mit den Lidern. »Ich bin schließlich ein verantwortungsbewußter Geschäftsmann. Und habe als solcher den sachverständigen Rat von Herrn Ziegbein eingeholt.«

Bissinger und Andrea hatte es die Socken ausgezogen. Bei Gründung der Gesellschaft war der Versteigerungsort eine Selbstverständlichkeit. Korvacz hatte im Beisein seines Anwalts in schillernden Farben geschildert, wie glänzend sich der Münchner Hof für ihre gemeinsamen Auktionen eignete.

Bissinger, der Konfliktscheue, biß die Lippen zusammen. Doch dann stieß er mit Entschiedenheit hervor: »Nein, so nicht, Herr Korvacz! Diesen Anspruch erkenne ich keinesfalls an!«

»Warum?«

»Sie hätten ihn vor Gründung der Gesellschaft anmelden müssen! Deutlich und unmißverständlich! Statt dessen haben Sie uns glauben gemacht, daß der Mietvertrag selbstverständlicher Grundbestand der neuen GmbH ist!«

»Habe ich das, Herr Ziegbein?«

Der schüttelte bedachtsam den Kopf. »Keineswegs, würde ich sagen. Ich erinnere mich an keine Bemerkung Ihrerseits, Herr Korvacz, die man mißverständlich, soll heißen: im von Herrn Bissinger geäußerten Sinn, hätte auslegen können.«

»Dann hatten Sie Tomaten in den Ohren! Außerdem ist die Summe von zwei Millionen eine glatte Unverfrorenheit!« Bissinger wunderte sich selbst, wie hitzig er auftreten konnte.

Korvacz nahm es gelassen. »Dann sehen wir mal.«

»Sehen was?«

»Wir werden abstimmen.«

»Wie bitte?«

Korvacz spreizte breit die Beine. »Herr Bissinger, wir halten hier eine Gesellschafterversammlung ab.«

Bissinger war machtlos: Es wurde abgestimmt. Herr Ziegbein protokollierte penibel. »Wer stimmt gegen den Antrag von Herrn Korvacz?«

Bissinger hob die Hand. Unversehens kam er sich etwas lächerlich vor.

Ziegbein: »Wer stimmt dafür?«

Herr Korvacz zückte prompt die Hand, Frau Karrener zögerte. Ein scharfer Blick Korvaczs wischte ihre Skrupel fort. Sie machte ihr Handzeichen.

Mit 51 gegen 49 Prozent der Stimmen wurde beschlossen: Die GmbH hatte Herrn Korvacz für die Übertragung des Mietvertrags mit dem Münchner Hof zwei Millionen Mark zu zahlen.

Zwei Millionen!

Hinzu kamen Korvaczs Auslagen für die Wareneinkäufe und Übernahme des Auktionshauses Herzog zuzüglich 16 Prozent Zinsen ...

Veronika Karrener war eine schnelle Rechnerin Sie stellte unverzüglich einen Scheck über drei Millionen und 740 000 Mark aus.

Korvacz grinste.

Ziegbein nickte.

Bissinger und Andrea verfluchten erstmals ihre Partnerschaft mit Korvacz.


Das Tüpfelchen auf diesem i: Der Mietvertrag mit dem Hotel Münchner Hof wurde nie auf die gemeinsame Gesellschaft überschrieben.

# Die Maske fällt

"Drago!« Veronika streichelte versonnen Korvaczs Bäuchlein. Es wirkte im Gegensatz zur dunkel behaarten Brust wie ein bleicher, glatter Flaschenkürbis. »Ich hab' Durst!«

»Wein? Bier? Sekt? Milch? Wasser? Cola?«

»Champagner!«

»Champagner! Darunter macht's die Dame wohl nicht.«

»Den haben wir uns verdient«, schmeichelte sie. »Meinst du nicht auch?« Dabei blickte sie auf eine ganz gewisse seiner Körperstellen. Sie rekelte sich zufrieden.

Veronika lag, mit einer Halskette bekleidet, neben Korvacz auf dem Seidenteppich im Wohnzimmer ihrer Bogenhauser Wohnung. Die untergehende Sonne blinzelte zu den beiden hinein, gähnte herzhaft und ließ dabei den Qualm aus Korvaczs Zigarette goldgelben taumeln. Sie blieb ein bißchen, träumte zur Musik der Stereoanlage vor sich hin. Doch als der Hund der Nachbarin kläffte, trollte sie sich, um dem Mond nachzusetzen, diesem Softie, den sie nie zu fassen bekam.

»Wenn's denn sein muß«, Korvacz rappelte sich mühsam auf die Beine, »Champagner.«

Er fluchte insgeheim. Verdammt, warum mußte diese Frau immer an sich selbst denken, wenn sie's mit ihm tat. Er ächzte. Champagner konnte er jetzt auch gebrauchen.

Auf dem Weg zum Kühlschrank pflückte er seine Unterhose von der Obstschale, zog sie über sein verschüchtertes zweites

Ich und stolperte kurz darauf mit dem Champagner zu Veronika zurück.

»Gut war's«, schnurrte sie, während er nach Sektgläsern suchte.

Korvacz knurrte. Jetzt mußte sie auch noch »darüber« sprechen. Vollkommen überflüssig.

»Oberes Schrankfach«, maunzte sie, »ganz heiß.«

Er fand die Gläser, schenkte den Champagner ein. Eiskalt.

»Mmmh«, sie leckte sich mit der Zunge die Lippen.

»Ja?« Er mußte rülpsen. Verfluchtes Britzelwasser.

»Findest du nicht, daß du ein bißchen hart warst?«

»Na, hör mal!«

»Du hast ihn ganz schön zappeln lassen!«

»Das magst du doch.« Er kippte seinen Champagner. Brrrr.

»Ich rede von Herrn Bissinger!«

»Verstehe kein Wort.« Aber es dämmerte ihm.

»Du bist nicht gut mit ihm umgesprungen.«

»Das laß mal hübsch meine Sorge sein!« Ihm war jede Art von Kritik zuwider.

Sie faßte nach. »Ich glaube, die Abstimmung über die lausigen zwei Millionen hat ihn verärgert.«

»Na und?«

»Er ist dein Topmann!«

»Weiß ich selbst.«

»Dann halte ihn auch bei Laune! Wenn er die Lust verliert, macht er nur noch die Hälfte Umsatz. Du wirst sehen!«

»Hm.« Er schenkte nach. »Vielleicht hast du recht. Prost!«

»Prost!«

Sie stand auf, schlüpfte ins Badezimmer und im Negligé zu ihm zurück.

Inzwischen hatte er das Problem gelöst. »Ein getretener Hund folgt aufs Wort, wenn man ihm nur einen Happen zuwirft«, griente er schief. »Ich werde Bissinger einen Happen zuwerfen.«

»Zahl ihm einen Bonus!«

»Okay.«

»Worauf ist er eigentlich besonders scharf?«

Korvacz kratzte sich am Kopf. »Der steht auf Autos. Da beißt er an, wirst schon sehen.«


Mit der nächsten Gehaltszahlung erhielt Karlheinz Bissinger zu seiner Überraschung einen Bonus von 100 000 Mark.

»Für Ihre glänzende Arbeit!" strahlte Korvacz. »Ist 'ne Anerkennung wert.«

Bissinger nahm sich für die nächste Versteigerung vor: volle Power.

»Noch was«, erklärte Korvacz, »hab' mir gedacht, daß wir uns Firmenwagen zulegen sollten.«

»Vernünftige Idee!«

»Bloß«, Korvazc legte den Kopf schief, »ich weiß nicht, welchen Typ Sie gern fahren würden.«

»Äh?«

»Sie haben freie Wahl.«

Damit war Bissinger gewonnen.

Nach kurzer Diskussion mit Andrea entschied er sich für einen Ferrari. Rot. Und natürlich nicht irgendeiner. Also: ein Testarossa.

Leider war Bissinger kein schlanker junger Italiener, sondern ein kräftiger, knapp zwei Meter hoher Bayer. Und damit zu stattlich für einen Testarossa. Der Autohändler schlug clever eine Alternative vor: »Wie wär's mit einem Ferrari Mondiale? Ebenfalls rot, aber fünf Zentimeter höher.«

Diese Nummer paßte Bissinger wie angegossen.

Der Preis schmälerte seine Freude: 190 000 Mark. Ein Furz im Vergleich zu einem Testarossa für eine knappe halbe Million.

Daß der Schlitten geleast, nicht gekauft werden sollte, erfuhr Bissinger, als auch Korvacz und Veronika Karrener ihre Firmenwagen auswählten: einen Mercedes 500 SL und ein Jaguar Cabriolet.

Danach schloß Korvacz noch einen Leasingvertrag für einen knallroten Mercedes 300 ab.

»Für wen ist denn dieser Wagen?« fragte Bissinger.

»Für Marion.«

»Wer ist Marion?«

Bissingers Unkenntnis verletzte Korvacz wie ein Latin-Lover-Sensibelchen. Marion war Marion, eine seiner lang erprobten Gefährtinnen. Marion führte in Korvaczs Namen das Friseurgeschäft, mit dem dieser seine Unternehmerkarriere begonnen hatte.

Marion hin, Marion her. Bissinger sah nicht ein, weshalb Korvacz auf Firmenkosten für sie ein Auto leasen wollte.

Korvacz antwortete bündig: »Wir diskutieren doch nicht wegen 500 Mark Monatsbelastung.«

Veronika Karrener hörte es, die Hände ineinander gekrampft, die Lippen eingesogen, die Augen zu den Fußspitzen hin geschlitzt. Eine Statue, gegossen vor dem Aufschrei. Daneben Korvacz, der ungerührt, doch quicklebendig sein Marion-Verhältnis bloßlegte.

Veronika verzog keine Miene. Als der Autohändler ihr die Fahrzeugpapiere aushändigte, stelzte sie zum Jaguar und fuhr, ohne eine Silbe zu verlieren, davon.

»Was hat sie bloß?« wunderte sich Korvacz.

Roter Ferrari und 100 000-Mark-Bonus: Bissinger zischte bei den nächsten Auktionen ab wie eine Rakete.

Andrea hatte ihn bremsen wollen: »Du freust dich über deinen Ferrari wie ein Baby über sein Holzauto. Das ist kein Geschenk, Karlheinz. Jeder von euch Geschäftsführern kann auf Firmenkosten ein Auto leasen. Aber Korvacz least ein zweites Wägelchen für Marion. Korvacz schnappt sich zwei Millionen aus der Firmenkasse. Und wenn er 100 000 für dich ausspuckt, bist du ihm auch noch dankbar. Merkst du nicht, daß du ihm auf den Leim gehst?«

Bissinger verstand, was sie meinte. Aber er sah es nicht so eng. »Ich verdiene massig Geld, ich fahre einen Superwagen, mir macht mein Job Spaß – warum soll ich mich ärgern?«

»Der Kerl ist ein Betrüger! In jeder Beziehung! Wir sehen tagtäglich, wie er mit Veronika Karrener umspringt.«

»Na und? Das ist seine private Kiste. Korvacz ist geil und hat seine eigene Moralauffassung.«

»Denkst du! Der Mann hat überhaupt keine Moral!«

»Und wenn es so wäre: Sein Privatleben kümmert mich nicht. Er soll bumsen, wen er will. Mich interessiert nur die Show. Und ein cleverer Geschäftsmann ist er, das mußt du zugeben.«

»Allerdings«, Andrea brauste auf, »so clever, daß es mich ankotzt! Er ist ein geldgieriger Egozentriker.«

»Aber ich komme dabei nicht zu kurz. Das ist wichtig!«

»Er nützt dich schamlos aus! Wenn's ihm paßt, haut er dich in die Pfanne!«

»So dumm ist er nicht. Was wäre er ohne mich? Ich schaffe den Umsatz heran. Ich bin sein bestes Pferd, ein Pferd, das ihm andere neiden. Was soll mir geschehen?«

Bissinger hatte Recht. Er war das erfolgreichste Pferd aller Auktionsställe in Deutschland. Aber wie es so ist, wenn der

Jockey die Peitsche haarscharf am Auge des Favoriten vorbeizischen läßt. Dann denkt das dumme Pferd natürlich nurmehr ans Rennen.


Dem cleveren Geschäftsmann Korvacz machte es sichtlich zu schaffen, daß Maximilian Swabinskys Art-Tiffany-Lampen immer wieder hohe Zuschläge erzielten. Es machte ihm vor allem deswegen zu schaffen, weil Swabinsky stets bei den Versteigerungen zugegen war. So konnte Korvacz die hohen Zuschläge nicht, wie er es nannte, »verschleiern«.

Korvacz grämte sich. Sein Wahlspruch lautete: »Nur wer selbst einliefert, wird fett.« Er grübelte über die Lampen nach, die Swabinsky fett machten.

Also versuchte er, die Einkaufsquelle oder Fabrikationsstätte dieser begehrten Lampen auszukundschaften. Was Swabinsky ebenso geschickt zu »verschleiern« verstand. Swabinsky traute Korvacz nicht, ganz und gar nicht.

»Wir sollten es sein lassen«, sagte Swabinsky eines Tages zu Bissinger, »immer Storch zu spielen.«

»Worüber wollen Sie mich aufklären?«

»Darüber«, Swabinsky lächelte süffisant, »daß der Storch nur auf einem Bein steht und das andere hochzieht.«

Bissinger zuckte mit den Schultern. »Und?«

»Höbe er beide Beine hoch, würde er auf den Bauch fallen.«

Bissinger schmunzelte, witterte aber, daß es Swabinsky nicht allein um Störche ging.

»Sehen Sie, meine Geschäfte mit Korvacz machen mich zum Storch. Bei Korvacz hab' ich mein Standbein. Und wenn ich das verliere, knalle ich auf den Bauch.«

»Genau wie ich.«

»Nicht ganz genau. Sie sind als Gesellschafter beteiligt. Aber ich sollte mich wohl beizeiten nach einer zweiten Absatzmöglichkeit umschauen.«

»Wie wär's mit dem Auktionshaus Treng in Düsseldorf? Ich kenne den Besitzer ganz gut. Herr Treng schätzt Ihre Lampen – und hat eine Mordswut auf Korvacz. Ich könnte mal mit ihm telefonieren.«

»Wäre nett, wenn Sie das irgendwann täten. Noch hat's aber keine Eile.«


In diesem Punkt irrte sich Max Swabinsky empfindlich.

Eines Nachts, gegen Ende der Versteigerung, teilte Swabinsky Korvacz mit, daß er am selben Morgen für ein paar Tage nach Kopenhagen fahren wolle. Wegen einer Messe.

»Wir kommen hier bestens ohne Sie zurecht«, kläffte Korvacz ungehalten.

»Das freut mich. Aber es würde mich noch mehr freuen, wenn Sie mir eine A-conto-Zahlung auf meine Monatsabrechnung leisten könnten.«

»Wieviel?«

»50 000.«

»Gut. Wenden Sie sich an Frau Karrener in der Hauptverwaltung Nymphenstraße.«

»Das paßt terminlich schlecht. Mein Flieger geht schon halb neun. Das heißt, ich muß um halb acht am Flughafen sein.«

»Pech.«

»Sie könnten mir doch die 50 000 sofort aushändigen.«

»Ich?«

»Geld genug ist in Ihrer Kasse. Sie haben heute reichlich eingenommen.«

Korvacz explodierte, so laut, daß alle es hörten: »Es geht Sie einen Scheißdreck an, wieviel Geld ich in meiner Kasse habe! Verlassen Sie sofort den Saal! Ich will Sie nicht mehr sehen!«

Swabinsky wurde kreideweiß. Er musterte Korvacz geringschätzig. Dann warf er Bissinger einen vieldeutigen Blick zu und ging davon, den Kopf gesenkt, den Rücken kerzengerade.

Bissinger, der die Szene verfolgt hatte, ärgerte sich. Ärgerte sich, daß Korvacz von »seiner« Kasse gesprochen hatte. Ärgerte sich über die gereizte Stimmung. Und ärgerte sich vor allem darüber, daß er den Mund hielt.

Nicht nur Korvacz, auch Veronika Karrener wurde von Tag zu Tag schwieriger.

Mal zeigte sie sich arrogant und hochnäsig, dann wieder schüttete sie, völlig aufgelöst, Andrea ihr Herz aus.

»Das Leben mit diesem Mann ist die reine Hölle!« schluchzte sie.

Immer wieder erschien sie: »Korvacz ist ein gefühlloses Schwein!«

Immer wieder schluchzte sie: »Ich könnte ihn umbringen!«

Das Motiv für den immer wieder geplanten, doch nie ausgeführten Mord aus Leidenschaft konnten Andrea und Bissinger nur vermuten. Es war nicht bloß die ständig bohrende, ständig lodernde Eifersucht. Es war wohl vor allem die maßlose Enttäuschung darüber, daß Korvacz Veronika, wenn sie denn die Zweisamkeit genossen, zunehmend reservierter begegnete.

Manchmal besuchte Veronika Karrener Bissinger und Andrea im Albarella. Und kam dabei auf »ihren« Korvacz zu sprechen. »Flirtet er eigentlich mit anderen Mädchen, wenn ich nicht dabei bin?« wollte sie wissen.

»Aber nein«, beruhigte Bissinger, stets um Ausgleich bemüht, »sowas hab' ich nie beobachtet.«
»Aha.« Aber sie glaubte offenbar kein Wort. Konnte ihren Argwohn aber ebensowenig beweisen. Zerriß sich zwischen Zu- und Mißtrauen, eine nervenzerfressende Spannung.
Manchmal wunderte sich Bissinger, weshalb diese intelligente Frau immer noch nicht wußte, daß Korvacz in Veronikas Abwesenheit seine sexuellen Gelüste hemmungslos befriedigte. In aller Öffentlichkeit.
Immer häufiger zeigte Korvacz sich im Auktionssaal mit Begleiterinnen, die einen 18, die anderen 50 Jahre alt. Sein Abschleppdienst funktionierte.
Zwei- oder dreimal erwischte Veronika ihn schmusend mit einer anderen im Nightclub oder in der Bar. Was sie und ihre Nerven so sehr traf, daß sie für mehrere Tage oder gar Wochen die Arbeit einstellte.
Korvacz kam dies gar nicht ungelegen. Denn Veronikas »Arbeitsunfähigkeit« verzögerte die Abrechnung mit den wenigen Einlieferern. Es freute ihn diebisch, so ein paar Mark Zinsen einstreichen zu können.
Doch sobald Korvacz sich wieder Veronika zukehrte, begrüßte sie ihn und seinen Bengel wie Engel. Um danach blasiert auf Lustwolken zu schweben. Wer dann Irdisches von ihr wissen wollte, den wies sie, die Nase zu hoch, um ihr eigenes Problem zu ihren Füßen zu bemerken, zurecht: »Da muß ich erst Herrn Korvacz fragen.«
Diese Hochphasen dauerten in der Regel zwei Tage, dann blies Veronika Karrener erneut Trübsal.

Man schrieb das Frühjahr 1991. Seit etwa einem halben Jahr versteigerte Bissinger für Korvacz, seit etwa einem Vierteljahr als dessen »gleichberechtigter« Partner. Er hatte Korvacz als erfolgreichen Auktionsorganisator kennengelernt.

Wie es Korvacz, dem Friseurgehilfen – dann Geliebten der Meisterswitwe, nach deren Tod Inhaber eines Vorstadtfriseurladens –, gelungen war, als millionenschwerer Auktionshai aufzutauchen, dies erfuhr Bissinger erst in eben diesem Frühjahr 1991. Im Rahmen eines Prozesses gegen Korvacz. Die Geschichte klang wie ein böses Märchen:

Es war einmal. Vor einigen Jahren, da gab es die Firma Taunus GmbH. Ihr Inhaber und Hauptgesellschafter hieß Alfred Emil Taun. Herr Taun hatte schon seit Jahren den Auktionssaal im Münchner Hof gemietet. Herr Taun verstand sich auf Auktionen und verdiente sich eine goldene Nase damit. Herr Taun war ein exzellenter Teppichkenner, und, so munkelte man, drogensüchtig. Auch sonst war er den Genüssen des Lebens nicht abhold. Er logierte ganzjährig in der größten Suite des Münchner Hofs zum stolzen Mietpreis von 30 000 Mark monatlich. Nach den Auktionen ließ er sich in seiner Suite von erfahrenen Damen wie Herren massieren oder sonstwie verwöhnen. Herr Taun scheffelte, wie bereits gesagt, mit seinen Auktionen ein Vermögen. Und dieses Vermögen gab Herr Taun mit vollen Händen wieder aus. Er liebte Alkohol, Frauen, Männer und Drogen. Wenn man das einen »Lebenskünstler« nennen will, so war Herr Taun es allemal.

Eines Tages schneite der Vorstadtfriseur Korvacz zu einer Auktion herein. Dieser erwarb mehrere Teppiche und war – Bissinger sollte es ihm zeitversetzt nachtun – vom Auktionsfluidum dermaßen fasziniert, daß er darüber Schere und Toilettenwässerchen vergaß. Und fortan regelmäßig hereinschneite.

Dabei lernte er Herrn Taun höchstpersönlich kennen. Beim ersten Treffen wußte er sich einzuschmeicheln. Schon beim zweiten, so erzählt man sich, bewegte er Herrn Taun, ihn mit zehn Prozent Gesellschaftsanteil in die Auktionsfirma einsteigen zu lassen.

Man kann Korvacz vieles nachsagen, aber – so heißt es nicht nur, sondern so weiß man – begriffsstutzig war er schon damals nicht. Er arbeitete sich blitzschnell in das Metier ein und ersteigerte sich Herrn Tauns Vertrauen. Er nahm Herrn Taun ein bißchen Arbeit ab – so erzählt Korvacz –, damit dieser seinen Freuden nachgehen konnte. Dann war's ein bißchen mehr Arbeit, und schließlich leitete Korvacz die Geschäfte, ohne selbst Geschäftsführer zu sein. Das hieß: Das Risiko lag allein bei Herrn Taun.

Der aber lag in seiner Suite. Er soff, kiffte und ließ sich massieren. Um ihm – erzählt Korvacz – Gutes zu tun, versorgte ihn Korvacz mit Drogen, altem Whisky und jungen Mädchen.

So verlor Alfred Emil Taun ziemlich schnell die Kontrolle über seine Firma und schön langsam den Verstand.

Ein Tatbestand, der jeden Sherlock Holmes blitzschnell schließen läßt: Korvacz wollte das lukrative Unternehmen in den Konkurs steuern, um sodann mit einer eigenen Firma den Versteigerungsbetrieb im Münchner Hof zu übernehmen.

Ein Vorhaben, das ihm nach nur einjähriger »Partnerschaft« mit Herrn Taun gelang.

Da nämlich war die Firma bereits zahlungsunfähig, mit mehreren Millionen bei der Steuer verschuldet und Herr Taun hilf- und haltlos. Mehr und mehr verfiel auch sein psychischer Zustand – eine drogenbedingte Paranoia kündigte sich an.

Die Taunus GmbH ging bankrott.

Flugs gründete Korvacz seine eigene Firma und übernahm die Mietverträge mit dem Münchner Hof.

Alfred Emil Taun wechselte aus seiner Luxussuite in ein kleines Einbettzimmer in einer Münchner Nervenklinik.

Hätte Bissinger diese Story – die ihm Korvacz wohlweislich verschwieg – gekannt, wäre er wohl nie eine »Partnerschaft« mit Korvacz eingegangen.
So hörte er sie, wie gesagt, erst im Frühjahr 1991.
Da nämlich machte die Staatsanwaltschaft, nachdem sie geraume Zeit ermittelt hatte, Korvacz den Prozeß. Sie warf ihm vor, faktisch die Geschäfte der Taunus GmbH geleitet, die Steuerschulden verantwortet und das Unternehmen wissentlich in den Bankrott geführt zu haben.
Bissinger und Andrea – ja, sie waren neugierig – besuchten die Verhandlungen. Und sahen einen Korvacz, der vor Angst schwitzte. Auf der Anklagebank zerfloß seine lässige Coolness. Gefragt, stotterte er, widersprach sich, korrigierte sich, verhedderte sich, flehte stumm seinen Anwalt an.
Mehrere Zeugen belasteten ihn schwer, beschrieben Korvacz als alleinigen Herrscher des Taunus-Imperiums, sagten aus, er sei für alles verantwortlich gewesen.
Zwei Herren von der Steuerfahndung wohnten der Verhandlung mit sichtlichem Interesse bei. Bei einem Schuldspruch würden sie kräftig in Korvaczs Kasse langen, soviel stand fest.
Am dritten Verhandlungstag konnte Korvaczs Anwalt, Herr Dr. Finkner, den Prozeß zugunsten seines Mandanten wenden. Nachdem er hinter den Kulissen geflüstert hatte, kam er zu Korvacz, flüsterte erneut. Korvacz nickte heftig. Seine glasigen Augen leuchteten wieder auf.
Der Anwalt wandte sich dem vorsitzenden Richter zu. Dieser räusperte sich und verkündete, daß bei Zahlung eines Buß-

gelds von 200 000 Deutschen Mark seitens des Angeklagten das Verfahren eingestellt würde.

Bissinger und Andrea konnten mit bloßen Augen sehen, wie bei der Urteilsverkündung der Druck von Korvacz abfiel und er sich von einer zur anderen Sekunde in den dynamischen, brutalen Unternehmer zurückverwandelte.

Zwei Tage später, an einem Sonntag abend, rief Veronika Karrener bei Bissinger an. Sie klang aufgeregt und aggressiv.

»Korvacz ist auf dem Weg zu Ihnen«, sagte sie. »Am besten verschwinden Sie sofort aus dem Albarella. Sie dürfen nicht mit ihm reden!«

»Warum denn nicht?«

»Herrje, er wird Sie weich machen. Er ist mit einem absolut hirnrissigen Vorschlag zu Ihnen unterwegs. Also gehen Sie ins Theater, ins Kino oder sonstwohin, aber bleiben Sie um Himmels willen nicht in Ihrem Apartment!«

Zu spät. Kaum hatte Bissinger den Hörer aufgelegt, als es auch schon an der Tür klingelte.

Korvacz stürmte herein, sich empört aufplusternd: »Veronika ist total durchgedreht. Ich frage mich, warum ich mich mit dieser eingebildeten, dummen Gans überhaupt noch abgebe!«

»Möchten Sie etwas trinken?« war Andreas Antwort.

»Einen Bourbon mit Eis und ohne Wasser.« Nach einer kurzen Weile fügte er hinzu: »Falls vorhanden.«

»Selbstverständlich«, sagte Bissinger, »nehmen Sie Platz, Herr Korvacz!«

Doch der saß längst, gegen seine Gewohnheit mit übereinandergeschlagenen Beinen.

Andrea fragte nach seinem Wohlbefinden, Bissinger brachte ihm den Whisky.

»Sie waren bei meinem Prozeß?«

»Ja, waren wir.«

»Dann wissen Sie ja alles.«

»Was heißt alles?«

»Daß die mich zu 200 000 Mark verdonnert haben.«

»Gratuliere! Da haben Sie Schwein gehabt!«

»Wieso?«

»Na, immerhin ging es doch um mehrere Millionen Steuerschulden.«

Korvacz fauchte: »Damit hatte ich nichts zu tun!«

Bissinger, ruhig: »Die Zeugen haben sehr klar das Gegenteil ausgesagt.«

Andrea, sanft: »Seien Sie froh, daß Ihr Anwalt so pfiffig war.«

»Was heißt pfiffig?«

»Nun, er hat für Sie einen kinoreifen Deal ausgehandelt.«

»Das war kein Deal, sondern eine Richterentscheidung. Ich habe mich gefügt!«

»Na, darauf prost!«

»Prost!«

Korvacz kippte seinen Whisky herunter, hielt Bissinger das Glas zum Nachfüllen hin und streckte die Beine aus. »Das Bußgeld ist für einen wohltätigen Zweck bestimmt«, knurrte er.

Andrea, immer noch sanft: »Das ist immerhin eine gute Sache.«

Korvacz hieb sich mit der flachen Hand auf den Oberschenkel. »Und nun stellen Sie sich vor: Veronika weigert sich allen Ernstes, mir die 200 000, die ich aus eigener Tasche vorgeschossen habe, zurückzuerstatten!«

Bissinger stand das Unverständnis ins Gesicht geschrieben. »Zurückerstatten? Warum sollte Frau Karrener das tun?«

»Ich bin für sie der gute Geist, ich hole die Kohle herein, zahle für sie, schenke ihr Schmuck, Kleider und einen Jaguar. Und statt mir dankbar zu sein, fällt sie mir schamlos in den Rücken!«

Bissinger bemerkte irritiert: „Der Jaguar ist doch geleast." Andrea suchte angestrengt nach dem roten Faden in Korvaczs Äußerungen: »Ich verstehe nicht.«

»Na, sie ist zeichnungsberechtigt. Sie hätte ohne weiteres einen Scheck unterschreiben können. Statt dessen verlangt sie einen Gesellschafterbeschluß.«

Allmählich dämmerte es Bissinger, was Korvacz im Schilde führte. Er wollte sich die 200 000 Mark aus der Firmenkasse erstatten lassen! Er glaubte es kaum und tastete sich leise weiter vor: »Sie sind doch wohl nicht der Ansicht, die GmbH solle für Ihre Strafe aufkommen?«

»Nicht Strafe! Buße!«

»Egal!«

»Nicht egal! Das Bußgeld dient der Wohltätigkeit!«

Bissinger versuchte, seine Gedankenstränge zu parallelisieren. Er wollte es immer noch nicht begreifen. »Herr Korvacz«, sagte er zähnezeigend, »wir waren bei der Verhandlung anwesend. Sie hat ergeben, daß Sie Herrn Taun aus der Geschäftsführung herausgedrängt und den Konkurs seiner Firma verursacht haben. Das ist für jeden normal denkenden Menschen Betrug. Warum, bitte, sollte unsere GmbH für Ihren Betrug aufkommen?«

»Weil sie den Nutzen daraus zieht, ganz einfach.«

»Verstehst du das, Andrea?«

»Nein.«

»Das versteht doch jedes Kind!« fuhr Korvacz auf. »Hätte ich nicht bei der Taunus-GmbH die Initiative ergriffen, würde sie heute noch im Münchner Hof versteigern. Und wir würden in die Röhre gucken.«

Bissinger wurde übel. Vor seinem inneren Auge sah er Herrn Taun, der im Gerichtssaal als Zeuge erschienen war. Er hatte im Zeugenstand gesessen, kaum eines Wortes fähig, aus der Nervenklinik zur Verhandlung vorgeführt. Ein körperliches und geistiges Wrack.

Und der Verursacher dieses geistigen Mordes saß vor ihm, ohne ein Anzeichen von Reue, und trank seinen Whisky!

»Ich habe ein kleines Revers vorbereitet, das Sie nur zu unterschreiben haben«, sagte Korvacz.

Dieses Revers besagte, daß er, Karlheinz Bissinger, Gesellschafter der Korvacz Auktionsorganisation GmbH, einverstanden sei, daß die Firma Herrn Korvacz seine Wohltätigkeitsspende von 200 000 Mark zurückerstatte.

»Das unterzeichne ich nie und nimmer!«

»Wollen Sie unsere Firma zugrunderichten?«

»Sie sind doch von allen guten Geistern verlassen!«

»Sie haben die Wahl: entweder weiter Kasse machen oder jämmerlich absaufen.«

Bissinger, sarkastisch: »Erklären Sie mir das genauer, ich begreife schnell.«

Korvacz erklärte es barsch: »Ich kündige ganz einfach den Vertrag mit dem Münchner Hof, und dann sind Sie brotlos! Sie und Frau Nußdorfer und Ihre geschiedenen Gattinnen und Ihre beiden Kinder. Alle nagen dann am Hungertuch. Wie gefällt Ihnen das?«

Das schlug dem Faß den Boden aus! Bissinger insistierte empört: »Der Vertrag mit dem Münchner Hof läuft auf unsere GmbH. Schließlich hat sie Ihnen für diesen Vertrag zwei Millionen Mark gezahlt, Herr Korvacz! Ich bin Mitgeschäftsführer. Also können Sie den Vertrag nicht ohne meine Einwilligung kündigen.«

Korvacz nahm ihm kaltblütig die Butter vom Brot: »Ich bin noch nicht dazu gekommen, den Vertrag auf die neue Firma umschreiben zu lassen. Also habe immer noch ich das alleinige Sagen.«

Das war der Gipfel der Skrupellosigkeit!

Korvacz hatte eiskalt die zwei Millionen eingesteckt, ohne die zugesicherte Gegenleistung zu erbringen – und war auch noch so unverschämt, seinen Geschäftspartner damit in die Enge zu treiben!

Und zwar mit Erfolg. Bissinger sah keinen Ausweg. Zähneknirschend unterschrieb er das Revers. Zum ersten Mal hatte er das wahre Gesicht Korvaczs gesehen.

Es sollte noch schlimmer kommen.

# Von Haifischen, die keine Zähne haben

Am Tage darauf fühlten sich Bissinger und Andrea hundeelend. Doch sie versuchten, ihren Ärger herunterzuschlucken. Die Versteigerungen mußten weitergehen. Sie gingen munter weiter.

Neben »normalen Bürgern« und hochkarätigen Geschäftsleuten besuchten auch viele Prominente Bissingers Showtime.

Darunter der holländische TV-Produzent Rudi Carsten, den die meisten nur als pfiffigen Ulkmaster kannten. Er erschien, nachdem er im Restaurant seinen Geburtstag gefeiert hatte, gegen Mitternacht im Saal, amüsierte sich köstlich und meinte, Bissinger sei ein großes Showtalent. Aber als sparsamer Holländer hielt er seine Groschen zusammen und verzichtete darauf, beim Versteigerungsrummel mitzubieten.

Ganz anders Pauline Salzmann, vielseitig einsetzbare Fernsehunterhalterin, ehedem Schönheitskönigin, was noch immer in Ansätzen zu erkennen war. Indem sie sich mit huldvollem Lächeln der Aufmerksamkeit des Publikums versicherte, ersteigerte sie, weiter huldvoll lächelnd, für teures Geld feinstes Porzellan.

Aus Hollywood kam die Filmdiva Else Sonntag, die sich bei ihren Besuchen in der Heimat auch bei Bissingers Auktionen blicken ließ. Sie pflegte zunächst zum Auktionspult zu stürmen, um Karlheinz, Küßchen links, Küßchen rechts, zu begrüßen. Andrea sah es nicht ganz ohne Eifersucht.

Bissinger hatte keinen Anlaß zur Eifersucht, wenn sich der französische Herzensbrecher Pierre Braque mit freundlichem Apachenlächeln zeigte. Denn dieser bewegte sich stets in Begleitung seiner charmanten Frau.

Es kamen die berühmtesten Anwälte Deutschlands, die es nicht nur vor den Schranken des Gerichts verstanden, sich ins Bild zu setzen, sondern auch in den Spalten der Boulevardpresse. Es kamen stadtbekannte Theaterintendanten, weltberühmte Opernregisseure, namhafte Filmproduzenten, kunstverständige Bestsellerautoren, heilfertige Wunderdoktoren und weltverbessernde Sektenführer.

Eines Tages erschien mit einer Schar von Mönchen der Dakui Luma. Er ließ, ehe er sich entschloß, an der Versteigerung teilzunehmen, die ins Auge gefaßten Auktionsobjekte auspendeln. Anschließend erwarb er mehrere Buddhafiguren aus Ellerkants Beständen.

Es kamen Generaldirektoren, Präsidenten, Vorstandsvorsitzende und Manager von allerlei Industrieunternehmen, Rennställen, Golf-, Tennis- und Fußballklubs, Sportstars sowie die Sportartikelmogule. Besonders eifrig steigerten einige Direktoren der Treuhand mit und führten so ohne Scheu das Geld anderer dem Wirtschaftskreislauf wieder zu.

Etwas anders verhielten sich Politiker, die sich beflissen bemühten, ihr in Wahlkämpfen herausgekehrtes Saubermann-Image zu wahren. Sie kamen aus allen Etagen der Hierarchie. Es kamen Referatsleiter ebenso wie amtierende Bundesminister. Sogar ein als lebenslustig bekannter und sangesfreudiger Bundespräsident a. D. erschien mindestens einmal im Monat und gab sich, wenn er steigerte, betont bescheiden.

Es ereignete sich auch Seltsames.

Eines Abends rief Bissinger einen persischen Kechan-Teppich auf, dessen Limit auf 8000 Mark stand. Als er fragte: »Was wird für dieses Stück geboten? Höre ich irgendein Gebot?«, da eilte ein gut aussehender Herr in Begleitung einer Dame in den Saal und rief laut: »30 000!«

Etwas verwundert, aber auch erfreut über das spontane Angebot, erteilte Bissinger den Zuschlag.

Irgendwie schien ihm der Herr bekannt. Doch er war sicher, ihn noch nie bei einer Versteigerung gesehen zu haben. Als er hinter dem Herrn zwei Bodyguards sichtete, ließ er bei der Kasse nachfragen, um wen es sich handelte.

Die umgehende Antwort der Kassiererin lautete: Der Herr habe bar bezahlt und sei ein bekannter Minister.

Holla!

Bissinger legte eine Sprechpause ein, begab sich zum Minister und sagte ihm mit gebührender Hochachtung zweierlei. Erstens, daß er sich ihm politisch verbunden fühle. Zweitens, daß er ihm aufgrund des hohen Gebots gern das Aufgeld erlassen würde.

»Es beträgt immerhin 5700 Mark«, fügte er an.

Der Minister grantelte gut aufgelegt: »Geh, hast, mir den Teppich zu teuer verkauft?«

Bissinger wagte höflichen Widerspruch. »Ich habe nicht verkauft, Sie haben ersteigert, Herr Minister. Es lag noch kein Gebot vor, als Sie von sich aus mit 30 000 eingestiegen sind.«

»Ach ja?«

Kurze Pause.

»Ja, ich glaube, so war's.«

Erneute Pause.

»Na, nichts für ungut. Und vielen Dank für Ihr Angebot – aber, Sie verstehen, ich möchte keine Extrawurst. Alles okay?«

Alle Achtung! dachte Bissinger, wünschte noch einen schönen Abend und nahm sich vor, seine Vorurteile gegenüber Politikern, besonders wenn er ihrer Partei nahestand, etwas zu korrigieren.

Auch die Mitglieder des Münchner Stadtrats tauchten recht häufig bei den Auktionen auf. Einer der fleißigsten Besucher war ein smarter, adrett aussehender Herr mittleren Alters, verkehrstechnischer Sprecher seiner Partei und Koreferent der Kreisverwaltung, also jener Behörde, die für Versteigerungen zuständig war.

Bissinger kannte ihn gut von früher. Der Herr managte in einem Münchner Nobelvorort jene Werbeagentur, die einst für Waldheger und Bissinger die Werbung übernommen hatte. Aus jener Zeit schuldete ihm Bissinger noch rund 200 000 Mark, die indes nie ernsthaft angefordert worden waren.

Der Herr kam nie allein, sondern stets in Begleitung seiner Ehefrau, einer aparten, exotisch wirkenden Schönheit aus Schwaben. Er war vernarrt in seine bezaubernde Frau und erfüllte ihr jeden Wunsch. Mehr als einmal ersteigerte er für sie etwas besonders Reizvolles.

Irgendwie, irgendwann befreundete sich dieser Herr von der Kontrollbehörde mit Korvacz und saß dann lange an der Seite seiner Frau mit ihm in der Bar.

Eines Tages kam er schließlich mit ausgestreckter Hand auf Bissinger zu.

»Hallo, wie geht's denn?«

»So lala.« Bissinger zwang sich ein Lächeln verhaltener Zuversicht ab. »Klagen nützt nichts, also tue ich's auch nicht.«

»Wir sollten uns mal ein bißchen miteinander unterhalten.«

Bissinger ahnte, worauf er ihn ansprechen wollte. »Ja, es tut mir leid, daß ich seit damals nichts mehr von mir habe hören lassen.«

»Na, erlauben Sie mal! Sie haben mir doch zweimal 50 000 Mark überwiesen!«

»Verbleiben immer noch etwa 200 000.«

»Genau 220 000«, verbesserte der Stadtrat. »Aber darüber wollen wir nicht reden.«

»Sondern?«

»Sie werden staunen. Meine Frau hat vor dem Hotel einen roten Ferrari entdeckt. Tolles Auto, da gibt's nichts. Ihr Firmenwagen, hat Herr Korvacz mir gesagt.«

»Ja, das stimmt. Ein Mondiale. Ich bin sehr zufrieden mit ihm.«

»Ist ein Leasingfahrzeug, nicht wahr?«

»Richtig.«

»Tja.« Er rieb sich das Kinn. »Ich weiß nicht recht, wie ich's Ihnen sagen soll. Meine Frau, wissen Sie, hat einen Narren an Ihrem Ferrari gefressen. Genau so einen Wagen wünscht sie sich.«

»Ich kann Ihnen gerne die Adresse der Leasingfirma geben.«

Der Stadtrat winkte ab. »Die habe ich bereits von Herrn Korvacz. Ich war auch schon dort. Leider gibt es Lieferschwierigkeiten. Es dauert mindestens ein Dreivierteljahr, wenn nicht noch länger, um dasselbe Modell zu beschaffen.«

»O je!«

»Aber so lange möchte meine Frau nicht warten.«

»Haben Sie's schon mal in Frankfurt versucht?«

»Nein. Aber in Hamburg und Wuppertal. Jetzt bin ich die Herumsucherei leid.«

»Kann ich verstehen.«

Er strahlte Bissinger aus klaren, leuchtenden Augen an. »Ich mache Ihnen einen Vorschlag: Sie treten den Ferrari an meine Frau ab, und ich erlasse Ihnen Ihre Schulden.«

Bissinger, verdutzt, verwirrt, entgeistert: »Tja, ... hm ... äh ... Sie meinen die ganzen restlichen ...?«

»Ja, meine ich.«

Bissinger, verwirrt, entgeistert, verdutzt: »Hm ... äh ... was soll ich dazu ...? Äh ... hm ... Ich werde es mir überlegen. Meine besten Empfehlungen an die Frau Gemahlin!«

Bissinger konnte das Angebot nicht fassen. Der Mondiale war für einen Fabrikpreis von 190 000 Mark zu haben. Seine Schulden bei diesem Herrn betrugen 220 000. Der Ferrari war geleast. Die Monatsraten, 5000 Mark, würde der Herr Stadtrat zusätzlich zu den erlassenen Schulden entrichten müssen ...

Was war in diesen Mann gefahren?

Am nächsten Tag besprach er sich mit Korvacz. Der riet ihm, sofort einzuwilligen.

Und grinste: »Wer weiß, vielleicht bringen die Monatsraten ihn ein bißchen in finanzielle Schwierigkeiten. Aus denen könnte ich ihm dann heraushelfen. Er ist immerhin Koreferent der Kreisverwaltung. Weiß der Himmel, wie einem dieser Mann von Nutzen sein kann!«

Bissinger glaubte nicht, daß dieser je in finanzielle Schwierigkeiten geraten würde.

»Außerdem müssen wir an seine Frau denken!«

»Wieso?«

»Ein toller Käfer! Wenn ich der eine Gefälligkeit erweise ...«, Korvaczs Grinsen wurde schief, »... könnte es sein, daß sie sich ein wenig revanchieren möchte.«

Bissinger fand Korvacz widerlich. Und ärgerte sich, daß er mit ihm über diese heikle Angelegenheit gesprochen hatte.

Er hatte sich längst entschieden. Er hatte den Mondiale knapp drei Monate gefahren und fand ihn für seine Statur doch etwas zu klein. Die Firma hatte bislang 15 000 Mark Leasinggebühren gezahlt – und ihm sollten Schulden von beinahe einer Viertelmillion erlassen werden! Was gab's da noch zu überlegen?

Das Tauschgeschäft wurde schon am nächsten Tag besiegelt. Der Stadtrat war dankbar und zufrieden, seine entzückende Frau hell begeistert und Bissinger mit einem Federstrich einen Schuldenberg von exakt 221 217,18 DM los.

So geschehen gegen Ende des Jahres 1992.

Na also! dachte Bissinger, na also!

Diesem Handel folgte ein Nachspiel: Schon drei Monate später wurde der Mondiale der Korvacz Auktionsorganisation zurückgegeben.

»Wissen Sie«, sagte der Stadtrat zu Korvacz, »als verkehrspolitischer Sprecher meiner Partei kann ich es mir nicht leisten, mit einem knallroten Ferrari herumzufahren. Ist nicht gut fürs Image. Ich muß schließlich auch an meine politische Karriere denken.«

Außerdem, so vertraute er Korvacz an, hätten die Maurergesellen immer seiner Frau nachgepfiffen, wenn sie an der nahen Baustelle vorbeiflitzte.

Ein kostspieliger Spaß! Für 221 217,18 DM zuzüglich 15 000 DM Leasinggebühren hatte der Stadtrat ein Vierteljahr lang einen Ferrari in der Garage stehen – und bat nun auch noch darum, daß Korvacz ihn zurücknahm.

Dieser tat es gern, jedoch sicherlich nicht, ohne sich für die Zukunft gewisser Gefälligkeiten zu versichern. Jedenfalls fiel Bissinger auf, daß sich fortan bei ihren Versteigerungen nie ein Vertreter der Kreisverwaltung oder der Industrie- und Handelskammer blicken ließ.

# Kabale und Hiebe

Eines Tages entdeckte Bissinger die Schauspielerin Audrey Randers im Auktionssaal, ein langhaariges Traumwesen mit funkelnden Augen, das er aus dem amerikanischen Intrigical »Pallas« kannte. Bei ihrem Anblick drängte sich ihm der naheliegende Vergleich auf: Er und Andrea spielten live in einem ähnlichen Seriendrama mit. Die Atmosphäre rundum war gespickt mit Falschheit, Niedertracht, Arglist, üblen Machenschaften und Betrug.

Abgestoßen und fasziniert beobachteten sie, welche Autorität der launenhafte Korvacz ausübte. Mal war er liebenswürdig und von geradezu schleimiger Freundlichkeit, mal spielte er sich als diktatorischer Alleinherrscher auf, duldete nicht den leisesten Widerspruch, um dann wie ein Schmierenkomödiant in verständnisheischendes Lamentieren zu verfallen.

Häufig ertappten die beiden Korvacz beim Lügen. Aber stets wand er sich charmant und freundlich heraus. Und sie gingen ihm immer wieder auf den Leim. Hätte er behauptet, der Schnee sei schwarz, und sich genügend Zeit genommen, dies zu begründen – sie hätten es am Ende geglaubt.

Er übte einen verhängnisvollen, alles bestimmenden Einfluß auf sie aus.

All dies hatten sie schon früh erkannt. Und doch fanden sie keinen Weg, sich diesem Einfluß zu entziehen.

Andrea versuchte immer wieder, Bissinger zu bewegen, möglichst bald einen Trennungsstrich zu ziehen.

»Du bist nervös«, sagte sie. »Du rauchst zuviel, du gönnst dir keine ruhige Minute. Der Auktionsstreß ist schon hart genug. Wenn du dem ständigen Nervenstreß mit Korvacz kein Ende setzt, machst du dich vollends kaputt! Wir müssen uns von Korvacz trennen!«

»Und was machen wir ohne ihn?«

»Du findest auch anderswo Arbeit.«

»Und was glaubst du, was Korvacz dann macht? Der hat doch genügend Einfluß, um mich in der ganzen Branche zu verleumden.«

»Wenn wir etwas sparsamer leben würden ...«

Dieser Gedanke gefiel Bissinger gar nicht. Er liebte den Luxus, das Wort »sparsam« wirkte auf ihn wie das Weihwasser auf den Teufel.


Bereits im Sommer 1991, nur etwa ein halbes Jahr nach Gründung der Korvacz Auktionsorganisation, zeigte sich, daß Andreas Befürchtungen nicht ganz unbegründet waren.

Immer häufiger spürte Bissinger einen Druck in der Brust. Er begab sich zu einem Modearzt, der im Albarella-Hotel praktizierte, und anschließend zu drei verschiedenen Herzspezialisten. Sie untersuchten ihn, machten EKGs und kamen zu dem Ergebnis, daß ihm eigentlich nichts fehle. Er sei überarbeitet und möge eine Weile ausspannen.

Der vierte Kardiologe, den Bissinger konsultierte, ein lustig vor sich hin brummender Mann, unterhielt sich ausführlich mit ihm. Dann legte er nachdenklich die Stirn in Falten.

»Sie wiegen 260 Pfund, rauchen über 100 Zigaretten pro Tag und bewegen sich nicht – ausgenommen den rechten Arm beim Zuschlag auf Ihren Auktionen! Und Sie wundern sich über Herzschmerzen?«

Er schickte ihn ins Bogenhausener Krankenhaus. Dort erklärte ihm der die Herzabteilung leitende Professor, daß man zur gründlichen Untersuchung einen Herzkatheter einführen müsse.

»Das ist für die Diagnose unverzichtbar. Ein kleiner, relativ ungefährlicher Eingriff. In zwei Tagen ist alles vorbei. Dann sehen wir weiter.«

Bissinger zuckte zurück. »Sehen wir weiter? Was geschieht dann?«

»Das hängt vom Untersuchungsergebnis ab. Vielleicht müssen wir operieren, vielleicht auch nicht. Am besten, Sie bleiben gleich hier.«

Bissinger sprang erschrocken von seinem Stuhl auf. »Das ist unmöglich! Ich muß heute abend versteigern!«

»Dann kommen Sie morgen.«

»Das geht auch nicht. Ich habe noch bis übernächsten Samstag durchgehend Auktionen. Dann hätte ich drei Tage frei.«

Der Professor schüttelte den Kopf. »Sorgen Sie für einen Ersatz!« Er stand ebenfalls auf. »Ich muß es Ihnen klar und deutlich sagen, Herr Bissinger: Die Sache duldet keinen Aufschub!«


Bissinger war beunruhigt, ebenso Andrea, als sie es erfuhr. Desgleichen Korvacz.

Bissinger klärte ihn kurz vor Auktionsbeginn auf.

»Heißt das etwa, daß Sie morgen nicht versteigern werden?« fragte Korvacz entsetzt.

»Und übermorgen auch nicht«, entgegnete Bissinger. »Es ist nur ein kleiner Eingriff, wie mir der Professor gesagt hat. Aber er läßt sich ambulant nicht durchführen. Dauert zwei Tage.«

Korvacz seufzte. »Dann werde ich Herrn Nimmbier Bescheid sagen müssen.« Seufzte erneut und sagte mit beleidigtem Vorwurf: »Sie wissen gar nicht, in welche Lage Sie mich bringen! Das ist höchst unangenehm für mich!«

»Für mich noch weit unangenehmer, mit Verlaub!«

Korvacz fuhr auf: »Für Sie sind's zwei Tage Urlaub. Mich kostet der Spaß Zehntausende!«

Bissinger saß wie versteinert, die Augen fast geschlossen. Ja, das war Korvacz, wie er leibte und lebte. Scherte sich nicht um Bissingers Gesundheit, dachte einzig und allein ans Geld! Langsam und leise kam es aus ihm heraus: »Sie sind ein Scheißkerl, Korvacz! Sie können Herrn Nimmbier schon für heute bestellen. Ich gehe jetzt nach Hause.«

Sprach es, nahm seinen Versteigerungskoffer und ging. Andrea folgte ihm auf dem Fuße. Sie war trotz des bedauerlichen Anlasses stolz auf ihn.


Anderntags begab sich Bissinger in die Klinik. Die Untersuchung mit dem Herzkatheter dauerte etwa eine Stunde.

Bissinger war die ganze Zeit über bei Bewußtsein. Bester Dinge erzählte er eine Anekdote nach der anderen.

Als ihm der Professor nach Abschluß der Untersuchung das Ergebnis mitteilte, verging ihm allerdings die gute Laune.

Die Auskunft war kurz und präzise: Sein Hauptherzkranzgefäß sei leider zu 99 Prozent stenotisiert, also verengt. Eine sofortige Erweiterung der Arterie sei lebensnotwendig. Diese müsse im Herzzentrum von einem Spezialisten durchgeführt werden. Bis zum noch auszumachenden Operationstermin lege man ihn zur Beobachtung auf die Intensivstation. Seine Lebensgefährtin dürfe ihn dort besuchen, sonst niemand.

»Aber bitte, machen Sie sich keine Sorgen, Herr Bissinger! Wir tun unser Bestes.«


Nach drei Tagen kam er ins Herzzentrum. Der gefährliche Eingriff verlief komplikationslos, der Herzspezialist hatte Hände wie ein Klaviervirtuose.

»Jetzt haben wir Sie wieder soweit«, erklärte der behandelnde Chirurg bei der Visite. »In etwa 14 Tagen können Sie nach Hause gehen. Aber, mein Lieber, das war ein ernster Warnschuß! Gönnen Sie sich in Zukunft etwas mehr Ruhe. Daß Sie das Rauchen aufgeben müssen, brauche ich Ihnen wohl nicht mehr zu sagen.«

Bissinger, der sich wieder munter fühlte, richtete sich betroffen im Bett auf. »Habe ich richtig verstanden: Ich muß noch 14 Tage hierbleiben?«

»Nicht hier. Wir bringen Sie ins Bogenhausener Krankenhaus zurück. Aber dort brauchen Sie dringend noch zwei bis drei Wochen Bettruhe!«

»Ach, du große Güte!«

Andrea, die kaum von Bissingers Seite wich, fiel die unangenehme Aufgabe zu, Herrn Korvacz von dieser ärztlichen Anordnung in Kenntnis zu setzen.


Im Auktionssaal des Münchner Hofs ging es recht trist zu. Viele Gäste machten sofort wieder kehrt, wenn sie sahen, daß nicht Bissinger am Pult saß, viele fragten nach dem großen lustigen Dicken mit dem Bart.

Herr Nimmbier, den Hammer in der Rechten, ein Cubalibre-Glas in der Linken, gab am Auktionspult sein Bestes. Aber dieses »Beste« war eben nur zweite Wahl.

Seine Stimme: hell, etwas näselnd. Seine Haltung: mit krummem Rücken stets etwas vornübergebeugt. Sein fachliches Wissen: gerade mal ausreichend. Seine Ausstrahlung: null.

Den angestrengten Versuch, Bissingers lockeren Stil nachzuahmen, hatte er schon am zweiten Versteigerungstag aufgegeben, da niemand über seine Scherze lachte. Aber er gab sich Mühe, das war nicht zu leugnen.

Überdies machte die Protokollführerin ihre Sache schlecht. Sie war eiligst aus Korvaczs Reservoir von Gespielinnen verpflichtet worden. Uschi Freddelein war kurzsichtig, aber zu eitel, die Brille aufzusetzen. Tief gebeugt saß sie über ihrem Block, als wollte sie das Protokoll mit der Nase zu Papier bringen. Immer wieder stellte sie lästige Fragen, was den Rhythmus der Versteigerung störte und die flaue Stimmung im Saal weiter verschlechterte.

Korvacz wand sich vor Entsetzen. Das Zusehen bereitete ihm regelrechte Schmerzen. Längst hatte er es aufgegeben, Herrn Nimmbier durch freundlichen Zuspruch aufzumuntern. Der blieb, was er war: kein schlechter Auktionator, aber eben nur ein durchschnittlicher. Und wer Bissinger erlebt hatte, verschmähte den Durchschnitt. Das Publikum kam spärlicher und ging früher.

Korvacz durchlebte qualvolle Tage. Er betrat den Auktionssaal mißmutig wie ein Bauer sein verhageltes Feld. Er hatte errechnet, daß Nimmbier mit Mühe und Not ein Drittel des Umsatzes hereinbrachte, den Bissinger spielend eingefahren hätte.

Und jetzt wußte er von Andrea, daß seine Pein mindestens noch 14 Tage andauern würde!

»Ich bin am Ende!« sagte er zu Veronika Karrener, die neben ihm an der Kasse stand. »Total am Ende! Ich bin ruiniert.«

Veronika versuchte zu trösten: »Nun mach mal halblang! Schließlich läuft es nicht schlechter als vor Bissingers Zeit.«

Korvacz blieb uneinsichtig und grollte: »Der Typ macht Highlife im Krankenhaus, und mir zieht man hier die Schuhe aus!«

»Wir sollten vielleicht eine bessere Protokollführerin engagieren«, schlug Veronika vorsichtig vor.

Korvacz kannte indes andere Qualitäten der Protokollführerin. Und die wollte er bei anderen Gelegenheiten wieder nutzen. Er winkte grob ab.

Veronika, eifersüchtig geworden: »Sie ist unglaublich dusselig.«

Er: »Sie gibt sich Mühe!«

Sie: »Das tut Nimmbier auch.«

Er: »Äh!«

Sie: »Aber der geht mit dir nicht ins Bett, das macht den Unterschied, oder?«

Diese Wendung des Gesprächs mißfiel Korvacz gründlich. Er versetzte Veronika eine Ohrfeige und stiefelte krummbeinig zur Toilette, wo er endlich Gelegenheit fand, in Ruhe nachzudenken.

So konnte es nicht weitergehen!

Dieser Nimmbier trieb ihn in den Ruin!

Den naheliegenden Gedanken, daß er die 14 Tage sehr wohl überstehen konnte, zog er erst gar nicht in Erwägung.

Nachdem er erledigt hatte, weswegen er gekommen war, wusch er sich die Hände. Ein graues Gesicht schaute ihn aus dem Spiegel an.

Ich muß mir was einfallen lassen! dachte er verzweifelt.

Und feixte sich gleich darauf im Spiegel an.
Ihm war etwas eingefallen, endlich.

Bissinger gewöhnte sich das Rauchen nicht ab. Kaum wieder im Bogenhausener Krankenhaus zurück, kaufte er am Kiosk zwei Schachteln. Allerdings paffte er, damit Andrea nichts bemerkte, nur auf der Toilette und zudem die leichteste Marke: Nikotingehalt 0,1, Teergehalt 1 Milligramm. Da war ja Daumenlutschen ergiebiger!

Andrea hatte ihm einen Stapel Rätselhefte gebracht, damit er nicht ununterbrochen redete.

Er redete trotzdem. »Sag mal, was ist ein auf dem Land lebender Plattfisch?«

»Ein was, bitte?«

»So steht's hier. Muß ich raten. Das extra knifflige Rätsel. Ein auf dem Land lebender Plattfisch.«

»Hör mal, du bist der Angler. Du müßtest das doch wissen.«

Er schüttelte den Kopf. »Auf dem Land leben keine Fische.«

»Das ist eben das extra Knifflige.«

»Quatsch!«

»Was ist denn überhaupt ein Plattfisch?«

»Naja, ein platter Fisch. Steinbutt, Scholle, Seezunge, Heilbutt zum Beispiel.«

Andrea machte ein kluges Gesicht. »Dann ist's doch ganz einfach!«

»Ach nee?«

»Die meinen ›Erdscholle‹.«

Bissinger zählte die Buchstaben ab. Es paßte. »Hm. Rätselraten ist wohl nicht ganz mein Fall.« Er klappte das Heft zu. »Hat mir noch nie besonderen Spaß gemacht. Bis auf Bilderrätsel, die hab' ich gemocht. Auf der Schule haben wir in der großen Pause immer so 'ne Art Preisraten gemacht. Darin war ich Spitze ...«

Ein Klopfen an der Tür ließ Bissinger in seinem gerade begonnenen Redestrom innehalten.

»Herein!«

Zuerst schob sich ein riesiger Blumenstrauß durch die Türspalte, dann hörte man »Kuckuck, Kuckuck, hallöchen!«, und schließlich trat Korvacz über die Schwelle. »Wollte doch mal sehen, was unser Wunderknabe so treibt.«

Wie es Bissinger ging, fragte er nicht. Aber er sah sich in dem Erste-Klasse-Zimmer um. »Hier ist ja alles vom Feinsten«, meinte er anerkennend.

Bissinger bedankte sich für die Blumen, Andrea besorgte eine Vase, und Korvacz setzte sich breitbeinig auf einen Stuhl.

»Na?« fragte er. »Wie lange wollen Sie denn hier noch aushalten?«

»Das kommt darauf an. Der Arzt meint, mindestens noch zehn Tage.«

»Sowas hat mir Frau Nußdorfer auch gesagt.«

»Wie läuft's denn bei den Versteigerungen?«

Korvacz brachte seine fröhlichste Miene in Stellung. »Oh, danke, danke, kann nicht klagen. Der Nimmbier macht sich ganz ordentlich. Ja, muß man sagen: sehr ordentlich!«

»Ach ja?«

»Ich überleg' mir, ob ich ihn nicht wieder häufiger ans Auktionspult lassen soll.« Er sagte es mit solch einstudierter Lässigkeit, daß Bissinger den Braten roch.

»Na, das löst ja auch meine Probleme.« Er reagierte so schnell, wie ein Torhüter sich dem Ball entgegenwirft. »Ich hab' nämlich vor, in Australien die Mineralien-Handelskette meines Vaters zu übernehmen.«

»Australien?« schnodderte Korvacz verdutzt.
»Ja. Ein herrliches Land. Kennen Sie's?«
»Nein, aber ...«
»Ja?«
»Heißt das, Sie möchten umsiedeln?«
Bissinger gab sich behäbig. »Dort habe ich dann mein Auskommen. Dort bin ich mein eigener Chef. Und das Klima ist auch nicht schlecht.«
Korvacz tupfte sich die Stirn. »So was wie Heimatgefühl empfinden Sie gar nicht?«
»Ich wüßte beim besten Willen nicht, was mich hier noch halten sollte.«
»Naja, das mit Nimmbier ist noch keine beschlossene Sache.«
»Dann warten wir's in Ruhe ab!«
»Ich kann Sie nicht einfach so aus dem Vertrag rauslassen, Herr Bissinger. Nein, wirklich, kann ich nicht.«
»Na, sehen wir mal.«
Korvacz war sich nicht sicher, wie ernst die Pläne seines bettlägerigen Kompagnons waren. Doch Bissingers Gelassenheit machte ihn ein wenig stutzig. Jedenfalls erkannte er, daß sein erster Versuch, ihn aus dem Krankenhaus herauszulocken, gescheitert war.
Andrea kam mit einer Vase zurück, wickelte die Blumen aus dem Papier und lobte das Gebinde. Was Korvacz Gelegenheit gab, sich einen neuen Schlachtplan zurechtzulegen.
»Ach, übrigens ...«, hob er an.
»Ja?«
»Ich weiß nicht, ob das für Sie noch in Frage käme ...«
»Was?«
»Naja, Sie haben doch Ihren Ferrari wieder abgegeben. Und eigentlich steht Ihnen ja ein neuer Firmenwagen zu.«

Bissinger horchte auf. Eine innere Stimme warnte ihn, als er sagte: »Das hat ja keine Eile.«

»Wie man's nimmt. Ich hab' mich vorsorglich mal bei unserem Autohändler erkundigt. Der hält sein Angebot nur noch zwei Tage aufrecht. Ein anderer Kunde ist auch scharf auf den Schlitten.«

»Welchen Schlitten?«

»Naja, so wie ich Sie einschätze, wäre der für Sie genau wie geschaffen. Es ist ein Bentley-Cabrio. Phantastisch ausgestattet. 419 000 Märker.«

Bissinger blinkerte. »Als Firmenwagen?«

»Klar. Was sonst?«

Das war eine Spritze, die den Autonarren Bissinger mitten ins Herz traf. Ein Bentley, der große Bruder des Rolls Royce! Das Höchste, was der Automarkt zu bieten hatte.

»Es fahren weltweit nur zwölf Exemplare dieses Typs«, log Korvacz.

Bissinger war begeistert genug, es zu glauben. »Man könnte sich den Wagen mal ansehen.«

»Sie können ihn jederzeit mitnehmen, wenn Sie wollen«, lockte Korvacz.

»Hm.«

»Das heißt bis spätestens morgen mittag. Dann hat ihn ein anderer.« Er merkte, daß Bissinger längst angebissen hatte, und spielte die nächste Karte aus: »Ich hab' zufällig die Oberschwester getroffen. Sie sagte, Sie können die Klinik auf eigenen Wunsch jederzeit verlassen.«

Bissinger griff unter sein Kopfkissen, holte die Zigarettenschachtel hervor, zündete sich eine Lulle an. »Andrea«, kraftvoll blies er den Rauch aus, »pack die Blumen wieder ins Papier. Wir hauen hier ab.«

Andrea protestierte energisch, aber es half nichts.

Am nächsten Vormittag übernahm Bissinger den Bentley, am nächsten Abend saß er wieder am Auktionspult.
Korvacz hatte richtig kalkuliert. Der Kaufpreis des Bentley entsprach in etwa dem Mehrumsatz, den Bissinger im Vergleich zu Nimmbier in drei Tagen erhämmerte. Die qualvollen Nimmbier-Tage hatten ein Ende.
Außerdem gehörte der Wagen der Firma, und die bestand nach Korvaczs selbstverständlicher Einschätzung aus ihm und niemand anderem.

Bissinger fühlte sich bestärkt. Er war dem geizigen, geldbesessenen Korvacz 420 000 wert! Na, wenn das keine Anerkennung war!
Und er legte sich mehr denn je ins Zeug. Er versteigerte auf Teufel komm raus. Ein Bissinger war sein Geld wert!
O ja, Karlheinz Bissinger fühlte sich mal wieder wohl in seiner Haut. Die Operation war glücklich überstanden, er konnte ohne finanzielle Klimmzüge seine Restschulden nach und nach abtragen, er fuhr eines der teuersten Autos der Welt und fühlte sich als König der Auktionatoren.

Da holte Korvacz zu seinem nächsten Schlag aus.
Im Sommer 1991 bat er die Gesellschafter der Korvacz Auktionsorganisation zu einer Besprechung in die Kanzlei von Rechtsanwalt Ziegbein.
Bissinger und Andrea waren beinahe rechtzeitig zur Stelle. Veronika Karrener saß, nervös wechselweise ein Bein über das andere schlagend, auf der Besuchercouch. Herr Ziegbein blät-

terte hektisch in einem Modejournal, das für wartende Mandanten auslag. Korvacz fehlte. Sie warteten.

Fast anderthalb Stunden nach der verabredeten Zeit tauchte er auf. »Bin aufgehalten worden«, murmelte er schlecht gelaunt.

Er war beim Backgammon auf einen Spieler gestoßen, der noch übler trickste als er selbst, und hatte jämmerlich verloren. Das erklärte seine miese Stimmung.

Ziegbein setzte sich hinter seinen Schreibtisch, suchte nach einem Kugelschreiber und fragte nach dem Anlaß der Besprechung.

»Es handelt sich«, eröffnete Korvacz, »um eine ganz einfache, unkomplizierte Sache.«

Und fuhr fort: »Seit Gründung unserer GmbH ruhen verständlicherweise die Geschäfte meiner alten Firma.«

»Wieso ›verständlicherweise‹?« wollte Bissinger wissen.

»Na, hören Sie! Ich kann doch nicht mit meinem alten Laden der neuen Firma Konkurrenz machen! Oder? Geht doch nicht, oder?«

»Ach so.«

»Ich hab' aber noch Warenbestände von früher herumliegen. Vor allem Teppiche. Einkaufswert insgesamt eine runde Million. Hab' mir gedacht, die Ware jetzt, wenn Sie nichts dagegen haben, zu unseren Versteigerungen im Münchner Hof einzubringen.«

Bissinger verstand den Wunsch, totes Kapital zu aktivieren, fragte jedoch: »Und zu welchen Bedingungen wollen Sie das machen?«

»Sie wissen, Konzilianz ist meine Stärke. Selbstverständlich bin ich bereit, genau wie unsere anderen Einlieferer 20 Prozent vom Zuschlagergebnis an die Firma abzuführen.«

»20 Prozent, aha.«

»Dazu kommen die üblichen 19 Prozent Aufgeld, die der Kunde auf den Zuschlag bezahlt.«

Das klang ganz redlich. Trotzdem nagte in Bissingers Hinterkopf das ungewisse Gefühl, wieder mal Gefahr zu laufen, über den Löffel balbiert zu werden.

»Okay«, meinte er, »ich werd's mir durch den Kopf gehen lassen.«

Aber damit war Korvacz nicht einverstanden. »Ich fahre morgen mit Veronika zu meinem Feriensitz am Gardasee. Und ich will die Angelegenheit vorher regeln. Wir können hier und jetzt abstimmen.«

Es war also mal wieder soweit. Abstimmung!

Was konnte Bissinger tun? Das Ergebnis war voraussehbar. Korvacz und Frau Karrener würden ihn überstimmen. Also verzichtete er auf die Abstimmung und gab ohne weitere Diskussion sein Plazet.

Auf der Heimfahrt begann er nachzurechnen. Er war zwar kein ausgefuchster Kaufmann, aber er war nicht ganz unbeschlagen. Als er das Rechenergebnis vor Augen hatte, verursachte er beinahe einen Unfall.

Er nahm das Gas weg, fuhr rechts heran und hielt.

»Was ist los?« fragte Andrea.

»So harmlos Korvaczs Vorschlag klang: Die Sache ist ein verdammter Schurkenstreich!«

»Warum?«

»Er spricht von einem Warenbestand zum Einkaufspreis von einer Million, stimmt's?«

Sie nickte.

»Dafür wird er, wie bei ihm üblich, ein Limit von mindestens fünf Millionen ansetzen.«

»Das ist sein gutes Recht.«

»Na, rechne mal mit, Andrea! Wenn die Ware versteigert wird, erhält unsere Firma 20 Prozent Abgeld. Korvacz steckt also vier Millionen ein. Zieht man den Einkaufspreis von einer Million ab, hat er die Firma um drei Millionen beschissen. Und von dem Abgeld, das er der Firma zugesteht, gehören ihm 40 Prozent, denn so hoch ist sein Gesellschaftsanteil.«

Andrea verstand. »Heiliger Strohsack! Außerdem bekommt er noch 40 Prozent vom offiziellen Aufgeld.«

Bissinger murmelte: »19 Prozent von fünf Millionen sind 950 000, davon 40 Prozent rund 380 000.«

»Nicht rund, sondern exakt.« Andrea hatte mitgerechnet. »Das sind dann drei Millionen und 780 000 Mark, die er auf deine Kosten in seine Tasche schiebt!«

»Na, wie findest du das?«

»Ganz schön gerissen!«

»Ganz schön beschissen, würd' ich meinen. Mist«, er schlug auf das Steuer, »und ich hab's während der Besprechung geahnt. Hab' geahnt, daß er mich aufs Kreuz legen will.«

»Das Gefühl habe ich schon lange.« Sie pustete Luft durch die Lippen. »Jetzt kannst du nichts mehr machen. Du hast deine Einwilligung gegeben. Säuberlich protokolliert von Herrn Ziegbein.«

»Hätte ich's nicht getan, hätte man mich niedergestimmt.« Nochmals schlug er wütend auf das Lenkrad. »So ein Mist, verfluchter! Und so wird's immer wieder laufen! Korvacz kann mit Frau Karreners Stimme jeden Beschluß durchsetzen, den er sich in den Kopf gesetzt hat. Ich sitze in der Falle, Andrea!«

»Er zwingt dich, vor Gericht zu gehen, um deine Rechte durchzukämpfen.«

»Geht auch nicht. In einem Streitfall kann ich als Geschäftsführer und Mitinhaber der Firma doch nicht als Zeuge auftreten.«

»Hm. Stimmt.« Sie grübelte. »Hast du eine Zigarette?«

Bissinger holte eine Schachtel aus dem Handschuhfach, entzündete zwei Zigaretten, gab eine davon an Andrea weiter.

Sie machte einen tiefen Zug. »Mir wird schon was einfallen.«

»Dir?«

Sie zupfte ihn am Ohrläppchen. »Ja mir. Ich bin eine kluge Frau. Wußtest du das nicht?«

Er mußte lachen.

»Und jetzt fahren wir nach Hause, Heinz. Dort nehme ich ein Bad, und dann zeigst du mir noch mal euren Gesellschaftsvertrag. Da muß doch irgendwas drinstehen, was uns weiterhilft.«


Am nächsten Vormittag betraten Andrea und Bissinger die Notariatskanzlei von Dr. Wildgans, der seinerzeit den Gesellschaftsvertrag verbrieft hatte.

»Was kann ich für Sie tun?« fragte Dr. Wildgans, nachdem seine Sekretärin für Kaffee und Aschenbecher gesorgt hatte.

»Ich möchte meine Gesellschaftsanteile auf Frau Andrea Nußdorfer überschreiben.« Bissinger sagte es lässig, als ginge es um ein Zeitungsabonnement.

Wenn Andrea Gesellschafterin der Korvacz Auktionsorganisation war, dann könnte er, Bissinger, bei künftigen Manipulationen Korvacz als Zeuge gegen ihn auftreten. Aber das sagte er Dr. Wildgans nicht. Er sagte nur: »Ich möchte meine Gesellschaftsanteile auf Frau Andrea Nußdorfer überschreiben.«

Wildgans war überrascht. »Ich fürchte, das geht nicht so einfach. Dazu wird laut Ihrer Satzung ein Gesellschafterbeschluß vonnöten sein.«

»Ich glaube, da irren Sie sich«, widersprach Bissinger. »Wir haben die Satzung gestern nochmals genau studiert. Wenn Sie dies ebenfalls tun, werden Sie feststellen, daß jeder der Teilhaber seine Anteile ohne Gesellschafterzustimmung abtreten kann.«

»Aha? Sollte ich das übersehen ...?« Wildgans blätterte eine Weile in der Urkunde, brummelte ein bißchen vor sich hin und sprach dann: »Tatsächlich.«

Daraufhin vollzog er die Umschreibung, die Sekretärin räumte die Kaffeetassen ab, kassierte eine Gebühr von 437 DM (inklusive Mehrwertsteuer), und dieser Fall war ausgestanden.

Als Korvacz nach seiner Rückkehr vom Gardasee eine Kopie des Notariatsvertrags in seiner Post vorfand, erschien er tagelang nicht auf den Auktionen. Er sann wütend darüber nach, wie sich diese notarielle Verbriefung rückgängig machen ließ.

Es fiel ihm nichts ein.

Und das machte ihn noch wütender.

Als Veronika Karrener sich wie so oft wieder einmal bei Andrea ausweinte, erzählte sie, daß Korvacz am Klo vor Wut und Haß mit den Füßen auf den Boden trampelte und mit den Fäusten die Tür bearbeitete.

# Pikantes Zwischenspiel

Bei den Auktionen kam es immer mal wieder zu ungewöhnlichen und lustigen Begebenheiten.

Eines Abends fiel Bissinger eine etwa fünfzigjährige Dame auf. Sie wirkte eigentümlich geistesabwesend, schien sich auch nicht allzusehr für die Auktion zu interessieren. Unbeweglich saß sie in der Saalmitte auf ihrem Platz, schaute nicht nach links, nicht nach rechts, immer nur geradeaus und ließ die Zeit verstreichen, ohne ein Gebot abzugeben. Dann aber hob sie unvermittelt die Hand und ersteigerte für 50 Mark ein versilbertes Salz- und Pfefferstreuerset im Samtkarton.

»Oh, Madame«, rief Bissinger und tat beglückt, »welch ein Riesenangebot, nachdem Sie bereits drei Stunden unter uns weilen!«

Er nahm eines der Seidenblumensträußchen, die er gern zu verschenken pflegte, garnierte damit den Samtkarton und überreichte der Dame beides mit galanter Geste.

Die war darauf wie verwandelt. Nun stieg sie aktiv ins Geschehen ein und erstand in den folgenden Stunden annähernd jedes Stück, das für über 20 000 Mark aufgerufen wurde. Bissinger bemerkte dies rasch, und so kam ein erlesenes Stück nach dem anderen zum Aufruf. Die Dame schien es vor allem auf große, schöne und wertvolle Teppiche abgesehen zu haben.

Am Ende kam für sie ein Zuschlagergebnis von knapp 600 000 Mark zustande. Es schien sie nicht zu bekümmern. Sie ging zur Kasse und zahlte mit einem Scheck.

Dann fragte sie die Kassiererin: »Könnte ich jemanden sprechen, der für den Betrieb verantwortlich ist?«

Korvacz, der zufällig in der Nähe stand, wollte sich schon, nichts Gutes ahnend, davonstehlen. Aber die Kassiererin sprach ihn so laut an, daß er sich der Dame zuwenden mußte. »Ja, gnädige Frau?«

»Ich hätte eine Bitte.«

Noch einmal: »Ja, gnädige Frau?«

»Könnten Sie wohl meine Teppiche eine Weile bei sich lagern? Ich möchte sie gern nach Amerika transportieren, kann sie aber nicht sofort mitnehmen.«

»Aber selbstverständlich, gnädige Frau, läßt sich leicht machen.«

Wenn's um kleine Gefälligkeiten ging, konnte Korvacz ausgesprochen zuvorkommend sein.

Die Dame hinterließ den Scheck, ihre Adresse und verschwand.

Der Scheck war gedeckt. Die Teppiche kamen in das Lager der Firmenhauptverwaltung, das Auktionshaus Herzog in der Nymphenstraße.

Soweit schien alles in Ordnung.

Vorläufig.

Nach einem Vierteljahr stellte man fest, daß man die Teppiche immer noch nicht abgeholt hatte. Sie lagen in einem Seitengang des Lagers und versperrten dort den Weg.

Veronika Karrener, die im Haus der Hauptverwaltung arbeitete, suchte die Telefonnummer der Kundin heraus. Die Kundin nahm den Anruf persönlich entgegen. Sie war gegen ihre Pläne doch nicht nach Amerika gefahren. Frau Karrener bat sie, die Teppiche möglichst bald abholen zu lassen, da der Lagerraum benötigt würde.

Die Dame zischelte: »Psst! Psst! Ich komme morgen bei Ihnen vorbei.«

Das tat sie auch.

»Ich konnte am Telefon nicht reden, mein Mann war in der Nähe«, erklärte sie.

Frau Karrener meinte zu begreifen. »Ach so, Sie wollen die Teppiche Ihrem Mann schenken?«

»Um Himmels willen, nein! Mein Mann darf nichts davon erfahren. Sie dürfen die Teppiche behalten. Ich brauche sie nicht.«

»Aber sie gehören Ihnen. Sie haben dafür eine Menge bezahlt.«

»Ich will auch das Geld nicht zurück. Aber weihen Sie meinen Mann keinesfalls ein!«

Veronika Karrener schüttelte verwundert den Kopf. »Habe ich Sie richtig verstanden? Sie legen weder Wert auf das Geld noch auf die Ware?«

Die Dame schürzte die Lippen. »Nun, von Frau zu Frau kann ich es Ihnen ja sagen. Damals, als ich das Zeug ersteigerte, hatte ich mich gerade von meinem Mann getrennt. Ich hatte ihn mit seiner Geliebten im Swimmingpool erwischt, über Wasser eng umschlungen und unter Wasser – naja, Sie werden es sich denken können …« Sie neigte sich etwas vor. »Was mich am meisten geärgert hat: Bei mir war er nie so heftig!« Sie lächelte etwas hilflos. »Ich war so sauer, daß ich mit dem Scheck sein Konto abgeräumt habe.«

»Guuut!« Veronika hatte für dieses Verhalten das größte Verständnis, das eine Geschlechtsgenossin in einem solchen Fall nur aufbringen kann. »Und jetzt?« fragte sie.

»Jetzt sind wir wieder zusammen. Ich habe ihm erzählt, daß ich das Geld auf seine Anweisung hin bei einem Anlageberater in Oregon verspekuliert habe. Deswegen darf er von den Teppichen nichts erfahren. Alles klar?«

Veronika lachte. »Alles klar.«

Anzumerken wäre in diesem Fall vielleicht noch, daß Korvacz die Teppiche als Stornoware verbuchte, ein weiteres Mal in die Auktion gab und die 600 000 Mark auf sein Privatkonto überwies.

In dem alten Auktionshaus in der Nymphenstraße, das Korvacz inzwischen stolz »sein Stammhaus« nannte, fanden regelmäßig einmal im Monat Versteigerungen statt. Obgleich Bissinger mit dem Münchner Hof so gut wie ausgelastet war, drängte es ihn, auch diese Auktionen durchzuführen. Denn es waren Auktionen, die den Versteigerungsbedingungen voll und ganz entsprachen. Dort lieferte Korvacz keine Ellerkant-Asiatika oder -Teppiche ein, kein Reesemann den Schmuck. Dort brachten Hunderte von Privatpersonen, sogenannte Endbesitzer, Objekte ein. Und alle waren dankbar und zufrieden, wenn ihnen der Besitz, von dem sie sich trennten, ein bißchen Geld einbrachte.

Der Geldscheffler Korvacz unterhielt den Betrieb im »Stammhaus« aus Alibigründen. Seriöser ging es wirklich nicht. Die Versteigerungen deckten gerade die Unkosten. Fette Verdienste konnte er dort nicht einfahren.

Bissinger jedoch machten diese Auktionen Freude.

Dann aber erwarb Frau Schröder, die vom alten Herrn Herzog übernommene Chefsekretärin, eine Versteigererlizenz.

Und fortan war sie für die Auktionen im »Stammhaus« verantwortlich.

Sehr zum Ärger von Veronika Karrener übrigens. Denn zwischen den beiden Frauen hatte sich im Lauf der Monate eine heftige Rivalität aufgebaut. Jede der beiden glaubte, erheblich mehr vom Fach zu verstehen als die andere.

Dies zehrte zusätzlich an Veronika Karreners Nerven, die durch das Zusammenleben mit Korvacz stark angegriffen waren. Veronika Karrener war ebenso sensibel wie labil. Nach ihren aufreibenden Auseinandersetzungen mit Frau Schröder pflegte sie sich ausgerechnet bei Korvacz zu beschweren. Der hatte einen Haufen anderer Dinge im Kopf und eine Menge anderer Gelüste im Unterleib – die sich insbesondere dann nicht auf Veronika richteten, wenn sie aufgelöst zu ihm kam.

Hatte er sie dann auf seine typische Weise abgefertigt, besann sie sich auf Andrea und weinte sich bei ihr aus. In solchen Augenblicken bot die schöne, elegante Frau ein Bild des Jammers: zutiefst verzweifelt, innerlich ausgehöhlt und am Ende ihrer Kräfte. Veronika Karrener drohte an der Seite von Korvacz zu verblühen wie eine Rose ohne Wasser.


Korvacz trieben ganz andere Sorgen um. Er konnte nicht verwinden, daß mit Andrea eine Gesellschafterin eingestiegen war, die er nicht selbst bestimmt hatte. Er ahnte, weshalb Bissinger seine Anteile hatte umschreiben lassen. Und das machte ihn unruhig.

Ich hätte diese Ratte nach Australien fahren lassen sollen, war einer der wütenden Gedanken, die er umgehend verwarf. Er wußte: Bissinger war sein As, sein Dukatenesel, ein Top-

Auktionator. Darüber hinaus leichtgläubig und bequem zu handhaben. Der Stachel, den er ziehen mußte, war Andrea!

Sie war intelligent, sparsam und mißtrauisch. Sie konnte für ihn leicht zur Gefahr werden.

Er überlegte. Andrea war eine aufrechte Frau, sehr selbstsicher. Mit den ihm eigenen Methoden war ihr schwer beizukommen. Selbstverständlich hatte er schon mal Lust auf die zierliche Person verspürt. Aber als er wie unabsichtlich ihren Busen gestreift hatte, war sie kalt zurückgezuckt, und als er einmal im Auto »versehentlich« statt zum Schalthebel zwischen ihre Beine gegriffen hatte, hatte sie ihm knallhart auf die Finger gehauen. Nein, so ging's nicht.

Aber: Andrea war sehr stolz, ihrem Karlheinz nicht so hündisch ergeben wie ihm Veronika. Sollte sie ihren Karlheinz auch nur einmal mit einer anderen Frau ertappen, würde sie ihm garantiert auf der Stelle den Laufpaß geben.

Hier galt es anzusetzen!


Bissinger wunderte sich, als sich Korvacz während einer Auktionspause zu ihm setzte und gemütlich zu plaudern begann. Gewöhnlich waren ihm Bissingers Pausen ein Dorn im Auge. Zeit war Geld. Also pflegte er Bissinger mit grimassierenden Gesten aufzufordern, die Pause sofort zu beenden.

Diesmal jedoch schlug er breitbeinig vor: »Falls Ihnen danach ist, ab und an ein Stündchen zu pausieren, könnt' ich mal wieder Nimmbier an den Hammer lassen. Tät' Ihnen doch gut, oder?«

»Ach, so lange muß ich nicht pausieren. Ich fühle mich fit.«

»Na ja, jeder Mensch braucht hin und wieder Entspannung, nicht wahr? Jeder Mensch! Sehen Sie die hübsche Blonde dort in der zweiten Reihe?«

Er deutete auf ein etwas zu stark geschminktes Blondchen in einem grellgelben, gewagt kurzen Sommerkleidchen. Sie war leidlich hübsch und erwiderte Korvaczs Blick mit ausdruckslosem Cheese-Lächeln.

»Die Kleine«, fuhr Korvacz fort, »hat Feuer im Leib! Da stößt Ihnen was entgegen, wenn Sie über ihr liegen.«

Bissinger nahm's kommentarlos zur Kenntnis.

»Ich kenne viele solcher Bienen, das können Sie mir glauben«, kicherte Korvacz. »Aber ich nehme mir immer nur die fleißigsten.«

Bissinger wich Korvacz' aufdringlichem Grinsen ohne Lächeln aus. »Und Sie sind genauso fleißig dabei, hm?«

»Hab' nun mal das Verlangen. Fühl' mich nicht wohl, wenn ich nicht mindestens einmal am Tag am Nektar nippe. Sie verstehen das sicher?«

Bissinger verstand, so gut, daß er nervös zu seinem Versteigerungshammer griff, um dem Gespräch ein Ende zu bereiten.

»Nimmt gar nicht viel Zeit in Anspruch«, schwätzelte Korvacz unbeirrt fort. »Ich hab' da 'ne kleine Abmachung mit der Garderobenfrau. Die hat hinter der Kleiderablage eine alte Couch, auf der sie in der toten Zeit die Füße hochlegen kann. Gegen einen Fünfziger verschwindet sie für zehn Minuten und läßt mir die Couch. Ist 'ne geile Couch.«

Bissinger blieb wortlos.

»Die Couch würd' ich Ihnen bei Bedarf freimachen.«

»Kein Bedarf. Und auch kein Interesse.«

»He, sehen Sie mal! Da! Die kleine Rothaarige neben der Blonden! Ganz knackig, oder?«

Er meinte eine etwa Achtzehnjährige mit rosa Teint und glänzenden, verhangenen Augen. Bissinger erinnerte sich, daß sie wenige Minuten zuvor ein Puderdöschen ersteigert hatte. Er hatte dazu ein Seidenblumensträußchen spendiert.

»Die ist scharf auf Sie! Da staunen Sie, hä? Steht auf Ihre Stimme, wie mir die Blonde geflüstert hat.«

Bissinger war's nicht neu, daß seine Stimme auf manche Frauen eine erotisierende Wirkung ausübte. Er hörte das nicht ungern und warf der Rothaarigen einen wachen Blick zu.

Korvacz sah Andrea zurückkommen, die sich vor dem Saal mit Veronika unterhalten hatte. »Also wenn Sie sich nachher zehn Minuten freimachen wollen«, haspelte er, »sag' ich der Rothaarigen Bescheid.« Als Bissinger nicht reagierte, fügte er feixend hinzu: »Keine Angst, die kostet nichts. Und es geht ganz quicky.«

Korvacz hätte sich denken müssen, daß er auf diese Tour bei Bissinger nichts ausrichten konnte. Der fand so was würdelos.

Korvacz' nächster Vorstoß ging nicht weniger daneben.

An einem der folgenden Abende blieb Andrea zu Hause, um die Wohnung auf Vordermann zu bringen. Bissinger mußte sich mit dem kurzsichtigen Fräulein Freddelein abfinden. Direkt vor sich, in der ersten Reihe, entdeckte er die junge Rothaarige neben einer ebenfalls jungen Brünetten. Sie saß da, knabberte an einem Schokoriegel und strahlte ihn aus verführerischen Augen feuchtblau an.

Und es irritierte ihn. Das Mädchen war reizend, sehr reizend. Lächelte entzückend. Der Mund war scharf geschwungen, öffnete sich leicht, wenn er sie anschaute, um sich in Zeitlupe wieder zu schließen. Ganz so, als ließe sie ihm einen Kuß zuschweben.

Während er weiterredete, gab er sich unwillkürlich Mühe, seine Stimme noch etwas sonorer, noch etwas wohltönender klingen zu lassen.

Ihre Bluse war tief ausgeschnitten. Er wandte seine Blicke brav anderem zu, aber die schmale Rille zwischen den fest gewölbten, kleinen Brüsten zog sie immer wieder zurück.

»1800. Höre ich mehr? 1800, meine Damen und Herren! – Niemand sagt 1900? – Ich höre kein Gebot. – 1800 Mark zum ersten ... 1800 zum zweiten ... und zum dritten.« Der Hammerschlag besiegelte den Vorgang. Bissinger machte eine kurze Bemerkung zu Fräulein Freddelein.

Als er wieder zu der kleinen Rothaarigen blickte, war sie auf ihrem Stuhl ein bißchen nach vorn gerutscht. Ihr Minirock gleichfalls. So sehr, daß er etwas sehen konnte, was ihn noch mehr bannte als ihr reizendes Lächeln und Dekolleté. Als sähe er nicht ohnehin genug, spreizte sie ein wenig die Beine. Und ließ ihn genau sehen: Sie trug unter dem hochgerutschten Minirock keinen Slip, sondern – deutlich erkennbar – nur ein rosarotes Doppelgestirn.

Und verdammt, Bissinger fühlte es ohnmächtig, der Anblick erregte ihn.

Was ihr nicht entging. Erneut lächelte sie ihm jungmädchenhaft zu, den Mund feucht öffnend, den Schenkelwinkel zart erweiternd. Es war, als lächelten ihm zwei Lippenpaare zu.

Bissinger riß sich mit Gewalt zusammen, um die Gäste im Saal nicht merken zu lassen, daß er drauf und dran war, als erster zu bieten. In ihm zuckte es ohne Limit. Nicht nur an der Stelle unter dem Pult, sondern an allen Fasern seines Körpers.

Just in diesem Augenblick tuschelte hinter ihm Nimmbier: »Herr Korvacz schickt mich. Ich soll Sie eine Weile ablösen.«

Das geschäftsmäßige Näseln holte Bissinger jäh aus seiner verzückten Trance zurück.

»Ach ja«, schluckte er, »sehr freundlich.«

Er packte seinen Auktionshammer in den Koffer, erhob sich, sandte der Rothaarigen einen wissenden Blick zu und eilte davon.

An der Garderobe stand Korvacz. Bissinger nickte ihm freundlich zu und eilte an ihm vorbei zum Ausgang.

Mit einem tiefen Atemzug sog er die frische Abendluft ein, setzte sich in seinen Bentley und fuhr nach Hause, zu Andrea.

Dort war seine im Auktionssaal aufgestaute Lust besser aufgehoben.

# Moskowiter Nächte

Obwohl ihm die Ärzte geraten hatten, nach der Operation eine ruhigere Gangart einzulegen, spielte Bissinger bei den Auktionen nach wie vor den Powermann. Täglich etwa neun Stunden lang, samstags meist sogar 16, ließ er den Hammer fallen. Die ununterbrochene Anstrengung zehrte an der Substanz. War die Auktion endlich vorbei, fühlte er sich wie ein Luftballon ohne Luft.

Manchmal – sehr selten – ließ er sich von Herrn Nimmbier vertreten. Aber dann klingelte spätestens um zehn Uhr bei ihm das Telefon.

Korvacz gönnte ihm keine Atempause: »Was trödeln Sie herum? Kommen Sie sofort zur Auktion! Dieser Nimmbier macht uns noch allesamt zu Bettlern!«

Die Zusammenarbeit mit Korvacz wurde immer schwieriger. Im Münchner Hof spielte sich Korvacz – hektisch und launenhaft – als absolutistischer Regent auf. Alles hatte nach seiner Pfeife zu tanzen, und keiner konnte es ihm recht machen.

Da es ihm nicht gelungen war, selbst Art-Tiffany-Lampen heranzuschaffen, ließ er Swabinsky wieder zu, aber er schnitt ihn auf rüde Weise, wann immer er ihm begegnete. Auch mit dem fleißigen Expertisenschreiber Rossano legte er sich an. Denn dieser hatte eines Abends einem der Mitarbeiter, die die Versteigerungsobjekte präsentierten, 50 Mark in die Hand gedrückt, damit eines seiner Bilder in der Versteigerung hochgehalten wurde. Als Korvacz davon erfuhr, war der Teufel los. Der Mitarbeiter wurde entlassen, zwei Wochen lang durfte kein einziger Gegenstand des Herrn Rossano aufgerufen werden.

Dementsprechend stiegen die Umsätze, die Korvacz mit seinen eigenen Waren erzielte.

Mit diesen »eigenen Waren«, die angeblich noch aus Restbeständen seiner alten Firma stammten, hatte es seine Bewandtnis. Die Eigenwaren mit dem ebenso angeblichen Einkaufspreis von einer Million, die die Korvacz Auktionsorganisation per Gesellschafterbeschluß gegen 20 Prozent Abgeld versteigerte, schienen unerschöpflich zu sein. Offenbar warfen Korvacz' Teppiche Junge.

Bissinger glaubte, der Sache nachgehen zu müssen. Jede Mark, die Korvacz für sein altes Unternehmen einheimste, entging schließlich der Firma, an der er beteiligt war. Als deren Geschäftsführer hatte Bissinger das Recht, jederzeit die Geschäftsunterlagen einzusehen.

Also ging er in die Hauptverwaltung und bat Veronika Karrener um Einsicht in die Bücher.

Gern, aber dies ginge jetzt leider nicht, hieß es, man müsse die Bücher noch komplettieren. Das nächste Mal lagen sie gerade beim Steuerberater, und als Bissinger das dritte Mal anfragte, erklärte ihm Frau Karrener schnippisch: »Da muß ich erst Herrn Korvacz fragen.«

Nun reichte es Bissinger. Zusammen mit Andrea suchte er seinen Wirtschaftsanwalt, Herrn Dr. Kustermeier, auf.

»Ich habe das Gefühl, ich werde von Herrn Korvacz hundsgemein betrogen«, eröffnete er das Gespräch und erklärte Dr. Kustermeier die Sachlage.

Der hörte, weit in den Sessel zurückgelehnt, aufmerksam zu, machte sodann ein Gesicht, das beflissene Bedachtsamkeit

signalisieren sollte, und verkündete in seiner umständlichen Ausdrucksweise: »Wenn es Ihnen genehm ist, werde ich unter Berücksichtigung Ihrer Ausführungen gerne bereit sein, den Sachverhalt einer Prüfung zu unterziehen und, falls ich Ihre Vermutung bestätigt finde, in geeigneter Weise intervenieren.«
»In Ordnung, tun Sie das!«
»Very well!«
Dr. Kustermeier hatte in Amerika studiert. Bissinger bemerkte es an der Kostenrechnung. Sie betrug wieder 20 000 Mark.


An einem trüben Tag im August 1991 trafen Andreas Schwester Elli und ihr Mann, Fritz Manuszak, in München ein. Obwohl nur auf der Durchreise, statteten sie Andrea und Karlheinz einen ausführlichen Besuch ab.

Die vier hatten sich längere Zeit nicht gesehen, und so gab es viel zu bereden. Elli sah aus, wie Bissinger sie kennengelernt hatte, frisch, schlank, adrett. Fritz' stattlicher Leibesumfang war nun noch stattlicher.

Seine Geschäfte schienen ausgezeichnet zu gehen. Daß Sie ihm unbegrenzten Wohlstand einbrachten, war offensichtlich.

»Hör mal, Karlheinz«, sagte er, während er sich eine Havanna anzündete, »ich wüßte etwas, was dich interessieren könnte. Ich meine beruflich.« Er nahm genießerisch den ersten Zug, blies einen Rauchkringel in die Luft und fuhr fort: »Ich habe zwar mit deiner Branche nichts zu tun, aber nach deinen Erzählungen wäre es gewiß vorteilhaft, wenn du dich von diesem Korvacz trennen könntest.«

»Es wäre gut, Fritz, aber nicht vorteilhaft. Er haut mich zwar übers Ohr, wo er kann. Aber ich verdiene trotzdem sehr gut.«

Fritz ging darauf nicht ein. »Ich komme ein bißchen in der Welt herum. Kürzlich war ich in Moskau. Ich habe da größere Geschäfte laufen. Bei dieser Gelegenheit traf ich einen alten Freund wieder, Botschaftsrat Tschernetzin. Man hat ihn jetzt nach Berlin abkommandiert – als Direktor des Hauses der sowjetischen Wissenschaft und Kultur. Ein Riesenpalast im ehemaligen Ostteil der Stadt in bester Lage. Nach dem Krieg von den Sowjets erbaut. Unbeschreiblich scheußlich! Diente vor dem Mauerfall sicher als russischer Agentenbunker. Jetzt will man den Bau kommerziell nützen. Darin wimmelt es von Büros, Sälen und Ladengeschäften. Da sähe ich eine reelle Chance für dich, Karlheinz!«

»In Berlin?« Bissinger klang nicht enthusiastisch. »Wieso?«

»Tschernetzin hat durchblicken lassen, daß die Russen gern in einem der großen Säle Versteigerungen durchführen würden – so wie's im Westen üblich ist. Aber ihnen fehlt noch das Know-how.«

»Verstehe.«

»Und weil die keine Ahnung haben, brauchen sie einen Profi. Wär' das nichts für dich?«

»Ich weiß nicht recht.« Bissinger liebte München. Hier fühlte er sich zu Hause. Er verspürte keinerlei Verlangen, nach Berlin umzusiedeln. Andererseits verlockte die Aussicht, von Korvacz freizukommen.

»Ich würde mich auf jeden Fall mal mit den Leuten unterhalten«, riet Fritz Manuszak.

»Okay«, willigte Bissinger ein. »Mal sehen, was dabei herauskommt.«

»Du wirst staunen, mein Lieber! Ich schreibe dir Namen und Adresse auf. Sollte der Botschaftsrat verhindert sein, wendest du dich an seinen Stellvertreter, Gospodin Kawolenkow.«

Schon drei Tage später flogen Bissinger und Andrea nach Berlin. Korvacz hatten sie gesagt, einen auktionsfreien Tag für einen Kurzbesuch bei Andreas Eltern in Österreich nutzen zu wollen.

Sie fanden das Haus der sowjetischen Wissenschaft und Kultur ohne jede Mühe. Es erhob sich protzig und unübersehbar in bester Geschäftslage, Ecke Friedrichstraße/Unter den Linden. 300 Meter lang, acht Stockwerke hoch, Außenfassade aus Granit.

Auch die Eingangshalle war aus Granit, etwa 15 Meter hoch und halb so groß wie ein Fußballfeld. An der Frontseite thronte ein alles überragender Lenin aus Marmor.

Drei Herren in schlecht sitzenden, dunklen Anzügen empfingen sie und fuhren mit ihnen in einem stählernen Fahrstuhlungetüm in den achten Stock.

»Hier entlang, bitte!«

Zwei Flügeltüren wurden aufgerissen. Ein riesiger Besprechungsraum tat sich auf, in dem eine Flagge mit Hammer und Sichel die hintere Wandfläche beherrschte.

Etwa 15 Herren erhoben sich von ihren Plätzen und blickten Bissinger und Andrea entgegen. Stählerne Augen in freundlichen Gesichtern.

Die stählernen Augen, Hammer und Sichel sowie ihre eigenen Schritte auf dem blanken Parkett, die in dem fast leeren Raum seltsam widerhallten, lösten bei den beiden Unbehagen aus.

Einer der Stahläugigen, ein großer, breitschultriger Mann, kam ihnen einige Schritte entgegen und begrüßte sie mit überschwenglicher Freundlichkeit. Es war der Botschaftsrat Tschernetzin. In ausgezeichnetem, fast akzentfreiem Deutsch bat er sie, Platz zu nehmen.

Die anderen Herren warteten, bis Andrea und Bissinger sich gesetzt hatten, dann rutschten auch sie ihre Stühle an den Tisch. Tschernetzin machte sich nicht die Mühe, sie vorzustellen. Er erwähnte lediglich, daß sie zu seinem Stab gehörten.

»Wirklich, ich bin entzückt, Ihre Bekanntschaft zu machen«, eröffnete Tschernetzin das Gespräch. Dann erkundigte er sich nach Bissingers beruflichen Qualifikationen.

Der erzählte, wie gewohnt ohne jede Bescheidenheit, von seiner Erfolgskarriere, hielt sich aber in allen Details ziemlich an die Wahrheit.

Tschernetzin war beeindruckt. Dann rückte er mit seinem Vorschlag heraus: »Herr Bissinger, die russische Regierung wäre bereit, einen großen Saal im ersten Stock dieses Hauses für Auktionen zur Verfügung zu stellen. Statt Miete würden Sie zehn Prozent des erzielten Umsatzes abgeben müssen. Wir könnten die Auktionen mit Waren aus Rußland beliefern, mit Kunsthandwerk, aber auch Werken großer Künstler wie zum Beispiel Chagall und Jawlensky oder Juwelen von Fabergé.«

»Unser Land verfügt über eine nahezu unbegrenzte Zahl wertvollster Kunstgegenstände«, führte Tschernetzin aus. »Aber, Sie verstehen, mein Herr, unser Land braucht Devisen. Das ist kein Geheimnis. Die geplanten Versteigerungen könnten dabei recht nützlich sein.«

Bissinger gab sich zunächst diplomatisch bedeckt. In Wahrheit war er Feuer und Flamme. Die Aussicht, anerkannte internationale Kunst versteigern zu dürfen, ließ sein Herz höher schlagen.

»Und Sie glauben, ich könnte Ihnen behilflich sein?«
Russischer Überschwang: »Ich wäre hochbeglückt, wenn Sie es täten.«

»Ehe wir zu einer Einigung kommen«, erklärte Tschernetzin, »würde ich allerdings selbst einmal Ihre Auktionen besuchen, um Einblick in den Ablauf dieser Veranstaltungen zu gewinnen. Ich müßte also mit einer Abordnung ein- oder zweimal nach München fahren.«

Und weiter: »Sodann würden wir uns freuen, wenn Sie sich mit Ihrer Partnerin zu einem kurzen Besuch in Moskau einfinden könnten, um die restlichen Einzelheiten zu besprechen. Für die Reisekosten kommt selbstverständlich die russische Regierung auf.«

Bissinger fühlte sich bemüßigt, mit entsprechender Förmlichkeit zu antworten: »Ich meinerseits wäre erfreut, Sie, Herr Botschaftsrat, und Ihre Abordnung möglichst bald in München begrüßen zu dürfen. Für eine angemessene Unterkunft im Albarella-Hotel werde ich Sorge tragen.«

Bereits eine Woche später erschien Gospodin Tschernetzin in München, begleitet von sechs Herren, alle ähnlich gekleidet, ihre Augen stahlhart. Zwei von ihnen hob Tschernetzin bei der Vorstellung hervor, seinen Stellvertreter Iljitsch Kawolenkow sowie den verantwortlichen russischen Kunstdirektor, Viktor Sergejow. Alle checkten im Albarella ein und genossen den Begrüßungsdrink, den ihnen Bissinger offerierte.

Noch am gleichen Abend verteilten sie sich unauffällig im überfüllten Auktionssaal. Und Bissinger staunte, wie es möglich war, Stunde für Stunde einer Versteigerung beizuwohnen, ohne sich anmerken zu lassen, daß man zusammengehört. Das kannte er nur aus dem Kino. Und da hatte es sich immer um Beamte des FBI oder der CIA gehandelt.

Die Herren blieben drei Tage; ihre Anwesenheit fiel nicht einmal Korvacz auf. Sie schienen mit ihrem Aufenthalt sehr zufrieden. Das Personal des Hotels allerdings wunderte sich, wie sieben Männer in drei Tagen für 13 000 Mark Alkohol konsumieren konnten – immerhin rund 620 Mark pro Mann und Tag. Sie haben's überlebt. Und Bissinger hat gezahlt.

Zwei Wochen später kam die zweite russische Abordnung, diesmal unter Leitung von Iljitsch Kawolenkow.
Wieder war das einzig Auffallende an den Herren ihre Alkoholrechnung. Bissinger trug es mit Fassung.
Tagsüber unterhielt er sich, obwohl von den nächtlichen Versteigerungen übermüdet, unerschrocken mit den Russen. Schließlich ging es um ein Geschäft von erheblicher Größenordnung. Um es ein bißchen zu beschleunigen, schob er Iljitsch Kawolenkow am letzten Tag unter dem Tisch zwei Tausendmarkscheine zu. Der Gospodin nahm ungerührt an, und Bissinger wußte nun, auf welcher Schiene er mit den Russen verhandeln mußte.
Nach nur zwei Tagen erhielt er Nachricht von der russischen Botschaft: Er möge bitte die Visa für sich und Frau Nußdorfer abholen und sich reisebereit machen. Sein Besuch in Moskau sei für die nächste Woche vorgesehen.
Na also, dachte Karlheinz Bissinger, na also!

Für Korvacz ersann er die Ausrede, daß er wegen einer Familienangelegenheit dringend für drei, vier Tage nach Norwegen reisen müsse.

Korvacz mußte sich wohl oder übel mit dieser Hiobsbotschaft abfinden.

Eine Woche später, im September 1991, saßen Andrea und Karlheinz in der Maschine nach Moskau.

»Weiß der Himmel, was uns dort erwartet!« sagte sie sichtlich nervös.

»Es wird schon gutgehen«, beruhigte er.

»Hoffentlich! Ob man uns ein Hotel besorgt hat?«

»Wenn nicht, müssen wir uns eins suchen.«

»Kannst du Russisch?«

»Kein Wort.«

»Na, damit kommen wir nicht sehr weit.«

»Dort wird ja wohl jemand Deutsch sprechen!«

»Bestimmt. Aber den muß man erst finden!«

Er seufzte.

»Glaubst du, daß die uns vom Flughafen abholen?« fragte sie nach einer Weile.

»Weiß nicht. Zur Not haben wir ja eine Telefonnummer.«

»Karlheinz!«

»Ja?«

»Ich will dir mal was sagen: Ich bin wahnsinnig aufgeregt!«

»Was glaubst du, was ich bin?«

»Männer haben stärkere Nerven!«

»Meine sind kurz vor dem Zerreißen.«

Sie griff nach seiner Hand. »Wird schon gutgehen«, beruhigte jetzt sie.

Am Moskauer Flughafen gelandet, sahen sie sich plötzlich von einem halben Dutzend Männern umringt, alle undurchdringlich freundlich, jeder mit einer roten Nelke in der Hand – das Empfangskomitee.

Nach zuvorkommender Begrüßung geleitete man sie zu einem vor dem Flughafen wartenden Autokonvoi. Vier nagelneue Volvolimousinen.

»Wow!« Andreas Wispern war kaum zu hören. »Das ist ja wie ein Staatsempfang!«

»Keine Bange! Wir werden's überstehen«, flüsterte er zurück.

»Was, zum Kuckuck, haben die mit uns vor, Karlheinz?«

»Psst!«

Der Wagenschlag wurde ihnen geöffnet. Endlich ein bekanntes Gesicht! Viktor Sergejow, der sogenannte russische Kunstdirektor, trat auf sie zu. Er begrüßte sie auf Englisch, das er im Gegensatz zu Deutsch gut beherrschte. »You will long for a little rest after your long voyage«, sagte er und verkündete, daß man sie zunächst zum Hotel fahren werde.

Der Konvoi brauste los. Die Fahrt ging quer durch Moskau. Die beiden bestaunten die Prachtbauten, die an ihnen vorüberglitten. Aber irgendwie schienen sie alle sanierungsbedürftig. Sie sahen Warteschlangen vor kleinen Lebensmittelläden, deren Auslagen fast kahl waren. Die Menschen waren – bis auf die zahlreichen Uniformträger – einfach gekleidet. Und die Autos waren – bis auf die zahlreichen Militärfahrzeuge – alt und verrostet. Sie krochen dahin, während der Konvoi, von der Polizei unbehelligt und stets in der Straßenmitte fahrend, an ihnen vorbeiraste.

Nach einiger Zeit überquerten sie die Stadtgrenze. Dann ging es etwa 20 Kilometer über freies Land, bis sie an ein Waldstück gelangten.

Dort versperrten ein Schlagbaum und vier mit Maschinenpistolen bewaffnete Wachposten den Weg. Bissinger wurde mulmig zumute, Andrea mehr als mulmig. Unwillkürlich ergriffen sie sich bei der Hand.

»Wird schon gutgehen«, flüsterten sie beinahe gleichzeitig.

Ein kurzes Winken des Gospodin Sergejow, dann wurde der Schlagbaum geöffnet. Die Uniformierten salutierten, und der Konvoi durfte weiterfahren.

Nach zwei Kilometern eine zweite Kontrollstation. Diesmal ein großes Eisentor, davor zwei Wachhäuschen mit je einem MP-Träger. Dieselbe Prozedur: kurzes Winken, Salutieren. Langsam öffnete sich das automatische Tor, auch die Kameras veränderten ihren Winkel.

Verflixt, was wurde hier gespielt?

Sie gelangten in einen riesigen Park. In seiner Mitte stand ein großer, moderner Hotelkomplex.

Die Wagenschläge wurden geöffnet, die beiden Reisenden hinauskomplimentiert. Man geleitete sie höflich in die Lobby.

Dort bat sie der Portier mit der Zuvorkommenheit eines englischen Butlers, ein Anmeldeformular auszufüllen und die Pässe vorzuzeigen. Er strich die Pässe wortlos ein.

Bissinger brachte sein Erstaunen darüber zum Ausdruck. Der Portier-Butler beteuerte, dies sei die übliche Vorschrift.

Zwei der zahlreich herumstehenden Hotelangestellten nahmen ihnen die Koffer ab. Alsdann geleitete der gesamte Begleittroß die beiden zu ihrem Zimmer.

Bissinger fiel auf, daß er außer den Hotelbediensteten keinen einzigen Gast erblicken konnte.

Des Rätsels Lösung erschien logisch. Dieses Hotel, erklärte der Herr Kunstdirektor freundlich, beherberge ausschließlich Staatsgäste, und das seien zur Zeit ausschließlich sie.

Bissinger hatte das Gefühl, das Gesicht friere ihm ein. Das riesige Hotel, der Schwarm von Bediensteten, und er und Andrea die Staatsgäste. Noch dazu die einzigen!

Verdammt! Was wurde hier gespielt?

Ihre Suite bestand aus drei modern und elegant eingerichteten Räumen. Daran gab es nichts auszusetzen.

So weit, so gut.

Als sie allein waren, sahen sie sich blaß an und atmeten kräftig durch. Worauf hatten sie sich da eingelassen?

Andrea begann, die Koffer auszupacken, er stand tatenlos dabei und schaute ihr geistesabwesend zu. Er spürte, wie ihn zunächst langsam, dann immer stärker, ein beklemmendes Gefühl beschlich. Und dann tat er, was er aus Agentenfilmen kannte: Er inspizierte die Räume in all ihren Ecken und Winkeln.

»Was treibst du da?« fragte Andrea erstaunt.

»Ich muß hier irgendwo meinen Pfeifenstopfer verlegt haben.«

Was hieß das nun wieder? Sie wußte, er rauchte niemals Pfeife. Als er einen Zeigefinger auf seinen Mund legte und sie beschwörend ansah, begriff sie und stellte keine weitere Frage.

Tatsächlich fand er nach einiger Zeit, hinter einem kleinen Lüftungsschacht ins Mauerwerk eingelassen, ein winziges, verkabeltes Mikrophon.

Noch einmal bedeutete er Andrea, sich ruhig zu verhalten. Sie nickte heftig. Vermutlich befanden sich in ihren Zimmern noch mehr Wanzen. Und wer konnte wissen, ob nicht auch in Lampen, Frisierkommode, hinter Spiegeln oder sonstwo Kameras versteckt waren?

Er fing an, laut und deutlich mit Andrea zu reden. Tenor: Wie nett sind doch die Russen, so gastfreundlich und hilfsbereit. Gospodin Viktor Sergejow ist wirklich sympathisch. Das

Geschäft mit den Russen in Berlin wird sicher ein Bombenerfolg.

Gleichzeitig suchten sie nach schwer einsehbaren Winkeln, wo mit hoher Wahrscheinlichkeit kein Kameraauge sie erfassen könnte, und verkehrten schriftlich miteinander. Sie tauschten kleine Zettel aus. »Mensch, bin ich froh, wenn wir hier wieder draußen sind!« stand darauf, oder: »Eine verdammte Scheiße ist das!« Anschließend zerrissen sie die Zettel und spülten sie in der Toilette hinunter.

Nach einem schmackhaften Imbiß, den man ihnen aufs Zimmer servierte, gingen sie ins Bett und liebten sich. Sollten die Lauscher doch mal ihre Freude haben!


Am nächsten Morgen – nach einem Frühstück mit Ei, was, wie der Kellner versicherte, etwas Besonderes war – erschien wieder vollzählig das Empfangskomitee. Die vier Volvos fuhren vor, und ab ging es, wiederum in brausendem Tempo, zurück in die Stadt. In der Nähe des Roten Platzes hielt der Konvoi vor einem großen Palast aus dem 19. Jahrhundert. Im Gegensatz zu den Gebäuden, die ihnen am Vortag aufgefallen waren, war die Fassade tipptopp.

Viktor Sergejow begleitete sie hinein, die anderen blieben zurück.

Als sie kurz darauf einen weiten Sitzungssaal betraten, traf Bissinger und Andrea fast der Schlag. Etwa 30 Herren und eine Handvoll Damen saßen um einen riesigen runden Tisch herum und blickten ihnen erwartungsvoll entgegen. Zwei Plätze waren für sie reserviert. Der Gospodin Kunstdirektor ließ sich neben den beiden nieder, ein Stuhl im weiten Rund blieb leer.

Die Unterhaltung begann etwas mühsam. Sie beschränkte sich vornehmlich darauf, daß Bissinger, von zwei Dolmetschern unterstützt, umständlich ausführte, welch großartige Stadt Moskau sei. Als er zum drittenmal betonen wollte, wie gut es ihm hier gefiel, blieb ihm buchstäblich das Wort im Halse stecken.

Die Tür ging auf, und herein trat, von zwei Herren begleitet, der Staatspräsident persönlich, Michail Kastschow. Mit einer beschwichtigenden Geste forderte er die Anwesenden auf, Platz zu behalten. Er schritt um den Tisch herum zu Bissinger und Andrea, schüttelte ihnen die Hände und begrüßte sie freundlich.

»Ihr seid es also, die in Deutschland unsere Kunstschätze versteigern wollen«, übersetzte der Dolmetscher.

Kastschow setzte sich und ließ sich, offensichtlich nicht zum erstenmal, erklären, unter welchen Bedingungen die geplante Zusammenarbeit stattfinden sollte.

Sergejow faßte zusammen: Nach einer gewissen Anlaufzeit wollte man die Versteigerungen mit Kunstwerken aus den Schatzkammern Rußlands bestücken. Aus dem Erlös derselben sollte Bissinger ein zwanzigprozentiges Abgeld erhalten. Selbstverständlich würde er auch uneingeschränkt eigene Ware zum Aufruf bringen können. Dafür sollte er seinerseits zehn Prozent an das Haus der sowjetischen Wissenschaft und Kultur entrichten.

Kastschow meinte zufrieden: »Ich halte dies für klare und übersichtliche Vertragsbedingungen. Ich will nicht verhehlen, daß unser Land Devisen benötigt.«

Und, so führte er aus, man wolle die russischen Kunstschätze in eigener Regie, einem eigenen Haus und mit einer Persönlichkeit des eigenen Vertrauens in Devisen verwandeln, statt sie schnöde internationalen Auktionshäusern, mochten sie auch noch so namhaft sein, zu überlassen.

Bissinger fühlte sich nicht nur geehrt; ihm erschien das Ganze wie ein Märchen.


Am Abend war Frohsinn angesagt. Viktor Sergejow und Eskorte führten die beiden in ein »typisch« russisches Nachtlokal.

Die Tür wurde geöffnet, ein schwerer Samtvorhang beiseite geschoben: Wieder waren sie die einzigen Gäste!

Doch daran hatten sie sich inzwischen halbwegs gewöhnt. Kaum waren sie eingetreten, wurde die Tür geschlossen, der Samtvorhang vorgezogen.

Der Abend wurde schließlich weit fröhlicher, als sie vermutet hatten. Das Essen war ausgezeichnet und so reichlich, daß der Tisch sich bog. Eine Zigeunerkapelle spielte auf, und einige wohlgerundete Damen führten ihre Bauchtanzkünste vor. Der Wodka floß in Strömen. Die Stimmung wurde immer ausgelassener, und am Ende hätte nicht viel gefehlt, und die beiden »Staatsgäste« hätten einen veritablen Kasatschok aufs Parkett gelegt.


Als sie am nächsten Morgen mit schwerem Kopf beim Frühstück saßen, erschien Gospodin Sergejow, wie aus dem Ei gepellt, an ihrem Tisch.

»Hallo!« und »How are you?« Er war aufgekratzt fröhlich.

Nachdem man auch ihm ein Ei und Kaffee serviert hatte, fragte er, wie ihnen der Abend gefallen habe.

Blendend, versicherten sie. Sie hätten sich köstlich amüsiert.

Ob es bei der Party vor zehn Tagen auch so vergnügt zugegangen wäre?

Bissinger verstand nicht. Welche Party?

Die Party im schönen Münchner Vorort Großhesselohe. Sergejow köpfte sein Ei.

Jetzt dämmerte es Bissinger. Vor zehn Tagen war er einer Einladung des für Auktionen zuständigen Stadtrates gefolgt. Dessen Parteifreunde hatten sich zu dem ungezwungenen Beisammensein eingefunden. Die »Party« war recht lustig, und Bissinger hatte sich mit den Parteioberen gut verstanden.

Aha, so dämmerte es Bissinger weiter, die wollen nicht, daß ich ins konservative Lager abdrifte. Er beruhigte Sergejow. Er habe keinerlei politische Ambitionen.

»Sie verstehen mich falsch, Herr Bissinger!« Auf einmal sprach Sergejow recht flüssig Deutsch. »Man hat hierzulande nichts gegen die Konservativen. Sie tragen schließlich für Ihr Heimatland die politische Verantwortung. Im Gegenteil, es wäre sehr angenehm, wenn Sie sich aufgrund Ihrer doch beachtlichen Beliebtheit ein wenig mehr in die Partei integrieren würden – was ...« Sergejow blinzelte vertraulich, » ... was wiederum Ihr Schaden nicht sein soll.«

Was, zum Teufel, wurde hier gespielt?

# Berlin bleibt Berlin

Korvacz' Versuch, Rechtsanwalt Ziegbein zu einem Backgammon-Spiel zu überreden, war gescheitert. Also mußte er sich selbst in dessen Kanzlei bewegen.

Dort saß er, breit hingefläzt, im Besuchersessel und betrachtete gelegentlich seine Fingernägel.

»Hat Herr Bissinger Sie eigentlich konsultiert?« wollte er wissen.

Ziegbein schaute ihn fragend an.

»Ich hatte Sie ihm als Steuerberater empfohlen. Es schien mir eine gute Idee.«

»Ja, er hat mir seine Unterlagen hereingereicht«, antwortete Ziegbein vorsichtig. Wollte Korvacz ihn um eine Vermittlungsprovision angehen?

Aber davon war nicht die Rede.

»Wissen Sie, ich mache mir nämlich Sorgen«, sagte Korvacz abwägend.

»Worum, Herr Korvacz?«

»Um ... äh ...«, er brach ab und beugte sich etwas vor, »Herr Ziegbein, ich muß mich absolut auf Ihre Diskretion verlassen können. Absolut!«

»Herr Korvacz, das ist selbstverständlich.«

»Ich habe ein Problem. Eigentlich dürfte ich darüber gar nicht sprechen. Aber Ihnen kann ich ja wohl vertrauen ...«

So pflegte Korvacz Gespräche einzuleiten, wenn er vom anderen etwas erfahren wollte, über das dieser eigentlich nicht sprechen durfte.

Ziegbein bestätigte seine Vertrauenswürdigkeit durch ein abgeklärtes Kopfnicken.

»Ich mache mir Sorgen um Herrn Bissinger«, fuhr Korvacz fort. »Ich habe zwar keinen konkreten Anhaltspunkt, aber ich habe das ungewisse Gefühl, daß er seit einiger Zeit wie ein Maikäfer pumpt. Wissen Sie, wann Maikäfer pumpen? Kurz bevor sie fortfliegen wollen.«

Ziegbein schob sich die Brille auf die Stirn. »Vermuten Sie etwa, daß Herr Bissinger Ihnen die Partnerschaft aufkündigen will?«

»Tja«, Korvacz zuckte mit den Schultern, »ich bin gern über meine Mitarbeiter im Bilde, das wissen Sie. Und ich frage mich, was Herr Bissinger treibt, wenn er nicht in München ist. Mal besucht er Frau Nußdorfers Verwandte in Österreich, sagt er. Und ein paar Tage später ruft ihn eine Familienangelegenheit nach Norwegen. Sagt er.«

»Nun, das ist nicht außergewöhnlich. Hat er nicht Verwandte in Norwegen?«

»Ja, Mutter und Stiefvater. Ich habe die Dame angerufen. Von einem Besuch ihres Sohnes weiß sie nichts.«

»Aber deswegen müssen Sie doch nicht gleich denken ...«, setzte Ziegbein zu einer Erwiderung an.

Korvacz unterbrach ihn brüsk: »Schreiben Sie mir nicht vor, was ich zu denken habe! Der Mann ist unzufrieden. Er nörgelt an allem herum, will Einsicht in die Bücher. Ich traue ihm nicht! Ich hab's im Urin: Der hat was vor!«

»Ich glaube, Sie machen sich unnötig Sorgen, Herr Korvacz. Warum sollte er bei Ihnen aussteigen wollen?«

»Warum sollte er nicht?«

»Weil er durch Sie einen Haufen Geld verdient, würde ich meinen. Banknoten sind bekanntlich der beste Klebstoff der Welt.«

»Vielleicht liegen noch anderswo Banknoten herum? Wer weiß?«

»Mir ist jedenfalls nichts dergleichen bekannt.« Ziegbein grinste. »Das wollten Sie doch wissen, hm?«

»Sie haben seine Steuerunterlagen. Wie steht's mit seinen Schulden? Die waren mal astronomisch.«

»Oh, Herr Korvacz, ich würde einen Vertrauensbruch begehen, wenn ich Ihnen darüber ...«

»Kommen Sie, Ziegbein! Ich erzähle Ihnen ja auch allerhand, worüber ich nicht sprechen dürfte!«

Ziegbein nickte ergeben.

»Also?«

»Naja, es ist erstaunlich«, sagte Ziegbein. »Obwohl er einen extrem hohen Lebensstandard bevorzugt, kommt er den Unterhaltszahlungen für seine geschiedenen Frauen nach ...«

»Danach habe ich nicht gefragt.«

»... und seinen Schuldendienst erledigt er korrekt. Dafür sorgt schon seine Partnerin, Frau Nußdorfer.«

»Wie weit ist er mit seinem Schuldendienst?«

»Es wird Sie freuen zu hören. Es ist nahezu alles erledigt. Bis auf meine Kostenrechnung und ein paar Kleinigkeiten ist er all seinen Verpflichtungen nachgekommen.«

Korvacz reagierte, als hätte man ihm Essig in den Tee geschüttet. Dann griente er schmutzig. »Also wird's höchste Zeit, daß er neue Schulden macht!«

Ziegbein verstand zwar nicht, was Korvacz meinte, aber er nickte beflissen.

Andrea und Bissinger hatten tatsächlich ohne Probleme ihre Pässe zurückerhalten. Als sie endlich im Flieger nach München saßen, fiel ihnen ein Stein von der Größe Moskaus vom Herzen.

»Ich hab's ja gesagt: Es wird schon gutgehen«, freute sich Andrea.

»Und was habe ich gesagt?«

»Es wird schon gutgehen.«

Er lachte. »Oh, Schatz, bei so viel Übereinstimmung sollte man heiraten!«

Sie starrte ihn erstaunt von der Seite an. »Meinst du das im Ernst?«

Er lachte wieder, aber diesmal anders. »Wo denkst du hin? So, wie es ist, ist es doch wunderschön, oder?«

Sie zögerte etwas mit der Antwort. Dann sagte sie gefaßt: »Ja, du hast recht.«

In München angekommen, fanden sie einen kurzen Brief von Rechtsanwalt Ziegbein vor. Er habe eine gute Nachricht für sie, hieß es, und sie möchten sich doch recht bald in seiner Kanzlei einfinden, mit besten Grüßen ...

Schon am nächsten Vormittag saßen sie an dem schweren Konferenztisch ihres neuen Steuerberaters.

»Ich habe alles für Sie vorbereitet«, sagte Ziegbein weich. »Sie müssen nur noch unterschreiben.« Und mit einer Stimme wie aus Samt und Seide: »Und dann darf ich Ihnen sagen, daß mit den letzten monatlichen Zahlungen Ihre Schulden restlos beglichen sind. Ich gratuliere!«

Bissinger stieß einen tiefen Seufzer der Erleichterung aus. »Das sollte uns eine Flasche Champagner wert sein! Darf ich Sie einladen?«

Bei Champagner, Graved Lachs, Hummerscheren und Kaviar wurde der neue Finanzstatus des Karlheinz Bissinger gefeiert.

Bei der ersten Flasche ließ Ziegbein sich loben, daß er Bissingers Steuer- und Finanzangelegenheiten so schnell und fachmännisch in den Griff bekommen hatte. Bei der zweiten Flasche lobte Ziegbein sich selber. Bei der dritten begann er, über Bissingers finanzielle Zukunft zu spekulieren.

»In steuerlicher Hinsicht bedeuteten die Schulden auch eine gewisse Entlastung für Sie, Herr Bissinger. In Zukunft kommen hohe Steuerbelastungen auf Sie zu.«

Ziegbein nippte an seinem Champagner. »Sie können kaum etwas abschreiben. Den Wagen zahlt die Firma, desgleichen alles, was man unter Werbungskosten verbuchen könnte. Und wenn ich Ihre Kosten für die Wohnung im Albarella in Anrechnung brächte, würde man mich im Finanzamt schallend auslachen.«

»Da geht gar nichts?«

»Ich bitte Sie: monatlich 3000 Mark allein für die Miete. Plus Extras. Und das für ein Zwei-Zimmer-Apartment im Hotel! Nein, da geht nichts! Anders, wenn Sie was Eigenes hätten ... ein Haus oder eine Eigentumswohnung. Dafür kann man dem Finanzamt allerhand abhandeln. Prost, Frau Nußdorfer, prost, Herr Bissinger!«

»Prosit!«

»Außerdem – lebt es sich in den eigenen vier Wänden nicht viel gemütlicher? Lassen Sie sich das mal durch den Kopf gehen!«

Warum eigentlich nicht, dachten Bissinger und Andrea. Und schlossen fortan den Immobilienteil der Zeitungen in ihre Tageslektüre ein.

»Hallo, ist dort Herr Bissinger?«
»Ja, am Apparat.«
»Hier ist russisches Botschaft. Besitzen bitte Freindlichkeit und bleiben an Apparat. Ich verbinden.«
Viktor Sergejow meldete sich. Er sei auf der Durchreise in München. Er habe die unterschriftsreifen Verträge bei sich, alles wie besprochen. Wann und wo könne man sich treffen?
Bissinger und Andrea hatten sich fest vorgenommen, den Vertrag diesmal auf Herz und Nieren prüfen zu lassen.
»Am besten«, sagte Bissinger daher, »wir treffen uns in der Kanzlei unseres Wirtschaftsanwalts.«
Sergejow hatte keine Einwände.
Bissinger gab ihm die Adresse.
»Jawohl. Ich habe notiert. Und wann wäre es Ihnen genehm?«
»Sagen wir um 15 Uhr?«
»Sehr angenehm. Ich werde pünktlich dort sein.«

Bissinger und Andrea waren schon eine Stunde früher bei Dr. Kustermeier, um ihn in ihr Vorhaben einzuweihen.
Sie waren freudig erregt, denn sie erhofften sich von ihren Plänen eine glückliche Wende ihres Lebens. Eifrig erzählten sie, was sich in Moskau zugetragen hatte.

»Das klingt ja, wenn ich Ihren Bericht kritisch abwägen darf, mit einigen Einschränkungen recht positiv. Die Russen gelten im allgemeinen als sehr vertragstreu.«

»Was sind die Einschränkungen?«

»In diesem Zusammenhang die Frage, wie Ihr Geschäftspartner, Herr Korvacz, dazu steht.«

Andrea seufzte tief. »Wenn dieser Vertrag zustande kommt, wäre er ein gutes Sprungbrett, um endlich von Korvacz loszukommen.«

»Wir stünden dann auf eigenen Füßen«, ergänzte Bissinger, »und müßten nicht ständig nach seiner Pfeife tanzen.«

»Aber immerhin: Bedenken Sie das extrem hohe Einkommen, das Ihnen die Zusammenarbeit mit Herrn Korvacz ermöglicht!«

»Es könnte noch höher sein, wenn er uns nicht nach Strich und Faden übers Ohr hauen würde. Übrigens: Sie wollten doch nachfassen, wegen der Firmenbilanz. Haben Sie was erreicht?«

»Ja und nein. Ja, weil ich geschrieben habe; nein, weil noch keine Antwort eingetroffen ist. Aber ich habe den Vorgang für nächste Woche auf Wiedervorlage fixiert.«

»Naja, vielleicht erübrigt sich das ja ohnehin – ich meine, sofern wir mit Herrn Sergejow klarkommen.«


Mit Herrn Sergejow kamen sie bestens klar. Der Vertragstext, den er vorlegte, war kurz, klar und – was auch Kustermeier anerkennend feststellte – ohne verborgene Fußangeln. Die Organisation und Durchführung der Auktionen wurde zu den Bedingungen, die in den Vorgesprächen genannt worden waren, in Bissingers Hände gelegt. Die Verwaltung des Hauses der sowjetischen Wissenschaft und Kultur verpflichtete sich, ihm jede geforderte Hilfeleistung zu gewähren. Ein Zusatzschreiben merkte an, daß Bissinger für die Versteigerungsware Sorge tragen solle, bis nach einer gewissen Anlaufzeit auch Kunstwerke aus Rußland geliefert würden. Die Termine für die ersten drei Versteigerungsblöcke standen bereits fest: November, Anfang und Ende Dezember 1991.

Die Verträge waren von den Herren Tschernetzin und Kawolenkow abgezeichnet, Sergejow setzte seine Unterschrift dazu, Bissinger unterschrieb, Dr. Kustermeier zeichnete gegen, und die Sache war perfekt.


Am gleichen Abend saß Bissinger wieder am Auktionspult im Münchner Hof. Ihm stand eine harte Zeit bevor: Er mußte abends und nachts ohne Pause versteigern, tagsüber die zum Teil nervenaufreibenden Vorbereitungen für Berlin treffen.

Er stürzte sich in die Arbeit.

»Das geht so nicht!« sagte Andrea eines Tages.

»Was meinst du?«

»Du kannst nicht auf zwei Hochzeiten tanzen.«

»Es wird schon irgendwie laufen.«

»Es wird nicht laufen! Du mußt bei Korvacz aufhören. Und zwar sofort! Sonst platzt der Vertrag mit den Russen. Das garantiere ich dir!«

»Ich kann Korvacz nicht von einem Tag auf den anderen ...«

»O doch, du kannst! Du sagst Korvacz einfach, daß du den Posten als Geschäftsführer aufgibst, weil du anderweitige Verpflichtungen hast. Und ich lasse mir meine Gesellschaftsanteile auszahlen. Das ist ein Aufwasch, Karlheinz, und wir haben ein für allemal Ruhe vor diesem Menschen!«

Es wäre wohl ein Weg gewesen. Wenngleich kein einfacher. Wenngleich nicht ohne Komplikationen. Aber ein klarer, sauberer Weg. Er erforderte nur ein bißchen Mut.

Und genau da lag der Hase im Pfeffer! Bissinger war ein Meister im Reden, aber er scheute Kontroversen wie ein Kleinkind den Spinat. Allein die Vorstellung, vor Korvacz hinzutreten und ihm ins Gesicht zu sagen: »Ich hab's mir anders überlegt, ich höre auf, und damit basta!« trieb ihm den Schweiß auf die Stirn.

Das war das eine, grundsätzliche Hindernis.

Das andere, spezielle Hindernis war das Beschaffen der Versteigerungsware. Das mußte glatt, zuverlässig und vor allem ganz schnell gehen. Also mußte Bissinger sich an die ihm vertrauten Quellen wenden – und die belieferten nun einmal auch Korvacz. Der wäre im Nu informiert, und dann ... Bissinger sah sich im Fegefeuer brutzeln, auf einem Drehspieß, an dem Korvacz schadenfroh kurbelte.

Diese Folter würde er nicht durchstehen.

Bissinger wählte von den qualvollen Möglichkeiten jene, die ihm am erträglichsten schien. Er legte Entschlußkraft in seine Stimme: »Ich werde mit Korvacz reden!« Doch seine Stimme zitterte.


Da er in den letzten Tagen abermals spitzenmäßige Zuschlagergebnisse erzielt hatte, war Korvacz in aufgeräumter Stimmung. Sein Geldhunger war mal wieder kurzzeitig gestillt.

Tief in der Nacht, als die Versteigerung vorbei war und die letzten Gäste den Raum verlassen hatten, faßte sich Bissinger ein Herz.

»Ich hätte noch etwas mit Ihnen zu bereden, Herr Korvacz.«
»Hallöchen, was ist denn los?« tönte es frohgemut.
»Es war nicht ... äh ... die Wahrheit, als ich Ihnen gesagt habe, ich müsse wegen eines Familienproblems nach Norwegen fliegen.«
»Weiß ich längst.«
»Bitte?«
»Ich habe mit Ihrer Mutter telefoniert.«
»!!!«
»Aber gut, daß Sie selbst damit herausrücken. Sehr gut! Hatte schon gedacht, Sie sind auf Abwege geraten. Echt, hab' ich gedacht. Wo waren Sie denn?«
»In Moskau.«
Jetzt fiel Korvacz doch der Unterkiefer herunter. »In ... in Moskau? Zum Vergnügen oder ...?«
»Es war eine Geschäftsreise. Ich habe dort die Möglichkeit eruiert, ob und wie wir in Berlin Superversteigerungen durchführen könnten.«
Bissinger sagte »wir« – und das war sein erster taktischer Fehler.
Die nächsten folgten ohne Ende.
Am Schluß erklärte sich Korvacz wohlwollend bereit, Bissinger zu vergeben und mit der Korvacz Auktionsorganisation in das Berlin-Projekt einzusteigen.
Bissinger glaubte allen Ernstes, einen triumphalen Verhandlungserfolg errungen zu haben.


Zum vereinbarten Termin fuhr die Korvaczsche LKW-Kolonne randvoll mit Ware von München nach Berlin.
Dort warteten Andrea, Bissinger und Korvacz.

Letzterer mit einer vollbusigen Blonden im Minikleidchen. Es war so kurz, daß ihr Korvacz bei jedem Schritt fast unbemerkt den blanken Popo tätscheln konnte. Ein Tanga verhüllte andeutungsweise den Rest. Zwei- oder dreimal täglich hatte der Tanga frei.

Dadurch empfand Korvacz die Zeit in Berlin als höchst angenehm.

Eine von den Russen organisierte und von den Medien vielbeachtete Eröffnungsfeier gab den Auftakt zum ersten Berliner Auktionsblock. Ein Männerchor aus Weißrußland und ein kaukasisches Volkstanzensemble gaben ihr Bestes zum Besten, Korvacz hatte aus München eine Schäfflergruppe einfliegen lassen – bilaterale Folklore; eine Kaffeefahrt mit unverbindlicher Werbeveranstaltung hätte nicht professioneller organisiert sein können.

Dann stieg Bissinger in den Ring. Die Berliner, denen nicht bewußt war, daß dies die »Werbeveranstaltung« war, strömten in Strömen herbei und wurden des Staunens nicht müde. Besonders Bissingers Gags quittierten sie mit überschwenglichem Lachen.

Hier saß kein sachlich trockener Versteigerer vor ihnen. Der Mann mit dem Hammer war ein Entertainer. Er war ein Profi des Showbiz und wirkte dennoch erfrischend unverbraucht.

»Ihr strahlendes Lächeln, Madame, fegt allen Kummer davon, der mich seit zehn Jahren bedrückt«, wandte er sich an eine überraschte Schönheit und überreichte ihr ein Seidenblumensträußchen.

Als er den Zuschlag für eine wuchtige, etwa zwei Meter hohe Bodenvase erteilte, sagte er mit todernster Miene: »Dieses Väschen, mein Herr, ist ein gelungenes Abiturgeschenk für das sechs Quadratmeter große Studentenzimmer Ihrer Tochter. Sie wird Ihnen vor Freude an den Hals springen.«

Wartete er vergeblich auf ein Gebot, ulkte er: »Wissen Sie, meine Damen und Herren, was Schwotten sind? Nein? Schwotten sind Zwitter aus Schwaben und Schotten. Ein reizendes Publikum – ich grüße Sie alle herzlich! Aber geboten wird gleich null.«

Oder: »Ist vielleicht ein Ohrenarzt unter uns? Ich kann nichts mehr hören! Ich höre kein weiteres Gebot. Ich höre gar nichts. Mit meinen Ohren muß etwas nicht stimmen.«

Wurde nur zögerlich geboten, rief er den Männern zu, die den Teppich präsentierten: »Ach, Kollegen, haltet den Teppich ein bißchen höher, vielleicht steigen dann auch die Gebote.«

Handelte es sich um einen besonders wertvollen Teppich, sagte er bisweilen: »Oh, gnädige Frau, ich sehe es am Glanz Ihrer schönen Augen: Sie sehnen sich nach diesem Prachtstück aus Korkwolle und Seide. Ich gebe Ihnen den Teppich für 1000 Mark.« Schränkte dann allerdings ein: »Vorausgesetzt, es bietet niemand mehr ...«

Worauf das Publikum und auch die angesprochene Dame lachten und – was die Hauptsache war – geboten wurde!

Bissingers muntere Laune und Sprachwitz machten den Auktionsbesuchern Spaß. So viel Spaß, daß sie oft nur deswegen die Preise in die Höhe steigerten.

Alle waren begeistert: die Berliner Wirtschaftskontrolle, die bemüht und kompetent die Aufsicht führte, Botschaftsrat Tschernetzin, sein Stellvertreter Iljitsch Kawolenkow und natürlich Korvacz. Bissingers Zuschlagergebnisse wirkten auf seine geldverkrustete Seele wie Balsam.

Einmal am Tag wurde Korvacz' Freude jedoch getrübt: wenn er die Umsätze im Münchner Hof erfragte. Denn dort hielt sich derweil Herr Nimmbier an Hammer und Glas fest. Die ersten Berliner Auktionstage waren ein Erfolg. Ein Erfolg, den Korvacz beim Abschluß zu mehren verstand.

Er wußte, daß Bissinger mit den Russen statt einer Mietzahlung eine zehnprozentige Umsatzbeteiligung vereinbart hatte. Da Bissinger in den drei Auktionstagen über eine Million eingehämmert hatte, war eine Zahlung von gut 100 000 Mark fällig.

Korvacz rechnete kurz. Am letzten Tag lud er Herrn Kawolenkow zu einem Drink ein, schob ihm unter dem Tisch fünf Tausendmarkscheine zu und stellte auf dem Tisch einen Scheck für das Haus der sowjetischen Wissenschaft und Kultur aus. Betrag: 14 000 Mark.

Kawolenkow war dankbar.

Zurück in München, widmeten sich Bissinger und Andrea intensiv der Suche nach einem neuen Domizil. Korvacz hatte sie in der Absicht bestärkt, sich ein eigenes Zuhause zu schaffen. Und – welch Zufall! – er besaß sogar ein soeben frei gewordenes Haus in Söcking am Starnberger See. Er bot es ihnen an, für eins Komma acht Millionen. Und versprach, ihnen bei der Finanzierung nach Kräften entgegenzukommen.

»Meine Güte, Bissinger, Sie mit Ihrem Können sind mir jede Summe wert!«

Nach langem Hin und Her entschieden sie sich anders, und zwar für eine Eigentumswohnung in Starnberg. Penthouse über zwei Etagen, terrassenartiger Balkon mit herrlichem Blick über den Starnberger See, weitläufiger Salon mit Wendeltreppe zum Schlafzimmer – ein Traum.

Andrea hielt diese Wohnung für »billiger« als das von Korvacz angebotene Haus. Denn sie kostete »nur« eins Komma zwei Millionen. In ihrer Rechnung fehlte ein Posten: Bissingers Luxusbedürfnis. Er ließ in die Wände Stereosysteme einbauen, die Fenster schußsicher verglasen, das Badezimmer mit kostbarem Marmor ausstatten. Dazu Peanuts wie gelbe Rundmarkisen für die Terrasse, elektronisches Warnsystem, elektrisch fernbedienbare Rolläden. Alles vom Feinsten.

Die Kosten für die Umbauten berappten sich auf 400 000 Mark. Das war gerade der Betrag, den sie selbst aufbringen konnten. Ihre Bank gewährte ihnen einen Kredit über weitere 400 000.

Fehlten also noch 800 000 Eier.

»Wo ist das Problem?« fragte Korvacz und bekam einen Lachanfall. »Machen Sie sich nicht ins Hemd, Bissinger! Das Geld gibt Ihnen die Firma. Auf Darlehensbasis. Sechs Prozent. Paletti?«

»Hm, das wäre vielleicht eine Lösung.«

»Ist es! Wir müssen schließlich zusammenhalten!«


Auch die Rechtsanwälte Dr. Kustermeier und Ziegbein hielten diese großzügige Darlehensgewährung einhellig für den Stein der Weisen. Einhellig, wie gesagt, und ungefragt.


Anfang Dezember 1991 ging der zweite Berliner Auktionsblock ähnlich problemlos über die Bühne wie der erste.

Korvacz erschien wieder mit Dame, Typ brünett, Beine kurz, der Rock um Ellen kürzer.

Bissinger war zufrieden, das Berliner Publikum war zufrieden, Swabinsky war zufrieden (wegen seiner Lampen), Rossano ebenso (wegen seiner Grafiken). Auch Korvacz war zufrieden (trotz täglichen Weinkrampfs wegen der Münchner Auktionsergebnisse).

Auch Iljitsch Kawolenkow war zufrieden. Kawolenkow war zufriedener als nach der ersten Runde. Denn diesmal hatte der lernfähige Korvacz ihm 10 000 Kohlen zugeschaufelt. Die offizielle »Miete« bewegte sich bei knapp einem Fünftel der Summe, die fällig gewesen wäre.

# Kling, Glöckchen, klingelingeling!

Die Versteigerungen in München verliefen in der Vorweihnachtszeit etwas weniger schwungvoll. Auch sie standen im Schatten der »staden Zeit«, wie der Bayer sagt. Mancher Familienvater hütete seinen Geldbeutel. Das schlug erfahrungsgemäß zu Silvester wieder um. Dann wurde der Rest der Weihnachtsgratifikationen auf den Kopf gehauen.

Am versteigerungsfreien ersten Advent erschien unangemeldet Maximilian Swabinsky bei Bissinger und Andrea, in der Hand ein besonders exklusives Exemplar seiner Art-Tiffany-Lampen.

»Ich habe gehört, Sie beziehen bald eine eigene Wohnung?«

»Ja«, antwortete Andrea. »Aber noch nehmen die Handwerker sie in Beschlag.«

»Ich hab' mir gedacht, diese Lampe würde Ihnen vielleicht Freude machen ...«

Ein aufmerksamer Zug. Sehr, sehr nett!

So nett, wie dieser Maximilian Swabinsky zu ihnen immer schon war.

»Schade, daß wir so wenig Gelegenheit haben, mal gemütlich miteinander zu plaudern«, meinte Andrea.

»Dürfen wir Sie zu einem Drink in die Bar einladen?« schlug Bissinger in ihre Kerbe. »Die Hotellobby, die Restaurants und die Bar sind unser zweites Wohnzimmer«, schmunzelte er.

Die Drinks, die Bissinger orderte, waren zwar nicht ganz Swabinskys Geschmack – er bevorzugte eine gescheite Halbe –, aber er hätte sich eher die Zunge abgebissen, als darüber nur ein Wort zu verlieren.

»Was geschieht eigentlich zu Silvester?« fragte er unvermittelt. »Wo versteigern wir?«

Bissinger räusperte sich. »Naja, Berlin will, daß ich vom 26. bis 31. Dezember versteigere. Aber das werde ich absagen müssen. Wegen der Silvesterversteigerung im Münchner Hof. Die hat nun mal Tradition. Herr Korvacz würde Silvester nie auf Berlin umsteigen.«

»Weiß er überhaupt von dem Angebot?«

»Nein. Die Post geht an mich. Ich bin der Vertragspartner der Russen.«

»Ich hätte einen Vorschlag ...«

»Ja?«

»Sie bleiben in München, und ich fahre nach Berlin.«

»Ich verstehe nicht ...«

»Kennen Sie den Baron von Kreuzheim?«

»Nein. Sollte ich?«

»Er ist ein Fan von Ihnen.«

»Das ehrt mich, hilft mir aber immer noch nicht auf die Sprünge.«

»Er ist sehr eloquent, sehr geistesgegenwärtig, war häufig bei Ihren Auktionen und hat viel von Ihnen gelernt. Er sieht Ihnen sogar ähnlich! Ich werde Sie mal mit ihm bekannt machen.«

»Damit ich endlich meinen Doppelgänger kennenlerne?«

»Er hat letzte Woche die Versteigererlizenz erhalten.«

Bissinger, bissig: »Die Ähnlichkeit verblüfft mich immer mehr.«

»Und er stünde mir zur Verfügung.« Swabinsky hob zwinkernd den Zeigefinger.

Bissinger, ungeduldig: »Sagen Sie mir endlich, worum's geht, Herr Swabinsky.«

»Mein Vorschlag, Herr Bissinger, wäre folgender: Ich kümmere mich um den gesamten Warenbestand, Baron von Kreuzheim übernimmt die Versteigerung in Berlin. Sie wären selbstverständlich prozentual beteiligt.«

Bissinger war wie vor den Kopf gestoßen. Dieser rechtschaffene, stets bescheidene und beinahe devote Swabinsky wagte es, gegen Korvacz aufzumucken?! Er hatte sich getäuscht: Der wuchtige Swabinsky war kein allzeit friedfertiges Walroß.

Andrea war beeindruckt. »Das finde ich echt toll!«

Bissinger sagte nur: »Das ist ein Ding!«

Andrea sprach ihm aus der Seele: »Alle Achtung, Heinz, Herr Swabinsky hat Courage!«

»Und bedenken Sie«, bemerkte Swabinsky, »dadurch erhalten Sie vielleicht auch die Chance, sich von diesem kleinen, buckeligen Arschl... – Verzeihung, Frau Nußdorfer – zu trennen!«

»Vorsicht«, warf Bissinger ein, »von diesem Arschloch sind Sie vorläufig noch abhängig!«

»Wären Ihnen 20 Prozent des von Kreuzheim und mir erzielten Umsatzes recht?«

»Sie geben nicht auf, hm?«

»Herr Bissinger, haben Sie's immer noch nicht kapiert? Sie schaffen sich diese einzigartige Möglichkeit, in Berlin Auktionen in großem Rahmen durchzuführen. Bald liefert man Ihnen klassische und zeitgenössische Kunst aus Rußland! Nichts gegen Rossano, aber was sind dagegen die Grafiken aus Frankreich und Spanien, für die er Expertisen erstellt!«

Swabinsky stöhnte. »Und kaum haben Sie diese Möglichkeit in der Hand, lassen Sie sie sich von diesem Arschloch wegnehmen.«

»Rossano liefert nicht nur Grafiken«, meinte Bissinger ernst, »und auch Grafiken sind Geldanlagen.«

»Pah! Sie wissen, wovon ich spreche.«

»Herr Swabinsky hat recht«, warf Andrea ein. »Du hast den Vertrag mit den Russen in der Hand, nicht Korvacz.«

Wieder einmal eine Situation, die Mut und Entschlußkraft verlangte. Aber auch Besonnenheit und Umsicht.

Da Swabinsky und Andrea bereits Mut und Entschlossenheit zeigten, hielt Bissinger es nicht für nötig, auch noch Besonnenheit und Umsicht zu bemühen.

»Also gut, ich möchte diesen Baron von Kreuzheim kennenlernen.«


Der Form halber fragte er Korvacz an einem der nächsten Tage, was er von einer Silvesterversteigerung in Berlin halte. Der wehrte brüsk ab.

»Silvester lassen wir's in München krachen, ist doch klar!«


Am zweiten Adventssonntag erschien Swabinsky in Begleitung von Baron und Baronin von Kreuzheim.

Sie fuhren in einem weißen Rolls-Royce mit monegassischem Kennzeichen vor. Sie waren gestylt à la dreißiger Jahre, als wollten sie in einem amerikanischen Nostalgiemusical Revue tanzen. Er trat – mitten im Winter – im eng auf Taille geschnittenen Zweireiher aus hellgrauer Naturseide auf. Sie, Evamariette mit Vornamen, groß, blond, attraktiv, hatte sich in einen Luxusfummel geschnürt, der eher ordinär als exklusiv wirkte.

Der Baron besaß in Monaco ein Zwei-Millionen-Rennboot. Außerdem eine Gemäldesammlung. Einen Goya hatte er im vergangenen Monat für 62 Millionen verkauft. Das spuckte er aus, kaum daß er den ersten Schluck seines Planters Punch gekippt hatte.

Nach einer halben Stunde zog er ein prachtvolles Diamantcollier aus der Tasche. Er blickte Andrea abgeklärt an, lächelte dümmlich und meinte, ihr bezauberndes Dekolleté sei dafür genau der passende Rahmen. »Ihnen würde ich es für 50 000 überlassen.«

Da machte es klick bei Bissinger. Er nahm das Collier zur Hand. Inzwischen kannte er sich mit Schmuck und Juwelen ein wenig aus. Dieses Collier war mindestens das Dreifache wert, zweifelsohne.

Er behielt sein Wissen für sich: »Nein, Baron, so viel wäre ich nicht bereit zu zahlen.«

Ahnte Andrea etwas? Jedenfalls erwähnte sie die 25 000 Mark, die in ihrem Safe lagen. Eine Summe, die von Kreuzheim umgehend akzeptierte.

»Mit einer so schönen Frau würde ich nie um das schnöde Geld schachern«, zirpte er schleimig.

So ein Schmierenkomödiant, dachte Bissinger. Erzählt 'ne Story von 62 Millionen, die er eben abgegriffen hat, und brennt drauf, mir Erste-Sahne-Schmuck für 'n Ei ohne Butterbrot reinzuschieben.

Aber getreu seinem Prinzip, Besonnenheit und Umsicht außer acht zu lassen, vereinbarte er mit Swabinsky und dem Baron, daß die beiden die Versteigerungen in Berlin durchführen sollten.

Am 23. Dezember 1991 endete ein Auktionsblock im Münchner Hof. Anderntags fuhren Bissinger und Andrea nach Lienz in Osttirol, um bei Andreas Eltern Weihnachten zu feiern. Sie ließen ihren Bentley in der Garage und fuhren wegen des Winterwetters mit ihrem Zweitwagen, einem Cherokee-Limited mit Allradantrieb.

Andreas Eltern besaßen inmitten der Lienzer Dolomiten einen Wald und ein kleines Sägewerk. Sie lebten in einem gemütlichen Haus zu Füßen des gewaltigen Bergmassivs. Ein Gebirgsbach murmelte, die Bäume knarrten unter der Last des Schnees, nachts rief eine Gebirgseule, tagsüber schnatterten Gänse, die dem Weihnachtstod entronnen waren – welch Idyll.


Als Karlheinz und Andrea eintrafen, hatte sich Andreas Familie schon fast vollzählig eingefunden. Und es war eine große Familie. Andrea hatte drei Schwestern, einen Bruder, zwei Schwager und entsprechend viele Nichten und Neffen. Im Haus duftete es nach selbstgebackenen Weihnachtsplätzchen und frischem Tannengrün. Am Kachelofen in der Stube hatte sich bereits Fritz Manuszak breitgemacht. Andreas Schwestern halfen ihrer Mutter bei der Vorbereitung des Festessens, die Männer dem Vater bei einer komplizierten Aufgabe, die nur Männer erledigen können: dem Aufstellen des Weihnachtsbaums.

Als auch Andreas Bruder eingetroffen war, der einige hundert Meter höher am Berg wohnte, konnte das Fest beginnen.

Kerzen flammten auf, alle versammelten sich um den großen, wuchtigen Bauerntisch, der aufgetragene Schmaus wurde mit »Hmmm« begrüßt, der Jüngste sprach ein kurzes Gebet, und dann ließ man es sich schmecken. Welche Vorfreude.

Nach dem Essen wurden die Kerzen am Weihnachtsbaum entzündet, die Kinder sangen, Andrea begleitete sie auf der Gitarre, und dann konnte die nach alter Familientradition mit viel Aufwand zelebrierte Bescherung beginnen. Endlich.

Inzwischen erklang die Weihnachtsmusik leise aus dem Radio. Die Erwachsenen fischten im riesigen tönernen Rumtopf, die Kinder packten ihre Geschenke aus. Welche Freude.

Draußen im Gang klingelte das Telefon.

Mutter Lisel lief hinüber und kehrte kurz darauf aufgeregt ins Weihnachtszimmer zurück.

»Karlheinz, Herr Korvacz möchte dich sprechen! Was ist das bloß für ein Mensch? Er hat nicht einmal frohe Weihnachten gewünscht!«

Welche Bescherung, dachte Bissinger.

Am Telefon schrie Korvacz ihn ohne Gruß und Anrede an: »Bissinger, ich erwarte Sie in München! Morgen! Das ist die größte Sauerei, die ich je erlebt habe. Die größte Sauerei!«

Sauerei hieß in diesem Falle: Korvacz hatte erfahren, daß Swabinsky die Berliner Auktionen vorbereitete.

»Sie sind ein Schwein, Bissinger!« brüllte Korvacz. »Eine echte Sau! Das ist Freundschaftsverrat! Haben Sie eigentlich gar kein Gewissen?« Unvermittelt verfiel er in einen Jammerton: »Womit habe ich das verdient? Womit?! Wollen Sie mich zugrunde richten? Ich hab' Sie groß gemacht, ich! Warum fallen Sie mir in den Rücken? Hat denn niemand Verständnis für mich? Kein Mensch?«

Bissinger wollte etwas erwidern, als Korvacz erneut aufschrie: »Diesem Swabinsky dreh' ich die Gurgel ab! Dem wird die Zunge 'raushängen! Mit dem mach' ich kurzen Prozeß! Hier wird nicht gegen mich konspiriert! Sagen Sie das Ihrem Freund, und schreiben Sie sich das selbst hinter die Ohren! Morgen früh um zehn sind Sie in München, bei unsern Anwälten, ist das klar?« Und wiederholte mit scharfer Stimme. »Ist das klar?«

Bissinger holte tief Luft. Er fühlte sich wie ein Tiefseetaucher, dessen Atemgerät ausgefallen ist. Hilflos. Paralysiert. Panisch. Dann sah er die auffordernden Blicke Andreas, die ihm in den Gang gefolgt war. Er krächzte in den Hörer, daß er am ersten Weihnachtstag keine Geschäftsbesprechung abzuhalten gedenke, und legte auf.

Korvacz rief am »Heiligen« Abend noch ein gutes halbes Dutzend mal an, stets mit den gleichen Vorwürfen, stets mit dem gleichen Jammern, stets mit der gleichen Forderung.

Eine voll mißlungene Bescherung. Letztendlich willigte Bissinger ein, sich am zweiten Weihnachtstag, vormittags um elf, in Kustermeiers Kanzlei mit Korvacz und Ziegbein zu treffen.

Am ersten Weihnachtstag ging der Telefonterror weiter. Abwechselnd riefen die Anwälte an. Ziegbein war die Sache offensichtlich peinlich, denn er entschuldigte sich mehrmals, am hohen Feiertag stören zu müssen. Kustermeier war's weniger peinlich, da er offensichtlich ein saftiges Honorar witterte.

Am Morgen des zweiten Weihnachtstags machten sich Karlheinz und Andrea auf den Heimweg nach München. Die Verwandten beteuerten ihr Verständnis für all den Tumult und wünschten den beiden viel Glück.

»Und zeigt diesem Korvacz die Zähne«, sagte Andreas Mutter beim Abschied. »Laßt euch nichts gefallen! Ihr seid im Recht!«

Der Vater Hans riet zupackend: »Besser Holz hacken als selbst gehackt zu werden!«

Das hochbeinige Allradgefährt fuhr Schnee aufwirbelnd ab. Es kam bis zum Felbertauerntunnel. Dort wühlten sich die Räder in meterhohem Schnee fest. Eine Lawine hatte ihre Pracht in der Nacht über die Straße ergossen.

Die zwei mußten umkehren und über das Salzburger Land nach München fahren. Mit einstündiger Verspätung kamen sie in Kustermeiers Kanzlei an.

Dr. Kustermeier strahlte ihnen weihnachtlich gerötet entgegen. »Es ist alles vorbereitet. Die Herren warten bereits.«

Er führte sie ins Besprechungszimmer. Der einzig freundliche Empfang kam von den gesunden Zimmerpflanzen. Der übrige Dekor war finster: ein bekümmerter Ziegbein, neben ihm ein gekrümmter Korvacz. Er würdigte die Eintretenden keines Blickes, starrte mit gesenktem Kopf auf die Tischplatte und unterdrückte ohne Erfolg ein wiederholtes Rülpsen.

Als Bissinger und Andrea Platz genommen hatten und Kustermeiers Sekretärin, die sich den Feiertag sichtlich anders vorgestellt hatte, den obligaten Kaffee eingeschenkt hatte, wurde er urplötzlich munter.

»Sie wollen mein Geschäftsführer sein, Bissinger, und Sie meine Partnerin, Frau Nußdorfer. Daß ich nicht lache. Verarschen kann ich mich selbst! Wissen Sie, was Sie sind? Zwei Intriganten der übelsten Sorte. Züchten hinter meinem Rücken die Konkurrenz groß! Jawohl, hinter meinem Rücken! Das ist mehr als schlechter Stil, Bissinger! Das ist ein ganz mieser Stil. Ein ganz gemeiner Vertrauensbruch!«

Korvacz schüttete einen Schwall von Worten über sie aus. Nahm einen Kübel, indem er über die Schweinereien klagte, die man ihm angetan habe. Nahm den nächsten Kübel und kippte Flüche über sie aus.

Ziegbein versuchte, die Wogen zu glätten. »Herr Korvacz, lassen Sie uns versuchen, aus dieser Situation das Beste zu machen...«

Öl ins Feuer der Emotionen von Korvacz. Er explodierte erst recht.

Nachdem er sich verausgabt hatte, verstieg er sich in halbwegs rationale Überlegungen.

»Okay. Dieser Swabinsky ist nicht mehr zurückzupfeifen. Leider. Die LKWs mit dem Versteigerungsgut sind nach Berlin unterwegs.« Er spuckte in den nächstbesten Blumentopf. »Aber dort werd' ich diesem Swabinsky die Suppe versalzen. Dem werd' ich die Berliner Wirtschaftsbehörde auf den Hals hetzen! Der soll merken, wie weit er ohne mich kommt.« Dann faßte er glasig Bissinger ins Auge. »Sie werden mir für den Schaden aufkommen! Wir legen das schriftlich fest. Sofort! Schriftlich, damit Sie sich hinterher nicht rausquatschen können, und dann werd' ich...«

»Moment!« unterbrach ihn Bissinger und dachte an den Holzfällerspruch von Andreas Vater. Er setzte gefaßt an: »Ich möchte da einiges klarstellen. Erstens kann keine Rede davon sein, daß die Sache gegen Ihren Willen geschehen ist. Ich habe Sie ausdrücklich gefragt, ob Sie Silvester in Berlin versteigern wollen. Sie haben abgelehnt.«

Korvacz wollte antworten, aber Bissinger sprach weiter: »Zweitens, Herr Korvacz«, sein Tonfall wurde heftiger, »ist es wohl Ihrem Gedächtnis entfallen, daß ich die Vertragsrechte mit den Russen besitze, ich allein! Wenn's um die Ausführung der Versteigerungen geht, haben Sie also erst mal den Mund zu halten!«

Bissinger wunderte sich selbst über seinen Mut. Seine Erregung tat ihm gut. Er erhob sich und fuhr unbeirrt fort: »Ferner habe ich die Vorkosten für dieses Unternehmen allein getragen: die Reise nach Moskau, die Einladungen der Russen nach München, die Kostenrechnung von Dr. Kustermeier, meine Hotelkosten in Berlin und so weiter. Das sind mittlerweile nicht weniger als 150 000 Mark!«

Jetzt war Bissinger in Fahrt. Er erhob seine Stimme und wetterte: »Für Sie, Herr Korvacz, habe ich bei zwei Versteigerungsblöcken in Berlin Ihre Ware an den Mann gebracht – Ihre Ware! Aber vom Verkaufserlös habe ich keinen Pfennig gesehen! Wer also hat Vertrauensbruch begangen, wer? Darüber hinaus schädigen Sie mein Ansehen und meine Vertrauenswürdigkeit, indem Sie die Russen bei den Abrechnungen betrügen! Und Sie wagen es, mir schlechten Stil vorzuwerfen!« Er setzte sich wieder hin.

Andrea lächelte ihm dankbar zu.

Korvacz starrte verstört vor sich hin.

Die beiden Anwälte schauten einander verwundert an.

Schließlich ergriff Kustermeier das Wort: »Nach meiner Einschätzung handelt es sich hier um einen Sachlagenkomplex, der je nach Perspektive verschiedene Betrachtungsweisen zuläßt.«

Ziegbein nickte zustimmend. »Bedauerlich ist vor allem«, ließ er sich dann vernehmen, »daß die fruchtbare Zusammenarbeit zwischen den Herren eine bedenkliche Trübung erfahren hat.«

Kustermeier, ganz anwaltlicher Schlichter, hob an: »Vielleicht sollte man ...«

»Ganz richtig!« pflichtete Korvacz, ganz anwaltshörig, bei. »Diese Versteigerungen in Berlin ...«

»... sind der Kern des Übels ...«, spielte Kustermeier den Ball zurück.

»... und müssen ein Ende finden!« parierte Korvacz. »Ersatzlos!«

»Dann würde, von welcher Seite auch betrachtet, wieder Ruhe einkehren und neuer Einvernehmlichkeit der Weg gebahnt werden«, dozierte Schiedsrichter Kustermeier.

Korvacz litt sichtlich unter Kustermeiers Schwulst. »Ganz einfach: Die Vertragsrechte gehen an die Firma, klar? Wir kündigen den Russen, klar? Damit erübrigt sich auch das Problem Swabinsky. Ich will, daß dieser Verräter nie wieder meine Wege kreuzt!«

Bissinger hatte sein Pulver ziemlich verschossen, aber er wagte dennoch einen weiteren Vorstoß: »So einfach geht das nicht! Vertrag überschreiben, den Russen kündigen! Da habe ich auch ein Wörtchen mitzureden!«

Ziegbein nickte einsichtig.

Und Kustermeier führte bemerkenswert kurz und bündig aus: »Vor allem sollten Herrn Bissinger die vorverauslagten Unkosten ersetzt werden.«

»Von wem?« fuhr Korvacz auf. »Von mir?«

»Im Namen von Herrn Bissinger muß ich auf dieser Forderung bestehen!«

»150 000.« Korvacz schien die bloße Erwähnung dieser Summe körperliche Schmerzen zu bereiten.

»Wir können Ihnen gern die Belege vorlegen«, warf Andrea ein. »Es hat alles seine Richtigkeit.«

»Ich glaube, das wird nicht nötig sein«, meldete sich Ziegbein mit sanfter Stimme zu Wort. »Ich gehe davon aus, daß Herr Korvacz auf eine detaillierte Aufstellung verzichten wird.«

»Irgendwelche Einwände?« fragte Kustermeier. Und blickte in die Runde. Keine Einwände.

Also rief Kustermeier seine Sekretärin, um die ausgehandelte Übereinkunft schriftlich festzuhalten. Er begann mit all der ihm eigenen Umständlichkeit zu diktieren. Was die Nerven der anderen derart strapazierte, daß Ziegbein ihn höflich unterbrach.

»Verzeihen Sie, Herr Kollege, wir sollten das kurz und präzise darlegen. Erlauben Sie?«

Kustermeier preßte beleidigt die Lippen zusammen. »Bitte, wenn Sie glauben, meinen zu dürfen ...«

Ziegbein schmunzelte und gab der Sekretärin ein Startzeichen. »Also notieren Sie bitte: Übereinkunft zwischen den Herren Drago Korvacz und Karlheinz Bissinger: Der von Herrn Bissinger mit der Verwaltung des Hauses der sowjetischen Wissenschaft und Kultur abgeschlossene Vertrag wird auf die Korvacz Auktionsorganisation übertragen. Herr Drago Slobodan Korvacz ersetzt im Gegenzug Herrn Karlheinz Bissinger dessen in diesem Zusammenhang entstandene Auslagen von pauschal 150 000 DM.« Er wartete, bis die Sekretärin wieder aufblickte. »Das wär's. Ort, Datum und zur Unterschrift vorlegen. In Ordnung?«

Die Sekretärin, die wohl einen solch kurzen Text seit Jahren nicht mehr geschrieben hatte, nickte ergriffen und verschwand.

Kustermeier trug's mit Fassung. »Ihnen, Herr Korvacz«, sagte er mit schelmischer Freundlichkeit, »wäre Herr Bissinger sicherlich zu Dank verpflichtet, wenn Sie jetzt Ihr Scheckbuch zückten.«

Tatsächlich, Korvacz tat wie empfohlen. »150 000«, ächzte er angestrengt.

Kustermeier salbaderte fleißig drauflos: »Es dient dem Zwecke einer weiteren gedeihlichen Zusammenarbeit, ein Umstand, der jeden kleinlichen Gedanken ausschließen dürfte. Meinen Sie nicht auch?«

Korvacz unterdrückte einen Rülpser. Dann unterschrieb er mit zitternder Hand den Scheck. Er haßte es, großzügig sein zu müssen.

In diesem Zusammenhang bleibt anzumerken, daß Korvacz die Vertragsrechte drei Wochen später für zweieinhalb Millionen Deutsche Mark an ein westdeutsches Auktionsunternehmen verkaufte, das in Berlin Fuß fassen wollte.

# Der Herr mit der gelben Krawatte

Die Silvesterversteigerung 1991 verlief ähnlich wie ein Jahr zuvor. Kurz vor Mitternacht eilten die Gäste aus dem Auktionssaal. Draußen knallten Feuerwerkskörper. Man begrüßte das neue Jahr, und schon eine Viertelstunde später strömten die Leute in den Saal zurück.

Andrea und Karlheinz tranken in dieser kurzen Pause ein Glas Champagner und wünschten sich ein glückliches neues Jahr. Da schlich Korvacz krummbeinig und schlecht gelaunt auf sie zu. Er hatte den ganzen Abend kein Wort mit ihnen gesprochen. Aus rot unterlaufenen Augen sah er Bissinger an und stieß mit belegter Stimme hervor: »Sie wissen wohl, was ich von Ihnen erwarte?«

Bissinger schüttelte den Kopf. Er wußte es nicht.

»Haben Sie mir nichts zu sagen?«

»Was wollen Sie hören?«

»Eine Entschuldigung natürlich!«

Bissinger, der noch eine lange Nacht vor sich hatte, wollte seine Kräfte sparen. Daher bemühte er sich um Höflichkeit: »Ich sehe nicht die geringste Veranlassung, mich für irgend etwas bei Ihnen zu entschuldigen, Herr Korvacz. Ich habe, im Gegensatz zu Ihnen, nichts Unrechtes getan. Ich wünsche Ihnen ein gutes neues Jahr!«

Dann wendete er sich ab und ließ Korvacz stehen.

Die Versteigerung dauerte bis gegen fünf Uhr morgens.

Andrea und Bissinger fielen todmüde und erschöpft ins Bett.

Sie verschliefen, wie im vergangenen Jahr, den Neujahrstag. Am späten Nachmittag stand Bissinger auf, ging unter die Dusche, warf sich einen Morgenmantel über und begab sich, um Andrea nicht aufzuwecken, auf Zehenspitzen in den Wohnraum. Er schaute aus dem Fenster. Rotglühend versank die Sonne hinter der schwarzblauen Stadtsilhouette. Von fern summte ganz leise der Straßenverkehr. Er zündete sich eine Zigarette an. Ging zum Telefon, ließ sich vom Etagenkellner einen Milk-Shake bringen. Er legte eine Musikkassette ein. Frank Sinatra sang: »As time goes by«.

Versonnen summte er die Melodie mit.

Er ließ sich vor dem Schreibsekretär nieder und legte sich einige Bogen Papier zurecht.

As time goes by ...

Karlheinz Bissinger hatte beschlossen, ein Tagebuch zu führen.

Langsam und nachdenklich begann er zu schreiben.

*1. Januar 1992:*
*Ein neues Jahr hat begonnen. Anlaß für ein Resümee.*
*Was ist im vergangenen Jahr geschehen?*
*Was hat es mir gebracht?*
*Was habe ich geschafft?*
*Was ist mir zugestoßen?*
*Die Wanderauktionen haben wir nun völlig aufgegeben. Zum Glück. Waren extrem stapaziös für Andrea und mich.*
*Bin jetzt der Top-Auktionator im Münchner Hof. Und, wie mir viele Kunden bestätigen, der beste Auktionator überhaupt.*
*Mein Stolz: Ich habe nie jemandem ein X für ein U vorgemacht. Habe nichts falsch angepriesen. Wenn ich einen*

*Perserteppich aufgerufen habe, kam er aus Persien, Kaschmirteppiche aus Kaschmir, Türkenteppiche aus der Türkei und Chinesen aus China. Ich habe nie behauptet, daß Ellerkants Ostasiatika aus alten Kunstbeständen stammten. Bei Grafiken oder Gemälden habe ich mich stets an die Expertisen gehalten, die mir vorlagen.*
*Wenn meine Kunden Schaden gelitten haben, dann nur an ihren Lachmuskeln.*
*Durch meine rhetorische Begabung und mein Feeling für Show und Entertainment habe ich ein Unternehmen von Null auf Konzerngröße gebracht. Wir haben annähernd 50 Millionen Umsatz erzielt. Gigantisch!*
*Das ganz große Geld hat allerdings Korvacz eingeheimst! Der Hund liefert immer noch bergeweise Waren von seiner alten Firma ein. Das ist Betrug!*
*Oder besser: eine seiner Betrügereien.*
*Korvacz ist geldgieriger als Dagobert Duck und zieht fast jeden über den Tisch, der ihm über den Weg läuft. Ich glaube, es ist ihm egal, ob er jemanden um 20 oder um 200 000 Mark anschmiert. Er ist ein Betrüger aus Leidenschaft.*
*Am meisten stört Andrea und mich: Er gibt nie Einblick in die betriebswirtschaftlichen Auswertungen unserer Firma. Zum Kotzen!*
*Verdammt, ich muß energischer gegen Korvacz auftreten, das ist klar.*
*Fast hätte ich 1991 den Absprung von ihm geschafft. Ein phantastisches Geschäft mit den Russen! Es ist geplatzt – wegen Korvacz und meiner Feigheit.*
*Froh bin ich darüber, daß ich die Herzoperation gut überstanden habe und mich gesund fühle.*

*Ich freue mich über unsere neue Eigentumswohnung in Starnberg. Sie ist ein Traum! Bald werden wir dort einziehen. Einerseits toll, andererseits wird uns der Abschied vom Albarella schwerfallen.*
*Mein Freund Thomas Griem hat erzählt, daß Hildegard, meine zweite Frau, sich wieder gefangen hat. Auch das freut mich. Sie hat einen anderen Mann gefunden, mit dem sie sehr glücklich sein soll.*
*Auch Annelore und den Kindern geht es gut. Sie wohnen immer noch in dem Haus in München-Pasing. Wie ich erfahren habe, arbeitet Annelore wieder als Krankenschwester und kommt mit ihrem Gehalt und meinen monatlichen Zahlungen ausgezeichnet zurecht. Manchmal macht es mich traurig, daß sie und die Kinder gar keinen persönlichen Kontakt zulassen.*
*Meine Liebe zu Andrea ist – obwohl ich das am Jahresanfang nicht für möglich gehalten habe – noch stärker und inniger geworden. Ich liebe sie wie keinen anderen Menschen. Sie ist eine tolle Frau und genau die Richtige für mich ...«*

»Was schreibst du denn da?« unterbrach Andreas Stimme seine Gedankengänge.

Erschrocken fuhr er auf, drehte das Blatt hastig um. »Och, nichts Besonderes. Nur ein paar Notizen für die morgige Versteigerung.«

»Morgen ist keine Versteigerung!«

»Oh, gut, daß du mich daran erinnerst«, schwatzte er und ließ die Blätter in der Schublade verschwinden. Er fühlte sich ertappt wie ein Lausbub beim Kirschenklauen in Nachbars Garten.

Andrea überspielte großmütig seine Verlegenheit und schlang die Arme um ihn. Ein weises Lächeln umspielte ihre Mundwinkel.

Nach dem Dreikönigstag gingen die Auktionen wieder los. In den ersten Tagen wechselte Korvacz kein Wort mit Bissinger. Mit verkniffenem Mund und beleidigt hochgezogenen Schultern machte er sich aus dem Staub, sobald er Bissinger begegnete.

Mit Swabinsky trieb er es noch ärger. Swabinsky durfte nicht eine einzige seiner Lampen liefern. Er durfte sich nicht einmal mehr sehen lassen. Korvacz verbot ihm strikt den Zutritt zu den Auktionsräumen.

Ganz anders behandelte er Dr. Gerhard Rossano; den wollte Korvacz nicht loswerden, sondern noch fester an sich ketten. Das gelang ihm auch. Aber wie!

Die Expertisen, die Rossano unermüdlich für Grafiken, Lithographien und ähnliches anfertigte, hatten ihn als Gutachter unentbehrlich gemacht. Doch das machte Rossano keineswegs selbstsicher, im Gegenteil. Der kränkliche Mann fürchtete, daß der unberechenbare Korvacz ihm eines Tages aus irgendeinem an den Haaren herbeigezogenen Grund den Laufpaß geben könnte. Deswegen sein ruheloser Fleiß. Oft saß er 14 Stunden am Tag über seiner Arbeit.

Rossano hatte einen Traum, den er sich nicht erfüllen konnte. Bei einer seiner Frankreich-Reisen hatte es ihm ein kleines, einsam gelegenes Fischerhäuschen in der Bretagne angetan. Er träumte davon, es sich als Feriendomizil einzurichten. Aber mit der Finanzierung wollte es nicht klappen.

Eines Tages machte Korvacz ihm ein, wie es schien, großzügiges Angebot. Er schlug Rossano vor, Gemälde, die dieser in Frankreich erstanden hatte, für 300 000 Mark abzunehmen. Eine Art Vorfinanzierung also für Bilder, die Rossano in die Auktionen einlieferte. Dafür würde er monatlich 50 000 Mark von Rossanos Einlieferungsabrechnungen abziehen. Rossano nahm freudig an und unterschrieb sechs Wechsel über je 50 000 Mark.

Als Rossano danach die Bilder in den Münchner Hof einliefern wollte, weigerte sich Korvacz, sie versteigern zu lassen. Und das mit lauthals vorgetäuschter Empörung.

»Sie glauben doch nicht im Ernst, daß ich solchen Schund in meinem Saal haben will!«

Rossano war wie vor den Kopf geschlagen. Aber was konnte er unternehmen? Seine Einlieferungen gingen weiter wie üblich, nur saß er jetzt bei Korvacz mit 300 000 Mark in der Kreide.

»So macht man die Leute von sich abhängig«, sagte Korvacz mit selbstgefälligem Grinsen zu Rechtsanwalt Ziegbein, der nach geraumem Nachdenken ehrfurchtsvoll nickte.

Er wußte, daß Korvacz es verstanden hatte, Bissinger auf ähnliche Weise an die Leine zu legen.

Inzwischen war allerdings der Umgang mit Bissinger etwas schwierig geworden, denn der hatte Lunte gerochen. Das Verhältnis zwischen ihm und Korvacz war mehr als gespannt. Korvacz bemerkte dies an den Umsätzen. Sein Spitzenpferd hatte offenbar Motivationsprobleme; Bissinger versteigerte weniger dynamisch als noch vor wenigen Wochen. Er legte längere Pausen ein und beendigte die Auktionen ein oder zwei Stunden früher.

Korvacz glaubte zunächst, mit Bissinger mal wieder Tacheles reden zu müssen. Wenn das Pferd nicht laufen will, braucht es die Peitsche, dachte er.

So war er gewohnt zu denken.

Doch diesmal ließ er sich die Sache nochmals durch den Kopf gehen.

Ein störrisches Pferd wird durch Schläge nur noch störrischer, dachte er. Gib ihm besser Zucker.

Zu Bissingers Verwunderung trat Korvacz in einer Versteigerungspause zu ihm, vergnügt und zutraulich, als hätte es nie Mißhelligkeiten gegeben.

»Kuckuck, Kuckuck, wie geht's?« Und ohne die Antwort abzuwarten: »Ich finde, wir beide sollten uns mal so richtig stylen. Was halten Sie davon, wenn wir zu Elsammer gehen und dort ein wenig einkaufen?«

Ein geschickter Schachzug. Das Wort »Elsammer« war ein Köder, den Bissinger prompt schluckte.

Als Bissinger tags darauf in Elsammers Mode-Elysium feststellte, daß ein Jackett inzwischen 12 000 und eine Hose 3000 Mark kostete, war er happy. Der Schöpfer persönlich, Rudi Elsammer, überließ ihm gern sechs Anzüge für 90 000 Mark und die Kleiderbügel sogar kostenlos.

Elsammer war begeistert, Bissinger war begeistert, und Korvacz hatte für vier Wochen wieder ein gehorsames Pferdchen.

Aber Korvacz wollte mehr. Er wollte Bissinger fest an der Kandare haben. Was am besten gelänge, wenn er ihn erpreßbar machte. Und da fiel Korvacz was Geiles ein.

»Sie ziehen doch bald in Ihre Starnberger Wohnung um?« Korvacz krabbelte sich am Hosenlatz.

»Ja, ich denke, in 14 Tagen.«

»Was wird aus Ihrer Wohnung im Albarella? Die haben Sie doch klasse eingerichtet.«

»Vielleicht finde ich einen Nachmieter, der das gesamte Mobiliar übernimmt.«

»Wie wär's denn, wenn ich die Wohnung übernähme?«

»Wieso Sie?«

»Natürlich nicht auf meinen Namen, sondern auf den meiner Schwester. Die wohnt in Amerika. Da kann uns keiner was anhaben.«

»Verstehe ich nicht. Warum sollte ›uns‹ jemand was anhaben?«

Korvacz grinste. »Naja, ich dachte, wir könnten uns die Bude teilen. Ich zahle für die Möbel 20 000 Mark und dann fortlaufend die Hälfte der Miete.«

»Und ich die andere Hälfte?« Bissinger schwante Übles.

»Wieso sollte ich?«

»Tun Sie nicht so scheinheilig. Mann, ein Apartment mit Blick über München! Eine Nobelabsteige für uns zwei! Dort können wir uns heiße Stündchen machen. Ohne daß unsere Damen was ahnen, natürlich.«

Bissinger fuhr auf. Ein Blick auf Korvacz sagte ihm, daß der es durchaus ernst meinte. Er faßte sich und sagte kalt: »Tun Sie, was Sie nicht lassen können, Herr Korvacz. Aber ohne mich. Ich liebe Andrea, und damit basta!«

So schnell gab Korvacz nicht auf. »Andrea, Andrea, die ist auch nur eine Frau wie alle anderen ...«

Damit war Korvacz voll ins Fettnäpfchen getreten.

»Herr Korvacz, kein Wort mehr über Andrea und mein Privatleben. Ein für allemal.« Dann stand Bissinger ruckartig auf und ging.

Korvacz nahm sich vor, das nächste Mal weniger plump vorzugehen.

Eines Abends, es war im Januar 1992, bemerkte Bissinger im Publikum einen alten, kultiviert wirkenden Herrn mit auffällig gelber Krawatte und gelbem Einstecktuch. Er reagierte auf Bissingers Späße sehr spontan und lachte ihm dabei vergnügt zu. Ansonsten verhielt er sich zurückhaltend. Ab und an bot er mit, doch offenbar mehr aus Spaß als mit der Absicht, etwas tatsächlich ersteigern zu wollen. Nur bei einer schweren, altmodischen goldenen Uhrkette erhielt er den Zuschlag.

Nach Ende der Versteigerung, als die Gäste und meisten Mitarbeiter schon den Raum verlassen hatten, kehrte der alte Herr zurück. An der Eingangstür blieb er stehen. Er wirkte äußerst verstört. Dann gab er sich einen Ruck und schritt langsam auf Bissinger und Andrea zu.

»Verzeihen Sie«, er suchte nach Worten, »daß ich Sie zu solch später Stunde behellige. Das ist sonst nicht meine Art. Aber es sind Umstände eingetreten, die mich zwingen, Ihnen eine Bitte vorzutragen.«

Bissinger ahnte, daß dem Herrn etwas sehr Unangenehmes zugestoßen sein mußte. »Machen Sie sich keine Sorgen, mein Herr. Wenn ich helfen kann, tue ich es selbstverständlich.«

»Ich würde gern die Uhrkette, die ich ersteigert habe, zurückgeben.«

»Gefällt sie Ihnen nicht?«

»Ganz im Gegenteil. Dennoch wäre ich sehr dankbar, wenn Sie mir den Betrag, den ich dafür bar bezahlt habe, wieder aushändigen könnten.«

»Ich fürchte, unsere Kassiererin hat bereits den Abschluß gemacht. Muß es unbedingt heute sein?«

»Wissen Sie ...«, der Herr zögerte ein wenig, »ich bin soeben überfallen worden.«

Bissinger verlor seine freundliche Reserviertheit. »Du lieber Himmel! Erzählen Sie!«

Und der alte Herr erzählte: Obwohl es schon spät in der Nacht war, hatte er noch heim nach Baden-Baden fahren wollen. Er ging also zu seinem Wagen, den er in einer stillen Nebenstraße geparkt hatte. Beim Auto geschah der Überfall. Ein bulliger Mann bedrohte ihn mit einer Pistole, nahm ihm Brieftasche, Portemonnaie und Wagenschlüssel ab und fuhr mit seinem Auto auf und davon.

»Nun ja, und jetzt stehe ich hier, ohne Auto, ohne Unterkunft und ohne Geld.«

»Haben Sie die Polizei verständigt?«

»Sicher. Das Präsidium ist ja ganz in der Nähe. Die haben alles aufgenommen. Aber das hilft mir im Augenblick nicht viel weiter.«

Je mehr der Fremde erzählte, desto verstörter wirkte er. Er stand ganz offenbar unter einem Schock. Und in seinem Alter mußte ein Schock härter wirken als bei jungen Leuten. Bissinger versuchte, aufmunternd zu lächeln: »Beruhigen Sie sich, mein Herr. Uns wird schon etwas einfallen.«

Andrea antwortete auf seinen fragenden Blick mit einem leichten Nicken. Also schlug Bissinger vor: »Wir wohnen im Albarella-Hotel. Wir würden uns freuen, wenn Sie uns dorthin begleiten. Dort finden wir ganz gewiß ein Zimmer für Sie. Die Kosten lassen Sie unsere Sorge sein.«

Der alte Herr erwiderte: »Das ist wirklich freundlich von Ihnen.« Aber ganz wohl schien ihm dabei nicht zu sein.

»Wenn es Ihnen lieber ist, zahle ich Ihnen auch gern die Rückfahrt nach Augsburg. Aber ich fürchte, um diese Zeit geht kein Zug mehr.«

»Und behalten Sie bitte Ihre Uhrkette«, fügte Andrea hinzu. »Sie macht Ihnen doch Freude, nicht wahr?«

»Nun ja«, nickte der Herr, »meine geliebte alte Uhrkette hat die vielen Jahre leider nicht unbeschadet überstanden.«

Nach einigem Zögern willigte er ein, mit ihnen ins Albarella zu fahren.

»Die Hotelkosten werde ich selbstverständlich umgehend, sobald ich zu Hause bin, zurückerstatten.«

»Betrachten Sie unsere Einladung als kleine Entschädigung für die Aufregung, die Ihnen der Besuch unserer Auktion eingetragen hat. Und morgen, wenn Sie sich gründlich ausgeschlafen haben, sieht die Welt wieder sonniger aus.«

Der alte Herr lächelte matt und ließ sich zu Bissingers Wagen führen.

»Oh, ein Bentley!« staunte er. Er wehrte höflich ab, auf dem Beifahrersitz Platz zu nehmen.

»Gnädige Frau, das ist gewiß Ihr Platz!«

»Ach, ich habe so oft Gelegenheit, in einem Bentley zu fahren. Heute sitzen Sie vorn!« lachte Andrea und ließ sich im Fond nieder.

Im Albarella führten Bissinger und Andrea ihren Schützling zur Rezeption.

»Eric, wir brauchen ein schönes Zimmer für diesen Herrn.« Bissinger und der Nachtportier waren längst alte Bekannte. »Er ist für heute nacht unser Gast.«

»Aber gern, Herr Bissinger, das wird sich machen lassen.«

Während der Nachtportier die Zimmerliste einsah, wandte sich Bissinger wieder an den alten Herrn: »Und morgen besuchen Sie uns in unserem Apartment. Wir frühstücken gemütlich zusammen und regeln alles Weitere.«

»Ja«, ließ sich der Nachtportier vernehmen, »im dritten Stock habe ich noch ein Einzelzimmer frei. Darf ich um Ihren Namen bitten, mein Herr?«

Dieser nickte. Obwohl er leise sprach, schnappten Bissinger und Andrea seine Antwort auf: »Bertold Ludwig Ferdinand Fürst von Soyn-Tischendorff.«

Bissinger stand wie vom Blitz getroffen. Und diesem Mann gegenüber hatte er sich benommen, als wäre er irgendwer.

»Verzeihen Sie, Fürst ... ich wußte nicht ... ich konnte nicht ahnen ... entschuldigen Sie vielmals!«

»Wofür sollten Sie sich entschuldigen? Sie sind die freundlichsten Menschen, die mir seit langem begegnet sind. Und Ihre Einladung zum Frühstück nehme ich gern an.« Er lächelte. »Wenn sie noch besteht.«


Es wurde ein sehr ausgedehntes Frühstück. Ihr neuer Bekannter bedankte sich nochmals herzlich für Andreas und Bissingers Hilfsbereitschaft. »Ich muß mich wie ein kleines Kind verhalten haben, das seine Eltern aus den Augen verloren hat. Daß ich Ihnen Ihre Auslagen zurückerstatten werde, ist selbstverständlich. Aber weil Sie mir so sympathisch sind, erlauben Sie mir hoffentlich, daß ich dies persönlich tun werde.« Dann schmunzelte er. »Außerdem hat mir die Auktion so viel Spaß gemacht, daß Sie mich bald im Publikum wiedersehen werden.«

Am späteren Nachmittag rief er in seinem Stammsitz an, um sich von seinem Chauffeur abholen zu lassen.

So geschehen im Februar 1992.

# Lose Bräuche

Zwei Wochen später sagten Karlheinz und Andrea dem Albarella-Hotel adieu und zogen in ihr neues Starnberger Heim. Mit einem lachenden und einem weinenden Auge. Denn der Abschied vom Albarella, dem Dachgarten-Swimmingpool, der Bar, die zu ihrem zweiten Besprechungszimmer geworden war, vom Restaurant, Café und aufmerksamen Service fiel ihnen nicht leicht.

Sie hatten den Umzug zwei Tage hinter sich, als Korvacz in einer Versteigerungspause wieder mal zu Bissinger ans Auktionspult trat. Ohne sich darum zu scheren, daß Andrea dabei war, platzte er protzend los: »Ich war eben mit 'ner Profihure auf 'nem Zimmer. Mann, Bissinger, so was Steiles ist mir schon lang' nicht mehr untergekommen. Die versteht ihr Geschäft.«

»Und stellen Sie sich vor: Während die mich geil macht, daß mir Hören und Sehen vergeht, bietet sie mir fünf Eigentumswohnungen in Rosenheim an! Und macht immer weiter an mir 'rum! Ich bin geplatzt, als hätt' ich's zehn Jahre nicht mehr gemacht.«

»Aha.«

»Jetzt kommt das dickste Ei. Kaum war ich fertig, hat sie mir 'nen Sonderpreis geboten – für die Wohnungen. Weil der

Dame die Zwangsvollstreckung droht.« Korvacz schnippte mit den Fingern. »Fünf Wohnungen für anderthalb Millionen! Ist doch geschenkt. Na, was sagen Sie dazu?« Er stieß Bissinger derb mit dem Ellbogen.

»Was soll ich sagen?« brummte Bissinger und rieb sich seine Seite.

Korvacz rieb sich die Hände: »Das is'n Geschäft, was? Morgen bin ich beim Notar. Und wenn Sie brav sind, geb' ich Ihnen eine Wohnung ab.«

»Ich? Wenn ich brav bin?« amüsierte sich Bissinger.

»Zum Sonderpreis! Sie sollen auch mal einen Reibach machen.« Und klopfte Bissinger gönnerhaft auf die Schulter.

»Herr Korvacz, das wenigste, was mich interessiert, ist eine Wohnung in Rosenheim. Ich bin froh, wenn die Starnberger Wohnung abbezahlt ist.«

»Heeh, das kann doch nicht Ihr letztes Wort sein! So'n Schnäppchen gibt's nicht alle Tage.«

»Ist aber mein letztes Wort!«

Korvacz tippte sich an die Stirn. Dann winkte er plötzlich mit dem Kopf nach rechts. »Da kommt die Tussi übrigens.«

Die »Tussi« war grell aufgedonnert: knallige Lidschatten, meterlange falsche Wimpern, knallrote Lippen, Marilyn-Monroe-Perücke. Dazu wackelten Po und Hüften. Sonstige besondere Merkmale: gewaltiger Adamsapfel und kantiges Kinn. Als Bissinger *sie* erblickte, war ihm sonnenklar: Korvacz hatte mit einem Transvestiten geschlafen.

Man lernt nie aus.


Einige Wochen später hatten Bissinger und Andrea eine Besprechung mit Rechtsanwalt Ziegbein. Eine Steuersache, reine Routine. Wie ein vom Himmel gefallener Bengel tauchte gegen Ende der Besprechung Korvacz auf.

»Was für ein Zufall, daß ich Sie hier treffe!« Er riß überrascht die Augen auf.

Das war kein Zufall, Bissinger hatte es im Urin.

Korvacz setzte sich. Faltete die Beine breit auseinander. »Wann übernehmen Sie endlich die zwei Eigentumswohnungen in Rosenheim?« fragte er laut und rüde. »Sie haben mir das fest zugesagt!«

Dies hatte Bissinger inzwischen gelernt: Sobald Korvacz laut wurde, sprach er die Unwahrheit.

Bissinger, beherrscht. »Ich habe es Ihnen bereits am Auktionspult unmißverständlich gesagt: Ich bin an den Rosenheimer Wohnungen nicht interessiert.«

Korvacz, eigensinnig: »Quatsch! Sie waren überglücklich über mein Angebot!«

Bissinger, heftig: »Ich war nicht glücklich! Ich habe klipp und klar ›nein‹ gesagt!«

Andrea bestätigte als Zeugin Bissingers Aussage.

Korvacz stellte sich taub. Und wiederholte stur seine Behauptung, ein ums andere Mal.

Bis Bissinger wütend seinen Auktionskoffer ergriff und mit Andrea nach Hause fuhr.

Dort blieb er, auch am Abend. Ihm war die Lust vergangen, für Korvacz zu versteigern.

In derselben Nacht klingelte in Starnberg alle zehn Minuten das Telefon. Korvacz flötete aufs Band. Ein immer wiederkehrender Refrain:

»Kuckuck, hallöchen! Ich bin in Starnberg. Wollen wir uns nicht sprechen? Herr Nimmbier versteigert. Sie kennen seine Umsätze. Wollen wir uns nicht wieder vertragen?«

Bissinger ließ auch die folgenden Tage den Anrufbeantworter eingestellt. Abwechselnd versuchten Korvacz, Rechtsanwalt Ziegbein und schließlich auch Bissingers Anwalt Kustermeier, ihn zu erreichen.

Am vierten Tag, als Kustermeier zum x-ten Mal anrief, hob Bissinger schließlich doch den Hörer ab. Kustermeier bat mit ausschweifendem Abrakadabra, man möge sich doch im Firmeninteresse zu einer Besprechung in seiner Kanzlei einfinden.
»Ich gehe davon aus«, schwafelte er, »daß Sie nur ungern verantworten wollen, wenn durch eine Ablehnung Ihrerseits ein Zusammenbruch der Firma eingeleitet würde!«
Seufzend sagte Bissinger zu.

Die Besprechung fand bereits am folgenden Tag statt. Ein bekannter Anblick bot sich Bissinger: Korvacz saß mit gesenktem Kopf da, Ziegbein mit Leidensmiene neben ihm, Kustermeier lächelte in freudiger Erwartung saftiger Honorarrechnungen.
Kustermeier ergriff als erster das Wort: »Mein lieber Herr Bissinger, Sie sollten sich der Tatsache bewußt sein, daß wir gemeinsam einer kritischen Situation entgegensteuern müssen. Es ist doch kaum angebracht, daß wegen einer unerheblichen Meinungsverschiedenheit und Ihrer daraus resultierenden Weigerung, die Versteigerungen durchzuführen, die Umsätze im Münchner Hof drastisch sinken.«
Herr Ziegbein nickte heftig. »Herr Bissinger, Sie wissen, wie wichtig Ihre Teilnahme an den Auktionen ist!«
»Ganz recht, das weiß ich.«

Jetzt erwachte auch Korvacz: »Ja, Bissinger: Sie sind der beste Auktionator weit und breit. Sie sind Spitze! Weltklasse! Ich wüßte nicht, wie ich Sie ersetzen könnte!«

Diese Lobeshymne kostete Korvacz merkliche Überwindung. Aber sie klang durchaus überzeugend. Und sie ereilte Bissinger derart unerwartet, daß er – nicht ganz ungeschmeichelt – stumm blieb.

Korvacz verfolgte seine Fährte weiter wie ein Jagdhund. »Herr Bissinger, ich meine es nur gut mit Ihnen. Und um Ihnen das zu beweisen, mache ich Ihnen hier ein Angebot. Ein sensationelles Angebot. Solch ein Angebot würde ich außer Ihnen niemandem machen.«

Dann entwickelte er sein »sensationelles« Angebot: »Ich lasse Ihnen eine Rosenheimer Wohnung, 80 Quadratmeter, Garage. Zum Selbstkostenpreis. Für nur 320 000 Mark gehört sie Ihnen. Außerdem finanziere ich Ihnen noch zinslos den vollen Kaufpreis.«

Nach Kustermeiers wortreich ausgeführter Ansicht war dies tatsächlich ein einzigartiges Angebot, das Bissinger unbedingt annehmen sollte. Und zwar nicht bloß wegen des Firmenfriedens – der allerdings existentiell wichtig sei.

Ziegbein nickte zustimmend und heftig.

Bissinger ging schließlich auf den Vorschlag ein. Außenstehende hätten dabei vermutlich aufstöhnend an die Devise der Schildbürger »Nicht überlegen, sondern handeln« gedacht.

Eine kurze Übereinkunft wurde schriftlich fixiert, die Einzelheiten zu erwähnen nicht für nötig befunden

So weit, so schlecht.

Bissinger besaß jetzt eine Wohnung im Rotlichtviertel von Rosenheim, die er nie gesehen hatte. Wie er später erfuhr, umfaßte sie statt 80 nur knapp 60 Quadratmeter; eine Garage gehörte nicht dazu. Die Mieterin zahlte anstelle der zugesicherten 1400 nur 600 Mark im Monat, denn der Grundzustand der Wohnung war verkommen. Als Bissinger – viel zu spät – die Wohnung von einem Sachverständigen prüfen ließ, schätzte dieser ihren Wert auf maximal 140 000 Mark.

Wieder mal hatte Korvacz ihn übers Ohr gehauen. Über beide Ohren: Bissinger hatte für teures Geld eine Schrottbude erstanden und dafür bei Korvacz 320 000 Mark Schulden gemacht. Sauber!

Statt Korvacz zu erwürgen, versteigerte er weiter für ihn.

Kein Trost für Bissinger, aber delikat: Auf Korvacz' Rosenheimer Gaunerstück fiel – Monate später – noch ein zweiter herein. Und zwar jener etwas blaßgesichtige, aber stets frohgemute, für Auktionen zuständige Stadtrat, der selbst gern die Auktionen besuchte. Jener Stadtrat, der mit einer bezaubernden Ferrari-Liebhaberin aus Schwaben verheiratet war.

Eines Tages erzählte er Bissinger gutgelaunt: »Du, Heinz, der Korvacz hat mir Wohnungen in Rosenheim für einen Spottpreis verkauft. Drei Wohnungen für lediglich 900 000 Mark! 400 000 habe ich mir von der Bank finanzieren lassen, den Rest hat mir Korvacz als Darlehen gegen 50 Wechsel à 10 000 Mark gegeben.«

Gut eingefädelt! Jetzt hatte Korvacz auch einen einflußreichen Parteipolitiker und Mitglied des Stadtrats an seinem Gängelband.

Ja, das Auktionsbiz war spannend. Oft spannender als jeder Krimi, auch im Alltag. Dafür, daß die Action nicht nachließ, sorgten unter anderem die Sachverständigen und Gutachter.

So zum Beispiel im Bereich der grafischen Kunst der »Kriminalgutachter«, ein Gutachter also, der auch für die Kriminalpolizei tätig war. W. P., so soll dieser Fachmann heißen, unterhielt selbst eine namhafte Galerie im Stadtzentrum von München.

Manchmal geschah es, daß ein Kunde bei W. P. ein im Münchner Hof ersteigertes Bild schätzen ließ. Woraufhin W. P. das Bild nach eingehender Musterung als Fälschung bezeichnete. Sehr zum Ärger von Dr. Rossano, dessen Expertise die Echtheit bestätigt hatte.

Gutachten stand gegen Gutachten, die Kunden waren verärgert.

Rossano beauftragte daraufhin einen guten Bekannten. Der spazierte in die Galerie von W. P. und erwarb dort eine Lithographie von Salvador Dalí.

Rossano ließ die Dalí-Lithographie neu rahmen, und zwar mit Leisten, die üblicherweise bei Auktionen verwendet werden. Er verfaßte eine Expertise, welche die Echtheit dieses Dalí bescheinigte. Einige Tage später schickte er eine junge Rechtsanwältin samt Dalí-Lithographie und Rossano-Zertifikat in die Galerie des »Kriminalgutachters« W. P.

Die Anwältin gab sich als naive Kundin aus, die im Münchner Hof diesen Dalí ersteigert hatte. »Ein Herr Dr. Rossano, sehr vertrauenswürdig, hat eine Expertise erstellt. Ich habe sie dabei. Es ist sicherlich nicht notwendig, aber dennoch wäre mir wohler, wenn ich die Meinung eines zweiten Fachmanns erfahren könnte.«

Dann geschah, was Rossano vorausgesehen hatte: W. P. betrachtete das Blatt sehr kennerhaft, nahm sogar eine Lupe zu Hilfe, um nach einer Weile festzustellen, daß es sich um eine Fälschung handele. Eindeutig!

Rossano erlaubte sich daraufhin den Spaß, in einer Münchner Grafikgalerie eine Radierung von Miró zu erwerben. Diese ließ er W. P. mit der Behauptung, der Besitzer habe sie auf einer Auktion erworben, zur Begutachtung vorlegen. W. P. bezeichnete – wie sollte es anders sein? – den Miró als Fälschung. Und vice versa erklärten die Experten der Grafikgalerie einen als Auktionsware vorgelegten Picasso aus dem Geschäft des Herrn W. P. für gefälscht.

So ging's ping hin und pong her. Beim Wettkampf zwischen Auktionen und Galerien, der den Mitspielern objektive Aussagen verwehrte.

Dieses Spiel verlief nach der Faustregel: Vier Schiedsrichter, vier Ergebnisse.

Ganz genau so wurde mit Teppichen »gespielt«.

Ließ ein Kunde seinen ersteigerten Perser von einem vereidigten Gutachter schätzen, taxierte dieser das teure Stück in der Regel derart niedrig, daß der Käufer fuchsteufelswild wurde.

Eines Tages beschwerte sich ein solcher Kunde bei Bissinger: Ein Teppichexperte hatte seinen zwei mal drei Meter großen Kaschmir auf armselige 700 Mark geschätzt.

Bissinger griff sich den Teppich und brachte ihn zu einem anerkannten Fachgeschäft. Der Inhaber rief sodann den Siebenhundert-Mark-Gutachter mit der Bitte an, zehn in seinem Laden liegende Teppiche zu schätzen. Unter diesen zehn Teppichen befand sich besagter Kaschmir. Eben diesen Kaschmir taxierte der vereidigte Teppichexperte auf 4000 Mark.

Vielleicht war er nur vergeßlich – sein Erstgutachten lag immerhin einige Wochen zurück. Oder waren die Bräuche lose? Übrigens: Der Gutachter betrieb unter dem Namen seiner Frau ein Teppichgeschäft.

Eines Abends erschien ein Herr im Auktionssaal, dem Bissinger vor Jahren in Australien begegnet war. Der Herr, Mr. Alain Link, war ein guter Bekannter seines Vaters. Link war ein Industriemagnat, einer der reichsten Australiens. Er hatte ganze Städte erbaut, ihm gehörten eigene Fernseh- und Radioanstalten und die Hälfte einer australischen Kaufhauskette. Link hatte auch jenes australische Segelschiff finanziert, das erstmals in der Geschichte den Amerikanern ihren »American Cup« abgenommen hatte.

Dieser schillernde, durch die Weltpresse gegangene Unternehmer verfolgte eine Weile die Versteigerung. Dann ging er auf Bissinger zu und begrüßte ihn: »Schön, dich wiederzusehen, Heinz. Hätt' nicht gedacht, wie niedlich ihr in Deutschland versteigert. Ihr habt's wohl nicht nötig, oder?«

Bissinger war baff. »Niedlich? Ich mache hier gigantische Umsätze.«

»Na, wenn du nachher ein bißchen Zeit hast, erzähl' ich dir mal, wie man in eurer Branche Geld macht.«

Nach der Auktion, in der Frankenstube, erzählte Alain Link von seinen Erfahrungen mit Bissingers Branche.

Das Realo-Märchen ging so: Es geschah einmal – vor zwei Jahren –, da wandte sich das Auktionshaus Sotherland an

Alain Link. Ob er nicht das Bild »Die Rosen« von van Kortes zu einem Preis von 60 Millionen Dollar ersteigern wolle? Link wandte ein, sein Immobilienkonzern stünde kurz vor dem Konkurs. Wie könne er in einer solchen Situation zu einem solchen Preis ein Bild erwerben? Nein, er müsse schließlich auch an sein Image denken! Darauf zwitscherte Sotherland zurück: Wie schade! Man hätte Links Konzern sooo gern als Ersteigerer dieses Meisterwerks bekanntgegeben! Aber vielleicht … gegen zwei Millionen … privat …? Nun ja, der Märchenprinz Alain Link war zwar ein reicher Mann, aber nicht so weltenfern, daß er ein Geschenk von zwei Millionen ausgeschlagen hätte.

»Stimmt«, erinnerte sich Bissinger, »ich hab's in der Zeitung gelesen: Das weltberühmte Gemälde hängt in deinem Hauptgebäude in Australien!«

Link lachte. »Das Bild ist nie in meinem Besitz gewesen. Der Handel lief so: Sotherland verkündete, nach dem Konkurs hätte die Link Corporation den Ersteigerungspreis nicht bezahlt. Die Meldung ging rund um den Globus. Die Publicity für den van Kortes hätte größer nicht sein können. Als das Bild erneut in die Versteigerung kam, erhielt ein japanischer Konzern den Zuschlag: für 112 Millionen Dollar.«

»Unglaublich«, staunte Bissinger.

»Aber wahr, mein Lieber. So macht die große Konkurrenz ihr Geld. Meinst du, sie hätte mit üblicher Werbung einen solchen Coup landen können? Um Werbung reißt sich die Öffentlichkeit nicht, nur um Sensationen. Sotherland hat in nicht mal zwölf Monaten ziemlich exakt 50 Millionen Dollar verdient. Davon sind meine zwei Millionen bereits abgezogen. Das hat Klasse, mein Junge!« Link hob sein Glas. »Es lebe die feine englische Art, cheers!«

An diesen Trinkspruch erinnerte sich Bissinger, als eine elegant gekleidete Dame ihm ein Original-Fabergé-Ei vorzeigte, besetzt mit Rubinen, Smaragden und großen Diamanten. Sie hatte es zuvor der deutschen Niederlassung von Sotherland angeboten. Dort wollte man ihr für das Fabergé-Ei 4000 geben – nicht Pfund, nicht Dollar, sondern Mark.

»Die halten mich wohl für geisteskrank«, meinte die Dame. »Das Stück muß etwas mehr wert sein.«

Bissinger und Andrea baten Boy Eriksen, einen Juwelier nahe des Münchner Hofs, sich das Fabergé-Ei anzusehen. Er schätzte den Wert auf etwa eine Viertel Million – nicht Mark, sondern Dollar.

Lose Bräuche.

# Zurück in die Startlöcher!

Gegen Ende der Auktion kontrollierte Korvacz gewöhnlich an der Kasse die Zuschlagzettel. Anhand der Zettel konnte er feststellen, ob dieser oder jener Teppich nicht bezahlt und nicht abgeholt wurde. Er versah die betreffenden Zettel dann mit einem Stornovermerk und brachte sie nach der Versteigerung zu Andrea, damit sie die betreffenden Teppiche aus ihrem Protokoll strich.

Ein ganz normaler Vorgang, könnte man meinen.

Das war er auch – wäre Korvacz nicht Korvacz gewesen.

Bissinger und Andrea konnten sich nach den langen, zermürbenden Auktionsnächten beim besten Willen nicht genau erinnern, ob dieser oder jener Kunde seinen Teppich mitgenommen hatte, zumal ein Teppich in zusammengerolltem Zustand aussieht wie der andere. Die Häufigkeit der Stornierungen fiel ihnen jedoch auf und ließ sie argwöhnen, daß Korvacz wieder falschspielte.

Schließlich bestätigte ein Beweis ihren Verdacht.

Andrea sah sich einen der Zuschlagzettel, die ihr Korvacz gegeben hatte, genauer an. »Der Kunde hatte die Bieternummer fünf«, sagte sie zu Bissinger.

»Professor Wernicke«, erinnerte der sich. »Ein guter Kunde. Er kommt alle zwei, drei Monate. Was ist mit ihm?«

»Er hat doch heute etwas ersteigert?«

»Ja.«

»Was denn?«

»Wie immer einen Teppich. Der ist vernarrt in Luxusteppiche. Heute war's ein persischer Täbris. Drei auf zwei Meter. Korkwolle mit Seide auf Seide. Sehr feine Zeichnung. War seine 60 000 wirklich wert.«

Andrea bohrte nach: »Du erinnerst dich also, daß du ihm den Zuschlag gegeben hast?«

»Ja, ganz genau. Er hat gestrahlt wie ein Honigkuchenpferd.«

Andrea zeigte ihm den Zuschlagzettel mit Korvacz' Filzstiftvermerk. »Er hat den Teppich aber storniert.«

»Wahrscheinlich war er ihm doch zu teuer«, mischte sich Korvacz ins Gespräch, »oder er hat sich's anders überlegt.«

Andrea blieb gefaßt. »Hat er nicht.«

»Was?«

»Nein, das hat er nicht, Herr Korvacz! Ich habe nämlich mit eigenen Augen gesehen, wie er mit dem Teppich hinausgegangen ist.«

»Das wird irgendein anderer Teppich gewesen sein.« Korvacz tat lässig, wirkte aber ein wenig unsicher. »Diese Teppiche sehen sich verdammt ähnlich. Alle.« Er lächelte dämlich. »Trinken wir noch einen Schluck zusammen?«

Seine Frage stieß ins Leere. Andrea antwortete ebensowenig wie Bissinger.

Korvacz räusperte sich kehlig. »Na, wie ist's? Ich lade Sie ein.«

Bissinger fingerte eine Zigarette aus der Schachtel. Seine Hände zitterten leicht. Dann sagte er, ohne Korvacz anzublicken: »Sie können mich für dumm halten, Korvacz. Meinetwegen. Aber verlassen Sie sich nicht darauf, daß ich es auch bin! Allmählich habe ich Ihre Betrügereien satt.«

Korvacz warf entrüstet den Kopf zurück. »Sie wollen doch nicht etwa behaupten ...«

»Doch!« fiel ihm Bissinger ins Wort. »Auch ich habe gesehen, wie Professor Wernicke den Saal verlassen hat. Er hat Andrea und mir freundlich zugenickt. Und er hatte den Täbris über der Schulter. Außerdem war's der einzige Teppich, den er heute ersteigert hat!«

»Jeder kann mal 'n Fehler ...«

»Diese Stornierung ist fauler Zauber. Ganz fauler Zauber. Und das gilt für die meisten Stornierungen, die Sie uns Nacht für Nacht auf den Tisch legen. Das haben wir schon lange geahnt.«

Korvacz sah ihn wie hypnotisiert an. »Was is'n los, he? Hätt' nicht gedacht, daß Sie so verbissen sein können! Wie 'n mickriger kleiner Buchhalter.«

»Damit bringen Sie Andrea, mich und wahrscheinlich auch Frau Karrener um die uns zustehenden Prozentanteile.«

»Sie kommen schon nicht zu kurz. Sie alle nicht!«

»Der Trick ist übel, Herr Korvacz! Und, wie's aussieht, chronisch. Ich verlange jetzt endlich Einblick in die Betriebsunterlagen!«

»Plustern Sie sich bloß nicht so auf! Was kann ich dafür, wenn Sie sich die Unterlagen nicht ansehen?«

»Man gibt sie mir nicht zu sehen!« fauchte Bissinger. »Erst gestern war ich in der Hauptverwaltung. Was glauben Sie, was Frau Karrener mir erzählt hat? Die Unterlagen wären in Ihrem Rollschrank. Und sie hätte leider keinen Schlüssel. Immer neue Ausreden!«

Korvacz, in die Enge getrieben, versuchte, halbwegs verbindlich zu bleiben. »Tun Sie nicht so, als ob Sie am Hungertuch nagen, Bissinger. Und schieben Sie mir nichts unter, da kann ich nämlich ekelhaft werden. Sehr ekelhaft!«

»Ich schiebe Ihnen nichts unter, ich stelle fest.«
»Mann, Sie sollten mehr Vertrauen zu mir haben. Kann man doch erwarten! Vertrauen! Vergessen Sie nicht, mein Lieber: Sie sind auf mich angewiesen! Ich lasse Sie hier auftreten wie einen Tennisstar in Wimbledon. Sie könnten mir wenigstens dankbar sein. Schließlich verdienen Sie nicht schlecht dabei, oder?«
»Darüber beklage ich mich ja auch nicht.«
»Na also, wozu dann das Theater? Und das mit den Stornos überprüfe ich noch mal. Zufrieden?«
Bissinger war nicht zufrieden, aber viel zu müde, um noch länger zu diskutieren.
»Ach, übrigens«, fiel Korvacz beim Abschied ein, »ich hab' mit meinem Freund, dem Stadtrat, geklärt, wie wir auch sonntags versteigern können. Läßt sich machen! Gut, was? Aber darüber reden wir morgen.«


Tatsächlich. Korvacz hatte tatsächlich einen Weg gefunden, das sonntägliche Versteigerungsverbot zu umgehen. Kaum zu glauben. Der nette Freund *vermittelte* Korvacz an wohltätige Organisationen. So daß Korvacz, wie rührend, sonntags *Benefizversteigerungen* durchführen konnte.
In Wirklichkeit ließ Korvacz dasselbe versteigern wie während der Woche. Er führte jeweils um die 2000 Mark an den rührigen Herrn ab, der diese Almosen zur Hälfte einem wohltätigen Verein, zur Hälfte dem Ortsverband seiner ordnungsliebenden Partei zufließen ließ.
Bissinger biß widerwillig in den sauren Apfel, auch sonntags versteigern zu müssen.

Den Saal schmückten Plakate mit dem prangenden Aufdruck *Wohltätigkeitsauktion*. Diese ansehnlichen Plakate erstellte eine Werbeagentur, die der Frau des Stadtrats gehörte. Mehr noch als bei den normalen Auktionen fielen sie Bissinger bei diesen Sonntagen auf: die gut gekleideten, noch recht jungen Männer, die teils allein, teils in Damenbegleitung in den Saal strömten. Zu Auktionsbeginn boten sie emsig mit, was Bissinger durchaus gelegen kam. Denn so kam nach dem meist zähen Start schneller Schwung auf.

Doch diese jungen Leute wollten nichts ersteigern. Blieben sie tatsächlich mal auf einem Gebot sitzen, zahlten sie nicht, und die Ware wurde anstandslos storniert. Es waren Strohbieter, die – welch Zufall! – alle einer bestimmten Partei angehörten.

Keine Besonderheit im Auktionsgewerbe übrigens. In vielen Auktionshäusern steigern »Gäste« zum Schein im Auftrag des Veranstalters. Im Fachjargon nennt man sie »Barone« und ihre Tätigkeit »baronieren«. Für den Auktionator bedeuten sie allemal eine Hilfe.

Daher fand sich Bissinger nicht ungern mit diesen jungen Leuten ab. Stutzig wurde er erst, als Korvacz sich zu ihnen setzte und mit ihnen tuschelte. Sie sollten sich jedes Wort merken, das dieser Auktionator sagte, wurde ihm hinterbracht. So lief der Hase also auch: Korvacz dachte an Nachwuchs!

Daraufhin heizte Bissinger den jungen Leuten so gründlich ein, daß er von ihren Gesichtern ablesen konnte, was sie dachten: Das schaffen wir nie!

In seinem Tagebuch notierte er:
*Korvacz will unbedingt Auktionatoren heranzüchten. Sein Traum ist, daß endlich auch ein anderer so hohe Umsätze*

*erzielt wie ich. Mein Traum ist, endlich und so schnell wie möglich von ihm loszukommen. Aber wie?*

Wieder einmal suchten Andrea und Bissinger Rat bei ihrem Wirtschaftsanwalt Dr. Kustermeier. Wie schon so oft, klagten sie, daß Korvacz oder Frau Karrener ihnen immer wieder die Einsicht in die Bücher verwehrte.

»Sie mögen dies bedauern«, kommentierte Kustermeier, »aber ich verstehe, offen gestanden, nicht, weshalb Sie Ihre Energie, die Sie anderweitig weitaus nutzbringender einzusetzen gewöhnt sind, dieser Randerscheinung Ihrer Tätigkeit opfern.«

»Dies wollen wir ja gern Ihnen überlassen. Daher sind wir hier. Und zwar nicht zum ersten Male. Sie haben doch deswegen schon vor Monaten an die Kanzlei von Herrn Ziegbein geschrieben. Wie war die Reaktion?«

Kustermeier machte ein angeregt bekümmertes Gesicht. »O ja, das ist mir erinnerlich. Wenn ich mich nicht sehr täusche, habe ich auf Ihr Drängen hin sogar ein zweites Schreiben nachgesetzt. Ich müßte mir die Akte nochmals vornehmen.«

»Herr Dr. Kustermeier, uns interessiert weniger Ihr Schreiben, uns interessiert die Reaktion von Korvacz' Anwalt!«

»Nun ja, wenn ich mich nicht irre, habe ich auf meine Schreiben keine Antwort erhalten. Kollege Ziegbein ist, so darf und muß ich wohl annehmen, zu überlastet, um dieser Bagatelle genügend Aufmerksamkeit zu widmen.«

»Bagatelle?« brauste Bissinger auf. »Vermutlich geht es mittlerweile um Hunderttausende! Und das nennen Sie eine Bagatelle?!«

»Ich sehe dies in Relation zu Ihrem Verdienst, Herr Bissinger. Sie selbst beziffern Ihr Jahreseinkommen auf eine runde Million. Und das dürfte nicht nur subjektiv, sondern auch objektiv als außergewöhnlich zufriedenstellend betrachtet werden.«

»Wir sollen also Korvacz' Betrügereien kommentarlos einstecken?«

Kustermeier seufzte bekümmert auf. »Ich werde das Thema bei Gelegenheit noch einmal anschneiden. Aber vorläufig möchte ich Ihnen raten, um des Firmenfriedens willen die Dinge auf sich beruhen zu lassen. Herr Bissinger«, erneutes Seufzen, »konzentrieren Sie sich auf Ihre Begabung, die Ihnen in reichlichem Maß gegeben ist. Und diese ist, wie niemand bezweifeln wird, das Entertainment. Und Sie haben im Münchner Hof eine Bühne, die für einen Tennisspieler Wimbledon bedeuten würde.«

Kustermeier teilte noch einige weitere Schmeicheleien aus, von denen sich Bissinger immer wieder gern einfangen ließ.

Auf dem Heimweg allerdings wurde Andrea plötzlich sehr nachdenklich.

»Du, Heinz!«

»Ja?«

»Merkwürdig, diese Übereinstimmung …«

»Welche Übereinstimmung?«

»Kustermeiers Vergleich! Beide haben von Tenniscrack und Wimbledon gesprochen. Korvacz und Kustermeier!«

»Stimmt!« nickte Bissinger. »Und beide im selben Zusammenhang.«

»Du, Heinz!«

»Ja?«

»Die zwei stecken unter einer Decke!«

»Scheiße!«

»Karlheinz!« monierte Andrea. »Aber du hast recht: Dein Anwalt, Heinz, dein Anwalt erhält seine Anweisungen von der Gegenseite!«
»Die K-und-K-Connection! Korvacz und Kustermeier!«
»Was machen wir jetzt?«
Hier war er total überfragt. »Was können wir denn schon machen?«
»Den Anwalt wechseln! Und zwar sofort!«
»Eine gute Idee.« Kurz danach fand er sie nicht mehr gut. »Kustermeier weiß eine Menge über unsere Verbindlichkeiten, Schatz. Im Grunde alles. Wenn der sich mit Korvacz verbündet, hauen die beiden uns in die Pfanne.«
Jetzt sagte es auch Andrea: »Scheiße!«
»Ich muß den Absprung von Korvacz riskieren!«
»Wir haben noch hohe Schulden bei ihm, Heinz! Das Darlehen für unsere Wohnung in Starnberg, 320 000 für die Klitsche in Rosenheim ...«
»Davon hab' ich schon einen Haufen abgerackert.«
»Aber 'ne gute dreiviertel Million bleibt's immer noch?«
»Locker.«
»Na und?«
»Schei ... «, er verbesserte sich: »Mist!«
»Es müßte ein Geist aus der Flasche schweben und uns eine Million herzaubern. Einfach so. Dann darf er in seine Flasche zurückkrabbeln.«


Und als hätte Andrea mit ihrem Wunsch eine Zauberlosung gesprochen: Der Geist aus der Flasche zeigte sich kurze Zeit später in Gestalt eines gewissen Dr. Fallenhaber.

Dieser Dr. Fallenhaber, Zahnarzt aus Garmisch-Partenkirchen, besuchte mit seiner Frau öfters die Auktionen. Dabei steigerte er gern und häufig. Wie viele Kunden, die Bissinger etwas näher kennenlernten, merkte er rasch, daß dieser Auktionator für Korvacz nichts anderes war als ein Dukatenesel, den es zu melken galt.

Frau Fallenhaber trank, genau wie Andrea, gern Frankenwein. Ihr Mann hatte, genau wie Bissinger, als Jugendlicher in einer Fußballmannschaft als Torwart gespielt. Erste Gemeinsamkeiten, gegenseitige Sympathie – eine neue Bekanntschaft spann sich an. Fußball wollten sie zusammen nicht spielen, aber in der Frankenstube einen Schoppen trinken. Was sie schließlich häufiger taten.

Als Fallenhaber erfuhr, daß Andrea 49 Prozent der Korvacz Auktionsorganisation GmbH innehielt, wurde er trotz Weinlaune urplötzlich hellwach.

»Und dann lassen Sie es sich gefallen, daß Korvacz Sie dermaßen unterbuttert?«

»Tja, gegen seine Tricks kommen wir kaum an«, antwortete Andrea.

»Dem würde ich zeigen, wo's langgeht!«

»Ja, wenn's sein muß, kann mein Mann sehr rigoros sein«, bestätigte Frau Fallenhaber.

»Wenn Sie wüßten«, stöhnte Andrea, »wie lange wir schon den Absprung von Korvacz versuchen …« Dann geriet sie ins Erzählen und verschwieg den beiden nicht, daß finanzielle Verpflichtungen sie an Korvacz schweißten.

Dr. Fallenhaber bestellte eine Flasche Wein nach.

»Wissen Sie«, sann er, als die Gläser eingeschenkt waren, »die Auktionsbranche fasziniert mich. Da ist Leben, da gibt's Bewegung. Ganz anders als mein Beruf …«

»Du bist ein ausgezeichneter Zahnarzt!« warf seine Frau ein.

»Und wäre ein mindestens ebenso ausgezeichneter Manager von Auktionen. Außerdem würdest du dich doch in der Großstadt viel wohler fühlen!«

»Naja ...«

Fallenhaber tippte schmunzelnd sein Glas gegen das von Andrea. »Was hielten Sie davon, wenn ich Ihre Gesellschaftsanteile übernähme?«

Andrea stellte ihr Glas verblüfft wieder ab. »Ist das ein ernsthaftes Angebot?«

»Absolut. Über die Konditionen müßten wir uns selbstverständlich noch unterhalten. Vielleicht könnten wir damit uns allen einen Gefallen tun.«

Andrea sah Bissinger fragend an.

Sie wußten beide, daß dies nicht so einfach zu bewerkstelligen war.

Bissinger erklärte: »Laut Gesellschaftervertrag dürfen Anteile nicht ohne weiteres an fremde Dritte verkauft werden. Falls ein Dritter ein Kaufangebot unterbreitet, haben die verbleibenden Gesellschafter – in unserem Falle also Korvacz und Frau Karrener – das Recht, die Anteile zu den angebotenen Konditionen zu übernehmen. Tun sie dies binnen vier Wochen nicht, erlischt ihr Vorkaufsrecht. Dieses Vorkaufsrecht besteht jedoch nicht, wenn ich meine Anteile auf Andrea übertrage – das gleiche gilt im übrigen, falls Frau Karrener ihren Anteil auf Korvacz übertragen sollte.«

»Okay«, meinte Dr. Fallenhaber, »das heißt, wir müssen einen klugen Schlachtplan entwerfen.«

»Nichts überstürzen!« mahnte seine Frau.

Dieser Empfehlung schlossen sich alle an. Man trank zwar auf den spontanen Einfall, war aber einhellig der Ansicht, ihn reiflich überdenken zu müssen.

Nach zwei weiteren Besprechungen machten sie Nägel mit Köpfen: Dr. Fallenhaber erklärte sich bereit, für eine Million Deutsche Mark Andreas Gesellschaftsanteile zu übernehmen.

Dazu mußte ein rechtsverbindliches Kaufangebot vorliegen. Fallenhaber bereitete alles vor, und Bissinger vereinbarte einen Termin bei seinem Wirtschaftsanwalt.

Zwei Tage später, im Februar 1992, fuhr er mit Andrea und den Fallenhabers zu Dr. Kustermeier. »Wenn Korvacz von diesem Termin weiß«, ulkte Andrea unterwegs, »hat er sicher einen Privatdetektiv in der Nähe der Kanzlei plaziert, um zu erfahren, wer der Kaufinteressent ist!«

Daneben getroffen! Schon von weitem sahen sie vor der Kanzlei Korvacz' feuerroten Ferrari. Der Herr hatte sich höchstpersönlich herbeibemüht!

Ebenso höchstpersönlich öffnete Dr. Kustermeier die Tür zu seiner Anwaltsvilla.

»Willkommen! Raten Sie mal, wer da ist!« Er strahlte sie herzlich an.

»Das muß ich nicht raten, das sehe ich!« erwiderte Bissinger angewidert. »Wir gehen jetzt mit dem Ehepaar Fallenhaber eine Tasse Kaffee trinken. Wenn wir nach einer halben Stunde zurückkommen, werden Sie dafür gesorgt haben, daß Herr Korvacz Ihre Kanzlei verlassen hat. Sie sind der von mir beauftragte Anwalt! Also haben Sie meine und nicht die Belange von Herrn Korvacz zu vertreten!«

Kustermeier erblaßte. Diesmal hatte er bemerkenswert schnell begriffen.

»Ja ... es tut mir leid ... also dann ...«

Nach einer halben Stunde war der Ferrari verschwunden. Dr. Fallenhaber hinterlegte sein Kaufangebot. Kustermeier nahm es mit einsilbiger Höflichkeit entgegen und versprach, es umgehend weiterzuleiten.

Nun standen Korvacz und Veronika Karrener unter Zugzwang.
Binnen vier Wochen mußten sie sich entscheiden.


Schon nach zwei Wochen meldete sich Rechtsanwalt Ziegbein bei Bissinger. In höchsten Tönen pries er den Gang der Korvacz Auktionsorganisation. Frau Nußdorfer möge sich doch noch einmal überlegen, ob sie sich wirklich von ihren Anteilen trennen wolle.
Am nächsten Tag rief Dr. Kustermeier an, wegen des Firmenfriedens und so weiter und so fort.
Dann wiederum meinte Ziegbein, man solle auch den steuerlichen Aspekt nicht aus den Augen verlieren und so weiter und so fort.
Bissinger wurde bei diesen Telefonaten regelrecht schlecht.


Drei Tage vor Ablauf der Vierwochenfrist trafen sie sich in der Kanzlei von Dr. Kustermeier: Andrea, Bissinger, Ziegbein, Korvacz und natürlich der Hausherr.
Veronika Karrener fehlte. Das hätte Bissinger stutzig machen sollen. Aber er nahm an, sie und Korvacz lägen mal wieder im Streit. Dabei lag eine andere Vermutung ebenso nahe: Korvacz wähnte sich seiner Sache so sicher, daß er die Unterstützung der zweiten Gesellschafterin nicht benötigte. Doch auf diesen Gedanken verfiel Bissinger nicht. Hätte ihm auch nicht geholfen.
Bissinger hatte sich etwas Mut angetrunken, was für einen Milk-Shake-Fan fatale Folgen haben kann.
Übermütig bezichtigte er Korvacz erneut zahlloser Betrügereien, verhedderte sich dabei zusehends und ließ sich auch von

Andrea nicht bremsen. Er brachte durchaus berechtigte Anschuldigungen vor, verfing sich aber bei den Begründungen und Beweisen und gab so allen möglichen Gegenargumenten freien Raum. Es war, wie wenn einer mit einem scharfen Schwert gegen einen Hornissenschwarm ankämpft.

Mit der Bemerkung: »Das ist ja nun alles nichts Neues!« würgte Ziegbein die Diskussion ab. »Lassen Sie uns endlich zum eigentlichen Thema kommen!«

Bissinger hatte sein Pulver verschossen.

Ziegbein verkündete namens seines Mandanten Korvacz, daß dieser beabsichtige, von seinem Vorkaufsrecht Gebrauch zu machen. »Herr Korvacz ist bereit, die Summe von einer Million zu zahlen. Er wird aber, sobald sich die restlichen Gesellschaftsanteile in seiner Hand befinden, Herrn Bissinger seiner Pflichten als Geschäftsführer entheben.«

Damit war Fallenhabers Angebot aus dem Spiel.

Die Rollen waren diesmal vertauscht. Ziegbein redete, und Korvacz nickte bedeutungsvoll mit dem Kopf.

Nun schwang sich auch Kustermeier auf: »Unter den gegebenen Umständen erachte ich es als nicht wahrscheinlich, daß Herr Bissinger auf die Fortführung seiner Geschäftsführertätigkeit bestehen wird.«

»Ich bin durchaus in der Lage, meine Meinung selbst zu äußern«, pfiff ihn Bissinger zurück.

»Nur nichts überstürzen!« mahnte Kustermeier und wußte wohl selbst nicht so recht, was er damit sagen wollte. Er wartete nicht auf Bissingers Gegenrede, sondern fuhr fort: »Es ergeben sich noch einige Randaspekte, die vor der Übernahme der Anteile durch Herrn Korvacz der Klärung bedürfen ...«

Er erwähnte das Darlehen, das Korvacz für den Kauf der Starnberger Wohnung gewährt hatte. »Der Betrag beläuft sich noch auf rund eine halbe Million Mark. Herr Korvacz hat anerboten, unter gewissen Voraussetzungen auf die Rückzahlung zu verzichten ...«

»Verzichten?« Bissinger konnte es nicht glauben.

»Nun ja, es wäre, wenn ich es so bezeichnen darf, ein Verzicht auf Gegenseitigkeit.«

Kustermeier erläuterte es nun lang und breit: Der Darlehenssumme stand eine Forderung von Bissinger und Andrea – die Gesellschafterausschüttung für Andrea und Bissingers Geschäftsführertantiemen – gegen die GmbH entgegen. Sollten die beiden auf diese Forderungen verzichten, würde im Gegenzug das Darlehenskonto für die Starnberger Wohnung gelöscht. »Nach meiner Einschätzung handelt es sich hier um ein sehr faires Angebot«, schloß Kustermeier.

Kaum zu glauben, ärgerte sich Bissinger. Hier vertrat sein eigener Anwalt offensichtlich die Interessen der Gegenseite. »Unsere Forderungen an die Gesellschaft sind weit höher als das Darlehen«, sagte er mit Nachdruck. »Grob geschätzt betragen sie das Drei- bis Vierfache!«

»Sie leben im Wolkenkuckucksheim, Bissinger!« mischte sich jetzt Korvacz ein. »Das kommt davon, wenn man nie die Geschäftsunterlagen einsieht! Ihre Gewinnerwartungen sind ein reiner Wunschtraum, mein Bester! Sie unterschätzen laufend die Kosten und überschätzen die Einnahmen! Der Gewinn im letzten Geschäftsjahr beläuft sich auf nicht mal 500 000.«

Ziegbein nickte heftig.

Bissinger wollte es nicht glauben! Aber er hatte nichts in der Hand, um das Gegenteil zu beweisen. Er würde sich notgedrungen einverstanden erklären müssen. Er fluchte innerlich.

Nun rückte Korvacz mit einer weiteren Bedingung heraus. »Ich bin bereit, auf Sie als Geschäftsführer zu verzichten, nicht jedoch als Auktionator! Nach dem Motto ›Never change a winning team‹! Gemeinsam sind wir groß! Wir schließen einen Exklusivvertrag. Über 200 Versteigerungstage im Jahr, das zahlt sich für Sie aus! Glauben Sie's mir!«

»Und das ist schließlich das Wichtigste!« applaudierte Kustermeier. »Dieser Vorschlag sichert Ihnen einen überragenden Verdienst und einen angemessenen Lebensstandard!«

Diesem Argument konnte sich sogar Andrea nicht verschließen.

»Also«, sprach Kustermeier, und es klang wie eine öffentliche Verlautbarung, »werde ich unverzüglich einen Versteigerervertrag ausarbeiten, exklusiv, für 200 Tage im Münchner Hof, auf Provisionsbasis, zehn Prozent gegen Rechnung auf die erzielten Zuschläge.«

»15 Prozent!« forderte Bissinger.

Korvacz, froh, daß die Debatte auf einem Nebenkriegsschauplatz gelandet war, schacherte ein bißchen. Man einigte sich auf zwölf Prozent.

Super! Bissinger und Andrea hatten sich eine Million gewünscht, um von Korvacz loszukommen. Die Million hatten sie nun. Dafür war Andrea ihre Gesellschaftsanteile los, Bissinger seine Geschäftsführertantiemen – und war nach wie vor an Korvacz gebunden.

Ach ja, um's nicht zu vergessen: Erst viel, viel später erfuhren die beiden, daß Korvacz sie wieder mal in die Tasche gesteckt hatte. Inwiefern? Der Gewinn bei ihrem Ausscheiden aus der Korvacz Auktionsorganisation betrug nicht unter 500 000, sondern über zwei Millionen Mark. Wie gesagt, als der Vertrag geschlossen wurde, wußten sie's nicht. Hätten sie's gewußt, hätten sie auf ihre Forderungen gegen die GmbH gewiß nicht verzichtet.

Und dann hätte Bissinger nach der Rückkehr aus der Kanzlei auch nicht folgendes zu Andrea gesagt: »Ich fand's eigentlich ganz anständig von Korvacz, daß er das Darlehen für die Rosenheimer Wohnung mit keinem Wort erwähnt hat.«
»Anständig findest du das? Anständig?«
»Na, er hätte doch eine viel höhere Summe in Anrechnung bringen können...«
»Und du fragst dich, warum er es nicht getan hat?«
»Ja.«
»Heinz, das ist doch klar! So bist du nach wie vor in seiner Schuld, und er hält dich fest an der Strippe!«
Er seufzte. »Mmmh.«
»Nun gut. Sobald alles notariell beurkundet ist, bekommen wir von Korvacz eine Million. Weißt du, was wir dann machen? Wir begleichen mit einem Schlag die Schuld und sind aus dem Schneider.«
»Ja, ja, das ist eine gute Idee, Andrea.«

Es ist unbestritten, daß selbst die besten Ideen nur dann gut sind, wenn man sie in die Tat umsetzt.
Karlheinz Bissinger wußte das zwar, aber er hielt sich nicht daran.

# Noch losere Bräuche

Bissinger hatte sich auf ein neues Abenteuer mit Korvacz eingelassen. Er war entschlossen, es mit Bravour und Erfolg durchzustehen.

Das hieß: mit noch mehr Power ans Auktionspult! Er tat's und zog dabei alle Register seines Könnens. Das Publikum dankte es ihm.

Es freute ihn, daß der freundliche Fürst von Soyn-Tischendorff öfter auftauchte. Er schien sich köstlich zu amüsieren, nicht ohne mit heller Freude dieses oder jenes zu ersteigern. Für Andrea hatte er stets eine kleine Aufmerksamkeit dabei. Es wurde zur Gewohnheit, nach der Auktion gemeinsam in die Frankenstube zu gehen und ein wenig miteinander zu plaudern.

Korvacz bemerkte hocherfreut Bissingers flammenden Eifer. Er gierte nach Geld, und Geld scheffeln bereitete ihm die höchste Lust. Diese Lust lebte er schamlos aus.

Ebenso schamlos lebte er seine andere Gier und Lust aus.

An einem Abend, als Andrea einen ihrer wenigen freien Tage hatte, stelzte Korvacz krummbeinig ans Auktionspult.

»Hallöchen, Kuckuck! Gleich werden Sie was erleben, das Ihnen irren Spaß macht«, tuschelte er Bissinger zu. Dann bat er die Interimsprotokollführerin, ihm für eine Weile ihren Platz zu überlassen.

»Amüsieren Sie sich ein bißchen«, grinste er, »ich führe solange das Protokoll.«

Bissinger war dies ganz und gar nicht recht, aber Korvacz war nun einmal der Chef.

Korvacz deutete auf zwei junge Mädchen vor ihm in der ersten Reihe. »Die mit der Stupsnase heißt Susi, die andere Eva. Sie haben freie Wahl, mein Lieber. Ich nehme dann die andere.«

Bissinger sah ihn schräg von der Seite an und knurrte: »Das Thema hatten wir schon, Herr Korvacz.«

»Okay, okay. Aber lassen Sie sich nicht stören, versteigern Sie weiter. Vielleicht kommen Sie doch noch auf den Geschmack.«

Er winkte die Kleine mit der Stupsnase zu sich heran. Sie stand auf und näherte sich mit glitzernden Augen. Sie beugte sich zu ihm herab, um sein Wispern verstehen zu können.

»Susi, mein Ring ist mir vom Finger gerutscht«, flüsterte Korvacz. »Ich kann jetzt nicht danach suchen. Würdest du so lieb sein?«

Sie nickte und fragte: »Wo?«

»Irgendwo unter dem Tisch.«

Ein großer, malerischer Seidenteppich deckte den Tisch zum Publikum hin ab. So konnten die Zuschauer nicht sehen, was sich unter dem Tisch abspielte.

Susi ging in die Knie und tapste, nach dem Ring suchend, auf dem Boden herum. Ihre Augen gewöhnten sich schnell an das Halbdunkel. Aber Susi sah keinen Ring.

Dafür entdeckte sie etwas ganz anderes. Denn Susi hockte vor Korvacz' Knien, und die gingen mit einemmal auseinander. Aus ihrer Perspektive sah Susi deutlich, daß Korvaczs hautenge Hose im Schritt üppig gepolstert war.

Dieses Polster schien leicht unruhig. Susi wollte die Augen abwenden und wieder aus der Unterwelt auftauchen. Doch da rutschte Korvacz auf seinem Stuhl weiter nach vorn, schob ihr seinen Unterleib entgegen und spreizte die Beine noch weiter. Ein unzweideutiger Antrag unter dem Tisch.

Um zu beweisen, daß sein Antrag ernst gemeint war, ließ Korvacz seine Hand unter den Tisch gleiten und tippte auf den Reißverschluß seiner Hose. Dann zog er sie wieder zurück, um sein Protokoll zu führen. Er bewegte keine Miene.

Dafür bewegte sich das Innenpolster seiner Hose. Hoffentlich hat Susi meine Aufforderung verstanden, dachte Korvacz. Und spürte auf einmal Susis Hand, die zögernd seinen Oberschenkel entlang strich. Korvacz reagierte, indem er seine Hand nochmals kurz unter den Tisch gleiten ließ, Susis Hand faßte und zum Reißverschluß führte.

Gute Susi! Korvacz spürte erleichtert, wie sein Reißverschluß aufging. Endlich! Susis Hand tastete über das, was noch unter seinem Slip verborgen war. Dieses Etwas antwortete Susi mit heftigem Zucken. Korvacz half Susi ein letztes Mal und fingerte seinen Gameboy hastig aus der Verpackung.

Jetzt sah Susi unverhüllt, was sie unter dem Tisch angerichtet hatte. Es war stattlich. Sie griff zu, erst sanft, dann entschiedener. Korvacz' bestes Stück schwoll in ihrer rechten Hand ungeduldig weiter an. Sie ließ mit der Rechten nicht locker, um mit der Linken Ball zu spielen.

So gern Korvacz schmutzige Wäsche wusch, so sauber hielt er stets – nicht ohne Hintergedanken – den Inhalt seiner Unterwäsche. Was Susi weiter antörnte.

Und Korvacz noch gewaltiger antörnte. Doch über dem Tisch versuchte er beharrlich, cool zu bleiben, und führte mit abgeklärtem Gleichmut sein Protokoll.

Bissinger dagegen fiel es schwer, die Versteigerung ähnlich cool weiterzuführen. Aus dem Augenwinkel sah er deutlich, was unter dem Tisch geboten wurde. Genauso wie die sechs Männer, die neben dem Auktionspult einen schweren Teppich vorzeigten. Während sie ihn hochhielten, verfolgten sie wie gebannt das dem Publikum verborgene Schauspiel.

Korvacz schienen die Voyeure nicht zu stören, im Gegenteil. Heiser flüsternd fragte er Bissinger, ob er nicht auch Eva heranwinken solle. Bissinger war nahe daran, ihn mit dem Auktionshammer zu erschlagen.

Unterdessen war Susi nicht nur handgreiflich, sondern auch naschlustig geworden auf die längste Praline, die ihr bislang jemand präsentiert hatte. Sie biß hinein und ließ sie genüßlich auf der Zunge zergehen.

Die Praline dachte nicht daran, sogleich zu zerschmelzen. Während Bissinger eine Perserbrücke mit etwa 400 000 Knoten pro Quadratmeter aufrief, sah er, wie die Naschkatze dem wie ein Dampfkessel aus allen Löchern pfeifenden Korvacz die Flötentöne beibrachte. Er erteilte endlich den Zuschlag mit einem derart wuchtigen Hammerschlag, daß Susi erschrocken den Mund aufriß. Haargenau in diesem Moment brach die Kruste der Cognacbohne und spritzte die Füllung auf Susis Bluse. Zum Glück war diese weiß.

Susi verweilte noch eine halbe Stunde unter dem Tisch. Dann war Pause und die Luft endlich rein. Sie kroch hervor, richtete sich auf, als hätte sie Schwerstarbeit verrichtet, und sagte mit herziger Unbefangenheit zu Korvacz: »Ich habe den Ring leider nicht gefunden.«

# Guten Tag, Durchlaucht!

Wieder einmal saßen Bissinger und Andrea mit dem sympathischen Fürsten in der Frankenstube. Sein voller Name lautete Bertolt Ludwig Ferdinand Fürst von Soyn-Tischendorff. Er hatte die 80 bereits überschritten, aber die Energie und Dynamik eines Fünfzigjährigen.

Lebhaft, vergnüglich und geistreich beteiligte er sich am Gespräch. Erzählte von seinen Leidenschaften – Angeln, Autofahren und Tontaubenschießen – und von seinem Weingut bei Trier, das er ebenfalls mehr aus Leidenschaft denn zum Broterwerb betrieb. Der Eiswein des Soyn-Tischendorffschen Weinbergs genoß Weltruf.

Andrea und Bissinger berichteten von ihrem bevorstehenden Urlaub. Wie im vergangenen Jahr wollten sie zu Bissingers Mutter nach Norwegen fahren, um im herrlichen Helgeroa-Fjord ihrem Lieblingssport, der Fischerei, nachzugehen.

O ja, die Fischerei ...!

Auch der Fürst hatte daran einen Narren gefressen.

Und Norwegen!

Der Fürst war noch nie in Norwegen gewesen. Es mußte ein wunderschönes Land sein.

»Ja, es ist wunderschön! Warum kommen Sie nicht mit? Nehmen Sie sich drei Wochen Zeit, es wird Ihnen guttun. Bestimmt!«

Der Fürst lachte. Das war das zweite Mal, daß die beiden ihn aufforderten, sie zu begleiten. Beim ersten Mal hatte er das Angebot angenommen wie einen Rettungsanker. Diesmal ging es ums Vergnügen. Dafür ist es nie zu spät, sagte er sich, und schlug ein.

Norwegen zeigte sich von seiner besten Seite, als die drei Urlauber eintrafen. Sommer 1992: Die Sonne hing über dem Helgeroa-Fjord. Eine zarte Brise kräuselte das Wasser, das die nahen Berge widerspiegelte. Sie tänzelten darin wie Trolle beim Wasserballett.

Bissinger sog den Blick über den Fjord und die Luft tief ein. Würzige Meeresluft füllte seine Lungen – für einen Kettenraucher kein alltägliches Erlebnis.

Die Möwen kreischten vor Lachen.

Sie kreischten über dem Fjord, sie kreischten über dem rosafarbenen Holzhaus von Bissingers Mutter, sie kreischten zum Frühstück, zum Mittag- und Abendessen. Nur in der Nacht gaben sie Ruhe.

Es war eine herrliche Zeit.

Morgens liefen Bissinger und Andrea zum Baden an den Fjord. Meist war der Fürst bereits am Strand. Um zu beweisen, wie fit er noch war, schwamm der alte Herr mit ihnen um die Wette.

Die Abende verhockten sie bei Wein und Spielen – keinen Korvacz-Spielen wie Backgammon, sondern Mühle oder Mensch ärgere dich nicht. Sie amüsierten sich köstlich.

Sie plauderten ausgelassen und unbeschwert. Doch ab und an meldete sich die Bedrückung zurück, die Bissinger und Andrea verspürten, wenn sie nicht im Urlaub waren. Dann brach der Ärger über Korvacz aus ihnen heraus. Und ihr bejahrter Urlaubsgefährte war ein guter Zuhörer.

»Ich kann nur staunen, wie Sie das alles ertragen«, sagte er. »Für mich ist das eine fremde Welt. Mit Menschen wie Korvacz oder Dr. Kustermeier habe ich nie zu tun gehabt.«

»Seien Sie froh!«

»Diesem Korvacz müssen Sie die Zähne zeigen!« Der Fürst seufzte. »Ich weiß bloß nicht, wie!«

»Na, trösten wir uns gegenseitig. Ich weiß es nämlich auch nicht.« Eine Erkenntnis, die Bissinger schnell zu verdrängen versuchte.

Zwei Wochen waren vergangen, da hatte der Sportfischer Bissinger seinen großen Tag. Diesige Luft über dem Fjord, ruhiges Wasser, das Boot schaukelte gemütlich dahin. Er fingerte eine Zigarette aus der Brusttasche, steckte sie sich zwischen die Lippen und fluchte über das Feuerzeug, das seine Dienste verweigerte. Da geschah es: ein kräftiger Ruck. Ein Fisch hatte angebissen.

Aber was für einer! Es war, wie später festgestellt wurde, ein Tiefseedorsch, anderthalb Meter groß, gut 38 Kilo schwer. Nach einer geschlagenen Stunde hatte Bissinger den Brocken endlich an Bord.

Am Ufer half ihm der alte Fischer Arne Skoe weiter, der gerade seine Netze flickte. Arne achtete seit dem Tod seiner Frau kaum mehr auf sein Äußeres. Der Bart war ungepflegt, das Hemd ungewaschen, der Rand unter den Fingernägeln schwarz wie der Rahmen einer Todesanzeige.

»Na, Arne«, fragte Bissinger, nachdem der Fisch glücklich verstaut war, »wie geht's?«

»Naja. Wie's so geht.«

»Was heißt das?«

»Könnte besser gehen. Vor allem wenn die Gicht nicht wäre. Beim Netzeflicken tun die Finger höllisch weh.«

»Das tut mir leid.«

»Braucht niemandem leid zu tun. Sonst hab' ich ja alles. Ein Bett unterm Hintern, ein Essen im Topf, mein Boot ist in Ordnung, der Fernseher auch. Nur diese verdammte Gicht! Und dieses alte, brüchige Zeug«, Arne wies mit einer Kinnbewegung auf sein Netz, »macht's noch schlimmer. Die modernen Netze sind viel besser. Das Material ist dreimal so fest und dabei 'nen Happen leichter. Das braucht man nicht zu flicken. Das hält. Jedenfalls dreimal so fest wie der alte Schrott.«

»Warum schaffen Sie sich nicht so ein Netz an?«

Arne rieb den gichtigen Zeigefinger gegen den gichtigen Daumen. »35 000 Kronen! Wer kann das aufbringen? Muß mich eben weiter durchwursteln. Als meine Frau noch gelebt hat, war's anders. Die hat mir beim Flicken geholfen. Und immer Mut gemacht.« Arne sah Bissinger aus wasserblauen Augen an. »Und Humor hatte sie auch. Wenn wir mal überhaupt nicht mehr weiterwußten, hat sie die Hände in die Hüften gestemmt und gesagt: ›Wenn sich ein Musikant zu uns nach Larvik verläuft, dann verkauf' ich dem deine Geige. Wenn's sein muß, mit Gewalt.‹ Und dann haben wir beide wieder gelacht.«

»Was für eine Geige? Hat das was mit einem Sprichwort zu tun?« fragte Bissinger.

»Nee, mit 'nem Erbstück. Von meinem Onkel. Der war erster Violinspieler beim Osloer Salonorchester. ›Jalousie‹ hat er am liebsten gespielt. Wenn der ›Jalousie‹ gespielt hat, da liefen selbst 'nem Banausen die Tränen 'runter.«

»Spielen Sie jetzt auf der Geige?«

»Nee, die liegt im Ruhestand auf der Vitrine. Die ist auch 'n Erbstück.«

»Kann ich die Geige mal sehen?«

»Warum nicht? Wenn Sie sich für Musik interessieren ...« Arne ging voran in seine Fischerhütte.

Er holte die Violine vom Schrank, wischte mit dem Ärmel Staub ab und hielt sie Bissinger entgegen. »Können Sie darauf spielen?«

»Nein.« Bissinger begutachtete mit seriöser Miene das Instrument. »Wieviel würden Sie dafür haben wollen?«

Arne zog die Schultern hoch. »Naja.« Er ließ die Schultern wieder sinken. »Weiß ehrlich nicht, wieviel so was wert ist.«

Bissinger tat fachmännisch schätzend. »Wären Sie mit 40 000 Kronen zufrieden?«

Arne blinzelte entgeistert. »Heißt das etwa, Sie würden das Ding kaufen?«

»Ja.«

Arne sank in seinen Korbsessel. » Für vier ... vierzig ... tausend ...?« stotterte er fassungslos.

»Mehr ist die Geige sicher nicht wert«, beteuerte Bissinger.

»Sie wollen wirklich ...?«

Ja, Bissinger wollte wirklich. »Ich kann es Ihnen bar zahlen. Ich habe genügend Geld gewechselt.«

Arne holte eine Schnapsflasche aus der Vitrine und wandte sich um. »Ist in meiner Familie Sitte: Wenn wir 'nen Handel machen, begießen wir ihn mit einem Aquavit!«


So geschah es, daß Bissinger mit einer Geige und einem Riesendorsch heimkehrte. Mutter Ingeborg freute sich über den Dorsch, Andrea betrachtete skeptisch die Geige.

»Wieviel hast du dafür bezahlt?«

»40 000 Kronen.«

»Aber das sind doch ...«, Andrea rechnete nach, »... über 9000 Mark!«

»Stimmt.«

»Ist die Geige so viel wert?«

Bissinger lachte. »Ach wo! Ich kenne mich damit zwar nicht aus, aber die bringt bei einer Auktion mit Ach und Krach bestimmt nicht mehr als 100 oder 200 Mark.«

Andrea schüttelte den Kopf. »Du mußt übergeschnappt sein! 9000 Mark!«

Bissinger ließ sich seine Freude nicht trüben. »Na und? Ich habe einen Riesendorsch gefangen, und der alte Arne Skoe kann sich ein neues Netz kaufen! Wenn das kein Grund zum Feiern ist!«

»Ihre Mutter kann stolz auf Sie sein!« fiel eine Stimme ein. »So einen Sohn hätte ich auch gern gehabt!«

Bissinger wandte den Kopf. »Ich gestehe, ich habe gelauscht«, der Fürst stand schmunzelnd in der Tür.

»Einen Sohn wie mich!« lachte Bissinger schallend. »Oh, da müßte ich Sie warnen!«

Der alte Herr nickte. »Ein Tugendbold sind Sie nicht, das weiß ich inzwischen.« Nun lachte auch er. »Das wäre schließlich langweilig. Mir gefällt, wie Sie in Ihrem Beruf aufgehen, ohne verlernt zu haben, die Freizeit unbeschwert zu genießen. Vor allem aber gefällt mir, daß Sie stets hilfsbereit sind. Mir haben Sie einmal geholfen, wie es mancher Sohn nicht täte.« Er lachte wieder, diesmal leicht verlegen. »Um Ihnen zu sagen, was Sie vermutlich bereits wissen: Ich mag Sie, und zwar von Herzen, Herr Bissinger.«

Bissinger sah den alten Herrn ungläubig an.

Er mußte an seinen inzwischen verstorbenen Vater denken. Hätte Vater Henry ihn nur ein einziges Mal gelobt, wäre sein

Leben vielleicht ganz anders verlaufen. Wenn Vater Henry lachte, dann meist mit Häme oder Spott – lachen hieß bei ihm sich lustig machen. Vater Henrys Lachen war nie warm oder wohlmeinend väterlich. Dieser alte Herr in der Tür verstand sich aufs wahre Lachen. Er freute sich herzlich, wenn's dem anderen gutging. Und ging's einem nicht gut, dann witzelte er nicht schadenfroh.

Bissinger erwachte aus seinen Gedanken: »Hätten Sie meinen Vater gekannt, würden Sie verstehen, daß ich mir manchmal einen Vater wie Sie gewünscht hätte.« Er lachte: »Nun habe ich auch Ihnen ein Kompliment gemacht.«

Der Fürst fragte: »Darf ich?« und setzte sich. »Hätten Sie eine Zigarette für mich?«

»Ich denke, Sie rauchen nicht mehr?«

»Das ist wahr. Aber vielleicht hilft sie mir beim Nachdenken.«

Bissinger gab dem alten Herrn Zigarette und Feuer.

Nach einigen Zügen murmelte dieser: »Warum eigentlich nicht?« Dann blickte er auf und sah Bissinger an. »Im Alter hat man seltsame Ideen. Manchmal sind sie so verschroben«, er wedelte mit der Hand den Rauch davon, »daß man sie besser für sich behalten sollte. Aber da Alter nicht zwangsläufig mit Klugheit gleichzusetzen ist, nehme ich mir diesmal die Narrenfreiheit heraus, die übrigens das schönste Privileg des Alters ist.« Er beugte sich vor und drückte seine Zigarette aus.

Bissinger wurd's langsam zu umständlich, und er sagte munter: »Nun rücken Sie schon heraus!«

»Nun«, er räusperte sich, »wenn ich Sie schätze wie einen Sohn und Sie mich wie einen Vater«, er räusperte sich wieder, »warum tun wir uns dann nicht zusammen? Mir bleibt nicht mehr viel Zeit, mir meine Träume zu verwirklichen.«

Bissingers Gesicht bestand aus einem einzigen Fragezeichen.

»Verstehen Sie, was ich meine?«

Das Fragezeichen: »Nein.«

»Ich könnte Sie adoptieren. Und würde Sie adoptieren. Was spricht dagegen?«

Dem Fragezeichen verschlug es fast die Sprache. »Äääh ... Fürst ... ähhh.«

»Wenn Sie wollen, will ich es erst recht. Altersstarrsinn. Punkt!«

Jetzt mußte auch Bissinger sich setzen. »Mutter, hast du einen Aquavit im Haus?«

Die Adoption war beschlossene Sache. Sie ging allerdings nicht so reibungslos vonstatten, wie die Beteiligten es sich wünschten. Eine Erwachsenenadoption, erklärte die Familienrichterin bei einem bayerischen Gericht arrogant, sei sehr schwierig. »Besonders wenn ein Adelstitel eine Rolle spielt, wie Sie, Herr ... äh ... Bissinger, sicher verstehen werden.« Sie trommelte mit den Fingerspitzen auf den Tisch. »Selbst wenn es sich um eine Liebesadoption oder ein begründetes Vater-Sohn-Verhältnis handelt, kann die Regelung Jahre dauern. Ich für meinen Teil«, sie schnippte ein unsichtbares Staubkörnchen davon, »ziehe es vor, solche Anträge von vornherein abschlägig zu beurteilen.«

Schöne Aussichten!

Man suchte nach einem Notaggregat, um die festgefahrene Maschine wieder in Gang zu bringen. Es fand sich in Hannover, bei einem Notar mit dem treffenden Namen Herzog. Dieser offenbar sachkundige Herzog übernahm den Fall, zuversichtlich, ihn vor dem Hannoverschen Familiengericht durchpauken zu können. Die Prozedur würde jedoch noch eine Weile in Anspruch nehmen.

Maximilian Swabinsky hatte indessen eine schwere Zeit. Die Feindschaft zwischen ihm und Korvacz hatte sich verschärft. Kundenwünsche zwangen Korvacz zwar, von Zeit zu Zeit Swabinskys Lampen in die Versteigerung zu nehmen. Swabinsky aber hatte absolutes Hausverbot und somit keinen Einblick in das Auktionsgeschehen.

Immerhin besaß Swabinsky noch Verbindungen zu der Auktionsfirma, der Korvacz die Versteigerungsrechte im Haus der sowjetischen Wissenschaft und Kultur verkauft hatte. Dort konnte Swabinsky ab und an Auktionen durchführen, bei denen dann Baron von Kreuzheim den Hammer schwang. Diese Versteigerungen fanden nur statt, wenn das Auktionshaus selbst überlastet war – also selten und sporadisch.

Swabinsky suchte daher verbissen nach einem neuen Betätigungsfeld.

Eines Tages sprach Baron von Kreuzheim ihn an. »Ich habe da was über die Buschtrommel gehört. In der Thaler-Straße im Zentrum von München wird ein zweistöckiges Objekt frei. Man könnte es anmieten.«

»Was für ein ›Objekt‹?«

»Im Erdgeschoß ein Laden von 150 Quadratmetern, im ersten Stock etwa 200 Quadratmeter Geschäftsfläche, also Lagerraum und Büro – wie Sie wollen.«

»Wie ich will? Wie meinen Sie das?«

»Naja, wir. Oder besser: Sie. Sie haben mehr Erfahrung.«

Swabinsky wurde ungeduldig. »Lieber Baron, würden Sie freundlichst die Katze aus dem Sack lassen?! Wovon reden Sie?«

»Ich habe schon mal vorgefühlt, bei Herrn Oberholzner. Das ist der Hausbesitzer. Er wäre nicht abgeneigt, die Räume an ein Auktionsunternehmen zu vermieten. Wenn Sie Interesse haben – und ich denke, Sie haben Interesse –, könnte ich Ihnen einen baldigen Gesprächstermin vermitteln.« Er holte Luft. »Bald.«

»Hm.«

Swabinsky holte einen Stadtplan, stellte fest, daß das »Objekt« eine sehr günstige Geschäftslage aufwies, fuhr mit Kreuzheim hin, besichtigte das Gebäude und beauftragte den Baron, einen Termin mit Herrn Oberholzner zu vereinbaren.

Zwei Tage später war es soweit.

»Sie werden erwartet«, lächelte Oberholzners Vorzimmerdame und drückte die Klinke zum Chefzimmer.

Als die Tür aufschwang, wäre Swabinsky beinahe zurückgeprallt. Er sah, breit und behäbig im Sessel, einen Mann mit Bulldoggenface, in dem er ganz recht Herrn Oberholzner vermutete. Neben ihm rekelte sich hämisch feixend – Korvacz!

»Kuckuck, wen haben wir denn da?« gluckste er vergnügt.

»Darf ich vorstellen ...«, hob Oberholzner an.

Korvacz unterbrach ihn zwitschernd: »Das ist nicht nötig, wir kennen uns.« Und zu Swabinsky gewandt: »Sie kommen im richtigen Augenblick. Herr Oberholzner hat mir soeben das Ladengeschäft vermietet.«

Oberholzner versuchte zu erklären: »Ich habe Herrn Korvacz mitgeteilt, daß ich noch einen Verhandlungstermin mit Ihnen, Herr Swabinsky, habe. Aber Herr Korvacz hat mir versichert, da gäbe es keine Probleme, da er mit Ihnen Hand in Hand arbeitet.«

»Genau, das tun wir!« bestätigte Korvacz. »Herr Swabinsky und ich sind erprobte Weggefährten. Und Herr Swabinsky weiß, daß wir auch in Zukunft gut miteinander auskommen werden.«

Korvacz vermietete das Auktionshaus in der Thaler Straße an Swabinsky mit der Auflage weiter, geschäftlich weitgehend zu kooperieren. Swabinsky, jetzt selbständiger Auktionsunternehmer, engagierte als Versteigerer Baron von Kreuzheim.

Swabinsky, der Untermieter, zahlte Korvacz 50 000 Mark Monatsmiete.

Korvacz wiederum zahlte an Oberholzner 30 000 Mark Miete.

Außerdem hatte Swabinsky seine Auktionsware ausschließlich von Korvacz zu beziehen. Der lieferte gern, aus eigenen Beständen, versteht sich.

Solche Geschäfte betrieb Korvacz am liebsten. Selbst mit einem Swabinsky.


Ein Freitag gegen 17 Uhr Anfang Herbst 1992: Bissinger und Andrea wollten gerade ihre Wohnung verlassen, um zur Auktion zu fahren, da klingelte das Telefon.

Eine Frauenstimme meldete sich: »Hier Notariatskanzlei Herzog, Hannover. Einen Moment bitte, ich verbinde Sie mit Herrn Herzog.«

»Hallo!« Herzogs sonore Stimme klang munter.

»Ja, hier Bissinger.«

»Guten Tag, Durchlaucht, ich darf Ihnen mitteilen, daß die Adoption erfolgreich vollzogen ist.«

Na also, dachte Karlheinz Bissinger, der jetzt nicht mehr Karlheinz Bissinger hieß, sondern Karlheinz Richard Fürst von Soyn-Tischendorff.

Na also!

Die Durchlaucht rief sofort Herrn Nimmbier an mit der Bitte, die heutige Versteigerung zu übernehmen. Durchlaucht sei wegen einer dringenden Familienangelegenheit verhindert.

Das mußte gefeiert werden!

Mit einer Magnumflasche Champagner und Andrea, ganz allein.

Es war eine prickelnde Nacht.


»Guten Morgen, Durchlaucht!« sagte Andrea beim Aufwachen. »Ich habe noch nie eine solch fürstliche Nacht verbracht!«

Was Karlheinz Richard Fürst von Soya-Tischendorff sehr schmeichelte.

# Der Fürst wird energisch

Als Korvacz von der Adoption erfuhr, war er fürs erste mucksmäuschenstill. Es war einer der wenigen Augenblicke in der Beziehungskiste Bissinger–Korvacz, in denen Korvacz die Klappe hielt.

Nachdem er Luft geschnappt hatte, sagte er leise: »Naja, immerhin Fürst.«

»???«

»Kreuzheim hat's nur zum Baron gebracht.«

»Verstehe nicht.«

»Sein Geburtsname ist Quastel, wußten Sie das nicht?«

»Also auch adoptiert …«

»Und seine Frau? Wissen Sie, wie die früher hieß?«

»Ja, das ist bekannt. Prinzessin Evamariette von Tiefenloh-Holdenheim.«

»Falsch. Eva Maria Katscher.« Korvacz lachte. »Hähähä.« Dann, um Nonchalance bemüht: »Tja, bei all dem Adel um mich werde ich mich wohl auch ein bißchen aufpeppen müssen. Wieviel haben Sie bezahlt?«

»Nichts. Bis auf die Notarkosten.«

Korvacz schlug sich auf die Schenkel. »Der beste Witz, den ich von Ihnen gehört habe.«

»Es war eine Adoption aus Zuneigung. Und was Sie dazu meinen, Herr Korvacz, interessiert mich nicht.«

Korvacz verstummte erneut. Dem Begriff »Zuneigung« hatte er noch nie hohen Wert beigemessen. Er kratzte sich am Kopf. Sollte das ein Fehler gewesen sein?

»Wie dem auch sei«, knurrte er schließlich, »zwischen Ihnen und mir ändert sich nichts. Und eines will ich Ihnen sagen: Ich verbitte es mir, daß Sie über meinen Kopf hinweg Nimmbier ans Pult beordern! Solche Entscheidungen treffe ich. Und das gilt auch für Fürsten!«

Auf alle Fälle verstand Korvacz es in Zukunft geschickt, die einem Fürsten angemessene Anrede zu umgehen.

Das Publikum bemerkte sogleich die neue Aufschrift auf dem Namensschild des Auktionators: »Karlheinz Richard Fürst von Soyn-Tischendorff«. Da Durchlaucht aber salopp und spritzig moderierte wie eh und je, war die Überraschung schnell überwunden und die Stimmung locker wie zu Zeiten des Bürgers Bissinger.

Sein neugewonnener Vater suchte sehr häufig die Auktionen auf, immer guter Laune und stolz auf seinen frischgebackenen Sohn. Doch zuweilen blickte er auch skeptisch. Den Grund verschwieg er, bis der Sommer 1993 anbrach.

Da rückte er eines Abends, in der Frankenstube, heraus: »Mir gefällt das nicht ganz, mein Junge. Wenn ich da im Publikum sitze, dich beobachte, davor das Namensschild mit deinem Titel ...« Er schüttelte den Kopf.

»Ich dachte, du freust sich darüber.«

»Ja, aber ... Andrea sitzt neben dir wie irgendeine Protokollführerin. Kinder, ich weiß nicht. Vielleicht bin ich zu konventionell. Trotzdem: Warum heiratet Ihr nicht endlich?«

»Die Sorge kannst du ablegen«, lachte Karlheinz. »Wir haben das Aufgebot bereits bestellt.«

»Ist das wahr?«

»Ja. Rudi Elsammer hat sich schon an die Hochzeitsgarderobe gemacht.«


Am Sonntag darauf erschien nach telefonischer Anmeldung Swabinsky in der Wohnung von Andrea und Karlheinz.

Nachdem er diesem zur Adoption gratuliert hatte, brachte er das Gespräch unverzüglich auf Korvacz. »Ich bin's leid, mich ständig von Korvacz drangsalieren zu lassen. Warum habe ich bloß diesen Mietvertrag in der Thaler Straße unterschrieben! Korvacz kann ihn von einem Monat auf den anderen kündigen. Damit hat er mich wieder mal in seiner Hand.«

Swabinsky redete sich in Hitze. »Jetzt drehe ich den Spieß um! Ich hab' nämlich einen anderen Vertrag in der Tasche. Mit Herrn Kranz. Ihm gehört dieses Teppichhaus in der Innenstadt, Sie wissen schon. Kranz will sein Geschäft aus Altersgründen aufgeben und stellt mir die Räume für Auktionen zur Verfügung.«

»Donnerwetter, ich gratuliere!«

»Und Korvacz wird staunen!«

»Wann geht's los?«

»Dauert noch 'ne Weile. Ein paar Monate. Dann machen wir erst mal eine Liquidationsversteigerung. Ein Riesending! Alle Teppiche, die noch bei Kranz lagern, kommen unter den Hammer. Berge von Teppichen! Das wird ein Bombengeschäft! Und ich hätte Sie gerne dabei!«

Das klang gut. Sehr gut sogar.

Aber das war nicht der eigentliche Grund von Swabinskys Besuch.

»Bei unserem letzten Telefonat haben Sie von einem neuen Einkaufszentrum erzählt, das hier in Starnberg errichtet wird.«

»Ja, es steht bereits kurz vor der Fertigstellung«, nickte Fürst Karlheinz.

»Weiß ich. Hab' mir den Komplex sogar schon angesehen. Von den rund fünfzehn Ladengeschäften sind noch nicht alle vermietet. Hab' mir gedacht, wir könnten hier, an Ihrem Wohnort, gemeinsam ein exquisites, anspruchsvolles Auktionshaus eröffnen. Wie wär's?«

»Klasse!« So spontan begeisterte sich Andrea selten. »Dann können wir uns vielleicht endlich doch von diesem Korvacz absetzen!«

»Ganz so schnell wird das nicht gehen, Andrea. Bis Jahresende bin ich noch an den Versteigerungsvertrag für den Münchner Hof gebunden.«

»Zeig den Vertrag mal her«, befahl Andrea.

Fürst Karlheinz gehorchte. Und sie fanden heraus, daß dieser »Exklusiv«-Vertrag keinen Passus erhielt, laut dem der Fürst nicht auch andernorts versteigern durfte.

Der Fürst gab seinem Herzen einen Stoß. »Okay, versuchen wir es!«


Swabinsky und Fürst Karlheinz verhandelten mit dem Eigentümer des Einkaufszentrums im Herzen von Starnberg, einer überregionalen Versicherungsgesellschaft.

Der für die Vermietung verantwortliche Direktor horchte merklich auf, als er den Namen von Soyn-Tischendorff vernahm. Na, wenn das nichts war! Ein Fürst, ein Mitglied des Adels, wollte ein Auktionshaus eröffnen! Ein Auktionshaus im schnieken Einkaufszentrum des schnieken Starnberg! Eine bessere Publikumswerbung für »seine« Anlage konnte er sich nicht wünschen.

»Aber selbstverständlich, Herr Fürst, selbstverständlich!« Mit diesen Worten beendete er begeistert das erste Gespräch.

Als Fürst Karlheinz ein zweites Mal das Büro des Direktors aufsuchte, hatte man diesen belehrt, daß nur das Dienstpersonal die Anrede »Herr Fürst« benutze. Also grüßte er artig mit »Hoheit«.

Es ging um zwei Räume mit etwa 120 Quadratmetern Geschäftsfläche, rundum verglast, für jedermann einsehbar, in allerbester Lage der kleinen, gepflegten Stadt.

»Welchen Namen wird Ihre Firma führen, Hoheit?«

»Mein Partner und ich haben an Starnberger Auktionsorganisation gedacht.«

»Das müssen selbstverständlich allein Sie entscheiden, Hoheit.« Der Direktor nickte beflissen. »Andererseits ...«

»Andererseits?«

»Nun, ich habe mit unserer Konzernleitung in Würzburg gesprochen. Man hält Ihren Namen für einen exzellenten Werbefaktor.«

»Mein Name hat mit dem Unternehmen wenig zu tun. Ich bin ein guter Auktionator ...«

»Der beste in Bayern!« fügte Swabinsky hinzu. »Ach, was sage ich, in ganz Deutschland.«

»... und das allein sorgt für genügend Werbung.«

»Gewiß, gewiß«, der Direktor rang nach Atem, »dennoch erlaube ich mir, einen durchaus bedenkenswerten Vorschlag zu machen. Der Mietpreis pro Quadratmeter beträgt, wie Sie ja wissen, 150 Mark pro Monat. Wenn Sie Ihrem Unternehmen den Namen Auktionshaus Fürst von Soyn-Tischendorff gäben ... hmmm ... könnten wir den Mietpreis auf 80 Mark senken.«

»Aha!«

Swabinsky rechnete flink: Das ergab eine Ersparnis von monatlich 8400 Mark. Und umgerechnet auf die fünfjährige Mietzeit, die man vorerst ins Auge gefaßt hatte – über eine halbe Million!

»Mehr als eine halbe Million!?«

»Ja, das läppert sich.«

Fürst von Soyn-Tischendorff war nicht wenig beeindruckt, daß sich allein mit seinem neuen Namen ein solcher Schnitt machen ließ.

»Also gut«, sagte er.

»Dann darf ich die Verträge vorbereiten, Hoheit?«

»Tun Sie das, Herr Direktor. Mit meiner und Herrn Swabinskys Zustimmung dürfen Sie fest rechnen«, antwortete Fürst Karlheinz hoheitsvoll.


Fürst Karlheinz versteigerte weiter im Münchner Hof. Gleichzeitig wurde still und heimlich die Gründung des Soyn-Tischendorffschen Auktionshauses vorgenommen. Maximilian Swabinsky richtete das Geschäft exklusiv ein. Fehlte nur noch das fürstliche Familienwappen mit dem dunkelblauen und dem goldumrahmten Schriftzug »Auktionshaus Fürst von Soyn-Tischendorff«.


Das fürstliche Familienwappen prangte auf dem Stander des schneeweißen Bentley, der im Juli 1993, von weißbehandschuhter Chauffeurshand gesteuert, vor dem Starnberger Standesamt vorfuhr.

Die gesamte deutsch-österreichische Regenbogenpresse berichtete in fetten Schlagzeilen:

FÜRSTENHOCHZEIT IN STARNBERG!

Der Rahmen war wirklich fürstlich. Das Standesamt residierte stilgerecht in einer prächtigen Villa aus der Zeit der Jahrhundertwende, der Standesbeamte bediente sich der schicklichen Anrede »Durchlaucht«, die Tränen der Rührung glitzerten vornehm-silbern im Kerzenlicht.

Die meisten Tränen vergoß Fürst Ludwig, der gemeinsam mit dem Münchner Großgastronom Peter Paulus als Trauzeuge fungierte.

Karlheinz und Andrea erlebten die Zeremonie benommen. Als sie wieder zu sich kamen, waren sie verheiratet. Und Andrea hieß nun Fürstin von Soyn-Tischendorff.

Mit 20 handverlesenen Gästen begaben sie sich zum Hochzeitsschmaus. Karlheinz' Mutter und Stiefvater waren dabei, Andreas Eltern sowie die besten Freunde. Aus der Branche waren nur Dr. Kustermeier, Swabinsky und Dr. Rossano geladen. Auf Korvacz hatte man verzichtet.

Unter den schmetternden Klängen einer Blaskapelle schritt die Gesellschaft zu einem alteingeführten Hotel nahe des Seeufers. Dort war in einem noblen kleinen Saal die Hochzeitstafel gedeckt. Als die Hochzeitsgeschenke überreicht waren, ging es de luxe weiter: Menu aus der Haute Cuisine, Kaviar und Champagner, zwölfstöckige Torte mit fürstlichem Wappen aus Marzipan ...

In den frühen Morgenstunden sank das frisch getraute Fürstenpaar in das Seidenbett seiner Penthousewohnung, todmüde, aber überglücklich.

Und beim Aufwachen begrüßte Fürst Karlheinz seine Gattin mit den Worten: »Durchlaucht, Sie haben mir die fürstlichste meiner Nächte beschert!«

Korvacz wußte selbstredend von der Hochzeit. Ebenso selbstredend wußte er, daß Swabinsky und Rossano eingeladen worden waren, nicht aber er. Das hatte zur Folge, daß er das Fürstenpaar eine Zeitlang wie einen lebensgefährlichen Virus mied.

Auch wenn dieser Virus einem Korvacz kaum gefährlich werden konnte.

Dann aber kam ihm zu Ohren, daß Swabinsky und Fürst Karlheinz in Starnberg ein Auktionshaus aufbauten. Und da rastete Korvacz aus. Er war für niemanden zu sprechen, schloß sich wieder daheim stundenlang in der Toilette ein, um unbehelligt von Veronika Karreners Tröstungsversuchen über Rache nachsinnen zu können.

Fürst Karlheinz hatte sich fest vorgenommen: Das Auktionshaus in Starnberg wollte er streng nach Vorschrift führen. Ganz sauber, mit blitzweißer Weste. Es sollte ein Auktionshaus werden, wie es sich gehört. »Seinem« Starnberg wollte er es beweisen.

In allen Zeitungen, die in und um Starnberg gelesen wurden, baten Inserate die Einwohner um Einlieferungen. Diese kamen zu Hunderten, boten kostbare Möbel, Bilder und Antiquitäten aller Art aus Nachlässen und Haushaltsauflösungen an.

Korvacz wandte indessen all seine Arglist auf, um in Starnberg Stimmung gegen Karlheinz zu machen. Er hatte sich Fotokopien der Adoptionsunterlagen und längst vergangener Zahlungsbefehle beschafft. Er intervenierte beim Landratsamt. Er versuchte, die ortsansässigen Geschäftsleute aufzuhetzen: Dieser Fürst sei ein Schwindel, von falschem Adel, nicht zahlungsfähig, falle treuen Kompagnons wie ihm, Korvacz, in den Rücken ...

Vergeblich, die Leute aus Starnberg und Umgebung witterten die Intrige und ließen sich nicht beirren.

Eines Tages mußte Fürst Karlheinz es tun: Er teilte Korvacz mit, daß er in der kommenden Woche nicht die Versteigerungen im Münchner Hof leiten werde.

Korvacz tobte.

»Sie sind von allen guten Geistern verlassen, Mann! Was glauben Sie, was Sie noch alles mit mir machen können?« Ihm schwoll der Kopf. »So geht's nicht! Ich verlange, daß Sie hier erscheinen. Falls nicht, begehen Sie Vertragsbruch. Jawohl, Vertragsbruch! Und das werden Sie bitter bereuen, das schwöre ich Ihnen!«

Fürst Karlheinz ließ sich diesmal nicht beunruhigen. Fest erwiderte er: »Im Vertrag ist vorgesehen, daß ich 200 Tage im Jahr für Sie versteigere. Ich habe also 165 Tage zur freien Verfügung. Guten Tag!«

Er war selbst erstaunt, wie leicht ihm gefallen war, was er sich früher kaum getraut hatte. Er ließ den wutschnaubenden Korvacz schlicht stehen und ging seiner Wege. Ging? Innerlich schwebte er geradezu davon.


Bald sollte es soweit sein: Premiere in Starnberg.

Die erste Versteigerung hatten sie für den Oktober 1993 auf die Dauer von vier Tagen angesetzt. Die Zeitungen kündigten die Auktionseröffnung groß an.

Nervös sahen Fürst Karlheinz und Mitarbeiter dem ersten Auktionstag entgegen. Er und Swabinsky waren drauf und dran, eine Münze in die Luft zu werfen: Erfolg oder Riesenpleite?

Als die bangend erwartete Stunde schlug, fielen Fürst Karlheinz, Fürstin Andrea und Swabinsky aus allen Wolken.

Etwa 5000 Menschen begehrten Eintritt in ein Auktionshaus, das nur rund 50 Sitzplätze bot! Etwa 100 quetschten sich in den Saal. Einige, sehr wenige gingen wieder nach Hause. Der »Rest« drängte sich im Innenhof und steigerte per Handzeichen mit. Die Gäste dort draußen konnten die Objekte zwar kaum sehen, aber die vom Lautsprecher übertragene Stimme des Auktionators gut hören.

Dieser ersten turbulenten Auktion folgten etwas friedlichere Tage. Aber die Zuschlagergebnisse waren gut, die Stimmung hervorragend, die Veranstalter zufrieden.

Abends, jeweils gegen acht Uhr, endeten die Auktionen. Dann feierten Fürst und Fürstin mit Swabinsky, um sich anschließend in ihren vier Wänden zu erholen und zu entspannen.

Sie saßen auf der Couch, er den Arm um ihre Schulter, sie an ihn gekuschelt. Durch das offene Fenster blickten sie auf den im Dämmerlicht schlummernden See und die hell erleuchtete Uferpromenade.

»Fernsehen?« fragte er.
»Du etwa?«
»Nein!«
»Ich auch nicht.«
»Schön.«

Pause.

»Obst?« fragte sie.

Nein, kein Obst, kein Wein, kein Knabbergebäck, keine Musik, gar nichts! Nur sitzen und die Ruhe genießen!

»Ach ja«, sagte sie nach einer Weile.

»Ach ja?«

»So müßte es immer sein. Zu vernünftigen Tageszeiten versteigern, dabei gut verdienen, und abends ausspannen!«

»Andrea, du störst mich beim Ausspannen.«

Sie richtete sich auf. »Aber es ist doch so!«

»Jaaa ... Trotzdem hab' ich noch den Vertrag mit Korvacz. Bringt uns auch 'ne Menge Geld.«

»Brauchen wir's? Haben wir nicht so auch genug?«

»Naja.«

»Schau, Swabinsky hat sich von Korvacz getrennt. Ist er so viel klüger als du?«

»Wieso?«

»Na, weil er's schafft und du nicht.«

Er, leicht verärgert: »Das hat mit Klugheit nichts zu tun.«

Sie, lächelnd: »Womit sonst? Veronika Karrener hat übrigens angerufen. Sie hat mal wieder Krach mit Korvacz. Und ein blaues Auge. Sie hat mir erzählt, wie hoch der Gewinn war, als wir aus der GmbH ausgestiegen sind. Rate mal!«

Karlheinz überlegte. »Korvacz sprach von 500 000. Also sagen wir mal: eine Million.«

»Falsch! Zweieinhalb!«

»Ist nicht wahr!«

Andrea lachte verkniffen. »Sie sagte, wenn du in die Zentralverwaltung kommst, zeigt sie dir die Unterlagen.«

»Haha! Solange der Krach zwischen den beiden anhält!«

Andrea holte nun doch etwas zu trinken. Als sie zwei Gläser eingeschenkt hatte, meinte sie: »Jetzt solltest du wirklich

Schluß machen, Heinz! Das Faß ist voll! Wir können nicht mehr so weitermachen!«

»Okay, darauf wollen wir einen trinken. Morgen gehen wir zu Dr. Kustermeier!«

Sie gingen hin und sagten ihrem beflissenen Anwalt, daß die fortgesetzten Betrügereien des Herrn Korvacz ihr Vertrauen in diesen erschüttert hätten. Grundlegend erschüttert!

Fürst Karlheinz schloß mit den Worten ab: »Aus diesem Grund will ich den bestehenden Versteigerungsvertrag kündigen. Hier und jetzt. Mit sofortiger Wirkung. Setzen Sie bitte die Kündigung auf.«

Mit wehleidiger Miene tat Kustermeier wie befohlen. Als Kündigungsgründe führte er in seinem Schriftsatz die »unlauteren Provisionsreduzierungen« des Herrn Korvacz an sowie dessen diskriminierende Äußerungen über Fürst von Soyn-Tischendorff vor Eröffnung des Starnberger Auktionshauses.

»Nun gut, Durchlaucht, wenn Sie darauf bestehen«, Kustermeier seufzte, »werde ich diesen Brief morgen auf den Weg bringen, obwohl ich mich nochmals zu raten genötigt fühle ...«

»Ich weiß, was Sie mir raten wollen«, wurde er unterbrochen. »Sparen Sie sich Ihren Atem für den morgigen Weg zur Post!«

Die Versteigerungen in Starnberg brachten Spaß und Gewinn. Genau das hatte Fürst Karlheinz sich gewünscht.

Eine große bayerische Tageszeitung wurde aufmerksam. Sie schlug eine gemeinsame Wohltätigkeitsversteigerung vor, um den Bau von Behindertenfahrstühlen am Starnberger Bahnhof finanzieren zu helfen. Fürst Karlheinz überlegte nicht lange: Er war dabei. Swabinsky sah es genauso.

Die Stadt Starnberg unterstützte das Vorhaben. Über der Hauptverkehrsstraße warben riesige Transparente mit dem Stadtwappen und dem fürstlichen Wappen für die Wohltätigkeitsversteigerungen, die an zwei aufeinanderfolgenden Sonntagen im November 1993 stattfinden sollten.

Die Vorbereitungen liefen auf vollen Touren. Fürst Karlheinz brachte das erste Versteigerungsgut ein: die Geige von Arne Skoe. Swabinsky steuerte einen wertvollen Teppich bei. Dann quollen die Einlieferungen der begeisterten Starnberger herein. Ganz Starnberg entrümpelte Keller und Speicher und schleppte Gegenstände herbei, die das Auktionshaus noch nie gesehen hatte: alte Brotschneidemaschinen, Bügeleisen, Picknickkörbe, Bücherberge, Luftmatratzen, Sonnenschirme, auf Leinwand röhrende Hirsche, Nachttischlampen und dergleichen Dinge mehr.

Mitten in diese Vorbereitungen hinein spuckte eine Faxnachricht von Kustermeier, ein Schreiben, das dieser soeben von Korvacz' Anwalt Ziegbein erhalten hatte.

Der Inhalt war kurz und bündig: »In Beantwortung Ihres Schreibens teile ich Ihnen mit, daß mein Mandant bereit ist, den Versteigerungsvertrag mit Ihrem Mandanten aufzuheben.«

Er hatte noch gar nicht richtig begonnen, sich über den Inhalt des Briefes zu wundern, als das Telefon klingelte.

Es war Kustermeier. »Ich glaube, wir sollten dem Fax nicht allzuviel Gewicht beimessen. Ich vermute, daß sich bei der

Abfassung des Schreibens ein Fehler eingeschlichen und die Sekretärin das Wörtchen ›nicht‹ vergessen hat.«

»Wieso?«

»Meines Erachtens soll es heißen: ›Ich teile mit, daß mein Mandant *nicht* bereit ist, den Versteigerungsvertrag zu lösen.‹«

»Was veranlaßt Sie zu dieser Vermutung?«

»Ich bin mit der Mentalität des Kollegen Ziegbein und der seines Mandanten hinlänglich vertraut. Ich möchte daher den Vorschlag machen, daß wir, ehe wir voreilige Schlüsse ziehen, den Kollegen Ziegbein um eine interpretative Äußerung ersuchen ...«

»Damit bin ich ganz und gar nicht einverstanden«, unterbrach Fürst Karlheinz. »Ich wünsche keine Rücksprache mit Herrn Ziegbein. Und daran halten Sie sich bitte!«

Wütend legte er auf. Das alte Spiel: Sein Anwalt zerbrach sich den Kopf des Gegenanwalts.

Ob Kustermeier sich wenigstens jetzt an seine Anweisungen hielt?

Daß er's nicht tat, bemerkte Fürst Karlheinz kurze Zeit später, als Rechtsanwalt Ziegbein anrief. Bereits im ersten Satz verwandte auch Ziegbein die Vokabel »interpretativ«.

»Entschuldigen Sie vielmals die Störung«, sprach Ziegbein, »aber das Schreiben, das Sie soeben erhalten haben, bedarf einer interpretativen Ergänzung. Das Wort ›nicht‹ wurde versehentlich darin vergessen.« Der Fürst möge bitte verzeihen sowie verstehen, bitte sehr.

Verstehen konnte Fürst Karlheinz vieles. Aber jetzt wollte er's nicht. Und wurde endlich – alle Achtung – energisch.

»Lassen Sie Ihr Band mitlaufen?« fragte er.

»Nein, ich glaube nicht.«

»Dann tun Sie es! Denn was ich Ihnen jetzt zu sagen habe, ist endgültig. Ich werde es auch nicht wiederholen. Sie haben in einem Schreiben eindeutig ausgesagt, daß Ihr Mandant mit einer Lösung des Vertrags einverstanden ist. Ich gehe mit diesem Brief durch alle Instanzen! Und dabei werden dem Gericht auch die Geschäftsunterlagen Ihres Mandanten vorgelegt werden müssen, die ich nie zu sehen bekommen habe, aus denen aber mit Bestimmtheit hervorgeht, daß er mich um hohe Summen betrogen hat. Haben Sie mich verstanden?«

Ja, meinte Ziegbein kleinlaut, er habe verstanden. Dann fügte er, noch ein wenig kleinlauter, hinzu: »Aber ich darf Sie daran erinnern, daß das Darlehen des Herrn Korvacz für Ihre Rosenheimer Wohnung noch aussteht.«

Das erschütterte Fürst Karlheinz keineswegs. Andrea tippte ihm auf die Schulter. »Moment«, sagte er, »meine Frau will Sie sprechen.«

»Hallo, Herr Ziegbein«, grüßte Andrea betont freundlich. »Wie gut, daß Sie anrufen. Ihr Mandant schuldet mir noch eine runde Million Mark für die Übertragung der Gesellschaftsanteile.«

»Oh, verehrte Fürstin, haben Sie noch nicht ...?«

»Nein, ich habe noch nicht.«

Ziegbein stotterte verlegen. Da müsse ein Fehler seiner Kanzlei vorliegen. Er selbst habe den Betrag längst zur Weiterleitung an die Fürstin angewiesen. »Ich werde das unverzüglich ... und glauben Sie mir, das lag nicht in der Absicht des Herrn Korvacz ... ich werde es unverzüglich ... verlassen Sie sich darauf.«

»Gut. Meine Kontonummer haben Sie ja.« Andreas nette, helle Stimme klang bestimmt. »Von dem mir zustehenden Betrag ziehen Sie bitte die Darlehenssumme für die Rosenheimer Wohnung ab. Die Überweisung des Restes erwarte ich innerhalb eine Woche. Einen schönen Tag noch, Herr Ziegbein.«

Ohne eine Gegenäußerung abzuwarten, legte sie den Hörer auf.
»Na?« strahlte sie.
»Du warst großartig!«
»Du auch!«
Da standen sie, umarmten sich und lachten wie Kinder, die es endlich einmal gewagt haben, jemandem die Zunge herauszustrecken.


Zu den Wohltätigkeitsversteigerungen pilgerte fast ganz Starnberg. Vor dem Auktionshaus waren Stände mit Glühwein und Bratwürsten aufgebaut. Der Bürgermeister kam, Rundfunk und Fernsehen sandten Aufnahmeteams, eine junge, sehr hübsche, aber wenig redegewandte Fernsehmoderatorin erklärte ihren Zuschauern, wie wohltätig die Wohltätigkeit sei. An beiden Sonntagen versuchten, als die Auktion eröffnete, Tausende von Menschen Einlaß zu finden. Fürst Karlheinz versteigerte das kunterbunte Sammelsurium, als böte er Kronjuwelen feil. Für seine Geige aus Norwegen erzielte er übrigens 800 Mark.

Der Gesamterlös konnte sich sehen lassen. Sie führten ihn bis auf den letzten Pfennig der von der Zeitung organisierten Hilfsaktion zu und freuten sich dabei, als hätten sie eine Bank ausgeraubt. Swabinsky hatte das Ganze so viel Spaß gemacht, daß er erklärte, die gesamten – nicht unerheblichen – Werbungskosten für die beiden Veranstaltungen aus der Firmenkasse zu tragen.

Korvacz wäre so etwas nie in den Sinn gekommen. Da wußte Karlheinz, das er nun den richtigen Partner hatte.

Weihnachten und Silvester 1993 wollten Karlheinz und Andrea auf den Seychellen verbringen. Das alte Jahr hatte sie gebeutelt, aber auch die Weichen für eine frohere Zukunft gestellt: Sie hatten geheiratet, ein neues Geschäft aufgebaut und sich aus der Zwangsjacke befreit. Das neue Jahr wollten sie fern von allem Streß und ganz für sich allein einläuten.

Aufatmend fuhren sie zum Flughafen.

Sie hatten bereits eingecheckt, als plötzlich Swabinsky auftauchte.

»Ehe Sie abfliegen, muß ich Ihnen noch unbedingt etwas erzählen!« sagte er atemlos, denn er war im Laufschritt durch die langen Gänge der Abfertigungshallen gehetzt. »Erinnern Sie sich an die Sache mit dem Teppichhaus Kranz?«

»Natürlich. Sie wollten es als Auktionshaus übernehmen.«

»Und jetzt ist's bald soweit. Dem Korvacz hab' ich mein Kündigungsschreiben für das Haus in der Thaler Straße auf den Tisch gepfeffert. Der hat vielleicht Augen gemacht! Ende Januar hör' ich dort auf, und dann geht's bei Kranz los.«

»Das freut mich für Sie!«

»Nicht nur für mich, hoffe ich! Sie sind doch wohl dabei! Erst die große Liquidationsversteigerung, und dann mache ich ein exklusives, seriöses Auktionshaus auf. Genaues besprechen wir, wenn Sie zurück sind. Aber ich will vorher wissen, ob ich mit Ihnen rechnen kann. Ich denke an 15 Prozent vom Zuschlag. Okay? Ist das was?«

Das war eine Weihnachtsüberraschung, die den glücklichen Karlheinz noch glücklicher machte.

Er drückte Swabinsky fest die Hand. »Sie sind ein Pfundskerl, Swabinsky!«

# Snappy end

Am 23. Dezember landeten Fürst und Fürstin auf der Insel Mahé. Das Luxushotel war so luxuriös, wie es sich für ein Luxushotel gehört. Der Strand palmenbestanden und endlos. Das Wetter heiß.
Sehr heiß!
Weihnachten auf den Seychellen: Leise rieselt der Sand ...
Am Heiligen Abend stieg eine große Weihnachtsfeier am Swimmingpool. Als die Musikkapelle »Obladi-Oblada« blökte, beschlich die zwei Flüchtlinge doch ein wenig Heimweh.
Während neben ihnen ein Kautabakhersteller aus Bremen, praller Bauch über gelb-lila-karierten Bermudas, fanatisch zum Rhythmus des Beatles-Ohrwurms in die Hände patschte. Er patschte und hopste dabei auf seinem Stuhl wie eine aufgezogene Spielzeugfigur. Karlheinz war versucht nachzusehen, ob am Rücken des Herrn eine Flügelschraube befestigt war.
Karlheinz und Andrea tauschten Blicke: Frohe Weihnacht!
Der Kautabakmann konnte nicht nur klatschen, sondern auch schwatzen. Ohne Ende. Gleiches galt für seine Frau. Leider waren die beiden die einzigen deutschsprechenden Hotelgäste, so daß sich Kontakte nicht vermeiden ließen. Die Bremer waren begeistert, als sie erfuhren, daß das Fürstenpaar genauso lange bleiben wollte wie sie. Karlheinz dachte an Mord. Doppelmord.

Selbst er, der sein Geld großzügig ausgab, fühlte sich auf Mahé ausgenommen wie eine Weihnachtsgans. Unüberprüfbare Telefonrechnungen, billige indische T-Shirts zu Phantasiepreisen, maßlose Forderungen für jede Dienstleistung ... Die Sonnenbrände verstärkten ihre Urlaubsleiden.

Würde Korvacz sie einmal fragen, wo er seinen Urlaub verbringen solle, dann würden sie ihm wärmstens die Seychellen empfehlen. Darin stimmten sie überein. Und an Silvester malten sie sich schadenfroh aus, welche Qualen Korvacz bei der Silvesterauktion mit Nimmbier durchstand.

Am Neujahrsmorgen schrieb Fürst Karlheinz in sein Tagebuch. Der Eintrag blickte stolz auf das im vergangenen Jahr Erreichte zurück und zuversichtlich dem neuen Jahr entgegen.

*Endlich ist es soweit: Wir haben uns von Korvacz befreit. Endgültig. Er wird uns das Leben nicht mehr schwermachen können.*

*Andrea hat eine Lösung gefunden, wie wir all unsere Schulden bei Korvacz auf einen Schlag loswurden. Damit sind wir von Korvacz freigekommen, auch wenn dieser Schritt für uns einen dicken Verlust bedeutet. Denn eigentlich stehen uns noch Summen in Millionenhöhe zu, um die Korvacz uns im Lauf der Zeit betrogen hat.*

*Was viel, viel wichtiger ist: Andrea und ich haben in diesem Jahr geheiratet! Und sind miteinander noch glücklicher als zuvor.*

*Außerdem habe ich nun einen neuen Vater und den Titel Fürst. Das klingt wie ein Märchen, ist es aber nicht. Wie und ob mein neuer Name mein Leben beeinflussen wird, weiß ich noch nicht. Auf alle Fälle bin ich froh und stolz, Fürst von Soyn-Tischendorff zu heißen.*

*Zusammen mit Swabinsky habe ich ein feines, seriöses Auktionshaus aufgebaut. Swabinsky ist ein sehr korrekter, vertrauenswürdiger und sympathischer Partner.*
*Außerdem hat mir Swabinsky einen hochdotierten Job in seinem neuen Münchner Versteigerungsunternehmen angeboten. Wir werden Korvacz das Fürchten lehren.*
*Hier, auf den Seychellen, kommen wir uns ziemlich fehl am Platz vor. Ich kann es kaum erwarten, nach Hause zurückzukehren.*

Drei Tage später rief ein völlig aufgelöster Swabinsky an. Die Kriminalpolizei hatte seine Schwabinger Büroräume sowie seine Privatwohnung durchsucht und sämtliche Geschäftsunterlagen beschlagnahmt.

»Um Himmels willen! Wieso denn? Warum?«

»Ich weiß es nicht. Ich habe keine Ahnung! Ich verstehe die Welt nicht mehr!«

Kaum nach Starnberg zurückgekehrt, trafen sich Karlheinz und Andrea mit Swabinsky.

Dieser hatte inzwischen den Durchsuchungsbefehl mehrfach studiert und konnte den Grund für die Polizeiaktion erklären:

Die Sache lag ein Jahr zurück. Swabinsky führte mit Baron von Kreuzheim als Versteigerer im Haus der sowjetischen Wissenschaft und Kultur eine Auktion durch. Eine ältere Kundin namens Hanselbauer ersteigerte ein oder zwei Teppiche, mehrere Grafiken und eine Art-Tiffany-Lampe. Schon tags darauf wollte sie die Gegenstände zurückgeben. Offensichtlich hatte es darüber Ärger mit ihrem Ehemann gegeben.

»Ich habe selbstverständlich nichts zurückgenommen«, sagte Swabinsky. »Schließlich hat Frau Hanselbauer die Sachen auf einer Auktion erworben und nicht im Kasperletheater. Das habe ich ihr auch gesagt.«

»So rigoros? Das war ein Fehler!«

»Weiß ich selbst. Aber ich bin ihr entgegengekommen. Ich habe ihr gesagt, ich würde die Sachen bei einer meiner Münchner Auktionen in der Thaler Straße für sie neu versteigern.«

Gesagt, getan. Swabinsky schloß mit Frau Hanselbauer einen Einliefervertrag und nahm die von ihr ersteigerten Gegenstände mit nach München.

Bereits 14 Tage später traf ein Schreiben eines Berliner Anwalts ein. Darin wurde Swabinsky aufgefordert, Frau Hanselbauers in Kommission gegebene Ware ohne Verzug zu bezahlen. Swabinsky ließ zurückschreiben, daß dies erst nach erfolgter Auktion geschehen könne.

Damit war Frau Hanselbauer nicht einverstanden. Es kam zu einem Zivilprozeß, den Swabinsky mühelos gewann, da die Rechtslage eindeutig war. Dies war vor einem guten halben Jahr.

Frau Hanselbauer hatte daraufhin, aus Verbitterung oder auf Drängen ihres Mannes hin, Strafanzeige gegen Swabinsky wegen Betrugs gestellt.

»Jetzt ermittelt die Kripo gegen mich!« schimpfte Swabinsky. »Kaum zu glauben, was diese verrückte Berlinerin in Gang gesetzt hat!«

Sie hatte einen Stein ins Rollen gebracht, der einen ganzen Felssturz nach sich zog. Und dieser sollte leider auch Karlheinz und Andrea erfassen.

Anfang März 1994 klingelte es an der Haustür von Frau Stauffer, einer wohlsituierten Starnbergerin.

Zwei Münchner Kriminalbeamte baten um Einlaß.

»Entschuldigen Sie die Störung! Es liegt nichts gegen Sie vor. Wir ermitteln in einem Auktionsskandal, der in Berlin ausgelöst wurde und Wellen bis München und Starnberg schlägt.«

»Was habe ich damit zu tun?« wunderte sich Frau Stauffer.

»Wir haben Rechnungsbelege überprüft, Frau Stauffer. Danach haben Sie bei einer Auktion für viel Geld einen wertlosen Teppich erworben.«

Frau Stauffer protestierte. »Mein Teppich ist nicht wertlos! Sie können ihn sich gern ansehen! Ich bin zufrieden mit dem Stück. Außerdem ist es mein gutes Recht zu ersteigern, was mir gefällt.«

»Sicher, Frau Stauffer. Allerdings hegt die Staatsanwaltschaft den Verdacht, daß eine Betrügerbande am Werk ist.«

»Betrügerbande?« Frau Stauffer betonte entsetzt jede Silbe des Wortes.

»Noch ist es ein Verdacht«, schränkte der Beamte ein. »Deswegen müssen wir ermitteln. Wußten Sie eigentlich, daß dieser Fürst von Soyn-Tischendorff nicht von echtem Adel ist? Er hat sich adoptieren lassen.«

Er fügte hinzu, daß dies kein Vergehen sei, aber doch Bände spreche!

»Allerdings«, so führte er weiter aus, »sollen auf den Auktionen billige Glaslampen als originale Tiffany-Lampen versteigert worden sein. Und dies wäre eindeutig ein Betrug.«

»Was für ein Blödsinn!« wehrte Frau Stauffer ab. »Ich habe selbst eine solche Lampe ersteigert. Man hat sie keineswegs als ein originales Tiffany-Stück angeboten! Der Versteigerer hat durchaus deutlich gemacht, daß es sich um eine Nachbildung handelt.«

»Wie wir gehört haben, redet er sehr schnell. Und da kann man leicht etwas überhören.«

»Ich höre sehr gut!« Frau Stauffer erregte sich. »Und selbst wenn ich's nicht täte: Bei den 2000 oder 3000 Mark, die für diese Lampen geboten werden, kann sich jeder Trottel ausrechnen, daß es sich nicht um Originale handelt. Die bekommt man nämlich nicht unter einer halben Million!«

Der Beamte wurde etwas unsicher, da die Dame offenbar weit mehr von der Materie verstand als er.

Zögerlich trug er dann sein eigentliches Anliegen vor. »Frau Stauffer, nach unseren Unterlagen haben Sie eine Lithographie erworben, bei der es sich angeblich um eine Arbeit des berühmten Alfons Mucha handeln soll ...«

Frau Stauffer schnitt ihm das Wort ab: »Die Lithographie ist nicht angeblich, sondern tatsächlich echt! Das kann ich mit der ausführlichen Expertise beweisen, die man mir mit dem Bild ausgehändigt hat.«

Dem Beamten gelang es, Frau Stauffers Zorn ein wenig zu besänftigen. Es bestehe schließlich nur eine Vermutung. »Es geht lediglich darum, die Echtheit des Bildes durch ein Gegengutachten nachzuweisen.« Gegen Quittung und mit der ausdrücklichen Zusicherung, Frau Stauffer ihr Eigentum binnen 14 Tagen zurückzugeben, nahm er das Bild an sich, verabschiedete sich höflich und ging mit seinem schweigsamen Kollegen davon.

Frau Stauffers Aufregung war dadurch keineswegs beschwichtigt. Schon am nächsten Tag berichtete sie Fürst Karlheinz den Vorfall.

Er war mehr als schockiert. Er hatte sich stets bemüht, äußerst korrekt zu versteigern. Sein Ruf war ihm überaus wichtig, und dieser war gut, in München ebenso wie hier in Starnberg.

Aufgebracht rief er ohne Zögern die Münchner Kripo an. Er ließ sich mit dem Leiter der Ermittlungen, Kriminaloberrat Plötz, verbinden und fragte, ob gegen ihn, Karlheinz Richard Fürst von Soyn-Tischendorff, geborener Bissinger, ein Ermittlungsverfahren liefe.

Herr Plötz verneinte ausdrücklich.

»Läuft gegen das Starnberger Versteigerungshaus eine Ermittlung?«

Wieder verneinte der Kriminalrat. Allerdings müsse man aufgrund einer Strafanzeige gegen seinen Partner, Herrn Swabinsky, ermitteln.

»Weshalb aber belästigen dann Ihre Beamten meine Kunden? Für meine Frau und mich bedeutet dies eine erhebliche Rufschädigung!«

»Das sehe ich ein, und ich bedaure es sehr. Aber wie anders soll ich gegen Herrn Swabinsky Ermittlungen durchführen?«

Karlheinz und Andrea war, als hätte man ihnen den Boden unter den Füßen entzogen.

»Wir müssen etwas unternehmen!« sagte sie.

»Aber wie? Was kann man tun?«

»Wenn wir bloß einen gewieften Anwalt hätten!«


Dr. Kustermeier hatte ihnen bislang nichts außer saftigen Honorarrechnungen beschert. Daher suchten sie Rechtsanwalt Ziegbein auf. Der hörte sich kopfnickend alles an und riet zu einer Dienstaufsichtsbeschwerde.

Ziegbein setzte, adressiert an den Polizeipräsidenten, einen Schriftsatz auf.

Darin führte er Beschwerde gegen die Beamten, die bei einer Kundin seines Mandanten, des Auktionators Fürst von Soyn-Tischendorff, grundlos ermittelt, dabei die Kundin unter Druck gesetzt, dem Ruf seines Mandanten erheblich geschadet hätten und so weiter und so fort.

Sein Mandant verlange daher, die Vorgehensweise der beiden Beamten zu überprüfen. Weiter erwarte er eine Ehrenerklärung. Schadensersatzansprüche behalte er sich ausdrücklich vor, mit freundlichen Grüßen ...

Fürst Karlheinz verließ mit einem unwohlen Gefühl Ziegbeins Kanzlei. Er war sich nicht sicher, ob diese Dienstaufsichtsbeschwerde ein kluger Schritt war.

Zu Hause angekommen, notierte er in sein Tagebuch:

*Ich fühle mich nicht ganz wohl in meiner Haut. Fürst hin, Fürst her, in diesem Fall bin ich der kleine Mann, der die Obrigkeit angreift. Meine Beschwerde stellt schließlich die Rechtschaffenheit und Korrektheit der Justizorgane in Frage. Ich habe unseren Rechtsstaat bei jeder Gelegenheit fraglos verteidigt. Jetzt, angesichts der laufenden Ermittlungen, die leichtfertig meinen Ruf und meine Existenz gefährden, erscheint er mir als Unrechtsstaat. Und ich lehne mich gegen ihn auf... Ob das gutgehen kann?*

Es ging nicht gut.

Ende März, acht Uhr morgens, eine Zeit, die für unseren Fürsten noch Mitternacht war: Sturmklingeln an der Haustür.

Verärgert, aus tiefem Schlaf aufgescheucht zu werden, ging Karlheinz in Pyjamahose über die weiße Wendeltreppe zur Tür. Vier Männer standen davor, leger, aber gepflegt gekleidet. Sie zeigten ihre Ausweise – Kriminalpolizei. Und zogen einen Durchsuchungsbefehl aus der Tasche.

Er ließ die Herrschaften ein, warf sich einen Morgenmantel über und führte sie in die Wohnung. Jetzt schlüpfte auch Andrea aus dem Schlafzimmer.

»Was ist denn hier los?«

»Eine polizeiliche Durchsuchung.«

»Das darf doch nicht wahr sein! Kann ich irgend etwas tun?«

Ihm schnürte es fast die Kehle zu. »Ich fürchte«, brachte er mühsam hervor, »das einzige, was du tun kannst, ist, einen Kaffee zu kochen.«

Er versuchte, gefaßt zu bleiben und seinen Groll zu verbergen. Schließlich taten die – sehr freundlichen – Beamten nur ihre Pflicht.

Er lehnte sich gegen den Wohnzimmertisch mit Blick auf den See, rauchte Kette und schüttete Kaffee in sich hinein.

Die Polizisten spähten in jeden Winkel, nahmen die wohlsortierten Ordner aus dem Regal, lobten, daß alles übersichtlich geordnet sei.

Nach einer halben Stunde kamen zwei weitere Beamte und fragten nach dem Schlüssel des Starnberger Auktionshauses.

»Damit kann ich Ihnen leider nicht dienen«, sagte Fürst Karlheinz. »Ich besitze keinen Schlüssel. Den hat der Geschäftsführer der Firma, Herr Swabinsky.«

Beamter Nummer eins glaubte ihm nicht. »Über dem Laden steht groß und deutlich Ihr Name!«

»Dennoch.«

Beamter Nummer zwei war etwas umgänglicher. »Nehmen wir's, wie es sich ergibt. Wenn Fürst von Soyn-Tischendorff sagt, er hat keinen Schlüssel, müssen wir's halt glauben.«

»Sie können die gesamte Wohnung auf den Kopf stellen. Sie werden keinen Schlüssel finden.«

Beamter Nummer eins grinste. »Die Wohnung stellen wir ohnehin auf den Kopf.«

Nach einer Viertelstunde läutete es erneut Sturm. Noch mal zwei Polizeibeamte. Damit waren es acht.

»Hier geht's ja zu wie am Hauptbahnhof!« scherzte Fürst Karlheinz. »Darf ich fragen, was der Auflauf zu bedeuten hat?«

Darauf zückte einer der Neuankömmlinge ein DIN-A4-Papier und sagte: »So lustig ist die Sache nicht. Ich habe einen Haftbefehl gegen Sie.«

So! Jetzt war's geschehen!

Man erlaubte dem Fürsten, einen Anwalt anzurufen. Er wandte sich an Rechtsanwalt Lachmann, den er oberflächlich kannte und der als ausgezeichneter Strafverteidiger galt.

»Alles klar«, sagte Lachmann, »ich kontaktiere Sie im Polizeipräsidium.«

Der Fürst durfte sich ankleiden – bei geöffneter Tür.

Dann transportierten die Beamten ihn in einem VW-Golf nach München in die Haft- und Erkennungsabteilung des Polizeipräsidiums. Dort nahm man ihm seine Habe ab, vom Gürtel über den Ausweis bis zu den Zigaretten, die Andrea ihm weinend zugesteckt hatte.

Sodann unterzog man ihn der erkennungsdienstlichen »Behandlung«. Man setzte ihn auf einen unbequemen Eisenstuhl. Ein Beamter zog an einem aus dem Boden ragenden Stahlhebel, worauf der Stuhl sich drehte und der Fürst von allen Seiten fotografiert wurde. Aha, dachte er, so entstehen also Verbrecherfotos. Dann nahm man ihm die Fingerabdrücke beider Hände ab. Ein anderer Beamter, ein sogenannter Visagist, fütterte derweil seinen Computer mit »besonderen Merkmalen«, nicht ohne dabei zu erwähnen, daß er in Starnberg wohne und am fürstlichen Auktionshaus nichts Unseriöses bemerkt habe.

»Wo ist mein Anwalt?« wollte Fürst Karlheinz wissen.

»Der wird schon noch kommen. Sie können dort auf ihn warten.«

Man führte ihn in ein kleines, schmuckloses Zimmer und schloß hinter ihm die Tür ab.

Fürst Karlheinz tastete seine Taschen nach einer Zigarette ab. Er fand keine. Einzig eine Kopie des Haftbefehls hatte man ihm gelassen. Na gut, jetzt hatte er die Muße, ihn zu studieren.

Jetzt las er den Haftbefehl aufmerksam durch. Die Haftgründe erschienen selbst ihm als juristischem Laien kurios. Dennoch sträubten sich ihm furchtsam die Nackenhaare.

Man beschuldigte ihn, gemeinsam mit Swabinsky, Korvacz, Baron Jürgen von Kreuzheim und dessen Frau Evamariette, mit Rossano und weiteren Personen des Auktionsgewerbes einer Bande von Kunstfälschern anzugehören. Man warf ihm, so der Haftbefehl, vor, bei diversen Auktionen falsche Teppiche, falsche Lampen und falsche Grafiken versteigert zu haben. Alle aufgeführten Beteiligten, so der Haftbefehl weiter, bildeten eine kriminelle Vereinigung, die aufgrund eines »auf gemeinschaftliches Tatbegehen gerichteten Willensentschlusses und unter arbeitsteiligem Vorgehen« fortlaufend schwerwiegende Betrügereien begangen habe.

Allein das Amtsdeutsch war eine Zumutung.

Der fürstliche Häftling saß mit gesenkten Schultern da und starrte auf das Schriftstück. Er verstand das Geschriebene, konnte es aber nicht begreifen.

Die Tür wurde aufgeschlossen. Man führte ihn in eine kleine, panzerverglaste Kabine. Dort erwartete ihn nicht nur Dr. Lachmann, sondern auch – ausgerechnet! – Dr. Kustermeier. Da Kustermeier alle Verträge kannte, hatte Andrea es für nützlich gehalten, ihn hinzuzuziehen.

Karlheinz war es kaum möglich, mit seinen Anwälten zu sprechen. Seine Seele war aufgeweicht. Nur mühsam und immer wieder durch Schluchzen unterbrochen, erklärte er seine Lage.

Lachmann machte sich eifrig Notizen und versprach, alles in seiner Macht Stehende tun zu wollen.

»Mit einem bißchen Glück sind Sie schon morgen wieder frei!«

Dazu fiel Karlheinz nur noch die Lottofee im Fernsehen ein. Die sagte auch gern, mit »einem bißchen Glück« könne man Millionär werden.

»Man hat mir alles abgenommen«, sagte er. »Man hat mir nicht einmal gestattet, mein Tagebuch mitzunehmen. Würden Sie mir einige Bogen Papier und einen Kugelschreiber überlassen? Ich will einiges aufzeichnen.«

Selbstverständlich, das ließ sich machen.

Kustermeier eröffnete ihm beim Abschied in ungewohnt schnörkellosem Deutsch, daß alle im Haftbefehl genannten Personen inzwischen festgenommen seien. Bis auf Korvacz.

»Herr Korvacz ist nicht auffindbar, aber man fahndet bundesweit nach ihm.«

Nachdem die Anwälte gegangen waren, führten zwei freundliche Beamte den Fürsten in eine kleine Zelle im ersten Stock. Als sie die zehn Zentimeter dicke Stahltür öffneten, traf ihn schier der Schlag.

Die Zelle war winzig, sie maß gerade mal eben zwei einhalb auf zweieinhalb Meter. Sie war finster, nur durch ein schmales Oberlicht fahl erleuchtet. Links eine Holzpritsche mit Plastikmatratze ohne Decke, rechts ein kümmerliches Tischchen mit einem wackeligen Stuhl. Auf dem Tisch eine verrostete Wasserkanne. In den Boden eingelassen eine Toilette, über der man offensichtlich im Stehen sein Geschäft verrichten sollte. An den Wänden Kritzeleien.

Die Tür hinter ihm schloß sich. Ein Schlüsselbund klapperte.

Dann war Karlheinz allein. Allein mit seinen Gedanken, die ihm wild durch den Kopf schossen.

Es dauerte eine Weile, bis er sich an das Halbdunkel gewöhnt hatte. Nervös tastete er seine Anzugtaschen ab. Keine Zigaretten. Er setzte sich auf den altersschwachen Stuhl, stellte die Wasserkanne auf den Boden und breitete das Schreibpapier aus, das Lachmann ihm gegeben hatte.

Verdammt! Er mußte niederschreiben, was ihn bewegte. Vielleicht kam so auch ein wenig Ordnung in seine Gedanken.

Langsam begann er zu schreiben:

*Gestern noch habe ich gedacht, es geschafft zu haben. Fühlte mich endlich oben. Heute stürzt es mich in bodenlose Tiefe – in den Knast!*
*Weil ich angeblich Mitglied einer Bande bin. Was für ein Aberwitz! Korvacz ist alles andere als mein Freund und Komplize, zu von Kreuzheim und seiner Frau habe ich so gut wie überhaupt keine Verbindung. Mit Swabinsky bin ich befreundet, aber der ist eine ehrliche Haut. Rossano tut*

mir leid; Andrea und ich haben ihm immer vertraut. Die übrigen im Haftbefehl aufgeführten Personen kenne ich gar nicht. – Wieso spricht man dann von einer Bande? Außerdem und vor allem habe ich in all den vielen Jahren keinen einzigen falschen Teppich versteigert! Der Haftbefehl behauptet, es sei fabrikmäßig hergestellte Ware – also Maschinenteppiche – zum Aufruf gekommen. Das war kein einziges Mal der Fall. Und mit Teppichen kenne ich mich einigermaßen aus.
»Falsche« Lampen habe ich auch nie versteigert, sondern beste Handarbeiten. Nie habe ich, wie Kaufhäuser es tun, »Original-Tiffany-Lampen« angeboten. Ich habe bei jedem Aufruf deutlich erklärt, daß es sich um eine neue Arbeit, also eine Nachbildung, handelt.
Okay, bei Grafiken und Gemälden kenne ich mich weniger gut aus. Aber ich habe mich beim Ausrufen streng an die Expertisen von Rossano oder anderen gehalten.
Wieso greift man mich an?
Ich fühle mich elend, kaputt und – was am schlimmsten ist – hilflos.
Wer mich kennt, weiß, daß ich nicht nur ehrlich, sondern auch viel zu eitel bin, um mir nachsagen zu lassen, daß ich – noch dazu in aller Öffentlichkeit – irgendwelche »krummen Dinger« drehe.
Im Laufe meiner Versteigerungstätigkeit hatte ich bestimmt weit über 300 000 zufriedene Kunden. Darunter unzählige Fachleute, Teppichhändler, Galeristen, Gutachter und Versteigerer der Konkurrenz. Nicht einer hat mir gesagt, ich dürfe dieses oder jenes nicht versteigern, weil es eine Fälschung sei. Und nicht ein einziger Kunde hat sich beschwert, ich hätte ihn betrogen – oder mich gar in einem Zivilprozeß auf Rückzahlung seiner Ersteigerergelder ver-

*klagt. Ja, teilweise habe ich auch neue Ware versteigert. Aber dieses wirft der Haftbefehl mir auch gar nicht vor. Das machen nahezu alle Auktionshäuser.*
*Ich bin unschuldig!!!*
*Trotzdem sitze ich in dieser verfluchten Zelle! Ich darf vorläufig keinen Besuch empfangen, sagt man mir, nicht einmal Andrea.*
*Ich fühle mich verzweifelt und hilflos.*
*Lachmann sagt, er holt mich morgen hier raus. Schön wär's ...*
*Hier ist es so dunkel, daß ich kaum meine eigene Handschrift lesen kann. Weiß nicht einmal, wie spät es ist. Man hat mir auch die Uhr abgenommen.*
*Immer wieder muß ich an Andrea denken. Wie steht sie das durch? Und ich weiß nicht einmal, wann ich sie wiedersehe.*
*Es heißt, man sei so lange unschuldig, bis man rechtskräftig verurteilt ist ... Das glaube ich nicht mehr.*
*Ich fühle mich unschuldig, aber ohnmächtig.*


Fürst Karlheinz legte den Kugelschreiber beiseite. Seine Augen schmerzten. Das Licht, das durch das schmale Oberfenster hereindrang, wurde schwächer.

Die Tür wurde rasselnd geöffnet. Jemand stellte ihm wortlos ein karges Nachtmahl auf den Tisch.

Er brachte keinen Bissen herunter. Nur vom faden Kamillentee trank er einen Schluck.

Die Zeit schlich hin.

Irgendwann, die Nacht war längst hereingebrochen, öffnete sich leise die kleine Luke der Stahltür. Ein freundlicher Polizist steckte ihm zwei Schachteln Zigaretten und Zündhölzer zu.

Am nächsten Vormittag brachte man den Untersuchungshäftling Fürst von Soyn-Tischendorff ins Büro des ermittelnden Beamten, Kriminaloberrat Plötz. Die Anwälte waren bereits anwesend. Der Fürst machte seine Aussage. Die Fragen des Kriminalrats verrieten ihm, daß dieser wenig informiert war.

Plötz war sehr freundlich. Er unterstellte Karlheinz nicht, in betrügerischer Absicht gehandelt zu haben. Aber er fragte und fragte und fragte.

Als Plötz kurz das Zimmer verlassen mußte, sagte Lachmann mit tiefbetrübtem Gesichtsausdruck: »Sie sehen, er hat wenig gegen Sie in der Hand. Es bestand auch eine gute Chance, daß ich Sie nach dieser Vernehmung frei bekomme ...«

»Es bestand? Heißt das ...?«

Lachmann nickte bekümmert. »Fast alle bayerischen Zeitungen berichten auf den Titelseiten über die Verhaftungen. Die Artikel sind reißerisch, hämisch. Ich fürchte, daß Justiz und Staatsanwalt sich derart unter Druck gesetzt fühlen, daß mit einer sofortigen Entlassung nicht zu rechnen ist.«

Plötz kehrte zurück und drängte auf Eile. »Die Zeit ist sehr knapp. Der Wagen steht bereit.«

Er meinte einen vergitterten VW-Bus, der den Fürsten ins Adelheimer Untersuchungsgefängnis bringen sollte.

Neben Karlheinz saß ein kleiner, dünner, offenbar geistesgestörter Jugoslawe, vor ihm ein ebenfalls kleiner, aber mindestens drei Zentner schwerer Mann mit Armen wie Baumstämmen, von oben bis unten tätowiert. Dieser erklärte, er heiße Flickmann und sei wegen Hehlerei angeklagt.

In Adelheim durchfuhr der Bus mehrere Sicherheitsschleusen. Dann führte man Karlheinz in das Büro des Untersuchungsrichters. Auf dem Weg dorthin bemerkte er, daß der Jugoslawe seine letzten Zigaretten stibitzt hatte.

Der Untersuchungsrichter war schlank, zwei Meter groß, sehr jung und nicht unsympathisch. Er wolle lediglich, sagte er, den Haftbefehl vorlesen, den er erlassen hatte.

Das sei nicht nötig, antwortete der Fürst, er habe den Haftbefehl mehrmals gelesen und fühle sich frei von jeder Schuld.

Da passierte, was ihn traf wie ein Leberhaken einen Boxer im Ring.

Der Untersuchungsrichter hob mahnend den Zeigefinger: »Das ist aber nicht in Ordnung, wenn man Zweihundert-Mark-Lampen für 3000 verkauft!«

Ein Beweis dafür, daß der Sprecher noch nie eine von Swabinskys Art-Tiffany-Lampen gesehen hatte.

Karlheinz sank das Herz in die Hosen.


Der nächste Schock folgte auf dem Fuß.

Der Untersuchungsrichter winkte einen Mann des amtlichen Begleitpersonals heran und erkundigte sich, ob mit dem Transport aus dem Präsidium auch ein gewisser Flickmann eingetroffen sei.

»Jawohl. Den haben wir mitgebracht.«

»Dann äußerste Vorsicht. Flickmann wird des vierfachen Mordes verdächtigt. Und er war mal Catcher. Also sorgen Sie dafür, daß sich immer mindestens fünf Mann in seiner Nähe aufhalten. Wo der zuschlägt, wächst kein Kraut mehr!«

Dann führten Wachbeamte Karlheinz ab. Sie erklärten zutraulich, es sei leider zu spät, ihn in die ihm zugedachte Zelle zu bringen. »Heute müssen Sie leider in einer Übergangszelle schlafen.«

Sie führten ihn durch lange, spärlich beleuchtete Flure. Eisengitter, die auf Zuruf geöffnet wurden, schlossen sich hinter ihnen. Endlich standen sie vor der »Übergangszelle«. Als die Tür aufschwang, fühlte sich Fürst Karlheinz elend wie nie zuvor.

Die Zelle war klein und dunkel, wie gehabt. Darin ein zweistöckiges Bett. Daneben ein Hocker. Und auf dem Hocker: Häftling Flickmann!

Flickmann war bereits über seinen Zellengenossen informiert. Er war höchst erfreut. Er begrüßte den Fürsten überschwenglich. Als die Zellentür geschlossen war, legte er los:

»Is' 'ne dolle Sache, mein Herr! Ich komme immer mit Prominenz zusammen! Kann nicht jeder im Knast von sich sagen. Wissen Sie, vor 17 Jahren, da hab' ich mal mit 'nem berühmten Frauenmörder zusammengesessen! Von dem ham alle Zeitungen berichtet! Der hat mir anvertraut, daß er die Frauen aus Liebe oder so stranguliert hat. Jawohl! Weil die nur im Todeskampf den totalen Orgasmus empfinden. Ham Sie das gewußt?«

Der Fürst wußte es nicht.

»Und dann, vor fünf Jahren«, prahlte Flickmann weiter, »hab' ich die Zelle mit 'nem richt'gen Konsul geteilt. Doller Mann, 'n ganz Hübscher, gepflegt, lange Haare, schicke Klamotten, fährt 'n Rolls-Royce und so. War auch in allen Zeitungen. Tja, und nun ...«, ein fast andächtiges Lächeln, »... und nun darf ich die Nacht mit Ihnen verbringen, Fürst. Ich sach's ja, bin 'n richt'ger Glückspilz!«

Karlheinz war eher, als müßte er einen Giftpilz schlucken. Er bemühte sich, gute Miene zum bösen Spiel zu machen, und gab Gags zum besten, um Flickmann bei Laune zu halten.

Es war ein unheimliches Gefühl, vor einem vielleicht vierfachen Mörder den Entertainer zu spielen. Und das mit ihm allein in einer verriegelten Zelle.

Am nächsten Morgen begann eine aufwendige Prozedur. Man brachte den Fürsten mit etwa 20 Neuankömmlingen in eine große Gemeinschaftszelle. Dort rief man sie einzeln auf, um sie zum wiederholten Male der erkennungsdienstlichen Erfassung zu unterziehen.

In dieser Zelle lernte er einen Bankdirektor kennen, der seine Sparkasse um zwölf Millionen erleichtert hatte. Als dann ein blonder Wuschelkopf im Neunhundert-Mark-Freizeithemd eingeliefert wurde, der auf einer steuerfreien Insel Geld wusch, vertieften sich Bankdirektor und Wuschelkopf in eine angeregte Unterhaltung. Sie tauschten Tips aus, wo man sein Geld am besten anlegen konnte.

Der geistesgestörte Jugoslawe, der sich tags zuvor an den fürstlichen Zigaretten vergriffen hatte, fand sich ebenfalls ein. Er hämmerte mit den Fäusten gegen die Zellentür und verlangte lautstark Champagner.

Am Nachmittag händigte man Fürst Karlheinz seine neue Robe aus. Er schlüpfte aus seinen Elsammer-Klamotten und legte das Sträflingskostüm an.

Sodann verlegte man ihn aufgrund seiner Herzerkrankung in eine Zelle der Krankenstation. Das Vier-Bett-Zimmer war mit sieben Betten belegt. Es gab vier Spinde, vier Nachtschränke, vier Waschbecken, einen Tisch mit vier Stühlen, eine offene, nicht ummauerte Kloschüssel.

Diese Zelle galt als eine der besten von Adelheim. In dieser Nobelherberge fand sich der Fürst mit sechs Mithäftlingen wieder. Er versuchte, das Beste daraus zu machen. Wenn er nicht gerade selbst Trübsal blies, spielte er den Showmaster, um sich und seine Zellengenossen aufzuheitern. Schließlich gab's weder Fernseher noch Radio, weder Zeitungen noch Bücher. Einzig und allein Liveshows.

Fürst Karlheinz fand schnell Kontakt zu einem »Hausl«. So hießen Inhaftierte, die ihnen das Essen brachten. Dieser Hausl belieferte den Fürsten heimlich mit Tabak und Zigarettenpapier. So kam Fürst Karlheinz auf seine adeligen Tage noch aufs Zigarettendrehen. Für je drei Tabakpäckchen, die der Hausl ihm mit der Toilettenpapierrolle in die Zelle schmuggelte, versprach der Fürst 500 Mark – fällig nach Haftentlassung, kein Zahlungsziel.

Auch im Knast weiß man Geschäfte zu machen.

Punkt sieben Uhr morgens wurde die schwere Stahltür geöffnet. Sie blieb exakt eine Stunde offen, und man konnte sich im Gang ergehen. 20 Meter nach links, 20 Meter nach rechts.

Dann gab es Kaffee, Semmeln und Marmelade. Der Kaffee sah aus wie Hundepisse. Wie er schmeckte, wußte der Fürst nicht zu sagen. Er hat nie einen Schluck davon getrunken.

Um acht wurden die Zellen geschlossen, um elf kam der Hausl mit einer Gulaschkanone und teilte Essen aus, um zwei Uhr nachmittags war Hofgang angesagt.

Auch der Fürst drehte an den ersten Tagen seine Runden im Hof. Dabei lernte er einen kleinen Italiener kennen, den man am Hauptbahnhof mit 300 000 falschen Dollarnoten erwischt hatte. Der Italiener sprach hervorragend Deutsch und ließ das jeden unermüdlich wissen.

»Ich sitze seit über acht Monaten in U-Haft!« erklärte er.

Das waren Aussichten!

»Aber das ist noch gar nichts. Manche hängen hier schon seit zwei Jahren herum. Ohne Gerichtsverhandlung!«

Der joviale Italiener klärte den Fürsten über einige Knastsitten auf. Insbesondere riet er ihm, mit niemandem über seinen Fall zu sprechen, da man nirgends vor Spitzeln sicher sein konnte.

»Siehst du den Typ mit der Glatze?« fragte er dann. »Vor dem mußt du dich in acht nehmen!«

»Wieso?«

»Das ist ein ganz verrückter Hund, mit dem darfst du nicht reden. Weißt du, weswegen der sitzt? Der hat einen alten Rentner umgebracht und seine Genitalien gegessen. So einer ist das!«

Fortan nahm Durchlaucht nie wieder an einem Hofgang teil. Sondern blieb auch zwischen zwei und drei Uhr in der Zelle.

Um vier Uhr öffnete sich die Tür noch einmal für ein paar Minuten. Es gab Tee, Brote, Butter, Wurst und eingeschweißten Käse. Dann wurden die Zellen bis zum nächsten Morgen wieder verschlossen.


Die lange Untersuchungshaft erschien Fürst Karlheinz wie ein Alptraum – mit dem feinen Unterschied, daß Alpträume unterhaltsamer sind.

Ein bißchen Abwechlung brachten ihm die Besuche seiner Anwälte. Doch viel Tröstliches wußten sie nicht zu berichten. Nicht nur in den in- und ausländischen Zeitungen, so erfuhr er, sondern auch in Radio und Fernsehen berichtete man sensationsgeil von der sogenannten Auktions-Connection. Nach Korvacz, so erfuhr er weiter, werde europaweit mit Fahndungsfotos gesucht.

Endlich, nachdem fast eine Woche vergangen war, erhielt auch Andrea die Erlaubnis, ihn zu besuchen. Sie durften sich, durch einen Holzvorbau getrennt, eine halbe Stunde lang unterhalten. Ihr Tränenfluß ließ keine Unterhaltung aufkommen.

Andrea hatte ihm auch einige Zeitungen mitgebracht, die sie ihm aber nicht aushändigen durfte.

Es gelang ihm jedoch, über seinen Tabak-Hausl einige Zeitungsseiten zu ergattern. Was er las, nahm ihm den Atem. Man behauptete dreist, Fürst von Soyn-Tischendorff sei als Millionenbetrüger verhaftet worden. Dieser Gauner hätte in ganz Deutschland vorzugsweise die Prominenz übers Ohr gehauen. Und dabei, so hieß es unisono, 50 Millionen Mark verdient.

Nun verlor Fürst Karlheinz nicht nur seinen Glauben an den Rechtsstaat, sondern auch an die Presse. Das war Journaille übelster Art.

Noch etwas anderes stand in der Zeitung: Man munkelte, auch ein hoher Stadtrat und Wohltäter Korvacz' – richtig geraten: der mit der Schwäbin, dem Ferrari und den Wohnungen in Rosenheim – sei in die Affäre verwickelt.

Das erheiterte den Fürsten nicht, solange er in U-Haft sitzen mußte.

Wie lange noch, das wußte der Geier.


Fürstin Andrea war inzwischen nicht untätig geblieben. Der Gang zur Kanzlei des Dr. Lachmann wurde ihr fast zur Routine. Immer wieder fragte sie Lachmann, wie es denn nun weitergehen solle.

»Verehrte Fürstin«, antwortete er meist, »wir müssen abwarten.«

»Meinen Sie, das ist die geeignete Antwort, um meinem Mann Mut zu machen?«

»Gewiß nicht.«

»Also dann: Was müssen wir abwarten?«

Aber er tat ohne Zweifel sein Bestes.

»Den Haftprüfungstermin. Jeder Inhaftierte hat das Recht, binnen 14 Tagen dem Haftrichter vorgeführt zu werden. Dieser muß dann erneut entscheiden, ob weiterhin Haftgründe bestehen.«

»Wie lauten die Kriterien?«

Lachmann zuckte die Achseln. »Besteht Verdunkelungsgefahr? Besteht Fluchtgefahr? Und dann muß abgewogen werden, ob der Betreffende gegen eine Kautionsleistung vorläufig auf freien Fuß gesetzt werden kann.«

»Wie schätzen Sie die Chancen ein?«

»Das läßt sich schlecht sagen. Die Presse hat einen solchen Wirbel gemacht, daß die Richter wohl kaum wagen werden, Ihren Herrn Gemahl ohne Kaution freizulassen.«

Sie war tief geknickt. »Wie hoch?«

Auch darüber konnte Lachmann keine genaue Auskunft erteilen. »Aber ich schätze, daß 200 000 Mark ausreichen dürften. Wie gesagt, ich schätze ... falls man überhaupt in eine vorläufige Freilassung einwilligt«, schränkte er ein.

Nachdem sie sich von dieser Auskunft einigermaßen erholt hatte, überlegte Fürstin Andrea, wie sich doch noch eine Kaution beschaffen ließe. Als erstes fiel ihr die Bayerische Bank in Schwabing ein. Sie war dort seit 15 Jahren eine gute Kundin und stand mit dem Kreditsachbearbeiter, Herrn Hack, auf du und du. Er wollte ihr seinerzeit einmal in München und Starnberg einige überteuerte Immobilien aufschwatzen. Dort besaß sie ein Festgeldkonto über 150 000 Mark. Dieses Geld würde sie abheben. Gebongt!

Nicht gebongt. Der gute Albert (Hack) sträubte sich.

»Du mußt das verstehen, Andrea, ich bin der Zentrale gegenüber verantwortlich!«

»Aber hör mal!« Andrea war wie vor den Kopf gestoßen. »Ich will keinen Kredit von euch. Es ist mein Konto! Ich will mein Geld!«

»Versteh doch: Bei der bestehenden Sachlage müssen wir damit rechnen, daß euch allerlei Pfändungen ins Haus stehen. Wie wollt ihr die abwenden? Und was soll ich meiner Zentrale sagen, wenn die Pfändungsbeschlüsse hier bei unserer Bank landen? Wir müssen dein Festgeld als Sicherheit für die Tilgung der Hypothekenraten für eure Starnberger Wohnung behalten.«

Andrea war drauf und dran, dem guten alten Albert ins Gesicht zu schlagen.

Ihr nächster Weg führte sie zur Starnberger Bank, bei der sie mit Karlheinz ein Gemeinschaftskonto unterhielt. Dieses Konto war schon infolge seiner fürstlichen Luxusbedürfnisse stark strapaziert worden. Immerhin aber war die letzte Zahlung aus Andreas Gesellschaftsabfindung auf dieses Konto geflossen. Einen Teil davon hatte sie zwar in Sachwerten angelegt, einen anderen Teil aber die Bank für sie anlegen lassen.

Es war ein sehr, sehr schwieriges Gespräch. Am Ende gelang es Andrea doch, die Bank für sich zu gewinnen.

»Also gut, verehrte Fürstin, wenn's tatsächlich brennt, stehen wir zur Verfügung.«

Andrea glaubte, man würde in ganz Starnberg hören, welch großer Stein ihr vom Herzen fiel.

Seit 17 Tage saß Fürst Karlheinz in Untersuchungshaft. 17 Tage Hölle, 17 Tage, die ein Leben von Grund auf veränderten, 17 Tage im ständigen Bewußtsein, unschuldig hinter Gittern zu sein.

Da, endlich, holte man ihn aus der Zelle.

»Raustreten! Haftprüfungstermin!«

Häftling Fürst von Soyn-Tischendorff trat heraus. Ohne einen Funken Hoffnung. Denn Lachmann hatte ihm am Vortag gesagt, es bestünde keine Chance auf Haftentlassung, da der Staatsanwalt die Untersuchungen noch nicht abgeschlossen habe.

Fürst Karlheinz schritt dumpf neben dem Beamten her wie Heinrich der Vierte auf dem Bußgang nach Canossa. Er hielt den Kopf tief gesenkt.

Als er vor der Tür des Haftrichters aufblickte, sah er seine Anwälte, Daumen nach oben.

Juhu!

Alles paletti. Vorerst. Andrea hatte die Kaution aufgetrieben. Gegen eine Viertelmillion setzte man Durchlaucht auf freien Fuß.

Und gegen einige Auflagen: Fürst von Soyn-Tischendorff hatte sich wöchentlich bei der Starnberger Polizei zu melden. Er durfte keinerlei Kontakt mit den übrigen im Haftbefehl erwähnten Personen pflegen. Außerdem durfte er bis zum Abschluß der Ermittlungen nicht versteigern.


Zur gleichen Zeit, fast zur selben Stunde, fuhr ein feuerroter Ferrari Testarossa vor einer Münchner Polizeiinspektion vor. Ein kleiner, etwas verwachsener Mann in engen Jeans stieg aus und betrat die Wache.

»Ich habe gehört«, sagte er zu dem wachhabenden Beamten, »Sie suchen mich.«

»Ich?«

»Nicht Sie persönlich. Man fahndet nach mir.«

»Können Sie sich ausweisen?«
Grinsen: »Gern, mein Name ist Korvacz.«
Jetzt fiel der Groschen. »Aaaaha, der Auktionsskandal.«
Der Wachtmeister telefonierte mit der nächsthöheren Dienststelle. Diese mit der ihr übergeordneten Behörde. Jene mit dem Polizeipräsidenten. Der mit dem Staatsanwalt.
Der Staatsanwalt gab Anweisung, dem Mann den Ausweis abzunehmen und für die nächste Woche zu einer Vernehmung vorzuladen.
Gleichzeitig fragte er: »Wo hat sich eigentlich dieser Korvacz aufgehalten? Wir haben schließlich europaweit nach ihm gefahndet.« Seine Frage wurde von Dienststelle zu Dienststelle weitergeleitet. Die Antwort erhielt der Wachtmeister. Von Korvacz persönlich.
»Ich war die ganze Zeit am Genfer See. Tolle Mädchen, traumhaftes Wetter. Wußte gar nicht, daß mich jemand sucht.«

Fürst Karlheinz mußte noch einmal in den »Bau« zurück. Dort händigte man ihm Elsammer-Klamotten, Ring, Uhr, Gürtel und Bargeld wieder aus. Er füllte Formulare aus, empfing Durchschriften, die unterschrieben werden mußten ... ein beinhartes Lehrstück in Sachen Bürokratie.
Dann war's soweit. Durchlaucht wurde entlassen.
Vor dem Gefängnis klickten die Kameras und flehte ein Pulk von Presseleuten ihn um Interviews an.
Er aber sah nur Andrea. Es war eine verhärmte Andrea, aber für ihn die einzige Andrea der Welt. Im Blitzlichtgewitter der Fotografen fielen sie sich in die Arme. In diesem Augenblick waren sämtliche Sorgen bunte Seifenblasen.

»Ich liebe dich«, sagte Andrea. Dann schaute sie ihn von oben bis unten an. »Du hast abgenommen.«

»Ja. Zwölf Kilo. Ich hab' kaum was gegessen.«

»Steht dir aber gut!«

Sie führte ihn zum Auto. Es war war Andreas Zweitwagen, ein BMW.

»Der Leasingvertrag für den Bentley ist gekündigt, Durchlaucht.« Dann stieg sie ein und steckte ihm eine Zigarette in den Mund.

Genüßlich sog er seine Lungen voll.

Sie fuhr los. Er saß neben ihr und paffte.

»Du bist eine außergewöhnlich tolle Frau!«

»Das sagst du bloß, weil dich keine andere will!«

»Haha!« Er küßte sie auf die Wange. »Sag mal, Schatz: Wie hast du's geschafft, die Kaution aufzutreiben?«

»Ich hab' all unsere Reserven zusammengekratzt. Hat grad so geklappt.« Sie seufzte. »Und jetzt sind wir pleite.«

Er versuchte zu lachen. »Volle Bauchlandung nach dem Höhenflug.«

»Naja, ganz so schlimm ist's nun auch wieder nicht. Wie du selbst gesagt hast«, sie sah ihn augenklimpernd von der Seite an, »bin ich eine außergewöhnlich tolle Frau.« Und wieder mit Blick auf die Fahrbahn. »Ich hab' immer ein paar Groschen beiseite gelegt. Damit hab' ich uns Sachwerte gekauft. Die müssen wir nun zu Geld machen.«

»Was für Sachwerte?«

»Zwei wertvolle Bilder. Eine Lithographie von Picasso, eine Kreidezeichnung von Chagall.«

»Und du bist sicher, daß die echt sind?«

»Aber klar doch! Rossano hat sie mir mit ausführlichen Expertisen geliefert.« Sie bremste. »Heilige Madonna! Rossanos Expertisen!«

»Du sagst es, Madonna.« Nach einer Weile holte ihn der Galgenhumor ein: »Naja, wenigstens hab' ich im Gefängnis gelernt, ohne Essen und Trinken auszukommen.«

Schweigend fuhren sie weiter auf der Autobahn in Richtung Starnberg.

»Ach übrigens«, sagte sie nach einigen Minuten.

»Ja?«

»Herr Korvacz hat angerufen. Er war nicht im Gefängnis. Nächsten Sonntag veranstaltet er eine Benefizauktion. Falls du Lust hast, hat er gemeint, kannst du für ihn versteigern.«

# Epilog

Anfang April 1995, kurz vor Drucklegung dieses Buches.

Einige Wochen nach meiner Entlassung wurde mir per Gerichtsbeschluß wieder erlaubt, uneingeschränkt als Auktionator tätig zu sein. Ungezählte Menschen erklärten mir, daß sie meine Art zu versteigern vermissen – und auch mir fehlt die Show. Ich vermisse das Publikum und die elektrisierenden Momente, wenn Gebot über Gebot in den Raum geschleudert wird. Ich vermisse diese Symphonie des Augenblicks, die ich so oft in meinem Leben dirigieren durfte.

Doch trotz vieler Angebote habe ich nicht mehr versteigert – ob ich je wieder die Show mit dem Hammer machen werde, weiß ich nicht. Ich warte zunächst das Ende der noch andauernden Ermittlungen ab. Die Beamten haben sich inzwischen sachkundig gemacht und können, so glaube ich, die Ereignisse objektiv beurteilen.

Dichtung und Wahrheit, Schuld und Unschuld sind wie siamesische Zwillinge. Oft verschwimmt die Grenze je nach Betrachtungsweise. Sehnsüchtig warte ich auf einen klärenden Gerichtsentscheid.

Unser Leben hat sich drastisch verändert: Andrea hat die Wohnung aufgegeben, und ich habe den Bentley verkauft. Wir wohnen in Starnberg in einem kleinen, romantischen Hotelzimmer und warten ab.

Wir haben viel verloren, aber noch mehr gewonnen.

Ich habe die Freiheit zu schätzen gelernt und eine neue Passion gefunden. Ich schreibe, zwar noch ein wenig ungelenk, Bücher. Und mit dieser meiner neuen Leidenschaft habe ich Andrea »angesteckt« – denn auch ihr erstes Buch steht kurz vor der Vollendung.

Sollen Korvacz, Swabinsky und Baron von Kreuzheim ruhig weiterhin Versteigerungen organisieren – wir sind glücklich, daß wir diesem zum Teil unmenschlichen Streß entronnen sind. Wir haben gelernt, auf Luxus zu verzichten, nicht aber auf das Wichtigste in unserem Leben: die Liebe.

Andrea und ich, wir lieben uns nach wie vor abgöttisch. Sie gibt mir die Kraft, und ich bin wie ein Stehaufmännchen, ich komme immer wieder auf die Beine.

Mit diesem Buch bin ich, auch wenn der Rückschlag hart war, wieder aufgestanden.